警察《サツ》回りの夏

堂場瞬一

集英社文庫

目次

警察《サツ》回りの夏

第一部　飛ばし

1

俺はこの街が大嫌いだ。

しかも日々嫌いになっている。日本新報甲府支局の記者、南康祐《みなみこうすけ》は、さっさと異動させてくれと常々祈っていた。ここ何年もずっと。

それにしても暑い……盆地の甲府では、夏の気温は尋常でないほど高くなる。体感温度は、温度計が示す数字よりもずっと高く感じられた。こういう厳しい夏も、これで六回目。体が溶け出し、何も考えられなくなるほどの暑さを六度も経験していれば、この街を嫌いになる理由としては十分だろう。

南はくしゃくしゃのハンカチで額の汗を拭い、溜息《ためいき》をついた。次の一歩がどうしても踏み出せない。聞き込みは続けなければならないのだが、どうして自分が、という疑問は消えなかった。こんなことは、新報のような全国紙なら、一年生記者がやるべきだ。もう甲府で記者生活六年目になる自分は、県警の涼しい社会部記者クラブに座って指示を飛ばしていればいいはずなのに。

しかし、人手が足りないのだから仕方がない。事件担当のサツ回りは一年生というのが昔からの決まりなのだが、何しろ夏休みで一人しかいない。紙面の埋め草になる街ネタを拾うことから、市政や県政、選挙の手伝いまで、何にでも駆り出されている。結果、この事件を一から取材しているのは、キャップの南一人だった。

それにしてもあいつら、よく飽きないよな……事件発生から三日目。JR甲府駅の北西部にあるこの団地の近くには、報道陣がずっと詰めている。自分もマスコミの一員でありながら、迷惑極まりないと南は実感していた。何しろ、四階建ての素っ気ない建物が並ぶ県営団地と近くの民家を隔てるのは、車がすれ違えないほどの細い市道だけなのである。その一角に、テレビ、新聞、果ては雑誌まで含めてマスコミの人間が大勢陣取っているのだから、近所迷惑にならないはずがない。

報道陣のターゲットは、目の前にあるB棟一階の一〇六号室だ。丸みを帯びたベランダの前には芝が張られているが、所々が剝げて土がむき出しになっている。ベランダには物干し竿《ざお》――しかし洗濯物はない。この部屋の主は、ベランダを物置として使っているようだ。三輪車、大量の段ボール箱、空の植木鉢……間取りは1DKで家賃は月二万八千円――そんなことはどうでもいい。素人でもネットで調べ出せることだ。問題は、その部屋の主である。

湯川和佳奈《ゆかわわかな》、二十四歳。五歳と三歳の子どもの母親だった。過去形にしたのは、子ども二人が殺されたからである。そして和佳奈は現在、行方不明。誰もが――マスコミだけではなく近所の人たちも、「母親がやった」と噂《うわさ》している。もちろん南もそうだと確信していた。母子家庭で子どもが殺され、母親がいなくなれば、誰でも同じように考える。

「お茶、飲みませんか？」

突然声をかけられ、南は我に返った。目の前に、汗をかいた緑色のペットボトル。誰が声をかけてきたのか分かった瞬間、「いらないよ」とぞんざいに断った。

「余ってるんですよ」相手――地元テレビ局の記者、岩佐《いわさ》は妙にしつこい、というか人懐っこい男だった。

「喉、渇いてないから」南は乱暴に言った。「だいたい、張り込みの時に水分を摂《と》り過ぎると、トイレが近くなって失敗するんだよ」

「そうですよねえ」岩佐がペットボトルを引っこめる。「だけど、水分を摂らないと、ばてて死にますよ」

「君なら、これぐらいの暑さは何でもないだろう。地元の人は慣れてるんじゃないか」

「いやいや」苦笑しながら岩佐が首を振る。「ここ何年かの甲府の猛暑は、明らかに異常ですよ。それより、どう思います？」それまでの話は単なる前置きのつもりだったのか、岩佐がいきなり声を低くした。

「どうって、何が」彼の言いたいことは分かっていたが、南は恍《とぼ》けた。

「母親ですよ。湯川和佳奈。どうしてると思います？」

「俺に聞くなよ」南は早くもうんざりしてきていた。「だいたい、知ってても答えるわけないし」

「自殺したんですかねえ」岩佐は南の言葉をまったく聞いていない様子だった。

「そんなこと、言うな」忠告してから、南は報道陣の塊に再び視線を向けた。団地と道路を隔てているのは、低い植えこみだけ。あれは本当に迷惑だよな……最初は団地の敷地内で張っていたのだが、自治会と、団地を管理する県の住宅供給公社からクレームを受け、敷地の外へ出た。そして今は、道路の一部を占拠しながら、B棟一〇六号室の監視を続けている。まったく馬鹿馬鹿しい限りだ。こんな場所へ和佳奈が帰って来るとは考えられない——だったら自分は、どうして同じように張りついている？

——怖いからだ。自分がいない場所で何かが起きたら、と想像すると身悶《みもだ》えするほど怖い。

「南さん、どうするんですか？」

「どうするって？」

「いつまでここで張ってるんですか？」

「さあ……お前のところはどうするんだ？」

「どうしましょうかねえ。どこも引くつもりがないみたいだし、困ったな。意地の張り合いみたいですよね」

「せめて、東京から来てる連中だけでも、何とかならないのかね」

地元のメディアだけだったら、こんなことにはならないはずだ、と南は思った。女児二人が殺され、母親が姿を消した——この状況が、全国放送のワイドショーやニュースバラエティ、週刊誌の興味を引くのは当然である。連中は遠慮なく、時間を無視してあちこちの家のドアをノックして回り、住民を辟易《へきえき》させていた。

「オヤジの方はどうですか？」岩佐が訊《たず》ねる。

「どうだろう……俺はしばらく会ってない」

「向こうもひどいみたいですよ。警察を通じて抗議をする、なんていう話もあるみたいですけど」

「警察に何か言われたとしても、取材をやめるのは筋が違うだろ」

行方不明になった和佳奈が、身を寄せる先として考えられる場所は少なかった。その数少ない場所の一つ——実家も報道陣にマークされているが、この状況に和佳奈の父親が激怒している。事件発生の二日後、南も父親に会ったが、取材拒否だった。ひどく苛々《いらいら》して、包帯を巻いた頭を気にしていた。その後、実家前にも集まった報道陣に怒声と水を浴びせた上に、一度などは外に出て来て突っかかり、危うく殴り合いになるところだった。しかも近所の人が、この揉《も》め事を携帯で撮影して動画共有サイトにアップロードしてしまい、報道陣は非難を浴びている。

しかし今日も、実家前には多くの報道陣が集まっているはずだ。どうも、最初の段階でボタンのかけ違いがあったようである。激怒する父親に対して、「ふざけるな」と逆に憤っている社も少なくない。こっちは正当な取材活動をしているのに、何も話さずいきなり怒鳴りつけたり水をひっかけたりするとは何事か。父親なんだから、娘の行動に対する説明責任があるはずだ……云々《うんぬん》。

馬鹿だよな、と南は思う。説明責任と言っても、何を説明できるのだろう。せいぜい、「娘がとんでもないことをした」と頭を下げるぐらいではないか——いや、それだって筋が通らない。和佳奈がやったという確実な証拠はないのだから。

暑さのせいだ、と南は思った。時に四十度を超えるような気温の中、理性的に考えられる人間はいない。

2

「何か原稿、出ないのか」

南は受話器を耳から離した。鬱陶しい……支局に詰めているデスクの北嶋《きたじま》は、二言目には——時には第一声で「原稿はないのか」と聞いてくる。

「今のところ、ありません」南はできるだけ素っ気なく答えた。催促すれば原稿が出ると考えているとしたら、このデスクは甘い。

「事件の方は？」

「動きはないですね……だいたい、いつまで湯川和佳奈の家に張りついていればいいんですか？　これ以上は無駄ですよ」南は声を潜めて話した。昨年完成した県庁の「防災新館」に移転した県警の記者クラブでは、隣の社との間を隔てるのは、南の背よりも少し高いパーティションだけだ。大声で話すのは気が引ける。

「張り込みをやめた途端に帰って来たりするんだよな……とにかく何か、原稿を出してくれよ」

実際、原稿不足なのは間違いない。新聞記者にも夏休みはある。支局員が順番に休みを取る時期なので、取材要員は減っていた。となると、北嶋が事件の動向に期待するのも当然である。

しかし南にすれば、せっつかれるのは気に食わない。社会部記者クラブのデスクに両足を載せ、だらしない姿勢でエアコンの冷気を浴びながら、苛立つ気持ちを何とか宥《なだ》めようとした。その後も、北嶋の「下らない暇ネタで埋めるわけにはいかない」「このままだと紙面が真っ白になる」という愚痴とも脅迫ともつかない言葉を適当な返事でやり過ごし、ようやく受話器を置いた。もう一度溜息をつき、腕時計を見る。午後四時……確かにそろそろ紙面の心配をしなければならない時間だが、ないものはどうしようもない。

南はパソコンを立ち上げ、これまでの取材メモに目を通し始めた。

・発生（認知）は8月5日火曜日、午後6時。かすかな異臭に気づいた近所の人が、警察に連絡して発覚。その時点で家には誰もいなかった。

・母親の和佳奈（24）はアルバイトなどで収入を得ている時もあったが、ずっと続いていたわけではない。事件発覚当時は働いていなかった。直前のアルバイトは、近所のスーパーの野菜売り場。しかし店側とトラブルを起こし（和佳奈の遅刻が原因）わずか10日で辞めている。それまでのバイトも同じように短期で辞めていた。

・和佳奈は実家から金銭援助を受けていた。これとバイト以外の収入源は不明。

・和佳奈は19歳で妊娠、結婚。2児あり（2人とも女児）。上は希星《きらら》5歳、下は乃亜《のあ》3歳。
・次女を出産後、1年で離婚。元夫は中学の同級生だが、離婚後東京に移り住み、現在もそちらで働いている。
・離婚原因は夫の暴力らしい。団地で近所の人たちの目撃証言あり。
・しかし近所づきあいはほとんどなかった。
・現住所の団地には、結婚当初から住んでいる。
・実家への連絡は、金をせびる時ぐらい。
・父親が年取ってからの子どもで、父・宗継《むねつぐ》は67歳、母・良子《りょうこ》は62歳。宗継の収入源は年金のみ。
・兄弟は、10歳年上の兄が1人。大阪に住んでおり、実家とはほぼ断絶状態。事件後、甲府へ来た形跡もなし。兄への取材→地方部経由で大阪本社に依頼（未）。
・娘2人は保育園に通っていた。
・保育園の話だと、和佳奈は「普通の母親」。しかし容姿は派手。家事ができないぐらいのネイル。保育園の職員は遠慮して証言している？　ママ友にさらに取材の必要あり。
・母子揃《そろ》って出歩く姿はほとんど見かけられていない。保育園の送り迎えだけ。送り迎えが面倒臭くなると、保育園を休ませていたようだ。

・携帯は見つかっていない。持って行ったようだが、電源を入れていない模様。

南は、保育園から借りてきた親子の写真を凝視した。子ども二人は……よく似ている。乃亜は希星のミニチュア版という感じだ。一方、同じ集合写真に写っている和佳奈は、南の感覚では「イタい」。スキャンしてパソコンで拡大してみると、目を中心に濃い化粧を施し、髪は明るい茶色に染めているのが見える。しかし根本の方が黒くなっていることから、きちんとケアしていないのが分かった。時間がないのか金がないのか……表情はどんよりと暗く、目は落ち窪《くぼ》んでいて、この世の苦しみを一身に背負っているかのようだった。これを「普通の母親」と言うのは無理があるだろう。

いかにも自分の子どもを殺しそうだ……証拠もない偏見に過ぎないが、この事件を取材している人間は全員が、同じ印象を抱いているに違いない。マスコミ全社が同じ方向を向いているという意味では安心できるが、南は一抹の不安を抱いていた。

警察が、強引に行かない。

姿を隠している女性一人を見つけ出すぐらい、警察なら何ということもないはずだ。本当に疑っているなら、多少無理をしても捜し出すだろう。

それをしないのは、そこまで容疑が固まっていないからか。あるいは、実際にはもう接触して事情聴取しているのかもしれない。そうだとしたら、警察はかなり意地が悪い。

「母親は関係ない」と明言すれば、報道陣の近所迷惑な行為をストップできるのに……それをやらないのは、まだ和佳奈を見つけられていないからかもしれないが。

結局のところ、はっきりしたことは何もないのだ。

しばし躊躇《ためら》った後、南は携帯を持って記者クラブを出た。そのまま庁舎の外へ向かい、渦巻くような熱気に身を晒《さら》す。夕方が近いのに一向に気温が下がる気配はなく、噴き出した汗でワイシャツが背中に張りついた。

舞鶴城《まいづるじょう》公園に隣接する山梨県庁は、独特の雰囲気を持っている。県の機能は複数の建物に分散しているのだが、一九三〇年竣工《しゅんこう》の旧本館が象徴するように、全体に古びている。歴史を感じさせ、味わいがあるとも言えるが、機能性や耐震性の点では問題がありそうだ。

話すべき相手の電話番号を呼び出し、歩きながら耳に押し当てる。出るか出ないか、賭けのようなものだが……出た。だが、ひどく迷惑そうな声色である。

「何だ」話し方もぶっきらぼうだった。

「そろそろお会いできないかと思いましてね」

「無理だな」相手がにべもなく拒絶する。

「そう言わずに、お願いしますよ」この相手に対しては、下手に出るに限る。田舎の警察官相手に馬鹿馬鹿しい限りだが……。

「とにかく、しばらくは無理だ。何しろこの状況だからな」

「この状況って、どういう状況ですか？」

「あんた、皮肉でも言ってるのか？」かすかに怒りを滲《にじ》ませた声で言って、相手は電話を切ってしまった。

今年の初めにサツキャップになってから、南は新たなネタ元の開拓、あるいは復活を進めてきた。今電話した相手も、つき合いを再開した一人——刑事部全体の動きを知ることができる参事官だ。南がヒラのサツ回りだった頃、捜査一課の理事官から大月署長に転任したのだが、何となく気が合って、特に用事もないのに、わざわざ甲府から大月まで車を飛ばして会いに行ったりしたものだ。その後は南がサツ回りを外れたために疎遠になっていたが、彼が本部に戻って刑事部参事官になったことで、関係が復活している。

しかし、比較的暇な大月署長と刑事部参事官とでは、立場が違う。話にはつき合ってくれるが、多少よそよそしい感じが拭えない。

仕方ない……しばらく現場は若手に任せて、こっちは聞き込みだ。一人、気になる相手がいる。和佳奈にはどうやら、つき合っている男がいるようなのだ。新しい恋人ができて、子ども二人が邪魔になる——不自然でも何でもない。もしかしたら、二人で協力して犯行に及んだのかもしれない。

その相手の居場所が、ようやく割れそうだった。直接会って質問をぶつけ、相手の反応を見たい。記者が訪ねて行ったからと言って、涙を流して懺悔《ざんげ》するとも思えないが、表情は変わるかもしれない。せめてそれを見極めて、「印象」を得たかった。

そのまま車に乗りこもうと思った瞬間、携帯が鳴った。「広報官」の名前が浮かんでいる。何か新しく事件でも起きたのだろうかと訝《いぶか》りながら、携帯を耳に押し当てる。この暑さだ、苛立ちが頂点に達し、暴力的な犯行に走る人間がいてもおかしくはない。

「ああ、南さん？」

「どうも」広報官の溝内《みぞうち》は、捜査一課からこの春、広報官に転じた男だ。捜査一課一筋という経歴に似つかわしくなく、ガサツなところがない。ただし、如才なく仕事をこなすやり方を、南は警戒していた。あまりにもそつがないので、穴を見つけられないのだ。常に「公の情報しか与えない」立場で記者に接する。公平と言えば公平だが……。

「新報さんは今、幹事社ですよね？」

「ええ」

「ちょっとご相談が。今から会えます？」

「何事ですか？」南は身構えた。電話で話せないということは、相当面倒臭い話だ。

「それはちょっと、お会いしてから」

「福元《ふくもと》さんも一緒ですか？」地元紙のサツキャップ――南はこの男が大嫌いだった。田舎の人間関係をベースにした取材しかできず、頭を使う気がないらしい。

「もう声をかけました。おっつけ来ると思います」

「県警から記者クラブへ、何か通告がある、ということですよね」南は念押しするように言った。

「通告じゃなくて、ご相談です」

どことなく皮肉っぽい響きを感じながら、南は電話を切った。警察がマスコミをコントロールすることなど、簡単である。取材拒否をちらつかせれば、途端に皆弱腰になるのだ。どいつもこいつも、どうしようもない奴《やつ》らだ——自分も及び腰になるであろうことを忘れ、南は心の中で毒づいた。

戻るつもりがなかった庁舎に戻り、総務部に顔を出す。溝内が、小さな会議室から顔を出して南を手招きした。中に入ると、福元が既に腰かけ、唇の端で禁煙用のパイプをぶらぶらさせていた。南が福元の横に腰かけると、溝内が向かいに座り、間髪を容《い》れず切り出す。

「被害者の祖父……湯川宗継さんから警察に話がありましてね」

嫌な予感を覚え、南は座り直した。先ほど岩佐が言っていたことだろうか。強硬な姿勢でマスコミに対してきた湯川が警察に連絡してきたとなると……何とかしてくれ、いや、「何とかしろ」と警察を脅し上げたとしか考えられない。冗談じゃない。話が大きくなってしまう。

「各社、湯川さんの実家にも張り込んでいますよね」

「自制してますよ」先に福元が口を開いた。口からパイプを引き抜き、ぐっと身を乗り出す。「近所迷惑にならないように気をつけてるし、湯川さんにも無理強いはしてませんよ」

「そうは言っても、近所の人も困ってます。あなたたち、集まると威圧感があるから」

「大人しくやってますよ」福元が軽い調子で笑ったが、南はまったく同意できなかった。一歩引いて外から見てみると、確かにあの一団は異様である。特にテレビカメラ。どんなに静かな状況でも、テレビカメラがあるだけで一気に緊迫した雰囲気になる。

「近所からの声もあるし、もうちょっと自粛してもらえないですかね」

「取材のことですよ？　警察が何か言うべきじゃないでしょう」

南は思わず反論した。冗談じゃない、これは取材規制じゃないか……しかし福元は援護してくれなかった。

「クラブに持ち帰って相談しますわ。でも、そんなに心配することはないんじゃないかな。事件発生から三日でしょう？　もう少しすれば、どこも戦線縮小しますよ。捜査に新しい動きがあれば別だけど」

「そっちの方は、何も聞いてないですね」

溝内がしれっとして言った。聞いていないはずはない。何かあった時に、広報官が「知らなかった」では済まされないのだ。細部はともかく、大まかな捜査の流れについては逐一報告を受けているに違いない。捜査を担当している一課は、溝内の古巣でもあるわけだし。

「とにかく、ちょっと検討してもらえますか。湯川和佳奈さんの自宅の団地も含めての話です」

「そっちでもまた抗議があったんですか？」南はさらに突っこんだ。

「いや。しかし、一連の流れですから」

やはり実質的な取材規制か……南は、腹の底から不快感が湧き出すのを意識した。

「あー、だけど東京のメディアはどうするんですか」福元が呑気《のんき》な口調で訊ねる。

「テレビの方は、地元の系列局を通じてお願いするしかないでしょうね」

「雑誌は？　あの連中は、誰もコントロールできませんよ」

「それはまた、何か方法を考えます」

「本当ですか？　我々を追い出しておいて、東京のメディアが勝手に取材していたら、本末転倒じゃないですか」

南は厳しい口調で追及したが、溝内は平然としている。さすがに向こうが一枚上手だ、と南は心の中で両手を上げた。

「そういうことはないように気をつけますから。警察庁から話を通してもいい。向こうには、出版社に伝《つて》のある人間もいますから」

「じゃあ、今の件はクラブに持ち帰りますよ。今夜にでも協議しますんで」福元が話をまとめにかかった。

「よろしくお願いしますよ」やけに下手に出た口調で溝内が言った。

「しかし、こういうことを警察が言うのは――」南はなおも食い下がった。こんな既成事実を作られたのではたまらない。

「失礼」溝内がいきなり顔をしかめる。体を傾けて、ズボンのポケットから携帯電話を取り出した。着信を確認してから立ち上がり、二人に背を向けて窓の方を向いた。小声で話し始める。

「福元さん、何も素直に言うことを聞かなくても」南はへらへらしている地元紙サツキャップに、思わず文句を言った。

「まあまあ。警察と喧嘩《けんか》してもしょうがないし」

「そういう問題じゃないでしょう。だいたい――」

「何だって？」溝内が慌てた様子で甲高い声を上げたので、南は口をつぐんだ。いつも冷静なこの男らしくない。

溝内はしばらく相手の声に耳を傾けていたが、電話を切ると二人の方を振り向いた。

顔色が不自然に蒼白《あおじろ》い。

「すぐに発表文を用意するから、それまで伏せておいて欲しいんですが……」

「何ですか」南は無意識のうちに立ち上がった。伏せて欲しい――こんな条件を呑《の》んだら駄目だ。警察は何でも自在にコントロールできると思わせたら、その時点でマスコミの負けである。「伏せるとか、そういう問題じゃないでしょう。一報だけでも教えて下さいよ」

「湯川さんが――祖父が自殺を図った」

その一言は南を沈黙させ、動きを殺すに十分な重みを持っていた。

3

湯川宗継の自宅は、ＪＲ国母《こくぼ》駅の南西部、水田の中に住宅地が広がる中にあった。静かな一角で、夜ともなればカエルの大合唱に悩まされそうな場所である。

しかし、今その場を騒々しくしているのはカエルではなく報道陣だった。地元メディアに加えて、東京のテレビ局、週刊誌の記者たちが集まり、自宅を撮影したり、近所の聞き込みをしたりしている。それを見ているうちに、南は何だか無性に腹が立ってきた。自分も報道陣の一員なのだが……。

先に現場に着いていた、新人記者の満井《みつい》を摑《つか》まえる。既に様々な事件を経験し、夏の高校野球予選取材で日焼けしてたくましくなったように見えるが、実態はおどおどした弱気な男だ。厳しい現場で、苛立っている相手を宥めながら話を聞くなど不可能だろう。今はマスコミが殺気立っているだけだが、それは間違いなく近所の人たちにも伝染し、やがてマスコミに対する怒りに変わる。

「何か分かったか？」

「いや、今来たばかりなので」

それはそうだ。南は無理に苛立ちを吞みこみ、自分が知っている情報を話した。

「見つかったのは一時間ほど前だ。奥さんが、親戚のところに身を寄せているのは知っているな？」報道陣に自宅を囲まれて、精神的にだいぶ参ってしまったようである。

「はい」

「奥さんが自宅に電話しても、湯川さんは出なかった。携帯にも応答なし。心配して様子を見に来た親戚の人が、家の中で倒れているのを見つけた。切れたロープが近くに落ちていた。鴨居《かもい》にロープを引っかけたらしい」

「湯川さんは小柄な人でした」

一瞬、何を言っているのか意味が摑めなかったが、すぐに、背の高い人が鴨居で首を吊《つ》るのは無理があるのだと気づいた。湯川の場合、ロープが脆《もろ》かったせいで一命を取り留めたのだろう。

「いつ首を吊ったかは、まだはっきりしないけど、たぶん、今日の午後だな」

「容体はどうなんですか」

「意識が戻っていない。実質脳死状態のようだけど……死ぬことはなさそうだ」自分の言葉の矛盾に、南はすぐに気づいた。「脳死状態なのに死んでいない」というのは、明らかにおかしい。俺が慌ててどうするんだ、と南はゆっくりと首を横に振った。

「やばいですよね」満井の顔から血の気が引く。

「やばいな」相槌《あいづち》を打ちながら、南はもやもやとした思いを持て余していた。嫌な予感が頭に広がる。マスコミ批判はさらに高まるだろう。直接事件には関係ない——むしろ被害者遺族と言うべきだろう——祖父が自殺を図った。家の前には大量の報道陣。祖父がその状況を気に病んでいたのは間違いない。トラブルになったのを近所の人たちも見ているし、証拠の動画も残っている。ネットで叩《たた》かれるのはどうでもいいが、近所の人たちの態度が今より頑《かたく》なになるのは困る。聞き込みなどで、あまりにも非協力的な態度を取られると、取材に差し障るのだ。

「出て行け！」

突然怒声が響き、南は周囲を見回した。嫌な予感が早くも現実になりつつある、と直感する。湯川の隣家の窓が開き、顔を紅潮させた老人が、集まった報道陣を怒鳴りつけていた。

「お前らが殺したんだぞ！」

死んでない、と訂正したくなったが、そんなことができるはずもない。南は言葉を呑みこみ、少し離れた場所にいる報道陣の動きを見守った。湯川の家の前には制服警官が三人立ち、誰も敷地内に入れないようにしている。外へ押し出された報道陣は、家の前の歩道に集まり、一部は隣家の前まではみ出している。そんな状況でも、絶対に口を閉ざさないのがマスコミというものだ。あちこちに固まって小声で話し合っているのだが、大人数なので低い唸《うな》りのようになる。関係ない隣家の主人にしてみれば、鬱陶しいことこの上ないだろう。

「警察を呼ぶぞ！」隣家の主人が叫ぶ。

「もう、警察は来てますけどね」満井がぼそりとつぶやく。うんざりした様子を隠そうともしない。自分が、罵声を浴びせかけられている集団の一員だという事実に我慢できない様子だった。

「ちょっと聞き込みをしてみるか」南はぽつりと言った。

「マジですか」満井が目を見開く。「自殺なんて、記事にならないでしょう」

「記事にするかどうかはこれから決めるんだよ」デスクの北嶋の顔を思い浮かべる。もちろんこの件は、記事にはする。しかしあくまでさらりと触れるだけだ。デスクが望むような形で紙面は埋まりませんよ、と皮肉に考える。「とにかく、最近の様子を調べるんだ」

「……分かりました」露骨に不満そうな表情を浮かべて、満井がうなずく。

こちらとしては、家庭の事情を詳しく、祖父の口から聞きたかっただけだ。話さなければ話すまで粘るのが記者の基本だから、湯川もさっさと話せば自殺を企てるまで追いこまれることはなかったのに……どうせ新聞では顔写真を載せないし、テレビもぼかしをかけるだろう。名前だって、本人が希望すれば匿名にした。

しかし、マスコミが家の前で張っているだけで、自殺しようとまで悩むものか？　もしかしたら和佳奈から連絡があったのかもしれない、と南は想像した。犯行を打ち明けられ、絶望的な気持ちになって発作的に自殺を図ったとか……あり得ない話ではない。

二人は手分けして聞き込みを始めた。あいつら、馬鹿だよな……あそこで張っていても、何が起きるわけでもないのに。近所の人たちからまた罵声を浴びせられるぐらいが関の山だろう。

南はすぐに、この地区の自治会長の自宅を割り出した。表札で「矢田《やだ》」の名前を確認して、インタフォンを鳴らす。湯川の家からは百メートルほど離れているだろうか、ざわついた雰囲気も、さすがにここまでは届かなかった。

顔を出した矢田が、いかつい顔を引き攣《つ》らせている。すぐにでもドアを閉めてしまいそうな雰囲気だった。

「お騒がせして申し訳ありません」

矢田の表情が少しだけ緩んだのを確かめてから名乗る。矢田は、南が差し出した名刺を受け取ったが、持て余すように手の中で弄《いじ》っていた。七十歳ぐらいだろうか……小柄だが眼光は鋭く、頑固そうな性格が透けて見える。

「湯川さんのことなんですが」

「亡くなってないの？」

あけすけな言い方に、今度は南の方が一歩引いた。だが、矢田も情報を求めているのだと分かって、すぐにほっとする。こういう人間は、口は悪いが何かと話すものだ。少なくとも沈黙が続くことはあるまい。

「一命は取り留めたようですが、意識は戻っていないそうです」

「可哀想《かわいそう》にねえ……奥さん、元々体調がよくない上に、お孫さんがあんなことになって、倒れたんだよ」

「親戚のところに行かれているそうですね」

「自律神経失調症でね。ご主人は、自分もあまり体調がよくないのに、奥さんの面倒を見てて、大変な様子だった。だいぶ、精神的に追いこまれていて、辛《つら》そうだったね。奥さんは、最近はずいぶん回復したって聞いてたけど、家族にあんな問題が起きたら、調子だってまた悪くなるわな」

「ええ……湯川さん、事件のことについては何か話していませんでしたか」

「話すような雰囲気じゃなかったから」

「というと？」

「事件が起きた直後、まだおたくらが今みたいに集まってなかった頃ですけどね」矢田が非難するように言って、南を睨《にら》んだ。「湯川さんがうちに来て、『騒がしくなって迷惑をかけるかもしれない』って言ったんですよ。要するに、あんたたちにつけ回されることを予想してたんだろうね。その通りになったわけだ」

「事件で、精神的に参っていた様子ですか」矢田の非難を受け流し、南は質問を変えた。

「そりゃそうでしょう。確かに娘さんとの仲はあまり上手《うま》くいってなかったようだけど、孫は別だから。可愛《かわい》がってましたよ。家にも連れて来て、よく甘やかしてたね。この辺を、二人を連れて散歩していたこともある。普段見ないような、柔らかい表情だったけど……その孫が二人とも殺されたんだから、元気なわけがないでしょう。体のことや家族のことで問題を抱えて、かなり悩んでたんだからね」

「分かります」

「こういう時、放っておいてあげるのも大事なんじゃないかね」

「取材することがあるから張りつくんです」こんな言い訳をしても無駄だと分かってい

たが、南はつい言ってしまった。「別に、嫌がらせしてるわけじゃありませんよ」

「だけど、近所の人たちは皆困ってるし……昨夜《ゆうべ》も、湯川さんからうちに電話があったんですよ」

「どういう話ですか?」南は緊張で背中が強張《こわば》るのを感じた。

「マスコミが集まって、近所迷惑で申し訳ないって……でも、追い払う方法がないって愚痴を零《こぼ》してましたよ」矢田が南を睨む。

「きちんと話してくれればよかったんですよ」

「そんなこと、今になって言っても手遅れでしょう。何か上手い手はないかって相談されたんだけど、こっちだって分からないよね。取り敢《あ》えず、弁護士か警察にでも相談してみたらどうだって言ったんですけどね」

「弁護士?」

「これは人権侵害みたいなものでしょうが」矢田の声は、次第に怒気を帯びてきた。「あんたたちのせいで、湯川さんは人間らしい暮らしができなくなってたんだから」

結局、弁護士ではなく県警に相談したわけか……後で確認しなくてはならないが、湯川が警察に電話したのは今日——それも午後になってからだろう。それで自分たちが広報官に呼び出されたわけで……どこか筋が合わない。警察に相談した後で、何故首を吊ったのだろう。

やはり、娘との間で何かあったのでは、と想像してしまう。

「娘さん――和佳奈さんは、実家にはあまり寄りつかなかったみたいですね」

「孫を連れて来る時ぐらいじゃなかったかな」

「どうして疎遠になったんですか？」

「ああ、まあ……高校生ぐらいの頃から、折り合いはよくなかったみたいだね」矢田の顔が暗くなる。

「原因は何なんですか？」

「家の中のことだから、他人には分からないけど……高校生になる頃、娘さんが妙に派手になったせいかもしれないな。そういう年齢の頃には、よくあるでしょう」

「まあ、そうですね」

「それで、さっさと結婚しちまって。それも湯川さんは気に食わなかったんじゃないかな。娘さんのこと、その頃から何も言わなくなったから」

「その結婚した相手……黒石隆則《くろいしたかのり》さんなんですけど、こっちには顔を見せませんでしたか？　仮にも娘二人が殺されているんだから、駆けつけてもおかしくないと思いますけど」

「私らは見てないけど……まあ、顔は出せないんじゃないかな。あいつもろくでもない奴だからねえ」

思いもかけぬ強い言葉だった。矢田が「ろくでもない奴」と言うと、生きる価値すらない人間のように聞こえる。

「どんな風にろくでもないんですか？」

「人の悪口はあまり言いたくないんだけど」

「教えて下さい。今は、特別な状況だと思いますよ」

「……中学の頃から荒れててね。警察のお世話になることこそなかったけど、この辺では鼻つまみ者でしたよ。実際、何で警察はきちんと捜査しなかったのかね。子どもたちから金を脅し取ったり、喧嘩したり、ろくなガキじゃなかったよ」

中学卒業後、進学せずに地元の建築会社で働くようになった、ということは南も聞いている。もうずいぶん体が大きかったというから、力仕事の現場では重宝されたはずだが、その仕事は長続きしなかった。どこへ行っても同じで、仕事を始めてはすぐに辞める、という繰り返しだったようである。そんな中、よくある話だが、中学の同窓会で再会してつき合い始めた和佳奈がしばらくして妊娠、そして結婚、すぐに子どもが二人生まれたのだが……「上手くいくはずがない」という予感を、二人とも持っていなかったのだろうか。

「和佳奈さん、よくそんな相手と結婚しましたね」

「似た者同士ってことじゃないの」矢田の言葉は強烈に南の頭に突き刺さった。「若い時は、冷静な判断ができないもんだしね」

「でも、子どもたちに罪はないですよね」

「もちろん、湯川さんにもね。本当に可哀想だよ。もしも亡くなったりしたら、奥さん、一人きりじゃないか」

「娘さん――和佳奈さんがいるじゃないですか」

「その娘が刑務所に入ったら、どうなる？　そんな辛い人生はないよな」

「和佳奈さんが犯人だと決まったわけじゃないですよ」

矢田が耳を赤く染め、慌てて言い訳した。

「そういう風に言ってるのは、あんたらマスコミの人じゃないの？」

「そういう記事は、新聞には一行も載っていません」

警察が和佳奈を犯人と断定して逮捕するまで、迂闊《うかつ》なことは書けない。完全に犯人だと確信できる情報を、自分たちが独自に入手できれば別だが、マスコミは所詮警察ではない。だいたい、地元の人たちも、事件の発生直後から「和佳奈が怪しい」と噂し始めていたではないか。

「とにかく、自治会としても何とかするつもりですからね」矢田の口調は穏やかだったが、南はこれを一種の宣戦布告と受け取った。

「何とかって、どうするつもりですか」

「それこそ、弁護士にでも相談しますよ。人権侵害だし、近所の人間も迷惑を蒙ってるんだから、何とかしないといけないでしょう。マスコミだからって、何をやってもいいわけじゃないんですよ」

「ちゃんと自制してます」

　最近、この手のメディアスクラムは、特に厳しく批判されている。実際、山梨県警の記者クラブでは、事件取材に関して内部規定というか、協定を十数年前に結んでいた。重大事件の取材に際しては、相手の人権に十分配慮すること。近隣住民に迷惑をかけるような取材は避けること――しかし実際に刺激的な事件が起きた今、そんな取り決めを考えて動いている記者はいないだろう。実際、その取り決めがかわされた時に記者クラブにいた人間は、もう一人もいない。先輩たちが決めたことなど、守れるはずもない――南もそう思っていた。何より「取材第一」が、現場の人間としては普通の感覚である。

「そちらの感覚と、私らの感覚がずれてるんでしょうね。私らは、普通に、静かに暮らしたいだけなんだけど、あんたたちの頭には、そういう考えがないんでしょう」矢田が最後に、皮肉の矢を放った。

4

「これ、やばいっすよ」

　夜、緊急総会が開催される前に、記者クラブで声をかけてきたのは、やはり全国紙である東日新聞のサツキャップ、金澤《かなざわ》だった。キャップと言っても入社二年目、まだ学生の面影が残る童顔の男である。

「何が」ソファの上で目を瞑《つむ》っていた南は、できるだけ迷惑そうに聞こえるといいな、と思いながら応じた。

「ネットで、えらく叩《たた》かれてます。発信源は地元の人だと思いますけど、乗っかって祭りになってますよ」

「知るかよ」

　言いながら、南は金澤が差し出したタブレット端末を受け取った。人の評判ばかり気にしているからこいつは駄目なんだと思ったが、さすがに口には出さない。金澤は、巨大掲示板を見ていたようだ。南も時々覗《のぞ》くが、そこから事実を拾えることはまずないので——適当な憶測と罵詈雑言《ばりぞうごん》で埋め尽くされている——真面目には読まない。

「今日の夕方に立ったんですけど、スレがもう三つ目ですよ」

「暇な奴がいるもんだな」
南は、スレッドを流し読みした。はっきりは頭に入れないようにしようと心がけながら……目に入ってくる文字そのものに不快感を覚えるほどだ。

1：甲府から実況：08/08(金)17:42:23
甲府の女児二人殺人事件で祖父自殺

2：甲府から実況：08/08(金)17:45:09
>1
もとい
未遂です

3：甲府から実況：08/08(金)17:46:45
何で?

鬼母和佳奈の将来を悲観？

4：甲府から実況：08/08(金)17:48:21
マスゴミが大挙して張り込んでた
プレッシャーを受けた模様
マスゴミのせいで自殺だ

5：甲府から実況：08/08(金)17:49:02
またやってるよ馬鹿ども

6：甲府から実況：08/08(金)17:51:32
マスゴミ得意の集団いじめ？

7：甲府から実況：08/08(金)17:52:12

＞6
いるだけで怖いでしょ
あいつら態度悪過ぎ

8：甲府から実況：08/08(金)17:55:41
おお、これうちの近くだ
あいつらひどいよ
時間関係なくインタフォン鳴らしまくる
いなくなった後はごみだらけで近所のジイさんたちが掃除してる
地元として抗議することに決定した模様

勝手なことを……と思いながら、南も張り込みのマナーの悪さは実感していた。路上にごみを捨てていく人間さえいるのだから。

「どうするんですか、これ」

「ネットなんか放っておけよ。そのうち自然に沈静化するから」

「それはそうでしょうけど、張り込みのことは？」

「まあ……撤退だろうな」

警察経由で湯川が抗議してきていた時点では、要請を受け入れる必要はないと思っていた。だが自殺未遂となると、放っておくわけにはいかない。だいたい、誰もいなくなった家の前で張っていても意味はないのだ。問題は、和佳奈が住む団地の方である。あそこは今でも「要警戒」なのだが、近所の人たちの視線はこれからさらに厳しくなるだろう。実際、団地の自治会から、夜になって県警に要望が入ったらしい。

結局、誰も彼も警察に泣きつくのか。馬鹿馬鹿しいと思ったが、無視することもできない。ネットで何を書かれても気にならないし実害はないのだが、地元の人たちが人権問題を盾に抗議してきたら、これまで通りの取材は無理だ。

総会が始まる前に、南は支局に上がって支局長の水鳥《みずとり》と相談をした。デスクの北嶋は原稿の処理で忙しく、とても話ができる様子ではなかったから。

「湯川和佳奈がいつ戻って来るか分からないんですよ」南は抵抗した。自分でも張り込みを馬鹿馬鹿しく思っていたのに、上から言われると反発したくなる。

「戻って来ないさ。マスコミが張ってることぐらい、向こうだって予想してるだろう」

「しかし、ですね……」

「取材は張り込みだけじゃない。他にも手はあるだろう」水鳥が煙草《タバコ》に火を点《つ》けた。間もなく五十に手が届こうというこの支局長は、健康にまったく気を遣わず、今も煙草を手放さない。しかも建物内は原則禁煙なのに、自分だけは支局長室で平気で煙草を吸っている。

「いいんですか？　圧力に屈するようなことで」

「警察の圧力ならともかく、地元の人たちが問題視してるのは、無視できない」

「そうですか」話し合う余地はないな、と南は判断した。ここで自分一人が意固地になっても仕方ないだろう。

総会でも、すぐに結論が出た。和佳奈の自宅前での張り込みは直ちに中止。抜け駆けは許さない。東京から来ているメディア、特に雑誌の方はコントロールしようがないが、そこは放っておくしかない、という結論になった。あの連中が無茶な取材を続ければ、評判を落とすだけだ。

「特に態度に問題があった社がいたんじゃないですか。せめて、ごみのポイ捨てをしないとか、そういう配慮ぐらいはしないと」

「張り込みは中止にするんだから、今さらそういう細かいことを言っても……」総会の司会を務めた地元紙サツキャップの福元は、さっさとこの会合を終わらせたい様子だった。

「細かいことに気を遣わないから、近所の人たちの心証を悪くするんですよ。だいたいマナーが……」

「とにかく、張り込みは中止だ」福元が声を張り上げ、南の指摘を途中でぶった切った。「何かと煩《うるさ》い時代だから、自重しましょうや」

福元の気の抜けた言葉が合図になったように、記者たちが一斉に立ち上がる。南は一人、ソファに腰を下ろしたままで腕を組んだ。何となく気に食わない……全てが。一部のマナーの悪い記者のせいで「メディアスクラムだ」と文句を言われ、ちょっと突《つ》かれると今度は一斉に引いてしまう。自分たちがやっていることが悪いと思わなければ、相手の要求など撥《は》ねつければいいのだ。

ふと、これは県警の嫌がらせなのではないかと思った。この事件は……「格」からしたら大したことはないと思う。革命が起きたわけではないし、国際的なスパイ事件というわけでもない。ただ、読者の琴線に触れる「ウエットさ」を持っているのだ。母子家庭。子どもは二人とも女の子。どうしようもない父親。母親もまともな人生を送っているとは言えない。そして貧しさ——全てが、人を引きつける要素を持っている。

自分より惨めな人に対して、哀れみと好奇の目を向けるのは快感だ。それ以上の快感は、自分より金持ちで社会的立場も上の人間が追いこまれるのを見る時だけ得られる。

この事件は、テレビのワイドショーや週刊誌などの恰好《かっこう》の餌食になっている。だがそれは、南たちにはコントロールしようもないことだ。それに週刊誌は新聞批判をするが、新聞は週刊誌批判をしない。何故《なぜ》なら——新聞記者は、自分たちをジャーナリズムの中で最高位にいると自負しているからだ。上の人間が下の人間を批判したら、それは単なるいじめである。南の感覚ではそういうことだった。

本当に張り込みは中止されたか——確認のため、南は一人で団地に向かった。そんなことを確かめる義務などないのだが——記者クラブの幹事社など、名目だけのものである——加盟社がどれだけ素直なのか、皮肉な目で見届けてやるつもりでいた。

団地の前、いつものポジションには誰もいない。どこか一社ぐらい抜け駆けしているのではと予想していたので、何となく気が抜けた。皆で決めたことには黙って従うのか——それを言えば自分もそうだが。

車を降りて、団地の周囲をぐるりと回った。何となく釈然としないのだが、何が気に食わないのか自分でも分からない。気が滅入《めい》る一方だ。夜になっても一向に気温が下がらず、熱い風が頰を撫《な》でていくのも気に食わない。この暑さが苛立ちに拍車をかけているのは間違いないわけで、本音ではたっぷり一週間ほど休みを取って、涼しい北海道にでも逃げたかった。

だが、それはできない。

本当のチャンスはむしろこれからやって来るのだから。事件発生から一週間も過ぎれば、東京から取材に来た連中は去って行くだろう。肝心の和佳奈の行方が分からないままなら、報じることがなくなってしまうからだ。テレビは新しい「絵」を撮れず、週刊誌も突っこむ材料をなくす。しかし自分たち地元の記者としては、それからが本当の勝負なのだ。これだけ注目を浴びた派手な事件で特ダネを打てれば、大きなポイントがつく。秋——十月の異動時期には、東京本社に上がれるかもしれない。自分だけが地方に取り残されたような不快感から、ようやく解放されるのだ。全国紙の記者の活躍する場所は、やはり東京である。いつまでもこんな場所で燻《くすぶ》っているわけにはいかない。

「新報さんですか?」

いきなり声をかけられ、南は心臓が跳ね上がるのを感じた。誰もいないと思っていたのに。左側——団地の敷地内から、一人の男が姿を現した。小柄。年齢は南と同じか、少し上ぐらい。黒いポロシャツにジーンズというラフな恰好で、デイパックを左肩に引っかけていた。足元はくたびれたスニーカー。眼鏡の奥の目は暗い。

「週刊ジャパンの水内《みずうち》です」

週刊誌か……しかも新聞系ではなく出版社系。スキャンダル記事に強いのが特徴だ。

「何ですか」そもそもどうして自分が新報の記者だと分かったのだろう、と南は訝った。名刺を交換した記憶はなく、むしろ接触を避けてきたのに。

「地元の皆さん、何だか急に引いちゃったんですね」

「張っても無駄ですよ」クラブの取り決めなど、関係ない人間に話しても意味はない。

「張り込みの必要がなくなったってことですか」水内が、眼鏡の奥の目をさらに細めた。

「その辺は、こっちの判断なんで」南は言葉を濁した。

「湯川和佳奈の居場所が分かったとか？」

「そもそもあなたが本当に週刊ジャパンの人かどうか、分からないでしょう」名乗るだけなら誰でもできる。野次馬かもしれない、と南は考えていた。実際、報道陣がここに集まっていた時には、野次馬も多かった。何が面白いのか分からないが、報道陣も含めて団地の様子を撮影したりして……要するに「観光地」扱いだったのか。今はどこの現場に行っても野次馬がいる。しかもデジタルカメラとカメラ付き携帯の普及が、野次馬の質を変えてしまったようだ。とにかく条件反射のように写真を撮る。後で誰かに見せて自慢するのか、記念に保存しておくのか……。

「あれ？　失礼しました」水内が恍けた口調で言った。「名刺を渡した気になっちゃって」

腰を低くして、名刺を差し出す。南は受け取ったものの、「週刊ジャパン」と水内の名前を確認しただけで、すぐにジャケットのポケットに落としこんだ。こんなもの、いらない。本当に週刊誌の人間だと確認できればよかっただけだ。もちろん、名刺も誰でも作れるものだが。

「ずいぶん熱心なんですね」南は溜息をつきながら言った。

「そりゃそうですよ。これだけの事件ですからねえ」

水内が熱心にうなずく。南の皮肉はまったく通用していないようだった。面の皮が厚そうな男だな……と鬱陶しくなる。

「何か摑みました？」

「いや、我々みたいに落下傘で取材しても、何も分かりませんよ」

水内が肩をすくめる。落下傘、という言葉の意味は南にもすぐに分かった。いきなり敵陣深くに放りこまれ、誰に当たればいいかも分からない状態で「ネタを持ってこい」と命じられる——確かにきついだろうが、単にこの男の取材力が足りないだけかもしれない。

「どうなんですか？　湯川和佳奈の行方はまだ分からないんですか」水内が、食いつくような勢いで訊ねる。

「さあ、どうですかね」

「ちょっと情報を分けて下さいよ」水内が親指と人差し指の間を一センチほど開けた。

「新報さんにはいつもお世話になってるんですから」

「それは東京の話でしょう？　本社の記者とどんなつき合いをしてるかは知りませんけど、ここは甲府なんで」

「まあまあ、そう言わずに」

何がまあまあ、だ。南は次第に怒りが膨れ上がるのを感じた。こいつが求めているのは、いわば二次情報である。人から聞いた話を適当に記事にでっち上げて、来週号に間に合わせる――クソみたいな仕事だ。

「頑張って、自分の足で稼いで下さい。我々の情報なんか当てにしないで」

「使えるものは何でも使うのが、我々のやり方なんで」

「何か知りたかったら、明日のうちの朝刊でも見て下さい」

「何か書いたんですか？」水内の視線が鋭くなる。

「事件の関係なら、もちろん書いてますよ」和佳奈の父親が自殺を図り、意識不明の重体になっている話。わずか十行。

「それをちょっと――」

「新聞と週刊誌じゃ締切が違うんだから、慌てて話を聞いてもしょうがないでしょう……それと、この辺をうろうろしていると警察が煩いですよ。警戒を強化することにしたみたいだから」

言い捨て、南は踵《きびす》を返した。気に食わない。むかつく。仮にもジャーナリストを名乗るなら、自分の足でネタを稼いでみろ。苛々したまま車に乗りこみ、煙草に火を点ける。深々と一服してから室内灯をつけ、先ほど貰《もら》った名刺を確認した。「週刊ジャパン編集部」の名前と電話番号、住所とメールアドレスがあるだけ。思い切り捻《ひね》って小さな棒状にすると、灰皿に突っこむ。できれば火を点けて燃やしてしまいたかったが、そんなことをすれば車内に煙が充満するだけだ。

薄汚い野郎の煙で窒息するなど、馬鹿げた限りではないか。

5

午後九時過ぎ。南は甲府市の南西部にいた。この辺は中央自動車道の甲府昭和インターチェンジにほど近い住宅街であると同時に、県立大や高校などがある文教地区でもある。そのせいか、夜になると交通量も少なくなって非常に静かだ。ずっと走ってきた通称「アルプス通り」の沿道にファミリーレストランやコンビニエンスストアが建ち並んでいる様は、首都圏の国道十六号沿線を彷彿《ほうふつ》させる。八王子で高校時代までを過ごした南にすれば、どことなく懐かしい光景でもあった。八王子と甲府か……距離にすれば百キロも離れていないのだが、心情的には故郷遥《はる》けし、という感じだった。故郷に特に思い入れがあるわけではないが、甲府に関しては憎しみしかない。

こんなところで、俺は何をやってるんだ。

夕食を摂り損ねたのを思い出し、アルプス通り沿いにある牛丼店に入った。急ぐ用事ではないが、ゆっくり食事を楽しむ気にもなれない。手っ取り早く腹が満たせればいいのだ。牛丼に豚汁、半熟卵。急いでかっこめば三分で済んでしまう。実際、店を出る時に壁の時計を見ると、五分も経《た》っていなかった。

店を出ると、隣の隣がコンビニエンスストアだと気づいた。灯《あか》りに誘われるようにふらふらと近づき、雑誌の棚の前に立つ。最新の「週刊ジャパン」があったので、思わず手を伸ばした。締切日の関係か、今回の事件については掲載されていない。来週号では派手にやってくるだろう。水内がまともなネタを摑めば、だが。

立ち読みだけして立ち去るのも気が引けて、南はメビウスを一箱、それに冷たい缶コーヒーを一本買って店を出た。店の前、隣のカメラ店に近い場所に吸い殻入れが置いてあるのを見つけ、そこで煙草をゆっくり吸いながら、缶コーヒーで喉を潤す。やたらと駐車場が広いのは、この街の他のコンビニと同じだ。もう少し時間が遅くなると、若い連中がたむろし出すだろう。甲府には、若者が楽しめるような場所があまりないのだ。もっとも、最近の若い連中はそれでも困らないのかもしれない。家でネットでもやっている方が、よほどいい暇潰しになる。

躊躇《ちゆうちよ》しているな、と自覚する。これから参事官に会いに行くつもりだったが、昼間、面倒臭そうに電話を切られた嫌な記憶はまだ鮮明だった。上手く摑まえられても、あっさり追い返される可能性が高いし、居留守を使われる恐れもある。当てにならないネタ元を頼るよりも、もっといい筋があるのではないか——しかし今はどうしても、警察の動きの本筋を摑んでおきたかった。そのために一番いい取材相手がこの参事官である。一本で済ませるはずの煙草をもう一本吸い、コーヒーを飲むスピードを落とす。俺はどうして躊躇っている？　玄関先で門前払いを食わされることなど、慣れているではないか。無駄に刺激して、貴重なネタ元を失うのが怖い？　そんなことはない。所詮あのネタ元は、甲府にいる時にしか使えないのだ。東京へ戻れば、甲府のネタをいくら貰っても意味はない。

よし、行こう。どうして気が引けているのか分からなかったが、ここでやめる意味はない。

石澤巧《いしざわたくみ》参事官の自宅は、甲府市の西の外れにある。甲府市はそもそも東西には狭く、南北に極端に長い棒のような形をしており、彼の家はあと五十メートルほどで隣の甲斐《かい》市に入る場所だった。甲府市の郊外と言えば郊外だが、県内の他の街と何が変わるわけではない。水田を潰して住宅地を造成した街——広々として清潔だが、それだけだ。

石澤の家は、他の住宅とよく似た新しい家だが、一つだけ、分かりやすい特徴がある。車だ。

彼の趣味は変わっていて、少し古い車を好んで乗り回す。本人いわく、「ちょっと手がかかる方が面白い」そうで、休日は自宅で車の整備に時間を費やすという。署長時代はいすゞの117クーペ、本部に戻ってからは、二十年以上前の車である日産レパードの二代目モデルに乗っていた。クーペにラグジュアリーセダン……好きな車のタイプは一貫していないようで、最新の一台は何とミニである。それも、BMWに買収される前の「クラシックミニ」。運転している姿を見たことはないが、百八十センチ近い長身の石澤が、軽自動車よりも小さなミニに乗っている姿を想像すると笑えてくる。

今、石澤は自分で車を運転して県警本部に通っているはずだ。山梨県は公共交通機関網が貧弱だし、刑事部参事官という役職だと、運転手つきの車は回してもらえないのだろう。

そのミニ――色は淡い青――は、玄関脇のかまぼこ型のガレージに小ぢんまりと収まっている。かつては全長五メートル近いレパードを楽々と呑みこんでいたガレージは、ミニには大き過ぎた。

家にいる、と判断して一度離れる。近くの中学校の裏の通りに車を停《と》めて、家まで三百メートルほどの距離を歩き出した。夜回りをかける相手の家の側《そば》に車を停めてはいけない――という新人時代の教えを、今も律儀に守っている。それにしても暑い……歩いているうちに、また汗が噴き出してきた。最近、南はタオルハンカチしか使わない。いっそ、長いタオルを首に巻き、汗を拭きながら歩き回りたいところだが、それではさすがにみっともない。

三百メートルを歩き切った時には、頼りのタオルハンカチもすっかり濡《ぬ》れていた。ノックする前に、近くに小さな公園があったのを思い出す。水飲み場で顔を洗い、汗まみれのハンカチで拭いて、ようやく生き返った気分になった。一つ息を吐き、ハンカチを丁寧に畳んでズボンのポケットに入れてから、改めて石澤の家を目指す。

車があるから家にいるはずだとは思ったが、相手の顔を見るまでは安心できない。インタフォンを鳴らして石澤が顔を出すまでの数秒間で、鼓動が一気に高まった。石澤が、在宅している限り必ず自分で玄関に出て来る男なのが幸いだった。妻が応対する家の方が多いのだが、それだと向こうに準備する暇《いとま》を与えてしまう。

「何もないぞ」南が挨拶するより先に、石澤が言った。表情は消えている。不機嫌というより、用心している時に特有のものだ。

「いきなりそれですか」南は苦笑した。この反応は予想できていたが、やはり簡単に受け止められない。

「それしかないだろう」

「県警も、今回は苦労してますね」

のろのろやりやがって、という本音をオブラートに包む。しかし石澤は、あっさり言葉の裏を見抜いたようだ。顔を引き攣らせながら、「文句があるなら、このまま帰ってもらってもいいんだぞ」と脅した。

「文句なんか言ってませんよ」南は肩をすくめた。「それより、土産です」

紙袋を差し出すと、石澤の表情が緩む。中身は、老舗の洋菓子店のケーキ。酒をまったく呑まない石澤は甘党で、土産は常にこの店のケーキと決まっていた。本人から聞いたわけではなく、コーヒーを出してくれたカップが、その店の三十周年記念のものだと気づいたからだ。

「ま、上がりなよ」声の調子も軽くなっていた。

「失礼します」安い買収だな、と南はほくそ笑んだ。ケーキ四つで千二百円。東京の高級店ならこの倍以上は取られるかもしれないが、所詮は甲府の洋菓子屋である。

新築間もない石澤の家には、そこかしこに畳の香りが漂っている。洋菓子好きなのに、家に関しては「和風」にこだわっているらしい。通された応接間も、畳の香りがすがしい和室だった。座卓を挟んで座ると、すぐに石澤の妻がお茶を運んで来た。

「またお菓子ですか」笑いながら言ったが、非難するような調子が滲んでいる。石澤は最近太り気味で、健康診断の数値もよくないらしい。

「すみません、他に思い当たらなくて」南は素直に頭を下げた。取材対象の家族に嫌われたら、関係は消滅する。

「たまには甘い物もいいんだよ」石澤が言い訳するように言った。

「食事の後にドーナツを食べたじゃないですか」

妻の非難……南が直視すると、石澤が顔を赤らめた。

「ほら、仕事の話だから」

妻を追い払うと、石澤がむっとして腕組みをする。南が「仕事の話をするんですか」と突っこむと、さらに不機嫌な表情になった。せっかくのケーキを前にしているのに、箱を開けようともしない。南にとっては幸運なことだったが……甘い物は基本的に苦手で、食べるのは石澤につき合う時ぐらいだ。

石澤が、寿司屋《すしや》の湯呑に入った茶をすする。湯呑の縁越しに南を見て、視線で探りを入れてきた。

「記者クラブでごたごたがあった話は聞いてますか」

「ああ。でもそれは、そっちの問題だろう？」

「いやいや……警察が圧力をかけてきたと判断してますけどね」

「警察は、取材活動を規制したりしないよ。違法行為でもしてない限りはね」

「違法行為はないですね。端から見ていて鬱陶しいのは間違いないでしょうけど」

石澤が喉を鳴らすようにして笑った。どうやら機嫌は直りつつあるらしい。だいたい、昼間南を邪険にした時も、この事件の関係で忙しかったとは限らないのだ。参事官は、刑事部の全ての活動に目を光らせている。決して、捜査一課が刑事部の全てというわけではないのだ。

「で、どうしたって？」

「現場は解散しましたよ。今見てきましたけど、誰もいませんでした」

「俺もそう聞いてる」

「やっぱり監視してるんじゃないですか」

「たまたまパトカーが通りかかって、連絡を上げてきただけだ。夜間も、警ら活動をサボってるわけじゃないからな」

このタヌキめ、と南は心の奥で笑った。馬鹿馬鹿しい腹の探り合い——しかし石澤は、元々こういう男なのだ。真実をずばり指摘することはなく、必ずほのめかすような言い方をする。ただし、こちらが誤解するようなミスリードは決してしない。

「ただし、週刊誌の連中までは抑えられませんよ」

「そりゃそうだろうな」

「今夜も現場でうろうろしてました」

「団地の敷地内にいたら、叩き出してやるよ。自治会と公社からも苦情が出てるし」

「荒っぽいことをしたら、それはネタにさせてもらいますよ」

「よせよ」石澤がまた茶を一口飲む。湯呑をゆっくり座卓に置くと、袋の中をちらりと覗いた。どうやら我慢することに決めたようである。食後のデザートにドーナツを食べた後で、バタークリームをたっぷり使ったケーキは、いくら何でも食べ過ぎだ。二つ合わせて一食分ぐらいのカロリーがあるのではないか。

「だいたいあんたら、完全に読み違えているよ」

「何をですか」

「何であの団地で張ってたんだ？」

「そりゃあ、母親の家だし」

「現場だよな。殺人事件の現場」

何が言いたいのか……南は質問を呑みこんだ。露骨な質問は、たいていの場合石澤を苛立たせる。基本的に、禅問答のようなやり取りが好きな男なのだ。曖昧な言葉、抽象的な説明、理解に苦労する比喩——そんな会話を続けていれば、賢く見えると思っているのかもしれない。もちろん、刑事部の参事官にまで昇り詰めた男だから、馬鹿な訳はないが。

「犯人は現場に戻りたがると思いますけど」

「そもそも、湯川和佳奈は犯人なのか？」

「今、その前提で話してませんでしたか？」

「俺は一言も、そんなことは言ってないけどね。マスコミの皆さんが、勝手に決めつけてるだけじゃないの？　ワイドショーとか、ひどいみたいだな。うちの嫁が観《み》て、憤慨してたよ。まるで、甲府がデトロイトみたいな伝え方だったらしい」

「無法地帯みたいじゃないですか」あそこはしばしば、アメリカの「危険な街ランキング」で上位にランクインしているはずだ。

「とにかく、甲府がとんでもない街であるかのようなイメージを広めるのは勘弁して欲しいな」

「それより、湯川和佳奈はどこへ行ったんですかね」

「まったく分からない」

「自殺した？」

「そんな話は聞いてないな」

予想通りの蒟蒻《こんにゃく》問答だ。押せば揺れ、引いても揺れ、どこに落ち着くのかまったく分からない。こういう話なら永遠に続けていけるが、家を辞する時には疲れが残っているだけだろう。

「湯川和佳奈以外に容疑者はいないでしょう」

「むしろ、一人もいないと言った方が正確じゃないかな。現場からは何も手がかりが出ていないんだから。犯人も、現場に証拠を残さないようにするぐらいは考えるだろう」

「でも、強盗とかではないでしょうね」

「それはちょっと考えられないな。だいたい、あの家は金には困ってたんだし」石澤が湯呑の縁を指先で撫でる。「もっとも、湯川和佳奈本人がいないから、盗まれた物があるかどうかも分からないが」

「となると、やっぱり湯川和佳奈が怪しいんじゃないですか？　新しい恋人の方はどうなんですか。恋人ができたから、子どもが邪魔になったとは考えられませんか」

「湯川和佳奈のことを、どれだけクソ野郎だと思ってるんだ？」

「大したクソ野郎じゃなくても、こういう事件は起こすでしょう。湯川和佳奈だって、切羽詰まってたかもしれないし」

「恋人との関係で？　それは切羽詰まってとは言わない。自分勝手な事情だ」

石澤は決して認めないが、二人の会話は和佳奈が犯人だという前提で進んでいる。実際、他に容疑者はいないのだ。他に怪しいのは別れた夫だが、現在のところしっかりしたアリバイが成立している。それに、離婚してからは完全に没交渉なのだ。娘たちに会いたいと思わないのが不思議だが、要するにこの男もクソ野郎なのだろう。そもそも家庭を持つべきではなかったのだ。

「ま、とにかく、被害者宅で張るのは筋が違うよ」

「どういうことですか？」単純な問いはこの場では禁句なのだが、つい口にしてしまった。

「湯川和佳奈の父親の自殺未遂……あそこに張りついたのは、本当に余計だったたな」

「いや、当然の取材ですよ。家族に連絡が来るかもしれないと考えるのは普通でしょう」慌てて言い訳する。

「折り合いが悪かったのに?」

「だけど、父親は金の援助はしてたじゃないですか。断絶状態だったら、そんなことはしないでしょう」

「娘の方が、金を渡さないなら子どもを殺して自分も死んでやると騒いだそうだ。せびるとか、そういうレベルじゃなかった」

「そんなことが?」南は眉をひそめた。初耳だ。

「ひどかったそうだよ……って、あれ、あんた、知らないのか」

「そこまでひどい話は初耳ですね」

「近所で聞けばすぐ分かるさ」石澤が鼻を鳴らす。「これは、大事なことだと思うけどねえ」

南は唇を噛《か》んだ。確かに大事なことだし、簡単に割り出せた話であるとも思う。もしも和佳奈が、実家の玄関前で父親と怒鳴り合っていたら、近所にはすぐに知れてしまっただろう。そうでなくても、田舎のことだ。噂はすぐに広まったはずだ。

「ところで和佳奈のフェイスブックのページ、見たか?」石澤から新たな話題をふってきた。

「ええ」

公開されたそのページには、一種の薄気味悪さを感じた。毎日のように愚痴を書きまくり、その中には実家や別れた夫、さらには子どもたちに対するものさえあった。子どもなんかいなければ、もっと生活も楽なのに。遊べるのに。実名で、しかも誰が読むか分からないネット上でそんなことを書いている人間がいるのが信じられなかった。子どもに対してそんな風に言及していることも、「和佳奈犯人説」の根拠になっている。要するに和佳奈はまだ若く、自分のことしか考えていないのだ。子どもなど放っておいて、まだ遊び回りたいのだろう。

あれやこれやの状況が想像力を刺激するのか、ネット上で和佳奈は、「鬼母」と呼ばれている。彼女の写真を下品にコラージュしたものも出回っていた。

「とにかく湯川さんにすれば、プレッシャーは大変なものだっただろうな」

「……だから、県警に泣きついた」

「うちとしても、ああいうことを言われても困るんだけどな」本当に困ったように石澤が言った。「被害者家族から要望を受ければ、真面目に検討せざるを得ない。だけどそれがマスコミ関係のこととなると、そう簡単にはいかないだろう。広報官は上手く処理したと思うけどな」

「つまり、上手くいった、ということですよね」

「あくまで、あんたらが自主的に判断したことだよ」

南は黙りこんだ。確かに自主的に決めた形にはなっているが……何だか釈然としない。この問題は後を引きそうな気がした。

南がぶすっとしているせいか、石澤が妙に明るい声で話しかける。

「まあ、いずれ何とかなるだろう。うちの捜査一課は優秀だから」

「そうですか？　動きがまったくないんですけどね」

「一々あんたの耳に入ってくるわけじゃないだろう」

「裏で何か、具体的に動きがあるんですか？」

「そうがっつくなよ」石澤が苦笑する。「とにかく、湯川和佳奈が見つかれば何とかなるだろう」

「つまり、湯川和佳奈が犯人だと」

「事情を知る人間ということだ。先走るなよ」

「先走るもクソもないでしょう。どうせこんな話は書けないんだから」

しかし、状況証拠はある。

フェイスブックに書かれた彼女の愚痴もそうだし、近所の人たちの証言から、子どもたちに対する虐待が疑われてもいる。団地なので、プライバシーが完全に守られるわけでもなく、時折子どもたちの泣き声や和佳奈の怒声が響くのを多くの人が聞いていた。

さらに、子どもたちが時々奇妙な傷を負っていたことが、保育園でも確認されている。腕に煙草の焼け焦げのような跡。顔に痣《あざ》。保育園は児童相談所に話を持ちこんでいたが、調査が始まる直前にこんな事件が起きてしまった。何というタイミングの悪さか、と南は怒りを覚えていた。

虐待から殺害へ——その流れはいかにも自然で、南もそこにすがりつきたくなる。

「とにかく、変に走らないで欲しいね。犯人捜しはこっちに任せてくれないか」

「警察がちゃんと情報を出してくれるなら、何も言いませんよ」

「そういうのは、広報官がきちんとやっているだろう」

「広報官が話してくれるのは、表面だけの話じゃないですか」

「ケーキ、食べるか？」しれっとした口調で石澤が話題を変えた。「男二人が、午後九時過ぎにケーキ。なかなか趣があると思うがね。何だったら、コーヒーでも淹《い》れさせるよ」

「俺はいいですよ」白々しい石澤の言葉に、南は思わず苦笑してしまった。甘い物が苦手な上に、先ほど飲んだ缶コーヒーの甘みがまだ舌に残っている。どうしてブラックにしなかったのだろう、と悔いた。お茶を一口飲んで口中をさっぱりさせようとしたが、缶コーヒーの甘みは意外にしつこかった。

やはり、和佳奈はもう自殺しているのではないか——山梨は山の県だ。人目につかずに死ねる場所はいくらでもある。

そういう事件なのだ、と自分に言い聞かせようとした。元々、南は単純な事件を想定していた。普段からの虐待がエスカレートしたのか、何かの事情で子どもが邪魔になったのか、母親が実の子二人を殺害。簡単に捕まるはずで、動機を掘り下げるのが記事の中心になるだろう——だが、発生から三日が経っても、母親の行方がまったく分からないとなると、話は行き詰まってしまう。

とは言え、無理に記事を書くわけにはいかない。自分は新聞記者だ、という自負があった。変な方向に読者を引っ張りたくない。

しかし自分がどこを目指して行くべきか、南は標識を見失いかけていた。

6

825：甲府から実況：08/09(土)00:12:18
鬼母のパパ依然意識不明の模様
826：甲府から実況：08/09(土)00:17:42

マスゴミ引いたみたいよ
現場の団地にもパパの家の周りにも誰もいない
反省して撤収したか

827：甲府から実況：08/09(土)00：18：10
＞826
夜だからじゃね？
朝になったら戻って来るかも

828：甲府から実況：08/09(土)00：21：32
あいつらマジ迷惑
いるだけでウザい
イナゴの大群みたい
でもイナゴはごみ捨てないしあいつらイナゴ以下だな

829：甲府から実況：08/09(土)00:25:09
>>828
それな
聞き込みとかしてるんだけどひどいよ
だいたいろくなこと聞いてない
母親を犯人と決めつけてその前提での誘導尋問だから
だけど近所のおばちゃんとかそれに影響されてみんな母親がやったって噂してる
鬼母はもう社会的に抹殺されたも同然だな

830：甲府から実況：08/09(土)00:26:52
ああいう取材は規制すべきだな
こんな事件なんて報道する意味なし
もっと伝えるべき大事なことがあるはず
あんなことやってるからマスゴミは信頼をなくすわけ

もっと天下国家のこととか取材する意義のある素材はあるでしょ

831：甲府から実況：08/09(土)00:28:35
>830
天下国家の話だとそれはそれでまたやらかすから
既存のマスゴミいらねくね？

832：甲府から実況：08/09(土)00:30:51
>831
じゃどうする

833：甲府から実況：08/09(土)00:33:28
>831
公式情報垂れ流しでいいんじゃね？

検証はネットですればいいし
専門家がたくさんいるからマスゴミよりよっぽど役に立つよ

834：甲府から実況：08/09(土)00:35:02
＞833
都合の悪い話が出てこなくなりますけど？
検証とかいって出てこない情報をどうやって検証するのよ
サーバーにハッキングでもしかける？

835：甲府から実況：08/09(土)00:37:11
サーバーに全部情報が載ってると思ってる時点で＞834は馬鹿

836：甲府から実況：08/09(土)00:38:51
じゃあ＞835はどうすりゃいいと思うんだよ

対案出さないで馬鹿呼ばわりは馬鹿だしｗｗ

８３７：甲府から実況：08/09(土)00:40:26

＞８３６
ガキの喧嘩ｗｗ

８３８：甲府から実況：08/09(土)00:43:06

だいたいこんな事件なんて報道に値しないんだよ
喜んでるのって人の家の事情をのぞき見したいおばちゃんたちだけじゃん

そういうお前らも、この事件に乗っかって、騒いで楽しんでるんだよな。もしや、全てが政府のコントロール下にあるのではないか……不満をぶちまける場所をサイバースペースに用意しておけば、誰も危険な行動に走らない。デジタル時代の「パンとサーカス」だ。

南は溜息をついて、パソコンをシャットダウンした。何というか……ネットをチェックするのは本当に疲れる。特に掲示板は、何の考えもなく吐き出される生の言葉の羅列であるが故に、気持ちを不快に刺激する物も少なくない。それでも追っているうちにいつの間にか時間が経ってしまい、それでまた疲れが増幅される。

もう午前一時近いのか……立ち上がって伸びをすると、背中からばきばきと嫌な音が響いた。肩凝りを意識するようになったのはいつからだろう。少なくとも、学生時代にはこんなことはなかった。最近は真面目に、マッサージチェアを買おうかと考えている。痛い出費だが、南は煙草と酒以外にほとんど金を使わないから、何とでもなるだろう。

泊まり勤務の満井は、赤くなった目を無理やり開けて、パソコンの画面を覗きこんでいる。ご愁傷様だよな、と南は密《ひそ》かに思った。泊まり勤務は、全国版の最終締切である午前一時過ぎまでは起きて警戒を続けるのが決まりだ。ただし、一人きりなら途中で居眠りもできるだろう。何か事件でもあれば必ず連絡が回ってくるはずで、何も知らないまま朝を迎えるということはまずない。

自分がいるせいで、貴重な居眠りタイムを奪ってしまったことになるが……そもそも満井は、普段から緊張感が足りない。多少寝不足の方が頭が冴《さ》えるのではないだろうか。

南は、自分のスクラップブックを開いた。今回の事件の記事を探してもう一度読んでみる。過不足のない、無難な記事……この裏に、書いていない情報が大量にあるのだが、それらが表に出ることはないだろう。

8月5日午後6時頃、甲府市湯村の県営団地1階の部屋で異臭がすると、隣に住む主婦(42)が警察に届け出た。

甲府署が調べたところ、ドアに鍵はかかっておらず、室内で女児2人の遺体が発見された。遺体には首を絞められた痕があり、窒息死と見られ、県警は殺人事件と断定、甲府署に捜査本部を設置した。捜査本部で詳しい死因を調べている。

この部屋には、母親(24)と5歳の長女希星(きらら)ちゃん、3歳の次女乃亜(のあ)ちゃんが住んでおり、遺体はこの姉妹と見られるが、母親の姿はなく、警察で行方を捜すと同時に室内の状況などを調べている。現場はJR甲府駅の北西約2キロの住宅街。


事件発生翌日の朝刊用に、社会面に送った記事はこれだけだった。県警から「遺体発見」の第一報があったのは午後八時頃。早版の締切時間が迫っていて、取り敢えず大急ぎで突っこんだものだ。この段階で、母親の名前を仮名にするかどうかで、北嶋とは軽い議論を交わしたものである。記事を書く際の内規は、「プライバシーに配慮すること」としかないので、その都度判断するしかない。この場合、母親の名前を出さないと、警察が疑っているという印象を与えてしまうのだが……結局名前は伏せた。その判断が正しかったと確信したのは、記事を書き終えてからさらに取材を続けた後である。現場で会ったベテランの警部補は「こういう事件は内輪の犯行に決まってるんだよ」と母親の関与を示唆し、甲府署の副署長も「母親の行方を捜すのが最優先」と言い切った。もちろん、これらの情報を記事にはしなかったが。

この時点では、事件の解決は早いと思われた。和佳奈は車を持っていない。自転車があるだけで、それほど遠くには逃げられないと思われたからである。しかもその自転車も、団地に残されたままだ。

だが翌日以降、楽観的な空気はいきなり怪しくなってきた。解剖の結果、幼児二人が首を絞められて殺されたのは、発見の二十四時間ほど前と判断されたのである。仮に和佳奈が殺したとしても、逃げる時間は十分にあった。もう少し早く近所の人が異状に気づけば……とも思ったが、団地ではそれぞれの部屋の気密性とプライバシーは、ある程度保たれている。もしもこれが冬だったら、異臭が漂い出すのが遅れて、発覚はもっと後になっていたかもしれない。

その日の県版の原稿は無様だった。とにかく締切時間が迫っていて、取材している暇がなかったのだ。それでも何とか、近所の人たちから話を聞き、雑感で記事を固めた。

甲府市湯村の県営団地の一室で、幼い姉妹が殺された事件。5日、静かな住宅地で起

こった悲劇に、近所の人たちは一様に暗い表情を浮かべた。仲がよかった幼い姉妹の死が、衝撃を与えた。

団地の自治会長、田村雄二さん（68）は、団地内で遊ぶ姉妹の姿をしばしば目撃していた。

「お姉ちゃんが、まだ5歳なのに妹の面倒をよく見ていた。妹が転んで膝を擦りむいた時、慣れた手つきで絆創膏を貼ってあげていた」

また、団地の同じ棟に住む主婦（59）は「2人はいつも手をつないで歩いていた」と話す。「本当に仲のいい姉妹で、2人で1人、という感じでした」

2人は近くの保育園に通っていて、団地内の砂場などで、同年代の子どもたちとしばしば遊んでいたという。

この団地では、これまでこんな凶悪な事件が起きたことはないといい、自治会では、自主的なパトロールも含めて、今後の安全策を検討していくという。

翌日の県版ではさらに証言を集め、事件の本筋も追って見開きで詳細に展開したのだが、それ以降は扱いが一気に小さくなった。焦点は母親の行方なのだが、そこを強調し過ぎると、「母親犯人説」を読者に強く印象づけてしまう。結局、今日の朝刊では一行も続報が載らず、明日の朝刊では「祖父自殺未遂」の記事が十行掲載されるだけだ。

しかし南たちが自粛していても、テレビのワイドショーはいかにも母親が怪しいように伝えているし、ネット上でも和佳奈を犯人扱いする掲示板のスレッドが日々伸びている。来週発売の週刊誌も、一斉に報じてくるだろう。要するに、自分たちが節度を保っても、他はお構いなしなのだ。特にネットはひどい。自分たちだったら絶対に掲載しない和佳奈の本名や写真をあげつらって、犯人扱いしているのだから。「社会的制裁」という言葉が法執行の現場ではよく使われるが、それにはネットで誹謗《ひぼう》中傷されることも含まれるのだろうか。そもそもネットは「社会」なのか。

……他人のことはどうでもいい。問題は、自分がこの事件の取材をどう動かしていくかだ。自分は周りに惑わされ過ぎる、とも思う。

ちらりと満井の顔を見る。起きているのがやっとという感じで、目は半分閉じていた。先ほどから、キーボードに載せた指はまったく動いていない。そろそろ一人にしてやるか……南は立ち上がって、椅子の背に引っかけておいたジャケットを取り上げた。

「引き上げるぞ」

「……あ、お疲れ様でした」

「明日の朝刊で抜かれてたら、連絡してくれ」

「分かりました」

欠伸《あくび》を嚙み殺しながら満井が言った。その呑気な態度が、南を苛立たせる。この男はまだ、抜かれる怖さを知らない。元々山梨は呑気な県で、報道陣もそれに毒されてしまうのだが、南がここへ来てからも、激しい報道合戦というのはほとんどなかった。それでも抜かれた経験はある。あれは——すべての努力を否定されるようなものだ。

今回は、どうしても勝たなければならない。本社へ上がるための武器——それを手に入れないと、俺はこのクソ暑い街で、まだ燻り続けることになるかもしれないのだ。

もう、我慢できない。

十月には絶対、本社に上がってやる。

7

週刊誌の連中には礼儀も常識もない。だが、取材力だけは南も認めざるを得なかった。

月曜日、南は県警本部に向かう途中でコンビニに立ち寄り、この日発売の週刊誌を買い求めた。見出しに一気に引き寄せられる。

「甲府2女児殺害事件　母親の乱れた『男』関係」

いかにも扇情的だが、記事の内容はしっかりしている。南も、現在の和佳奈の恋人——高校の先輩で、犯行当時のアリバイは成立している——の存在は摑んでいたが、複数の男性と関係があったことは、この記事で初めて知った。

記事によると、和佳奈は他にも、以前のバイト仲間や幼馴染《おさなな》《じ》みなど何人かと、同時に交際していたらしい。子ども二人を抱えてそんな暇があったのだろうか、と南は呆《あき》れた。記事は、それらの事情を背景に、「実質的に育児放棄状態だった」と断じている。実際、子ども二人の体重は、五歳と三歳の平均よりだいぶ軽く、普段ろくに食べていなかったのが容易に推測できる。団地のキッチンでは、調理器具を使った形跡がほとんどなかったという。遺体発見直後に部屋の捜索をした刑事も、「冷蔵庫の中はほぼ空っぽだった」と南に打ち明けたものである。子どもたちにちゃんと飯を食わせていないのか、と憤慨しながら。

やはり子どもは、自分の人生にとって邪魔だったということか。週刊誌の記事を読んでいると、子どもを邪険に扱って男遊びを繰り返していた和佳奈は、まさに「鬼母」に思えてくる。もちろん記事では、和佳奈の犯行だと断定はしていないが、最後まで読んだ人は、間違いなく母親がやったと思うだろう。

コンビニの駐車場に停めた車の中で記事を読んでしまってから、南は溜息をついた。今日最初の煙草に火を点け、車のウインドウを下げる。煙が、熱い空気の中に流れ出して行った。今日の予想最高気温は三十六度……考えただけでうんざりしてくる。県警本部まで車を転がしていくのさえ面倒だった。

暑さのせいだけではない。社会の最底辺の事件を取材していると、自分もクソみたいな人間に思えてくるのだ。同じ事件取材でも、大型汚職やスパイ事件などに比べたら、カスのようなものである。そして甲府にいる限り、自分には大きな取材のチャンスは絶対に巡ってこない。

気持ちは焦る。それこそ暑さで脳が溶け始めているのかもしれない、と南は皮肉に考えた。冷静に考えられないから、週刊誌に書かれただけで焦るのだ。だいたい、和佳奈に男が何人いようが、直接事件に関係あるかどうかは分からないではないか……いや、やはりありありそうだ。

県警本部に顔を出し、警戒のために各課を一通り回ってから、南は甲府署まで歩いた。情報を取るだけなら県警本部にいる方が効率がいいのだが、やはり所轄は捜査の最前線であり、独自の空気がある。それを常に感じていたかった。しかし、真新しい市役所の脇を通り過ぎ、平和通りを五分ほど歩いただけで汗だくになり、不快感は頂点に達した。だいたい、甲府署の手前にある平和通りと城東通りの交差点には横断歩道がなく、歩道橋を渡っていかなければならないのだ。毎度のことながらこれに苛つかされる。

署内にはいつもより記者の姿が目立つ。現場の張り込みを中止したせいか、各社とも甲府署の張り番を強化しているのだろう。といっても、何か動きがあるわけではなく、何人かの記者が副署長席の近くで暇を潰しているだけだったが。捜査本部の中核になっている刑事課は、当然立ち入り禁止である。

副署長の益田《ますだ》は、うんざりした様子だった。それはそうだろう。普通サツ回りといえば大学を出たばかり、二十代前半のひよっこである。素人も同然。副署長は立場上、そんな連中の頓珍漢な質問にも真面目に答えなければならないのだから、神経がささくれ立つのは当然である。生まれ変わっても絶対に警察官にはなりたくない、と南は思った。記者の相手をするぐらいなら、馬鹿にされても記者をやっている方がましである。

今、副署長席の前で粘っているのは、地元紙の若手記者と、東日のサツキャップ、金澤だった。金澤が積極的に質問を飛ばし、地元紙の記者はそれを聞いているだけのようだ。南は、副署長席の近くにある警務課で、二人の記者の様子を観察しながら時間を潰した。警務課長は、実質的に署内では序列三位で、捜査本部ができた時には刑事たちの面倒を見なければならないから、案外ネタを握っていたりするものだが、今朝は気温の話ぐらいしか出てこない。

二人の記者が話を終え——あるいは諦め——席を立ったので、南は副署長席の前に移動した。益田が遠慮なしに顔をしかめる。反射的に南は笑みを浮かべた。

「今日は人気者ですね」

「こういうことで人気者になっても、嬉《うれ》しくないね」

益田が巨大な湯呑を口に運ぶ。肘の下に週刊誌のコピーがあるのに気づき、南はすかさず突っこんだ。先ほどまで自分が読んでいた記事である。

「どうなんですか、その記事は」

「ああ」益田が肘をどけ、コピーを手にした。「まあ、好き勝手に書いてるねえ」

「当たってるんですか？」

「それは、俺が論評することじゃないだろう」

「複数の男の話は、警察から出たんじゃないんですか」

「どうかな。少なくとも俺は、何も言ってないよ」

「署の広報担当者なのに？」

「捜査本部事件に関しては、その原則は通用しないからね」益田がコピーをデスクに置き、両の人差し指でバツ印を作って口を塞ぐ真似《まね》をした。「本部の広報官が一括して対応する」

「溝内さんが、東京から来た週刊誌の記者にいきなり喋《しゃべ》るとは思えませんね……だいたい、この話、事実なんですか」

「細かいところに間違いはあるけど、週刊誌はそんなことにはこだわらないんだろう？」

記事全体に関しては、肯定も否定もしない。こういう時は大抵、内容は正しいのだ。

「衝撃的な見出しが取れて、それで売れれば問題ないんでしょう」

「ひどい話だねえ」益田がボールペンを手にし、コピーを突いた。「ま、この記事は無視していいレベルじゃないの？　ここで挙げられた人たちが、何かやったわけじゃないし」

しかし、和佳奈に複数の男がいたのは間違いない——益田の口ぶりから、南は確信した。警察はとうに和佳奈の交友関係を丸裸にし、それぞれの事情聴取も終えたのだろう。そうでなければ「やったわけじゃない」という台詞《せりふ》は益田の口から出てこない。

「だいぶ乱れた男性関係ですね」

「まあ、そういう人は昔からいるからね」

涼しい顔で言って、益田がお茶を一口飲んだ。

「益田さんのところにコピーがあるということは、警察でも話題になってるんですよね」

「いやいや……情報収集は警察官の基本だから」

「で、どんな情報が手に入ったんですか」

「こっちが知らないことは特にないな」

南が気にしていたのは、週刊誌のライターがこの情報をどこから手に入れたか、ということである。いきなり事件現場にやって来て、関係者から重要な証言が取れるとは思えない。となるとやはり、警察関係者から流れた情報と考えるべきだ。しかしそれは、近所の人たちから証言を得るよりも難しいだろう。もしかしたら警察庁にでもネタ元がいるのだろうか、と訝った。地方県警の情報が全て警察庁に上がるわけではないが、その気になれば警察庁はどんな情報でも集めることができる。何しろ警察の元締めであり、そことつながっている人間がいたとしたら、ちまちまやっている自分たちはお手上げだ。

「週刊誌の連中、ここにも取材に来るでしょう?」

「来る来る。丁寧に対応してますよ」

「追い出しちゃえばいいのに」

「それが、あんたらの悪い癖だね」

「癖? 何がですか?」

一呼吸おいて、益田が言葉を吐き出した。

「自分たち以外のメディアは、全部邪魔だと思ってる」

「だってそうでしょう?」一瞬頭に血が昇り、南は勢いよく反論した。「何で、こんな低レベルな連中の相手をするんですか? こんなことを書かれたら捜査の邪魔になるし、傷つく人もいるでしょう。俺たちは今まで、散々気を遣ってきたんですよ。志が違うんだから」

「それは確かに、ねえ」益田が顎を撫でた。髭《ひげ》など生えたことがないようにつるつるで、赤ん坊の尻を彷彿させる。「だけど昔は、新聞もひどかったんだよ。知ってる? 戦前なんか、取調室にいる容疑者の写真を平気で載せたりしてたんだから」

「まさか」

「いや、本当に。何かの本で見たことがある。たぶん、隣の建物から隠し撮りしたんだろうけど、記者に協力する悪い刑事がいたんだろうねえ。わざわざ取調室の窓を開けて、シャッターチャンスを提供したんだと思うよ。昭和四十年代になっても、署内を歩いてる容疑者の写真を掲載してたこともあったな」

「警察の圧力で、そういうのはなくなったんでしょう」

「むしろおたくらの自粛ということじゃないかな」

「そうですかねえ」

「二十年ぐらい前には、手錠をかけられた容疑者の写真は普通だった。でも今は、そういうのは写さないでしょう？　写しても、手錠にぼかしをかけたりする。私が若い頃は、マスコミは容疑者を人間扱いしてなかったけどねえ。連行される容疑者の足元に滑りこんで、下から煽《あお》るようにして撮影する強烈なカメラマンもいたよ。あれ、容疑者も驚くからひどい顔になって、いかにも悪いことをしたように見えるんだよね。ああいうのだって、警察が頼んでやめてもらったわけじゃない」

「人権に配慮するようになるのは当然ですよ」容疑者の人権をどこまで考えるかは難しい問題だ。有罪が確定するまでは犯人ではない――これは当たり前の前提で、容疑者の段階では人権は十分配慮されなければならない。ただし、この考えを推し進めれば、犯人が逮捕されても新聞には名前も写真も掲載すべきではない、という極論に至ってしまう。世間は、匿名の人間など覚えもしない。有罪が確定してから実名を出しても、事件は世間からとうに忘れられ、犯人について報じる意味さえなくなるのではないか。そして、容疑者の段階から報じる根拠の一つが、日本における有罪率の高さだ——実に起訴された事件の九十九パーセントが有罪になる。こういう背景があるからこそ、「逮捕されたら有罪」という考えに直結するのは自然だ。逆に言えば、有罪にできそうにない人間は起訴していないだけなのだが。

「まあ、媒体によって、人権の感覚は全然違うだろうからね」

「だったら警察は、何を書かれても知らんぷりっていうことですか」

「おいおい」益田が苦笑した。「だいたいあんたらだって、自分たちがやってることに警察がいちゃもんをつけたら、文句を言うだろう？　それこそ報道の自由ってものがあるんだから。他のメディアに対する批判を、ここに持ちこまれても困るよ」

何を言っているのか……実際には、警察はマスコミに介入している。そして、それに対して文句を言えないマスコミの弱腰が、実質的な報道規制に拍車をかけているのだ。

実際、俺だって偉そうなことは言えない……南は苦い思いを味わっていた。一度ぐらい、「だったら取材に応じてくれなくて結構だ」と会見の席を蹴ってみたい。だがそれをやったら、待っているのは特オチ——自分のところにだけ記事が載らない——である。

「とにかく、穏便によろしくね」益田が話をまとめにかかった。交通部出身のこの副署長は、基本的には争いを好まない、穏やかな人物である。

「こっちは穏便なつもりですけどね」

実際には、心の中には黒い物が渦巻いている。週刊誌に扇情的な記事を書かれたからといって気にする必要はないのだが、気持ちを平静に保つことはできなかった。

こんなに苛つくのは——暑さのせいだけではない。


週刊誌の記事など、無視してしまってもいい。だが、あれが大きな手がかりなのは認めざるを得なかった。和佳奈がつき合っていた男たち——彼らの話を聞けば、居所が分かるかもしれないのだから。

何人かのネタ元に当たった結果、益田が示唆していたように、警察が既に和佳奈の交友関係を丸裸にしていることが分かった。それ故、全ての交際相手を割り出すのは難しくなかったのだが、マスコミ関係者が考えることは同じ——南はそれを痛感することになった。

その日の夜、南は通称「裏春日《うらかすが》」にいた。甲府署からもほど近い場所にある市内随一の風俗街は、南の印象では非常に「湿度」の高い街である。複雑に入り組んだビルの地下にまで小さな呑み屋や風俗店が軒を連ね、迷いこんだら出て来られそうにない怖さがある。歌舞伎町からネオンの派手な灯りを取り除き、しかし淫靡《いんび》な雰囲気はそのまま残した感じ。午後七時を過ぎてから、女性が一人歩きするにはハードルが高い。和佳奈が以前バイトをしていたカラオケ店を訪れた南は、体が痒《かゆ》くなるような不快感を覚えていた。暑さのせいではなく、やはり裏春日特有の湿った空気によるものである。

店に入ると、他社の記者と一緒になった。先に来ていた数人の中で、地元紙のサツ回り、山藤《やまふじ》が店の人間と取材の交渉をしている。応対しているのは店長らしき男性で、南と同じぐらいの年齢のようだ。折れてしまいそうなほどほっそりしていて、この店の制服である黒をベースにしたアロハシャツが、みっともないほどだぶついている。

普通なら、「本社に確かめないと……」と言い続けて、マスコミが諦めるのを待つだろう。実際、勝手に取材に応じたりしたら、後から厳しく指導されるのは間違いないのだし。だが、報道陣の輪に近づくと、少し事情が違うことが分かってきた。

「いや、本当に今日は来ていないんです」

「隠してるんじゃないんですか」山藤がどすの利いた声で詰め寄る。カウンターの中にいる店長が素早く身を引いた。山藤はラグビーで山梨県の国体代表にまでなった男で、高校時代よりも贅肉《ぜいにく》がついたのだろう、今や「巨漢」と呼ぶにふさわしい体型になっていた。顔つきも荒々しく、初対面の人間はだいたい、引いてしまう。

「そんなこと、ないです。こっちも連絡がなくて困ってるんですよ」店長の顔は本当に困っているように見えた。

「無断欠勤？」

「そういうことです。連絡が取れないんですから」

「勤務は何時からですか？」

「七時からですけど……六時半には店に入ることになっているので」

記者たちが一斉に左腕を持ち上げ、腕時計を確認した。何だか誰かが合図したような……南は、顔見知りの地元テレビ局のカメラマンと苦笑を交わした。彼はまだ仕事に取りかかれず、足元にカメラを置いて手持無沙汰にしている。

「連絡は取れないんですか？」山藤がさらに突っこむ。

「携帯を鳴らしているんですが……」

「番号を教えて下さい」

「それはできません」店長が無理にきつい表情を作って告げた。緊張が最高潮に達しているせいか、首に太い筋が浮かんでいる。

「話を聞きたいんですけどねえ」山藤の声はねっとりとして、相手の体を締めつけるようだった。

「それは、本社の許可を取らないと」

「だったら取って下さい」山藤が身を乗り出し、カウンターに置かれた電話を指さした。

「広報担当の部署もあるでしょう？　そこに聞いてもらえばいいんですよ」

二人のやり取りを聞いている最中、南は背後にざわざわした雰囲気を感じた。ちらりと振り向くと、自動ドアが開いた向こう、歩道から地元高校の制服を着た男女が数人、こちらを覗いている。好奇心と不安の色が混じって顔に浮かんでいた。他にも、サラリーマンらしい一団が店内に足を踏み入れかけ、慌てて「おっと」と一声発してそそくさと出て行ってしまう。

明らかに営業妨害だ。まずい……こんなことをしているから、批判を浴びるのに。

「山藤、ちょっと」

南は思わず声をかけた。山藤が、殺意の籠った視線をこちらに向ける。声の主が南だと気づくと、少しだけ表情を緩めたが、不機嫌さは依然としてマックスに近いようだ。今にも文句を言い出しそうに口を開いたので、南は慌てて、もう一度「ちょっと」と声をかけ、手招きした。山藤が、むっつりした表情を浮かべたまま、報道陣の輪を抜けて近づいて来る。

「何すか」

少し上から太い声で話しかけられると、南ですら緊張する。

「これ、ちょっとまずいぜ。営業妨害になってる」

山藤がちらりと、開いた自動ドアの方を見た。高校生の一団は、まだその場を離れていない。入るかどうか迷っている客というより、単なる野次馬になってしまったようだ。となると、彼らも今や、営業妨害に手を貸す一団である。報道陣に野次馬が加わると、最高に鬱陶しい存在になる。

「そうかもしれないけど、向こうがはっきりしないから」

「お前、代表で交渉しろよ。どうせ一緒に取材することになるんだから」

「……しょうがないっすね」

「他の連中は、俺が説得するからさ」若いサツ回りたちの中では、自分が最年長なのだ。

「分かりました。マジで抜け駆けなしでお願いしますよ」

「おい、あれ！」誰かが叫んだ。カウンターから少し離れていた連中が、一斉に外へ走り出す。

「あいつだよ」山藤が顔を歪《ゆが》めて吐き出した。「単なる遅刻かよ！」

あいつ——安田稔《やすだみのる》、和佳奈の新しい恋人である。遅刻を意識しているのか、顔を伏せてそそくさと店内に足を踏み入れたものの、待ち受けていた「網」の存在に気づいて、ぎょっとして立ち止まってしまう。そこへ報道陣が殺到して安田を取り囲み、徐々に店の外へ押し出して行く。安田を囲んだ一団が完全に外に出ると、開いたままだった自動ドアが静かに閉じた。出遅れた形になった南と山藤は、慌てて店を出てその輪に加わる。

元フォワードの山藤は、強引に密集に体を押しこんで、安田の眼前に立った。安田の表情が引き攣り、テレビカメラのライトがぱっと点いたことで、顔面が蒼白《そうはく》になっているのが見て取れた。

ここではちょっとまずいんじゃないか……と南は懸念した。いくら寂れた繁華街とはいえ、歩道上なので道行く人は多い。誰もがちらちらとこちらを見ている。中には立ち止まって、遠巻きにしている人もいた。どこか目立たない場所に移るべきなのだが、そんなことをしているうちに、安田に逃げられてしまうかもしれない。当然、カラオケ店内で取材もできないだろう。

「安田稔さんですね」最初に山藤が突っこんだ。

「え、あの……」

「安田さんですね」

低い声での念押し。安田は声も失い、うなずくだけだった。しかしこの男も、用心が足りない。実名は出ていないとはいえ、週刊誌に書かれたことは当然知っているだろう。それなのに、のこのこと勤務先に姿を現すとは……。

「湯川和佳奈さんとおつき合いされていたと聞いていますが、本当なんですか」

「え？　いや、それは……」

「どうなんですか？　湯川さんの高校の先輩なんですよね。湯川さんが今どこにいるか、知らないんですか」

安田の声はほとんど聞こえない。蒼白に見えた顔面からはさらに血の気が引き、テレビのライトが反射して、蠟《ろう》でできているようにも見えた。これは、何か知っていても絶対に話さない──話せないな、と南は判断した。心の準備もないまま、いきなり報道陣に囲まれたら、反論も否定もできないのが普通である。ただ口をつぐむしかないだろう。

実際、安田は何も言えなくなってしまった。山藤の声だけがやけに大きく聞こえ、安田を取り巻く輪は狭まっていく。野次馬の数はどんどん増え、彼らの囁《ささや》くマスコミ批判の声が、南の耳に届くようになった。

「リンチじゃん」

「どうせ馬鹿みたいなことしか聞いてないんでしょ」

「何やってんの、あれ」

さらに、小さなシャッター音が聞こえてきた。携帯電話をこちらに向けて撮影している連中がいる……またネットで晒し者にするつもりか。俺は──俺たちは何をやってるんだろう。

8

事件発覚から八日が過ぎた。八月十三日、水曜日。支局はがらがらだった。支局員が順番に夏休みを取っているのに加え、今日はデスクの北嶋さえ休みである。事件が発生する前から決まっていた勤務ダイヤだが、代理デスクに入ったために外で取材ができなくなった南は、一日中不機嫌だった。

人の原稿の面倒を見るほど馬鹿馬鹿しいことはない。新人の満井の原稿は手直しが大変だし、通信局にいるベテラン記者は、手を入れられるのを嫌がる。あの連中の原稿は無駄に長く、大抵は大幅にカットせざるを得ないのだが……。

午後九時過ぎ、原稿の処理を全て終えて、南は無人の支局長室に入った。支局の中で煙草を吸えるのはこの部屋だけである。一階の駐車場に設けられた喫煙所まで降りていくのが面倒臭かったのだ。どうせ支局長も盆休みを取っているから、構うものか。小さなソファにだらしなく腰かけ、天井に向かって煙を噴き上げる。取り敢えず原稿を送る作業は終わったが、仕事はこれからが佳境だ。今は、本社の整理部が紙面を組んでいるところで、その作業が一段落したらゲラを送ってくる。それをチェックして、全ての作業が終了するのは午後十一時頃になる。

まだ夕飯も食べていない。胃は完全に空っぽだったが、これから出前を取るのも何だか面倒臭かった。だいたい支局の近くには、出前してくれる店も少ない。コンビニで弁当でも仕入れてくるか……取り敢えず腹を満たすためだけの食事だから、贅沢は言っていられない。

南は平和通りまで出た。JR甲府駅の南口から甲府署方面へ真っ直《ます》ぐ続くこの通りは、まさに甲府市のメーンストリートである。この街の特徴は、県庁、県警本部など県の行政の中枢が、駅の近くにコンパクトに集中していることだ。駅前には高いビルがほとんどなく、ビジネス街の色は皆無と言っていい。

それにしてもこの光景も見飽きたな、と南は溜息をついた。駅前のロータリーは、タクシー乗り場とバス乗り場になっているが、利用者は少なく、タクシーは常に客待ち状態だ。駅前から続く商店街は古びて、歩道のタイルが波打っている。名物のほうとうを食べさせる店が何軒か、あとは全国どこでも見るチェーン店が軒を連ねているぐらいで、駅前という言葉から連想される賑《にぎ》やかさは皆無だ。新幹線が通っていないからかもしれない。乗り入れているのは中央本線と身延《みのぶ》線のみ。乗降客数は一日一万四千人ほどで、同じように県庁所在地で新幹線が通らない駅と比較すると、富山駅よりわずかに少ないと聞いた記憶があった。

街はまだ、昼間の熱気に包まれている。行き交うのは車ばかりで、歩行者の姿はほとんどない。この時間も賑わっているのは、駅から一キロほど離れた裏春日辺りだけだろう。最近の甲府は、地方都市の例に漏れず、駅前よりも郊外のショッピングセンターの方に人が集まる傾向にあるが、そちらは既に営業時間を終えているはずだ。つまり、街全体がもう眠りにつく時間である。

短い距離を歩いて行くうちにも、暑さにやられて食欲が失せた。それでも何か食べておかないと……冷やし中華にいなり寿司、それにお茶という一番素直に喉を通りそうな組み合わせにする。

レジ袋をがさがさ言わせながら店を出た瞬間、携帯が鳴った。原稿に不備でもあったのかと心配になり、袋を取り落としそうになりながら、慌てて電話に出る。

「忙しいかね」石澤だった。直接会っていると話がなかなか前に進まない蒟蒻問答になるのに、電話だと前置き抜きでいきなり話を始めるのが彼の癖だ。

「今日はデスクに入ってるんですよ」

「お、出世したのか」

「単なる代打です」

「ということは、出て来られないな？」

「ちょっと無理ですね。十一時過ぎまでは動けません」

「そうか……」

「何かあるんですか」南は慎重に訊ねた。

「いや、今夜というわけじゃないが」

否定でも肯定でもない、微妙な返事だったが、南には、和佳奈の一件だ、とぴんときた。もしかしたら、とうとう本人を発見したのかもしれない。逮捕状は取っていないかもしれないが、まず事情聴取して、容疑が固まり次第逮捕、という段取りができたのではないだろうか。

「湯川和佳奈が見つかったんですか」

ダイレクトな質問に対して、返事はなかったが、それで南はさらに確信を強めた。間違いなく、県警は和佳奈の居場所を摑んだのだ。しかし妙なのは、石澤の方から電話してきたことである。南が訊ねれば、石澤は答えられる範囲で返してくれる。だが、自分から連絡してくることはまずない――いや、これまでに一度もなかったはずだ。

それが、南の心にかすかな疑念を呼んだ。普段と違うパターンは、相手に何か意図があることを示唆する。そして南には、こういうことに対する嗅覚があった。騙《だま》されるのも、誰かに利用されるのも大嫌いなせいか、自然に怪しい雰囲気を嗅ぎ分けることができる。それ故か、致命的な「抜かれ」や誤報を経験したことはない。

「急ぐ必要はない」

「今日明日、何かが起きるわけじゃないんですね？」

「ないな。今夜はゆっくり寝てもらっていい」

「明日は忙しくなるんですか」

「俺は、ならない」石澤は「俺は」を強調して言った。「他の連中はどうか知らないがね」

「一課ですよね？」南は念押しした。

「他に忙しくしている連中がいるか？」

「何で俺なんですか」

南の質問に対して、石澤は黙りこんだ。こうやって自分に情報を投げようとしている理由が気にかかる。やはり何か裏があるのかもしれない。気をつけなければ……しかし、目の前にネタが放り出されたら無視するわけにはいかない。一気に勝負をかける時だ。

気づくと南は走り出していた。レジ袋の中で、冷やし中華といなり寿司が跳ね、がさがさと煩い音を立てる。いっそ放り出してしまいたかった。今は、食事よりもずっと大事なことがある。

支局へ戻ると、南は夜回りしている満井を呼び出した。電話の背後では、ざわざわと騒々しい音がしている。こいつ、夜回りに行くと言ってどこかで呑んでるな、と判断した。瞬時に頭に血が昇ったが、何とか怒りを抑えて指示を出す。

「一課で何か動きがあったようだ。探ってくれ。一課長のところへ行ってみろ」

「何かって何ですか」

「今、一課って言えばあの事件しかないだろう！」南は思わず声を張り上げた。まったく、こいつは……呑気なことを言っている場合じゃない。

「とにかく急げ。確認できるまで粘れよ」

何とかなるだろう、と思った。金子《かねこ》捜査一課長は、夜っぴて呑み歩くようなタイプではない。たとえ捜査本部事件を抱えていても、無駄に長居することもないのだ。そして、夜回りしてくる記者を無下《むげ》に追い返したりしない。しかも言うか言わないかは別にして、絶対に嘘《うそ》はつかないのだ。満井が酔っ払っていなければ、ニュアンスぐらいは摑めるだろう。

指示を出し終えてから、南は冷やし中華を放置したまま、自分でも電話作戦を始めた。知り合いの刑事、幹部たちに次々電話を突っこみ、湯川和佳奈が見つかったのではないか、と訊ねる。答えは全員「ノー」。しかしそのうち二人だけ、答える前に微妙に間を空けた。一人は、南が新人の時からネタ元にしていて、今は機動捜査隊の幹部になっている男で、否定した後で「誰から聞いた？」と突っこんできた。答えられるわけがないじゃないですか、と切り返すと、「焦って書くなよ」と忠告を寄越《よこ》す。

これは……書くにしても、もう少し裏を取れということだ、と南は判断した。できれば甲府署の様子を覗いてみたい。何か動きがあれば、空気が違うから絶対に分かる。しかし、電話攻勢を続けている間にも校閲から問い合わせが入るなど、とても支局を後にできる雰囲気ではなかった。仕方ない、デスクの仕事が終わったら、甲府署に回ってみよう。もちろん、それまでに満井から連絡が入れば話は別だ。

だが満井からの電話がないまま、ゲラがファクスで届き始めた。支局に居残っていた記者たちと手分けして内容をチェックし、疑問点があれば書いた記者を呼び出して確認する。今日の紙面は……デスクをずっとやっていれば、日によって出来に差が出るのも仕方ないと思う。だが、たまに代役で入るだけの南にすれば、出来がいいかどうかはよく分からない。見開きページを費やすぐらいの特ダネが載っていれば文句のつけようがないが、それ以外——今日の紙面のように——だとどうでもいい感じだった。

デスクの上にゲラを置き、南は立ったまま冷やし中華を食べながら最後のチェックをした。まあまあかな……右側にくるメーンの「第一面」に、今回の事件の続報はない。猛暑の状況をまとめ、何とかトップ記事を作ったのだが、いかにも軽量級、お茶を濁している感じだった。写真はこの記事と、紙面の真ん中付近に一枚をあしらい、取り敢えず見た目のバランスは取れている。

よし、終了だ。壁の時計を見ると同時に、電話が鳴る。南は自分で受話器に飛びついた。満井の暗い声が耳に飛びこんでくる。

「何か変です」

「変って、どういう風に変なんだ」

「一課長、喋らないんですよ」

それは確かにおかしい。金子は、こちらが問いかければ、たった一言であっても絶対に何か返事をする。喋らない、ということはあり得ない。

「様子は？」

「何か、緊張してました」

「他社はいたか？」

「いえ、うちだけです」

やはり何かあったな、と確信して、南は指示を飛ばした。

「あと一時間だけ、そこで粘れ。もしかしたら課長は、もう一度出かけるかもしれない。俺は甲府署に回るから、後でもう一度連絡を取り合おう」

「……分かりました」不満たっぷりの口調で満井が言った。

文句を言っている場合じゃない、ここは踏ん張りどころなんだ。きちんと説教してやりたかったが、今はそんなことをしている暇もない。食べ終えた冷やし中華の容器をごみ箱に突っこみ、取材道具で膨らんだジャケットを摑んで南は支局を飛び出した。


異状なし。

甲府署に足を踏み入れた瞬間、南は一気に気が抜けた。この時間だと、一階の警務課には当然、当直の連中しかいない。今日の当直責任者は警務課長だったが、自席でのんびり新聞を読んでいた。それを見ただけで、何もないはずだ、と南は確信した。上階に設置された捜査本部に動きがあれば、当直の連中も緊張するものである。

「何、どうしたの」警務課長の表情が変わったのは、南の顔を認めた瞬間だけである。

「何もないよ、今晩は」

「いや、家に帰る途中なんで……ちょっと寄ってみただけです」この嘘はばれていないだろうな、と南はひやひやした。甲府署は、支局と南の家を結ぶ直線上からまったく外れている。

「心配性だねえ」

「慎重、と言って下さいよ……祝い酒は用意してないんですか」

「何で？」

警務課長が怪訝《けげん》そうな表情を浮かべる。犯人逮捕という重大な局面になると、所轄の警務課長の一番大事な役目は、乾杯用に日本酒の一升瓶を用意することだ。惚けている様子ではなく、「今夜はゆっくり寝てもらっていい」という石澤の言葉に嘘はないだろうと判断する。

しかし、何かあったのだ。おそらく警察は、和佳奈に接近している。問題は、いつ接触するか、だ。自分たちもそのタイミングを外してはいけない、と南は気持ちを引き締めた。

9

翌朝、県警本部に顔を出しても、異状は何もなかった。石澤はいったい何が言いたかったのか……自分だけに、「湯川和佳奈捕捉」の情報を教えようとしたのだと考えたのは、期待し過ぎだったかもしれない。

デスクの北嶋には話しておくべきだろうか、と悩んだ。出るか出ないかはっきりしない原稿について話しても、変に期待を抱かせるだけだが、締切ぎりぎりに突然話を持ちこむと、処理に困るだろう。夕方までに何とかニュアンスだけでも摑めないかと思ったが、何も分からなかった。石澤に電話を突っこもうかとも思ったが、あまりにも頻繁に接触すると危険である。夜まで待つしかなかった。直接会って、顔色を見ながら確かめないと。

確証がないので北嶋には何も言わないまま、南はまた石澤の自宅まで赴いた。午後七時半。今日はまだ帰宅していない──応対してくれた石澤の妻に詫《わ》びを入れてから、南は家の玄関が見える位置まで下がり、電柱の陰から見守ることにした。

腹が減った……何か食べておくべきだったと後悔したが、一度張り込みを始めてしまったら、その場を離れることはできない。仕方なしに、念のため持ち歩いているシリアルバーを取り出して齧《かじ》る。ふと見ると、今食べている一本の賞味期限は明日だった。何というタイミングか……歯にしがみつくような甘さのシリアルバーは、飲み物なしでは飲み下すのもきつい。そもそも、甘い物は苦手なのに。ようやく食べ終えても、口の中にまだ残っている感じがした。

八時……携帯を取り出してメールとニュースをチェックする。今のところ、何もなし。八時半……相変わらず動きはない。いつの間にか、額に汗が滲んでいる。ジャケットを脱ぎたいのだが、それで片腕が塞がってしまうのは嫌だった。南が夏でもジャケットを脱がないのは、バッグ代わりにしているからである。メモ帳、何本ものペン、コンパクトデジカメにICレコーダー、携帯……ポケットというポケットに、取材道具を詰めこんでいる。当然煙草とライターも手放せない。

おいおい……腕時計を見て時刻を確認する。既に午後九時近い。これから取材したのでは、県版には間に合わないだろう。全国版の遅版か明日の夕刊回しか……明日の夜印刷する県版までは、ネタの鮮度が保《も》たないかもしれない。仮に今は特ダネでも、他社も嗅ぎつけるだろう。

九時五分過ぎ、ようやく石澤が帰って来た。低い位置で灯るヘッドライト……間違いなく彼のミニだ。南は一歩を踏み出したが、すぐに立ち止まった。彼が車を降りた直後に話しかけたい。

タイミングを計り、ミニのヘッドライトが消えたところで歩き出した。ドアが開く音がしたので、途中からは走り出す。少し遅れた……玄関に向かって歩き始めた石澤の背中に、少し離れたところから声をかけることになった。

「参事官」

石澤がゆっくりと振り向く。南が来ることは予想していた様子だった。それなら、石澤の方から事前に連絡を入れてくれてもよかったのに……この男の真意が読めなくなった。石澤は珍しくネクタイを外していた。クールビズなど関係ないという態度で、真夏でも常にネクタイを締めているのだが……生暖かい風が一瞬強く吹き抜け、石澤の髪を揺らした。

家へ入るのかと思ったが、石澤はガレージへ逆戻りした。南が続いて中に入ると、いつもは開けたままにしているシャッターを閉じる。屋根が半透明なので、家から漏れ出る光が少しだけ入ってくるが、それでも相手の顔が辛うじて分かるぐらいだ。熱気が淀《よど》んでおり、南はまた汗が滲み出すのを感じた。

「逮捕したんですか」南は遠慮なしに切り出した。

「そういうことはない」石澤の口調は曖昧だった。

「見つけたんですか」

「居場所は分かる」

「接触は……」

「慎重にやってるようだな」

「居場所が分かるのに、どうしてすぐ事情聴取しないんですか」

「物事には順序があってね」

「逃げられないようになってるんですね」

「それぐらいは、警察として当然だ」

「事情聴取したらすぐ逮捕、ということですか」

ぽんぽんと答えていた石澤が一瞬口ごもる。微妙な局面の話だな、と南は確信した。情報を引き出すために、さらに質問をぶつける。

「東京にいたんですか」

「いや」

「県内?」

石澤がかすかにうなずいたように見えた。

「誰か、知り合いにでも匿《かくま》ってもらっていたんですか」

「それは勘弁してくれ。その話をすると、あんたら、またそこに押しかけるだろう。カラオケ店でひどかったそうじゃないか」

南は耳が熱くなるのを感じた。あれは確かにひどかった……恐らく事件に直接は関係ない若者を締め上げ、犯人扱いしたようなものだから。しかも衆人環視の中で。撮られた写真がまたネットに流出するのでは、と南は密かに恐れていた。

「あのカラオケ店の人、店を辞めるらしいぞ」

「マジですか」

「辞めるというか、辞めさせられる、が正確だな。容疑者でも何でもないんだが、店としては、迷惑をかけられたと判断したみたいだ。本人に辞表を書かせたそうだぞ」

「そんなの、関係ないじゃないですか」

「可哀想になあ。あの人も、いろいろ大変だったんだよ。大学は出たけど、何しろ就職難のご時世だろう？　あのカラオケ店でずっとバイトをしてて、評判がよかったから正社員に、という話もあったそうだ。これでその話もおしまいだね。まあ……人の人生は、ちょっとしたことで終わるもんだな」

「終わる」という言葉の重みを南は噛み締めた。自分たちの行動が、一人の人間の人生を滅茶苦茶にしてしまったかもしれない。だが、後の影響を一々考えていては、取材などできないのだ。

「状況は……詰まってるんですね」

石澤がまた無言でうなずく。これは明日にも逮捕だ、と南は確信した。いや、もしかしたら今夜既に、どこかの署に呼ばれているかもしれない。マスコミの目を避けて、捜査本部が置かれた署以外の場所で事情聴取するのは、よくあることなのだ。

「今夜は……」

「今夜は何もない」

「つまり、もう完全に監視がついていて、逃げるのも自殺するのも難しいということですね」

「簡単に自殺なんて言うなよ」

「すみません……で、明日は朝からですか」

「待つ理由はないだろうね」

「自供すれば逮捕？」

「自供すれば、逮捕しない理由はない」

「唯一の容疑者と考えていいんですね」

「あんたの方ではどうだ？」石澤が逆に質問した。「他に容疑者はいるのか」

「いませんね」

「いい線ついてるよ」石澤の緊張した顔が、ようやく少しだけ解《ほぐ》れた。「とにかく、明日は何かあると思う」

「書いてもいいですね」

「書くとは？」石澤が惚けた。

「朝刊で打ちますよ。母親の居場所を確認、事情聴取へ。容疑を認め次第逮捕」

石澤が唇を引き結ぶ。書かれることによるマイナスを考えているのは明らかだった。朝刊を読んだ犯人が、慌てて高跳びする——すぐにそういう場面を想像してしまうが、警察の監視下に置かれていたら、逃げ出すのは難しい。朝刊に書いても影響はないはずだ。石澤も同じ結論に達したようだった。

「書く、書かないはあんたらの自由で、俺たちが口出しできることじゃない」

よし、これで行ける。しかし南はさらに突っこんだ。さすがにもう少し情報が欲しい。

「湯川和佳奈はどこにいたんですか」喋らないだろうと思ったが、ここは重要なポイントだと、敢えて突っこむ。

「知人のところ、ということだな」

「分かっていて匿っていたとしたら、問題になりませんか」

「まだ犯人と決まったわけじゃないから、隠匿には当たらないよ。それを決めるのは世間でもあんたらでもなく、警察だから」

意外にきつい言葉に、南は思わず苦笑した。普段、石澤はあまりそういうことを言わないのだが、今回の問題に関しては思うところがあるのだろう。あれだけネットでも騒がれているのだから、当然と言えば当然だ。

「本人とはまだ接触していないんですね」

「俺は聞いていないな」

「何か物証はあったんですか」

「それは言えない。捜査の秘密の根幹にかかわることだ」

「湯川和佳奈を犯人と断定できるだけの、強い物証なんですよね」無言。南は少しだけ自信が揺らいだ。「でも、断定ではない？」

「あんたらの用語で言えば『疑いを強め』ってところだろう」

「警察は、母親が関与している疑いを強め、事情聴取に乗り出す。容疑を認め次第逮捕する方針、ということでいいですね」

またも無言。しかしすぐに、石澤の表情が緩んだ。

「何も記事の書き方について、俺に相談する必要はないだろう」

「……分かりました」もう少しはっきり裏を取りたい。だが時間がない。明日の朝刊に間に合うかどうか、ぎりぎりだ。あと一日、寝かしておけないだろうか……無理だ。明日の朝に事情聴取が始まれば、すぐに逮捕されるかもしれない。県警がその事実をいつまでも隠しておくとは思えず、下手をすると夕刊で各社と同着になってしまう。「実は知ってたんだ」という強がりは、何の言い訳にもならない。

「まあ、慎重にな」

そう言いながら、石澤の口調には余裕があった。これは実質的なゴーサインだと判断する。書かれても捜査に悪影響はない。むしろ特ダネとして大きく扱ってもらった方が、現場の刑事の士気も上がる、とでも考えているのだろう。当然、幹部の中では「漏らしたのは誰だ」と犯人捜しが始まるだろうが、石澤はそういうことを気にしなくていい。何しろ、最高幹部と言っていい一人なのだ。立場が上になるほど、疑われなくなる。一番いいのは県警本部長からネタを取ることだが、さすがにそれは難しい。それにキャリアの本部長は、意外に細かいネタは知らないものだ。

ガレージを出て、早足で歩き出す。いける……おそらく昨日の時点で、石澤は自分にネタを流すと決めていたのだろう。だが、事情聴取から逮捕へというはっきりした方針が固まったのは、今日に違いない。昨日の段階で話を聞いても、まだ書けなかったのではないか。今日が絶好のタイミングだ。

しかし……歩調を緩める。書けるか？　基本的には、一人から聞いた情報だけで書くのは危険である。複数の人間から同じ情報が取れて初めて、「確定」と言っていい。

ふと、誰かの気配に気づく。何故か、脳が「危険だ」と信号を発していた。とっさに路地に入りこみ、様子を窺《うかが》う。福元――地元紙のサツキャップがここにいるということは、間違いなく石澤のところへの夜回りだ。これはまずい。石澤と福元の関係がどれだけ深いかは分からないが、石澤が同じことを話さないという保証はない。

書かないと。同着になるかもしれないが、書かなければむざむざ抜かれてしまう。南は思わず、二百メートルほど離れた場所に停めた車に向かって全力疾走していた。


「本当に大丈夫なのか、それで」

「行きましょう。逮捕の方針、ですから問題ないと思います」

「今時、そういうのは流行《はや》らないんだけどな……」電話の向こうにいるデスクの北嶋は、乗ってこなかった。

「流行るも流行らないもないでしょう。事実があるんだから、書かないわけにはいきませんよ」南は愛車のインプレッサのハンドルを右手だけできつく握りしめた。一刻も早く支局へ戻らないと……一・五リットルの普通のモデルではなく、ラリーに起源をもつWRXにしておけばよかった、と悔いる。この車は、どれだけ深くアクセルを踏みこんでも、スピード的には頼りない。支局までわずか三キロほどの道のりが、永遠に続くように思えた。

「裏は取れてるのか」

「取れてます」反射的に嘘をついてしまった。裏を取っている暇はない。そして、この件は「事実」ではなく「方針」なのだから、間違えようがないという自信があった。捜査一課が和佳奈の居場所を掴み、事情聴取から逮捕へという方向性を決めた——刑事部ナンバーツーの幹部が言っているのだから、間違えようがないではないか。だが、そう説明しても北嶋は納得しないような気がしていた。最近、本社は誤報に対して異常に神経質になっている。「きちんと取材、裏取りして記事にするように」という通達が何回も回ってきたのを、南も知っていた。間違えるような奴には、記者をやっている資格はない。そして俺は間違えない——この記事を手土産に、本社へ上がるのだ。

「どうする？　早版はもう終わってるぞ。次の版にもぎりぎりだ」

「原稿は短いです。空けておくように、本社に言っておいてもらえますか」

「何行だ？」

「三十……四十行でいいです」事実関係は、十行程度だろう。あとは簡単な概要をもう一度書く必要がある。

「……分かった。地方部のデスクに声をかけておく。扱いは期待するなよ」

「分かってます」と言ったが、少しは期待していた。この程度の長さの記事だと、社会面のトップに持っていくのは難しい。しかしその横、いわゆる「漫画脇」ならいけるのではないか。あるいは紙面の空き具合によっては、社会面のトップでも……走るなよ、と自分に言い聞かせる。まだ記事を書いてもいないのに、扱いの大きさを考えても仕方がない。

「時間がないぞ」

「何とかします」

電話を切って、携帯を助手席に放り出す。こんなところでスピード違反で捕まったら全てが水の泡だと分かっていたが、速度計の針は八十キロから下には下がらなかった。

10

甲府市湯村の県営団地で、女児2人が首を絞められ殺されているのが見つかった事件で、甲府署の捜査本部が、行方不明になっていた女児の母親（24）を発見。15日にも事情聴取を始め、容疑が固まり次第逮捕する方針であることが、14日、警察関係者への取材で明らかになった。5歳と3歳の女児が殺された残虐な事件は、重大な局面を迎えた。

捜査関係者によると、母親は山梨県内の知人宅に身を寄せていたという。

事件は今月5日に発生。「団地の一室で異臭がする」と近所の人が届け出て警察が確認したところ、室内で希星（きらら）ちゃん（5歳）と乃亜（のあ）ちゃん（3歳）が首を絞められ殺されているのが見つかった。死後1日ほどが経過していた。

2人の母親は、2年前に離婚。1人で子育てをしていたが、事件発生時には家におらず、その後も行方が分からなくなっていた。捜査本部ではこの母親が事件について事情を知っているとみて、捜していた。

よし……南は紙面のゲラを見て安堵《あんど》の吐息を漏らした。原稿は三十二行。一字も削られることなく、しかも社会面のトップに突っこまれていた。早版では、明日が終戦記念日ということもあり、「風化させるな　戦争の記憶」という記事がトップだったのだが、「生ネタ優先」の原則が生きた。いかにも急きょ突っこんだ感じで、緊迫感を与える紙面になっている。

「まあ……よかったな」北嶋が珍しく褒めた。あまり原稿の質については感想を漏らさない男なのだが。

「どうも」南はほっとして煙草をくわえた。火を点けそうになり、慌ててライターの炎を引っこめる。煙草の香りを嗅ぐだけで満足することにした。

「後は、明日の朝から張り込みだな」

「甲府署に二人、張りつけていいですか？　満井ともう一人……俺は本部にいたいんで」

「分かった。誰か手配する」

「写真を絶対逃さないようにして下さいよ」

「それは基本だろう」

仮に上手く撮影できても、そのまま使えるとは限らないが……しかし満井は、犯人が捜査本部に連行されてくる場面の取材をまだ経験していない。ああいうのは、きちんと見ておいて損はないのだ。

北嶋は引き上げたが、南は最終版が出来上がる午前一時過ぎまで支局で粘っていた。何度も地方部のデスクと連絡を取り合い、社会面トップのまま残っているかどうか確認する。漫画脇でいいと思っていたのだが、大きな扱いになったので欲が出てきたのだ。しまいには呆れられ、笑われたが、南としては大真面目である。結局新しいニュースが飛びこむこともなく、南の記事は最終版まで同じ扱いで無事に残った。ほっとして、また支局長室に籠って一服しようと思ったところで、本社との専用線の電話が鳴る。立ち上がりかけた泊まりの支局員を目で制して、南は自分で受話器を取り上げた。

「甲府です」

「南？　杉本《すぎもと》です」

「ああ、どうも」

静岡支局から半年前に本社に上がった同期の記者だ。今は地方部で、総務省の取材を担当しながら、各地の支局から送られてくる原稿の面倒を見ている。

「今日、泊まりか？」背後がざわついている。確か、何日かに一度は、本社での泊まり勤務があるはずだ。

「ああ。他の原稿を見てたから、電話するのが遅くなったんだ……いいネタ摑んだな」

「まあな」同期に褒められてもな……何だか上から目線で言われているような感じもする。一足先に本社に上がった俺から見ても、なかなかいい記事だよ——それはあまりにも卑屈な憶測か。

「ひどい事件だよな。最近、こんなのばかりじゃないか」杉本が暗い声で言った。

「世の中全体がどうかしてるんだよ」

「事件取材してると、嫌なことばかりだろう」

「それはしょうがない」南は脂ぎった顔を右手で擦《こす》った。

「この記事は、本社に上がる時にいい土産になるな」

「お前、何か聞いてるのか?」南は警戒した。

「同期で支局に残ってるの、七人だったかな? 半分ぐらいは秋に上がるらしいぞ」

「そういう時こそ、査定をきっちりやって欲しいよな」

「そうだなあ」杉本が笑った。「この記事、査定をつければAになるはずだぜ……いや、Sかな。だけど、それで見こまれて、こっちでも事件記者をやらされたらどうなる? 警視庁クラブはきついらしいぜ」

「その時はその時だよ。本社で仕事ができれば、どこでもいいんだ」元々社会部希望ではあるし。

「そうだよな……やっぱり地方はきついよな」

杉本の言葉には実感がこもっていた。全ての記者が、ずっと本社の取材部で仕事を続けられるとは限らない。地方支局のデスク、支局長などの人材も育てなければならないわけで、そういう将来を見こまれた人間は、早くから地方部に送りこまれることが多い。修業の場として、最も適しているからだ。杉本が、将来の地方回りを予感して暗い気分になっていても不思議はない。本来は政治部を希望しているはずだが……。

「とにかく、よかったな。続報、期待してるから」

「ありがとう」

少しだけ温かい気分になって電話を切った。肩を上下させ、一つ息を吐く。取り敢えずの山は越えた——だが、事件全体の解明はまだまだ先のことである。母子三人の暮らしに何があったのか。その実情を解明するのは、「逮捕へ」の原稿を書くより難しいだろう。むしろこれからが本当の取材合戦であり、東京のテレビ局や週刊誌を意識した戦いは、より厳しくなるだろう。ただ過激に、センセーショナルに取り上げればいいあの連中と違って、俺たちは節度を以《もっ》て、しかしきちんと内容を伝えなければならないのだ。

こういう仕事は簡単には終わらないのだ、と南は改めて思い知った。

11

高揚した気分は眠気を奪う。

南はほとんど眠れないまま、夜明けを迎えた。午前五時半、ベッドから抜け出して新聞受けを覗く。まず、地元紙。玄関で立ったまま新聞を広げる。一面、社会面……和佳奈関連の記事はない。他紙も同じだ。どうせもう眠れないし、今日は早く始動しようと決めて、お湯を沸かし始める。コーヒーだけ飲んで、さっさと出かけよう。逮捕の場面は、やはり自分の目で見届けたい。

コーヒーを飲みながら、最後に新報の紙面を確認する。あれから状況が変わるわけもなかったが、きちんと社会面トップに収まっているのを見て、思わず頬が緩んだ。

甲府2女児殺害　母親を逮捕へ

強い見出しだが、これは当然だ。整理部の人間は、原稿の中に「逮捕」という言葉があれば、まずそれを見出しに使う。「事情聴取へ」では弱いのだ。それが通用するのは、政治家絡みの犯罪ぐらいの時だろう。政治家の場合、逮捕されなくても事情聴取を受けただけでダメージを食らい、実質的に政治生命が終わりになる場合も少なくない。

コーヒーを二杯飲んで意識をしゃっきりとさせ、シャワーを浴びて着替える。何となく、ネクタイを締めた。今日は曇りで、最高気温も三十度に届かないらしい。それなら、ネクタイを締めて気合いを入れるのもいいだろう。今日は大事な日なのだ。携帯で各社のニュースをチェックしてから家を出る。新聞の締切後に情報を摑み、紙面で追いかけるより先にネットに載せることもあるが、今日はそれもない。気合いを入れ直して外へ出てみると、少しだけひんやりとした空気が頰を撫でる。もうお盆も終わるのだ、と気づいた。子どもの頃は、八月も半ばを過ぎると、急に涼しくなったように感じたものだが……。

県警本部へ向かう途中コンビニに立ち寄り、自宅では取っていない新聞二紙を買いこんでから、二十四時間営業のファミリーレストランに入る。普段は朝食は抜いてしまうか、食べてもコンビニのサンドウィッチや握り飯なのだが、今日は特別な日と意識していた。一日が長くなりそうだから、朝飯はちゃんと食べないと……喫煙席に陣取り、今日最初の煙草に火を点けてから、卵とベーコン、ソーセージ、パンケーキの朝食を頼む。簡単に平らげ、新聞を読みながらお代わりしたコーヒーをゆっくりと味わう。今頃、朝刊を読んだ各社のサツ回りは大騒ぎしているだろうな、と考えると、つい頰が緩んでしまった。

少しだけ涼しいせいか、満腹になった腹を抱えて外に出ると、非常に快適な気分だった。風が出てきており、街に滞留していた熱を追い払ってくれる。ここに車を置いて、県警本部まで歩いて行ってもいいような気分にさせられた。

だが今日は、やることが山積みである。満井には甲府署へ行くよう指示したが、まず自分でも顔を出してみるつもりだった。当然、当直の連中は記事を読んでいるはずで、どんな反応を示すか、顔を見てみたい。「捜査を妨害しやがって」と怒るのか、にやけるのか――南の経験だと、内心にやついているのを隠すために、少しだけ怒った振りをしてみせる警官が多い。本当の捜査妨害になるような記事でない限り、「大きく記事が載って嬉しい」と考える警察官の方が多いのだ。

甲府署の駐車場には、見慣れた車が何台も停まっていた。それを見て、またもやにやけてしまう。朝刊を開いた泊まり勤務の人間に叩き起こされ、サツ回りが取り敢えず確認のために署へ飛ぶ――よくある光景だ。そこへ特ダネを書いた本人が入って行けば、当然厳しい視線を浴びせられるのだが、痛くも痒くもない。険しい顔つきが並ぶのは、むしろ歓迎の儀式のようなものだ。

しかし今日は……副署長席の周りに、既に数人の記者が集まっていた。こちらも叩き起こされて出勤してきたのだろう、髪に寝癖がついたままで、シャツのボタンがずれている益田がまず南に気づき、奇妙な表情を浮かべる。それに釣られるように、他社の記者たちが一斉に振り返った。全員が怪訝そうな顔つきをしているのを、南は瞬時に認めた。怒りでも恐れでもなく……途端に興奮が一気に引き、頭の中に冷たい水が流れこむのを感じる。この感覚は、かつて味わったことがないものだった。

間違った？

記者たちが互いに顔を見合わせ、その場を離れる。まるで南が通る道を作ったようだが、茨《いばら》の道かもしれない。そこを歩けば、足の裏から血を流すことになる。益田の前に立つ。無意識のうちに背筋が伸び、叱責を受ける部下のような気分になってきた。他社の記者たちが遠巻きにしているのが分かったが、それでも話をせざるを得なかった。

先に口を開いたのは益田だった。表情は険しい。

「あんた、どうしたの」

「どうしたもこうしたも、記事、お読みになったでしょう？」

「俺は何も聞いてないんだよ」本当に困ったような口調だった。

「本当ですか？」南は思わず目を見開いた。恍けているようには見えない。

「いや、真面目な話だ。朝方電話で叩き起こされて、慌てて出て来たんだ」話を裏づけるように、乱れた髪を掌で撫でつける。「あの話、マジなのか？」

「それは、警察の方がよく知ってるでしょう」

「参ったね……」一瞬言葉を切り、益田がまじまじと南を見た。「あんた、やっちまったんじゃないのか？」

「まさか……」

「少なくともうちでは、湯川和佳奈を呼んでいない。呼ぶ予定があるとも聞いてないよ。もしかしたら、捜査本部がどこか別の署に呼ぶ可能性はあるけど。『山梨県内の知人宅に身を寄せていた』なんだろう？　現場に近い署を使うかもしれないよな」益田が南の原稿の一節を引いて言った。

南は何も言わなかった。言えば、自分が構築した記事を壊してしまうかもしれない。胃の中が苦い物で膨れ上がり、軽い吐き気を覚える。

冗談じゃない。特ダネのつもりが、一転して誤報になってしまったのか？

県警本部の記者クラブも、異様な雰囲気に包まれていた。南が入って行った時には既に何人かの記者がいたのだが、冷たい視線で迎えられる。冷たいというか、嘲るような視線……「ざまあみろ」という本音が透けて見えるようだった。南は唇を噛み締めながら、自分のデスクについた。しかしすぐに居心地が悪くなり、席を立ってしまう。

防災新館を出て、他の庁舎に囲まれた中庭へ向かう。朝方の爽やかな気候はどこかへ消えてしまったのか、ここのところ馴染みの暑さが蘇《よみがえ》ってきていた。額の汗を掌で拭い、携帯を取り出す。石澤の番号を呼び出し……出ない。出られないのか出ないつもりなのかは分からないが、どこにいるかぐらいは摑んでおかないと。もう通常の勤務時間が始まっているのを確認し、公衆電話を探して歩き出した。携帯電話からかけると、誰がかけているか分かってしまうので、秘密の通話をしなければならない時、南は公衆電話を使っている。しかし最近は、公衆電話を探すのも一苦労で……県民会館前の交差点を渡った先にあるコンビニにあったはずだと思い出す。ほとんど走るように、数百メートルの距離を急いだ。汗が噴き出し、息が整わないまま公衆電話に取りついて、県警の代表番号をプッシュする。いつも使っている「向井《むかい》」という偽名を名乗り、刑事部参事官席を呼び出すよう、受付に頼んだ。

「刑事部、参事官席です」

石澤の声ではない。近くにいる刑事総務課のスタッフが取ったようだ。

「石澤参事官はいらっしゃいますか？　甲斐市の向井と申します」向井の名前を出せば、仮に自分で電話に出られなくても、石澤は南が連絡してきたと知ることになる。

「参事官は出張です。戻りは明日です」

「分かりました」鼓動が高まる。だが、いきなり電話を切ることはできず、南は「甲斐市の向井から電話があったと伝えて下さい」とだけ伝言を残した。

受話器を置くと、また鼓動が高まっているのを意識する。昨夜、石澤は出張するなどとは一言も言っていなかった。しかも泊まりがけか……公務での出張となると、県警の関係者以外からの電話には出ない可能性が高い。

「クソ」吐き出してみたが、気持ちは晴れない。それどころか、自分がまずい立場に追いこまれているのを強く意識するだけだった。

「いや、ちょっと……」北嶋からの電話に、南は口を閉ざさざるを得なかった。記者クラブで電話を受けたので、普通に話すのも躊躇われ、南は「かけ直します」とだけ言って電話を切り、またクラブを飛び出した。これじゃ晒し者だと小声で悪態をつきながら、廊下に出て携帯を取り出す。

「で、どうなんだ？　もう逮捕したのか？」北嶋の声は希望で輝くようだった。あまり感情を見せない男だが、さすがに特ダネが載った日は機嫌がいいのだろう。

「大丈夫なのか」

「いや、それは……」

「どうかしたのか？」

「今、確認中です」

「おいおい、まさか呼んでないんじゃないだろうな」北嶋の声が尖《とが》り、南の胸に刺さる。

「今のところ、そのようです」

「ちょっと待てよ。話が違うじゃないか」

「そうです。話が違うんです」

「他人事《ひとごと》みたいに言うな。お前が持ってきたネタだろうが」北嶋が嚙みついた。「まさか、ガセだったんじゃないだろうな」

「今、確認します」

反論をさせずに電話を切り、満井を呼び出す。彼は電話を待っていたように、すぐに応答した。

「動きはないです」

「副署長は何と言ってる?」

「聞いてない、の一点張りなんですが」彼の声にも疑念が浮かんでいた。

「そうか……署長を摑まえて、話を聞いてくれないかな」

最後は懇願するような口調になってしまった。クソ、みっともない。後輩に対して、こんな下手に出なければいけないとは。

とにかく、確認を進めないと。取材活動で一番嫌な作業——自分の記事が誤報かどうかを確かめなければならない——だが、はっきりさせないと、いつまでももやもやが続く。南はそのまま、捜査一課の大部屋に向かった。幸い、部屋に入る前に、部下二人を引き連れて出て来た金子に出くわした。

「課長」

金子が顔を上げる。表情が厳しい。断罪——とは言わないが、説明を求めるように唇が薄く開く。

「どうなんですか？　湯川和佳奈の所在は確認できてないんですか」

「急ぎ過ぎたな」

金子は一言だけ言い残して、足早に去って行った。南は慌てて振り向き、彼の背中を視線で追ったが、もちろん背中は何も語りはしない……いや、説明を拒否するような態度に見えた。

急ぎ過ぎたということは……「事実」はあるに違いない。県警は既に、湯川和佳奈の所在を摑んでいたが、まだ事情聴取に乗り出すまではいかない、ということではないか——南はその仮説にしがみついた。警察は慎重にやっているだけに違いない。

だが南の希望的観測は、午前十時には完全に崩壊した。

広報官の溝内が、若い職員を連れて記者クラブに入って来た。突然の訪問だが、今朝の新報の記事で慌てた各社の記者がほぼ全員揃っていたので、溝内としては十分仕事を果たせると思ったようだ。

「ちょっと集まって下さい」と声をかけると、途端に彼の周りに記者が群がる。南はその輪に加われず、外側から見守るしかなかった。溝内がちらりと南を見てから話し始める。プレスリリース用のペーパーなどは持っていない。

「今朝の一部報道についてですが、問い合わせが多かったので状況をお知らせします。これは正式な会見じゃないので、このまま記事にしないで下さいよ」念押しして一度言葉を切り、周囲を見渡す。「今朝にも被害者の母親を事情聴取、という記事がありましたが、今のところそのような予定はありません。逮捕の予定もありません。以上です」

「ちょっと、広報官！」すぐ近くにいる地元紙の記者が詰め寄った。「湯川和佳奈の所在は摑んでいるんですか」

「それについては、捜査上の秘密なのでお答えできません」

「事情聴取する予定はないんですね？」

「今のところそのような予定はありません」溝内が繰り返す。

「逮捕はないんですね？」

「そう申し上げました」溝内の声に苛立ちが混じる。自分の説明を聞いていなかったのか、と呆れているのだろう。

「じゃあ、新報の記事は誤報ということでいいんですね」

誤報。その言葉が南の胸に突き刺さる。そうだ、誤報だ。一課長の言葉を聞いて少し楽に考えていたのだが、これは紛れもない誤報である。言い訳しようもない。

「誤報という言葉を警察が使うのが適当かどうかは分かりませんが、記事に書かれていたような事実はないということです。とにかく私の方からは、これ以上申し上げることはありませんので……それと、先ほども申し上げましたが、これはあくまでブリーフィングです。私の言葉を引用して記事にされると困りますので、それだけはご理解いただきたい」

一礼して、溝口が踵を返した。記者たちが追いすがっていくが、一言も発さずに記者クラブから出て行く。さらに詳細な説明を求める記者たちの声が、廊下からも響いてきた。

ぽつんと取り残された南は、全身の力が抜けていくのを感じた。立っているのも面倒臭い、このまま床に倒れてしまおうか、とさえ思った。

廊下から、いち早く地元紙サツキャップの福元が戻って来た。両手をポケットに突っこみ、どこか弾むような足取りである。この男は……昨夜、石澤から何を聞いたのだろう。自分は……石澤を信じた。刑事部ナンバーツーが言うことなら間違いはないと思いこんで、裏を取らなかった。時にはそういうこともあるんだ、と先輩記者から教えられたのを思い出す。普通は絶対に裏取りは必要だ。二人でなく、三人から同じ話が聞ければまず間違いない。だけど、そういうことを省いて勝負しなければならないことだってある——大ネタで、締切時間ぎりぎりの時だ。相手を絶対的に信用できる時。間違いは許されないが、記者には思い切って勝負をかけるべき時がある。

俺はそのタイミングを間違えた。そして石澤が出張しているのは、自分から逃げるためではないかと思えてきた。

脇を通り過ぎる時、福元がちらりと南の顔を見た。

「ま、こういうこともあるよな」慰めるような、馬鹿にするような一言。

南は顔をひっぱたかれたような勢いで振り向き、福元を睨んだ。福元は南の鋭い視線を無視して、さっさと自席に戻ってしまう。こいつは……絶対にいつか、殺してやる。いや、俺の記事を読んで自殺したいと思わせてやる。

12

支局長の水鳥は冷静だった。少なくとも口調は。しかし内心では、かなり焦っているのが分かる。普段のヘビースモーカーが、今はチェーンスモーカーになっているのだ。一本吸い終えると、即座に次の一本に火を点け……狭い支局長室の中は、煙で白く染まってしまった。南は煙草を我慢していたのだが、大勢に影響はない。煙草を吸わない北嶋は、口をしっかり閉じ、目を細めることで、煙が体に入らないようにしているようだった。

「裏を取らなかったんだな」

「結果的にはそうなります」

「裏を取るのが基本の基本だということは、分かってると思うが」水鳥は声を荒らげることもなかった。それ故か、かえって怒りが伝わってくる。「サツも全面否定だな？」

「そういう事実はない、ということです。少なくとも事情聴取、逮捕はありません」今日のところは、という言葉を呑みこんだ。

「どうして簡単にネタ元の言うことを信用して、裏を取らなかったんだ？」

「絶対信用できる相手だからです。信じなかったら、かえって失礼でしょう」

「北嶋、そんなに急ぎの話だったのか？」水鳥がデスクに話を振った。

「早版が終わってすぐでしたから……次の版に間に合わせるためには、時間がなかったです」北嶋が消え入るような声で説明して、咳払いをした。

「これは訂正……ではなくて、お詫びを出さなくちゃいけないな」

南は顔から血の気が引くのを感じた。訂正記事は、比較的頻繁に掲載される。小さな間違い、勘違いはどうしても避け得ないもので、そういう時は素直に訂正してしまうのが一番手っ取り早い。「お詫び」はそこから一段階踏みこんだもので、記事を完全に間違えた時に、文字通り「お詫びします」と掲載する。そして「記事を取り消します」。誤報の後始末としては、致命的なレベルである。

水鳥が、南の顔をじっくりと見る。南は真っ直ぐ見返せなかった。この支局長とのつき合いは一年ほどだが、腹を割って話した記憶はない。支局員とのつき合いに熱を入れるタイプではないのだ。本当は支局長の仕事というのは、記者に不安を抱かせず、楽に取材をさせることなのだが。こんな風に飄々《ひょうひょう》としていると、トラブルがあった時に対応できなくなる――今のように。

「本社には、一応簡単に説明した。『確認不足』ということにしておいたが、後で詳しい報告文を出してくれ。それと、訂正記事の準備を頼む」

「訂正ですか、お詫びですか」南は確認した。声が震えているのが自分でも分かる。

「それは本社サイドで決める。それと、ネタ元にもう一度確認してみろ」

「今日は摑まらないかもしれません」

それが事実なのは、既に摑んでいた。警察庁主催の会議に出るため、朝一番で東京へ出かけたのだ。

しかし、考えれば考えるほどおかしい。昨日の石澤との会話……相変わらずの蒟蒻問答だったが、南に「間違いない」と確信させるに十分なやり取りだった。だったら何故、今日は電話に出ない？　出張中なのは分かるが、電話にも出られないのだろうか。あるいは出張は嘘で、自宅に隠れているかもしれないと思ったのだが、石澤の妻は明るい声で「東京へ出張している」と言い切った。家族まで口裏を合わせているとは、さすがに考えにくい。

「分かった。とにかく訂正記事の準備をしてくれ」

「……了解です」

相変わらず怒りが見えないのが不安だ。本音が読めない上司というのはつき合いにくい。しかし今は、支局長に文句を言っている場合ではないのだ。まずは自分の失敗を反省し、巻き返しの手を考える……水鳥は、いきなりその決意に水をかけた。

「大人しくしてろよ」

「そういうわけにはいきません」南は意識して胸を張った。「事件はまだ続いてるんですから。取材はやめませんよ」

「いいから、大人しくしておけ」北嶋が繰り返した。さすがに声に怒りが滲んでいる。

「謹慎ですか」声が震えてしまう。

「記者に謹慎なんかあるかよ」北嶋が笑い声を上げたが、目は笑っていなかった。「処分はあるかもしれないが」

誤報で処分された記者がいるか……確か他社で、懲戒解雇処分を受けた記者がいた。この時は誤報どころか、完全に事実誤認の「虚報」だったはずだが。こういう例は海外にもある。ワシントン・ポストに掲載された麻薬中毒の八歳の子どもの記事はピューリッツァー賞を受賞したが、後に完全なでっちあげだと判明した。もちろん、自分の記事はそこまで悪質ではないが、完全な誤報だったのは間違いない。処分の内容に関しては、意図的かそうでなかったかが判断の分かれ目になるはずで、この件では「譴責《けんせき》」以上の処分があるとは考えられない――と南は自分を安心させようとした。

「お前も、こんな風に焦ることはなかったんだよ」水鳥が、かすかに同情の臭いを滲ませて言った。

「どういうことですか」

「一発当てて、本社へ異動する土産にしようと思ってただろう」

「いや……」あっさり本音を見抜かれ、南は短く否定するしかできなかった。そんな功名心は、絶対に認められない。

「何もなければ、十月に上がる予定になってたんだぞ」

「それもおしまいですかね」自虐的につぶやく。クソ、そういうことはもっと早く言ってくれ……。

「それも含めて本社の判断だが……とにかく、しばらく大人しくしておけ。下手に動いて誰かを刺激するのは上手くないぞ」

「……分かりました」

そんなことに黙って従っていられるか——だが今は、少なくとも今日、明日は支局長の言うことを聞いておくべきだろう。

「以上だ。さあ、さっさとやるべきことをやってくれ」

南はのろのろと立ち上がった。先に支局長室を出たが、北嶋は居残って水鳥と話している。立ったままなので短い会話なのだろうが、自分が出た途端に二人きりで話を始めたのが気になってならない。悪口を言っているのか、処分について話し合っているのか。もちろんこの二人のレベルでは、自分を処分できるはずもないが。

支局長室はガラス張りなので、外からも様子がよく見える。北嶋が何か話し、水鳥が聞いているようだった。やがて水鳥が口を開いて二言三言話すと、北嶋も納得したようで、うなずき、部屋から出て来る。ちらりと南を見て口を開きかけたので、南はすぐにドアに向かった。

「おい、ちょっと――」

「煙草、吸ってきます」言い残して、さっさと部屋を出る。デスクと支局長、どちらがより強い敵なのか、今のところは判断できない。しかし水鳥の方が、腹に一物持っている感じがした。

駐車場に降りて、煙草に火を点ける。今日は朝食のあとはほとんど吸っていないことに気づいた。吸う暇もなかったし、人間、本当に追い詰められると煙草を吸う気もなくなるようだ。

支局の一階の駐車場には、車が六台停められる。うち一台は支局長の専用車用。五台の駐車スペースに対して記者は十一人いるから、必ず半分以上があぶれて、外に借りている駐車場に車を停めることになる。これが支局から歩いて十分もかかる場所で、夏冬は辛い……ここに突っ立って煙草を吸っているのも辛いが。午後四時。まだ真昼の熱気が漂っており、しかもほとんど風が通らないので、煙草を吸っているだけで汗ばんでくる。水が欲しいなと思ったが、一番近い自動販売機まで歩いて行くことを考えるだけで面倒だった。

気になることは二つある。一つは、何故この誤報が生まれたのかということ。石澤とのやり取りは、他人が聞いたら結論が見えない禅問答に聞こえたかもしれないが、自分にとっては確証を得たと信じるに足るものだった。だとしたら、石澤がミスリードした？　しかし何のために？　石澤は硬過ぎるほど真面目で、騙し討ちをするような人間ではない。何か意図があったのか、あるいは彼自身が勘違いをしていたのか。

もう一つは、ほぼ確定していたはずの自分の異動がどうなるかだ。新聞社にも、普通の会社と同じように、失敗した人間に対する罰はある。最悪が懲戒解雇。そこから諭旨免職、停職、減俸、譴責とレベルが下がっていくのだが、仮にそこに当てはまらなくても、記録に残らない形での処分もある──「異動」だ。本社の花形部署で取材していた人間が、まったく記者職と関係ない部署へ異動させられたり、本社に近い「格上」の支局にいる人間が遠隔地の支局に飛ばされたり……記録上は単に異動となるだけで、処分されたことにはならない。

煙草を一本灰にし、立て続けに次の一本をくわえる。最初の一服で思わず咳《せ》きこんでしまい、しばらく頭に血を昇らせながら咳をして、喉の粘膜にまとわりついた煙草の味を追い出そうとした。

ようやく落ち着いた頃に、満井が支局に向かって歩いて来るのが見えた。上着もネクタイもなし。半袖シャツ姿で、左肩にバッグを担いでいる。あまりにも重いせいか、体の右側が下がっていた。南を見るとすぐに頭を下げたが、目を背けたのに気づいた。まるで南が、「誤報」という伝染病をまき散らしているとでもいうように。

「こういうこともある」

満井が脇を通り過ぎる瞬間、南は声をかけた。満井は一瞬立ち止まってもう一度頭を下げたが、何も言おうとしなかった。誤報に加担してしまったショックで話す気にもなれないのか、あるいは俺を馬鹿にしきっているのか……勘繰ってむっとしてしまったが、それでも南は最後の最後で自分がサツキャップだということを思い出した。部下を落ちこませてはいけない。

「この件は俺の責任だから。お前には処分はない」

一蓮托生《いちれんたくしょう》で、取材記者全員が同罪ということはないだろう。話がそっちの方向へ流れ始めたら、「満井は取材に参加していない」と話をでっちあげてもよかった。

それもまた誤報の一種なのだが。

居心地の悪い夜。南はまず、「お詫び」記事に取りかかった。県警側が全面否定している以上、記事を取り消すしかないというのが本社側の見解である。逆らえるわけもなく、南は指示に従った。

お詫び記事など書いたことがないので、過去の記事のデータベースをひっくり返す。少ない……。「訂正」に比べれば、「お詫び」はより重大なのだと意識する。キーボードに指を置いたが、さすがに簡単には動かない。しかし、いつまでもこのまま固まっているわけにはいかないので、仕方なしに打ち始める。こんな風に「書けない」ことは、記者になってから一度もなかった。

おわび　15日の「甲府2女児殺害　母親を逮捕へ」の記事で、県警が被害女児2人の母親に対して事情聴取し、容疑が固まり次第逮捕という事実はありませんでした。関係者に謝罪すると同時に、記事を取り消します。

書いてしまってから、事の重大性を改めて意識する。記事を取り消す――それは自分の仕事の全否定だ。キーボードに手を置いたまま読み返すと、指先が震えてくる。しかし、いつまでも手元に置いたままにしておくわけにもいかず、南は北嶋のパソコンに記事を送信した。

「送りました」

自席から立ちもせず、低く声をかける。北嶋はちらりと南を見ただけで、うなずきもしないでパソコンの画面に視線を移した。しばらくカーソルを動かして記事を読んでいたが、結局一字一句直さないことにしたようだ。

「じゃあ、本社に送っておくから」

記事は本社のホストコンピュータに送信され、校閲を経て、整理担当が紙面に組みこむ。社会面でのお詫び記事……南は立ち上がり、送信後にデスク席の横のプリンターから吐き出されるゲラ――文字だけが並んだ棒ゲラ――を取り上げ、もう一度目を通した。見たくない記事だが、ここでまた間違いでもやらかしたら笑いものだ。ゲラを一枚持っているだけなのに、重いバーベルでも提げているように腕が震えてくる。しっかりしろ、こういうことは誰にでも起こり得るんだと思ったが、震えは止まらない。煙草をくわえ、火を点けないまま揺らす。

問題なし。さっさと支局から逃げ出したかったが、さらに紙面ゲラでも確認しなければならない。自分のミスの尻拭いを自分でするほど、辛いことはなかった。

少し離れた席に座った満井が、ちらちらとこちらに視線を投げる。人を病原菌みたいに見るなよ――だいたい満井は、この誤報を気にする必要もないのだ。ネタを持ってきたのは俺で、お前は指示に従って動いただけなのだから。しかし満井の方でも、もう少しやり方があったのではないか。一課長に会った時に、もう少し突っこんでくれていたら。

それは無理だ、とすぐに諦めてしまう。一年生記者に期待したら、痛い目に遭う。それに満井は、やる気の薄い――少なくともやる気があるようには見えないタイプなのだ。

そんな満井の腹の内は、簡単に読める。頼むから俺には迷惑かけないで下さい、だ。阿呆《あほ》が。自分でネタを持ってこないから、こういうことに巻きこまれるんだ。だいたいお前は、サツ回りを馬鹿にしている。サツ回りこそ記者の基本で、ここできちんと結果を出せない人間など、どこへ行っても通用しない。

——もっとも、そういう自分もサツ回りを馬鹿にしている。入社六年目の県警サツキャップなど、決して人に誇れる仕事ではない。サツ回りという仕事はあくまで、基礎を学ぶ新人向けなのだ。南は、本社へ上がる手土産になるネタを摑みやすい、という理由で引き受けただけである。

南は椅子を後ろに蹴飛ばすようにして席を立った。思いもかけず大きな音が響き、満井がびくりと体を震わせる。こんなことでビビってるんじゃない——怒鳴りつけたくなったが、我慢して言葉を呑みこんだ。満井は俺を馬鹿にしきっているだろうが、ここで大喧嘩しても意味はない。支局の中に味方は一人もいない。今の自分にできるのは、これ以上敵を増やさないことだ。満井が陰で自分のことを馬鹿にしても構わないが、面と向かって「ついていけない」と言われないようにしないと。

駐車場へ降り、煙草に火を点ける。携帯を取り出し、メールと電話の着信を確認した。何もなし……誰かが電話——非難の電話でもいいが——してきてもおかしくないはずなのに。何だか世界が滅び、自分だけが取り残されたような気分になった。

しばし躊躇った後、石澤の携帯の番号を呼び出す。耳に押し当て、呼び出し音を聞いているうちに、かすかに吐き気がこみ上げてきた。呼び出し音七回の後で留守番電話に切り替わったので、ほとんど無意識のうちに電話を切った。

しかしその後で思い直し、もう一度電話をかけてみる。出るとは思っていなかったが、留守電ぐらい残しておこうと考えたのだ。留守電の発信音が耳に突き刺さる。一瞬間を置いた後で、南は静かに話し始めた。

「南です……昨夜の件で、確認させて下さい。この留守電を聞いたら、折り返し電話していただけると助かります」言葉を切り、つい非難するような口調でつけ加えてしまった。「どういうことか、説明して下さい。このままだと納得できません」

未練がましいか……未練がましいついでに、ショートメールでも同じ内容のメッセージを送っておこうか、と一瞬考えた。だが、着信を無視――もはや意図的だとしか考えられなかった――している人間が、ショートメールなら返事をくれるとは考えられない。

溜息をつき、携帯をワイシャツの胸ポケットに落としこむ。ほとんど吸っていない煙草の灰が、指の間で長くなっていた。駐車場の床に落ちないよう、慎重に吸い殻入れまで持って行く。灰はすぐに落ちてしまった。床で脆くも砕け散った灰を見て、南は自分の将来もこうなるのか、と暗く考えた。

第二部　調査委員会

1

1：甲府から実況：08/16(土)06:12:23

新報に謝罪記事キタ！

2：甲府から実況：08/16(土)06:14:57

＞1

コピペぐらいしろ、アホ

3：甲府から実況：08/16(土)06:16:21
ネットに出てないんだよ
謝罪記事なんて新聞だけに載せて世間に見せないようにしてんじゃないの
読みたかったらコンビニに走れ
自分で買えよ

4：甲府から実況：08/16(土)06:18:26
>>3
何でわざわざ新聞なんか買わなくちゃいけないんだよ
お前新報の社員だろｗｗ

5：甲府から実況：08/16(土)06:21:34
>>4
新報取ってるわたしが丁寧に書き起こしてあげますよ

おわび　15日の「甲府2女児殺害　母親を逮捕へ」の記事で、県警が被害女児2人の母親に対して事情聴取し、容疑が固まり次第逮捕という事実はありませんでした。関係者に謝罪すると同時に、記事を取り消します。

記事取り消しスゲー
初めて見たわ

6：甲府から実況：08/16(土)06:22:49
これ記事が完全に嘘だったってこと？
確かにスゲー
新報ってここの掲示板以下じゃんｗｗ

7：甲府から実況：08/16(土)06:25:02
訂正は珍しくないけどここまで完全な「嘘」は初めてかね

だいたい今回の件ではどこかがやらかすと思ってた
メディアスクラムひどかったし
あの調子ならどこかがインチキ書いてもおかしくなかった
これはもう猛省どころか新報解散だね
今のメディアの仕組みじゃまた同じようなことが起きるよ

8：甲府から実況：08/16(土)06:26:54
>>7
マジレスすると業界用語の「飛ばし」だね
ただの誤報じゃなくてでっちあげに近い
あれだけ報道合戦が過熱してたらこんな記事が出るのも不思議じゃないけど

9：甲府から実況：08/16(土)06:28:32
書いた馬鹿記者の特定マダー？

「という感じで、ネット上は大騒ぎです」

「放っておけばいいでしょう」

新報の東京本社編集局長、新里明《にいざとあきら》はうんざりして、プリントアウトされたペーパーをデスクに置いた。誤報の件は昨日の段階で報告を受け、「お詫び」記事の掲載を指示した。まったくの虚偽なのだから、「訂正」で済ませられないのは当然である。しかしどうして、こんなに過敏な反応が出るのだろう？

「ちょっと気になるんですよ。今回の事件では、そもそもネットの動きが激しかったですから。社会部の解析班でも、『要注意』としています」元社会部長で、現在編集局次長の村越《むらこし》はしつこかった。

社会部のネット解析班は、ネット世論の動向を分析している。掲示板、ツイッター、フェイスブックやブログ……膨大なデータを統計的に調べる。しかし新里にすれば、ネットユーザーの動向など、どうでもいいことだった。もちろん、何かあったら抗議の動きはネット上だけにとどまらず、現実社会にまではみ出してくることもあるが、新聞社に対して物理的な攻撃が加えられることはまずないだろう、と新里は見ている。実際にデモや抗議活動を始めるとなると、障壁も高いのだ。そしてネット上での盛り上がりは、放置しておけば自然に消える。今までの経験から、それは簡単に予想できた。

「ネットユーザーの意向を一々気にしていたら、きりがないでしょう」

「今回の事件は、普通とはちょっと状況が違います。取材方法に対する批判も延々と続いていますし、そこへきて今回の誤報ですから」村越がなおも食い下がる。

「確かにメディアスクラム対策は、もう少しきちんとしておくべきでしたね」それは新里も認めざるを得ない。スキャンダラスな事件になることは発生時点で予想できていたわけで、「慎重な取材」を早い段階で指示しておけばよかった、と悔いている。テレビのワイドショーや週刊誌は喜びそうな話だが、新聞までこの騒ぎに乗っかる必要はなかったのだ。所詮は田舎で起きた、単なる殺人事件である。記事の優先度はCレベルだ。

新里は、編集局内を見回して溜息をついた。夕刊のある土曜日は、編集局は平常運転である。今、午前十時……夕刊の掲載記事を検討する打ち合わせは九時半から始まって既に終わっており、各部は早版の締切に合わせてフル回転している。キーボードを打つ音。記事の内容を話し合う声。テレビの音。ファクスが紙を吐き出す機械音。様々なノイズが混じり合い、馴染みの混沌《こんとん》とした雰囲気を醸し出している。新里にとっては最も落ち着ける場所なのだが……今日は失敗だった。昼から仕事があり――大手自動車メーカーの社長との対談で、系列の月刊誌に掲載されることになっている――その前に編集局の様子を覗いておこうと思って立ち寄ったら、村越に摑まってしまったのだ。紙面作りは安心して任せておける男だが、少しばかりくどいので、辟易させられることも多い。

「では、引き続き追跡を」このままでは村越が引くとも思えず、新里は実質的に話を先送りにした。

「分かりました」どこか不満そうだったが、村越がうなずき、通称「局デスク席」と呼ばれる場所に戻って行く。Ａ２判の巨大なゲラを吐き出すプリンタのすぐ側だ。締切後に次々と流れてくるゲラを、その席でチェックする。

いい加減にしてくれよ……村越が席についたのを確認してから、新里は気持ちを入れ替えた。そろそろ会談の準備をしないと。しかし、ここにいると何かと邪魔されそうだ。紙面の出来上がりも気になってしまう。集中しないといけない時間なので、新里は一階上にある自室に向かった。集中して原稿を書きたい時や、考え事をしたい時はそこに籠るのが常だった。

隣にある編集総務課に顔を出し、コーヒーを頼んでから局長室に入る。静かだった……今日自分が来ることを知っていた総務課の連中が既に冷房を入れてくれていたので、ほっと一息つく。

デスクにつくと、開いたままのノートパソコンの画面に自分の顔が映りこむ。顔つきはまだ若々しいと思うが、局長になってから一気に白髪が増え、今や「ところどころが黒い」状態になってしまっている。銀縁の眼鏡も、少し年寄り臭い印象だ……そろそろ変えようか、と考え始めてもいる。

コーヒーを飲みながら、対談相手の社長の経歴に目を通し始めた。さらに、最近紙面に出た会社関連の記事も読んでいく。しかし面倒だ。この「記事広告」は、月刊誌としては貴重な収入源になるのだが、新里にすれば面倒なだけの仕事である。文句が次々と頭に浮かんできたが、それでもほどなく記事に没頭することができた。この社長は技術者からの叩き上げで、車そのものについての話は盛り上がるだろう。そこに重点を置いて聞いていけばいい。新里自身も、車は嫌いではないのだ。

電話が鳴った。まったく、人が集中している時に限って邪魔が入る……舌打ちして受話器を取り上げると、社長だった。土曜日なのに——と思ったが、考えてみれば社長も今日は仕事である。確か昼から、東京地区の販売店との懇親会があるはずだ。

「ちょっといいかな」

「大丈夫です」社長に呼ばれれば、断ることはできない。

「上に来てくれ」

「すぐ上がります」

社長室は本社の十五階にある。これより上、十六階には社員食堂と診療所しかないから、実質的に最上階と言っていい。

エレベーターを待つ間、新里は無意識のうちに爪先でリズムを取っているのに気づいて、腿《もも》をぴしりと叩いた。貧乏揺すりのようでみっともない。それにしてもいったい、何の用か……社長に呼ばれるのは珍しいことではないが、土曜日、互いにたまたま出社しているタイミングで声をかけてきた裏には、何か面倒臭い事情があると考えるべきだ。

しかし、予想が固まらないうちに、エレベーターは十五階に到着してしまった。閑散としてはいるが、隣の秘書室にも社員がいる。社長が出て来ている以上、ここを空にするわけにはいかないのだ。連中も大変だよな、と同情する。数年後には、自分が彼らに面倒をかけているかもしれないが。先行きはまだ不透明だが、新里が将来の社長候補なのは間違いない。

社長の小寺《こでら》は、デスクについて新聞を読んでいた。新里が入って来たのに気づくと、急いで眼鏡を外す。六十五歳になって老眼を隠しても仕方ないのだが、この男が老いに対して異様に怯《おび》えているのを新里は知っていた。まだたっぷりした髪は黒々としているが、これは染めているからだ。

小寺政夫《まさお》、通称「小政《こまさ》」。日本人が大好きな省略型の呼び方は、百六十センチそこそこの小柄な体格を正確に表すものでもあった。しかし本人も、侠客《きようかく》・小政になぞらえられているのを気に入っている様子である。新聞協会の集まりで、経済部時代のライバルでもあった他社の常務から「小政」と呼びかけられ、むしろ嬉しそうにしていたのを新里は目撃していた。

小寺が立ち上がり、デスクの前のソファに座った。新里も向かいに座る。いつもの癖で、小寺は前置き抜きで切り出してきた。

「甲府の誤報の件だけどな」

「ええ」小寺も新里と同様、「間違い」が大嫌いだ。しかし、こんな細かい件まで気にかけているとは。

「あれは結局、どういうことだったんだ」

「飛ばし、ですね」

小寺は、訂正記事が出る度に、新里に報告を求める。しかし社長は出張で、昨日一日いなかったのだ、と思い出した。さすがに出張先から電話を入れてまで確認しようとは思わなかったのだろう。

「今時飛ばしか。珍しいな」小寺が、分厚い唇を皮肉に歪める。

「そうですね……若い記者が功を焦ったんでしょう」新里は、南という記者を直接は知らない。しかし入社六年目でまだ支局にいるから、そろそろ焦り始めているであろうことは想像に難くない。同期は次々と本社に上がって、自分だけが取り残されたとでも思っていたのではないだろうか。

「まずいな」

「ええ」小寺の真意が読めず、新里は取り敢えず相槌を打った。

「ちょっと認識が甘くないか？」

「私がですか？」新里は思わず、自分の鼻を指さしてしまった。

「飛ばしは分かった。しかし、記事を取り消したということは、誤報じゃなくて虚報だ。完全な嘘だ。でっちあげだ」

まずい、と新里は拳を握りしめた。怒っている時、小寺は畳みかけるような喋り方になる。

「この件に関しては、メディアスクラムに対する批判もあっただろう」

「しかし、ネット上での話ですよ」

「ネットを軽く見ていると、痛い目に遭うぞ」

「それはそうですが……あの連中と同じレベルでやっていたら、切りがありません」

小寺が無言で、ソファに背中を預けた。革がきゅっと音を立てる。新里は胃が痛くなるのを感じながら、次の言葉を待った。

「新聞は新聞のやり方で、何とかするだけだ」

「……と言いますと？」

「検証記事を出したらどうだろう」

「いや、それは……」大袈裟《おおげさ》だ、と新里は一歩引いた。過去にも検証記事を載せたことはある。例えば四年前、新里が外報部長になったばかりの時に起こった大騒動……認知症の特効薬が発明されたという一面トップの特ダネが、完全な誤報だったのだ。いくつもの条件が重なって大ミスにつながったのだが、あの時は現場の記者、編集幹部に処分者が出る騒ぎになった。その時に、一ページを費やして「何故間違ったのか」を検証したのだが、記事を書いた人間は、鬱々たる気分だっただろう。仲間の失敗を調べるような作業は誰もしたくない。

「こういう小さな記事の失敗を、軽く見てはいけないんだ」

「いや、軽くは見てませんけどね」

「もちろん、認知症の時ほど大変なことではないだろうが、今回の事件は社会的な反響も大きい。ネットの騒ぎも無視はできないな」

「わざわざ検証記事を載せると、もっと騒ぎが大きくなりませんか」

ネット上で「祭り」になるのは目に見えている。新聞が嫌いな人間は世の中に意外と多く、事あれば叩こうと待ち構えているような輩《やから》もいるのだ。

「何もやらないより、やった方がいい。少なくとも新報は、自社の記事に対して責任を持っているという姿勢を示すことが大事なんだ。一般の読者のことを考えてみなさい。文句を言う人はほんの一握りで、普通の読者は、新報に出た記事は全て真実だと信じて読んでくれる。そういう信頼関係を裏切ったわけだから、紙面できちんと説明する必要もあるだろう。我々と読者は、『間違いがない』という大前提でつながっているんだから」

「とにかく、何もしなければ騒ぎが収まると思っているかもしれないが、将来には禍根を残すぞ。とにかくやってみてくれ。局次長を誰か、担当につければいいだろう」

このクソ忙しい時期に、と新里は腹の底で文句を言った。いや、世間が騒がしい時期ではないのだが、何分にも八月である。編集局の幹部も順番に休みを取っていて——休暇の取得に積極的なのも小寺だ——戦力はダウンしている。

しかし、社長に逆らう意味はなかった。それに方針としては決して間違っていない。新聞が「驕《おご》れる存在」として叩かれるようになったのは、ここ十年ほどだと思う。ネットの普及で、誰でも好き勝手に発言できるようになったせいだろうが、それにしても新聞に対する嫌悪感は感情的、かつ激し過ぎる。新聞社側では、揶揄《やゆ》や攻撃、侮辱に対して基本的には無視してきたが、いつまでもそうしていられるものでもあるまい。すり寄るわけではないが、新聞も自分の間違いに真摯に向き合っているという姿勢を見せるのは、悪い考えではない。

「とにかく大至急、やってみてくれないか」

「分かりました」小寺が腿を叩いたので、新里は立ち上がった。この社長が腿を叩くのは、「話は終わり」の合図である。

それにしても、面倒な話を持ちこまれた……自分が直接調査したり記事を書いたりするわけではないが、新里は早くもうんざりし始めていた。

「検証記事ですか？」地方部長の道原《みちはら》が、怪訝そうな表情を浮かべた。道原の前任者で、現在は局次長の芳賀《はが》も同様である。

「そうです」

「しかし、お詫びも出したし、一応決着したと思いますが」芳賀が慎重に反論する。

「社長の意向なんです。新報としては誠心誠意、誤報に対応しているという姿勢を見せたいんでしょう」

「しょうがないですねえ」道原が苦笑する。この男は東北の地方紙からの中途入社で、散々苦労して地方部長にまでなった。編集局の全部長の中で最年長で、この先のポストはない。開き直って好き勝手にやってもおかしくないのに、常に慎重に、淡々と上の命令をこなす。新里よりも年上だが、特に扱いにくさは感じなかった。

「芳賀次長中心で、できるだけ早く検証記事をまとめてもらえますか。道原さんも協力、よろしくお願いします」

「……分かりました」芳賀が依然としてむっとした表情を浮かべたままうなずく。最年少の局次長であるが故に、こういう面倒臭い仕事が回ってくる、とでも思っているのかもしれない。

「報告書を上げさせるだけじゃなくて、聞き取り調査も必要ですよ」新里は念押しした。

「ということは、現地ですか。甲府は暑そうですけどねえ……うちのデスクを行かせますよ」道原が気楽な調子で言った。「それでいいですね、芳賀さん」

「実働部隊は任せます。それと、地方部内での聞き取り調査も必要ですね」

「ああ、それはそうだ。原稿を通したのはうちのデスクたちだから」道原が、当然とでも言いたげにうなずく。

「それは、私が直接聞きますよ」芳賀が嫌そうに言った。

「どうぞ、お手柔らかに」道原が馬鹿丁寧に頭を下げた。

この二人の関係も微妙だな、と新里は思った。年齢は道原がかなり上。しかしあくまで「外様《とざま》」の人間だし、キャリア的にも芳賀の方が上である。表面上は互いに敬語を使って穏やかに話しているが、それぞれ内心では思うところがあるだろう。

この一件が社内の新たな火種にならないといいが、と新里はにわかに心配になった。

2

土曜日、午後三時。

人の少ない支局で、南は東京本社から派遣されてきた地方部デスクの今川《いまがわ》と相対していた。支局デスクの北嶋と支局長の水鳥が同席している。「事情聴取」と聞かされていたから、一人一人話を聞かれるものだと思っていたのだが、三人同時らしい。ずいぶん乱暴なやり方だな、と南は思った。俺だったら、口裏合わせをされるのを避けて、個別に話を聞く。

面談の場所になった支局長室には、相変わらず煙草の臭いが強く流れている。それに誘われてニコチンが恋しかったが、南は必死で我慢した。

「遠いところ、申し訳ないですね」立ち上がった水鳥が頭を下げた。

「こちらこそ、お忙しいところすみません」今川が無難な挨拶を返す。

水鳥が勧めるままに、四人はそれぞれ座った。水鳥は自分のデスクにつき、小さな応接セットには今川と北嶋。南は折り畳み式の椅子を持ってきて腰かけた。

お茶が出てくるまで、水鳥が呑気に天気の話を続ける。今川はすぐに、「自分も甲府支局出身で」と切り出した。年齢からして、十年ぐらい前に支局を卒業して本社に上がったのだろう。空気が重く感じられるぐらい気温が高い、熱気が肌にまとわりつくようだと、天気の悪口で結構盛り上がっている。厳しい会話に入る前のウォーミングアップだろうな、と南は思った。

「さて、厄介な話で申し訳ない」ドアが閉まったところで、水鳥がいきなり切り出した。

「いえ」

「しかし、驚いた。お詫び記事で十分だと思っていたのに、何で検証記事を出すような話になったんですか」

「社長の直命らしいですよ」今川が説明する。

「社長、ねえ」水鳥が、驚いたように大きく目を見開いた。

要するにポーズだろう、と南は思った。たぶん社長辺りが、「新聞社も自分のミスに関しては率直に反省し、二度と繰り返さないように検証します」という「振り」のために記事を出そうとしたのだろう、と。

「社長から編集局長に話が下りてきて、速攻で決まったようです。それだけ緊急のことと考えて下さい」今川が硬い口調で言った。

「分かりました」どこか飄々として見える水鳥だが、厳しく言われたせいか、さすがに表情が引き締まってくる。

今川は、予《あらかじ》め考えていたようにすらすらと質問をぶつけてきた。しかし南が聞いても、水鳥の答えはどことなく薄っぺらく、頼りない。

「南記者が記事を書いた日、支局にいらっしゃったんですか」

「いや」水鳥が短く否定した。

「出張か何かで？」

「休みでしてね」

「県内にいらっしゃったんですか」

水鳥が黙って人差し指を上に向けた。支局の上にある、支局長住宅にいた、ということか。確かにあの日は、一日顔を見なかった。その答えに、今川は何となく不満そうだったが……。

「この件は、当日はご存じなかったんですね」

「知ったのは翌朝、新聞を見てからです。北嶋は優秀なデスクですから、基本的に任せてますんでね」

水鳥の口からは、当然、南が知っている以上の情報は出てこなかった。今川は続いてターゲットを北嶋に変えたが、水鳥の説明を補足するような話しか出てこなかった。

ここまでで一時間強。ただ話を聞いていただけの南は、いい加減肩が凝ってきた。何度か口を挟もうとしたのだが、今川に睨まれるのを恐れて黙っていたせいか、ストレスが溜まりに溜まっている。反論した方がよほど楽だったのだ、と思った。口出しせず、目の前で自分が断罪されるのを黙って聞いているのは辛い。だが、余計なことを言って、相手にマイナスの印象を与えるのも怖かった。とにかく自分は、まな板の上の鯉《こい》である。

今川が南の顔を見た瞬間、そう言えば前に一度会ったことがある、と思い出した。去年の参院選で、本社で行われた選挙会議で顔を合わせていたのだ。

「去年、選挙の会議で会ったたね」

向こうも覚えていたのか……南の緊張を解そうとしたのか、今川は軽い話題で始めた。

しかし南は、うなずくだけにした。この手の軽い話題を展開する気にはならない。今川が軽く咳払いして、本題に切りこんだ。といっても、まずは支局長、デスクから聞き取った話の確認になる——つまり、裏取りだ。

南は、慎重に質問に答えていった。何しろ「お詫び」記事だ。しかもそれに続く「検証」記事である。ノックアウトを食らったのに、さらに追い打ちのパンチを顔面に受けたような感じになる。

「それで、結局どうして間違えたんだろう？　確認を取らなかったことは分かるけど、そもそもどうしてこの情報は間違っていたのかね」今川の言い方は丁寧だったが、指摘は厳しい。

「それは……分かりません」

「ネタ元の情報がおかしかった？」

「それは分からないんです」南は繰り返した。

「分からないというのは？」

「あの後、まだ摑まらないので、話を聞けていません」

「摑まらない？」

「まだ連絡がつかないんです」

「携帯にも出ない？」

南は無言でうなずいた。今川は、一層疑念を募らせたようである。それはそうだろう……俺はたぶん、裏切られた。それなのに何故ネタ元を守るのか、とでも思っているのではないだろうか。

「それはおかしいな」

「ええ」

「引き続き、接触を取るように努力してくれないか」

「そのつもりです」

「それで君自身は、どういうことだと考えている？　君の勘違いだったのか、あるいは向こうがわざと間違ったネタを流したのか」

「まだ判断できません」

「問題の母親……」今川がメモ帳のページをめくった。「湯川和佳奈だけど、居場所についてもまだ分かっていない？」

「県警は、公式にはそういう見解ですね」

「非公式には？」

南はゆっくりと顔を上げ、「今、非公式の情報を取れるような状態じゃないです」と打ち明けた。

「ああ……それはそうだな」

今川がボールペンの先でメモ帳を叩く。そこに視線を落としていたが、突然顔を上げてまったく別の話題を持ち出した。

「金子さんって、今何してる？」

「金子さんって……」

「俺が甲府支局にいた頃、捜査一課の管理官だったんだ」

「捜査一課長が『金子』ですが」

「ああ、そうか。一課長になったんだな……ずいぶんお世話になったんだ」

「そうですか」

「いろいろあったね、彼とは」

このやり方は卑怯《ひきょう》だ、と南は怒りが膨れ上がってくるのを感じた。いかにも自分が金子をネタ元にしていたような口ぶりである。俺も打ち明けたんだから、君も喋れ、と取り引きを持ちかけているつもりか。

今川は一度言葉を切った。きつい質問を予感して、南は身を硬くする。肩が盛り上がっているのを自分でも感じた。

「問題のネタ元は誰なんだ」いきなり本題に戻る。

「それは言えません」即答。それ以外に答えようがない。

「いや、それが一番肝心なことなんだけど」

「言えません」南は繰り返した。

「ちょっと待ってくれ。これは内輪の話だぞ？　外部に対して言えないのは仕方ないとしても、内輪で隠してどうするんだ」

「一番大事なネタ元は、仲間の記者にも話さない……そういう風に教わりましたけど」

「基本はその通りなんだけど、今回は状況が違うだろう」今川がボールペンをきつく握り締めた。「自分の立場を考えてくれ。肝心のネタ元が分からないと、報告書を書きようがないんだ。もちろん、検証記事には名前は出さないけど」

「話せば、そういうところに出る可能性もあるでしょう」

「ないよ」

今川が即座に否定したが、南は信じられなかった。少しでも表に出る可能性があるなら、言えない。

「とにかく、ネタ元が誰かは言えません」

「どうして？　相手に対する義理立てか？　そんなことをする必要があるのかね」

南は一瞬口をつぐみ、視線を彷徨《さまよ》わせた。上手い言葉が見つからない。結局、正直に打ち明けるしかなかった。

「どうしてこうなったか、分からないんです」

「それは何回も聞いたよ」

「状況が分からない以上、何も言えません」

「じゃ、どうするんだよ」今川がボールペンの先をメモ帳に強く叩きつけた。「相手が意図的に騙したと分かったら、その時はネタ元の名前を明かすのか？　悪意のない勘違いだったとしたら隠し通す？」

「とにかく、今は」南は一瞬だけ声を張り上げたが、すぐに、抑えた低い声を取り戻した。「今は言えません」

今川が、水鳥、北嶋と順番に顔を見た。

「南記者は、ネタ元の名前は言えない、と主張しています。お二人は知っているんですか」

水鳥と北嶋が顔を見合わせた。一瞬間を置いて、水鳥が口を開く。

「いや、聞いていません」

「南記者から事情は聞いたんですよね？　そういうのは真っ先に確認することだと思いますが」

「本人が、どうしても言いたくないと言ってるんでね」

「それでいいんですか」今川が少しだけ声を荒らげた。「追及が甘いんじゃないですか」

「いや、身内に対して追及というのはどうなんですか」静かな声で水鳥が反論する。

「これは警察の取り調べとは違うでしょう。本社がどういう意向で検証記事を出そうと考えているのか、本音は分かりませんが、こういうやり方は適当じゃないと思うな」

「社長の意向ですよ」今川はぴしりと言った。

「とにかく、本人が言えないと言ってるのを、無理に聞き出すことはできないですねえ」

「本社の意向に抵抗するんですか」今川が脅しにかかった。

「これは警察の取り調べじゃないでしょう？」水鳥があくまで抵抗する。

「同じようなものだと考えてもらっていいですよ」

今川の言葉を聞いて、水鳥がすっと息を呑む。鼻の穴が膨らみ、顔が赤くなった。怒りの言葉をぶちまけてくるかと南ははらはらしたが、彼の口から出てきたのは、またも呑気な言葉だった。

「一昔前なら、こんなことは大した問題にならなかったでしょうねえ」

「いや、誤報はいつだって大問題ですよ」今川がまたぴしりと言う。

「もちろん、昔だって訂正はしたと思う。でも、それで終わりだったんじゃないかな」

「誤報が大したことがないって言うんですか？」

「いや、今は何でもかんでも、誰かの顔色を見ながらやるんですねえ。今回だって、ネットで散々悪口を言われてなければ、検証記事を書くなんていう発想は出てこなかったでしょう」

「そういう傲慢な姿勢のせいで、外から叩かれるんですよ」

「外から言われないと、傲慢だということにも気づかないんでしょうなあ……とにかく、この件は自分たちにも分からない。追及するのはあなたの自由だけど、南は喋らないと思いますよ。こんな状態になってもネタ元を明かさないのは、むしろ大した根性だとは思いますけどね」

話にならない、と言いたげに今川が肩をすくめた。

3

今川が帰ってしばらくしてから、水鳥が支局の近くにある馴染みの呑み屋に誘ってくれたのだが、南にとっては予想外のことだった。水鳥は元々、支局員とあまりつき合わないし、とうに見放されていてもおかしくないと思っていたのに、まるで自分を慰めようとしているようではないか。先ほどは、ネタ元の問題で南を庇《かば》ってくれたし……意味が分からない。自分を擁護していいことなど、何一つないはずなのに。

「まあ、気にするな」

水鳥の慰めは、南の心に届かなかった。さっきの事情聴取は……ぎりぎりのせめぎ合いだった。何とか石澤の名前は出さずに済んだが、これで終わるとは思えない。昼の暑さを忘れさせてくれるはずのビールの冷たさは、心を凍らせるようだった。

この呑み屋には小さな個室があるので、他の客に話を聞かれる心配はない。そのせいか、あるいはアルコールのせいか、水鳥の声は少しだけ大きくなっていた。煙草の量も増えている。つき合って吸っているうちに、南は喉が痛くなってきた。半分ほど吸った一本を灰皿に押しつけて、今日はこれぐらいにしておこう、と決める。

「眠れてるか？」

「無理ですよ」予想外の質問に、南は半笑いで答えた。こんな風に悩んで眠れないことなど、かつてなかったと思う。

「まあ、しょうがないな」水鳥がビールを一口呑んだ。水鳥は生ビールを頼まない男で、呑みに行くといつも、瓶ビールを空にして並べる。

「ネタ元を話す気はないな？」

「ありません」南は身を硬くした。俺を酒の席に誘い出して、やはりこの件を追及しようとしているのだろうか。

「だったら絶対、誰にも言うな。墓場まで持っていけ」

大袈裟だと苦笑し、結局また煙草に手を伸ばしてしまう。しかし水鳥の顔はあくまで真剣だった。

「この件は、日本の報道史で、エポックメーキングな出来事になるかもしれないな」

「まさか……」

「どうも気になるんだ。本社の反応が大袈裟過ぎるんだよ。社長が何を考えてこんなことを命令したか分からないが、この程度のミスで検証記事は、やっぱりやり過ぎだ」

「ええ」

「だから、何か裏があるような気がしてならないんだよな」

「それは……何なんですか？」

「分かってれば、言ってるさ」水鳥がにやりと笑った。自分もややこしい出来事の渦中にいるとは思えない余裕だった。この支局長の本音を読むのは、本当に難しい……。

「多分これからも、本社からはあれこれ言ってくるだろう。ひたすら耐えるんだな」

「そうします」

「それが無理なら……」

「無理なら？」

「どうしようか？」水鳥がにやりと笑った。「こんな状況は俺も初めてだから、今すぐには判断できないな」

何という無責任な……しかし水鳥は南の呆れ顔を気にする様子もなく、淡々とビールを呑んでいる。この人を頼ったら駄目だ、と南は密かに思った。この窮地を脱するために、ただ頭を低くして待っているだけではどうしようもない。しかし今のところ、逆襲の方法は何も思いつかないのだった。

水鳥と別れ、自宅へ戻る道すがら、携帯を取り出す。石澤の携帯電話は留守電になってしまう……少なくとも今は大人しくしているべきだと思ったが、南は思い切ってタクシーを拾い、石澤の自宅へ向かった。

軽く酔いが回った頭で、何か上手い手を考えようとするが、アイディアの断片が流れるだけで上手くいかない。胸に深く顎を埋《うず》める。少しだけでも眠っておくか……昨夜もほとんど眠れなかったのだし。うとうととしては短い嫌な夢を見て、はっと目が覚めてしまった。場面はいつも同じ。人っ子一人いない道――どこまで続くか分からない直線だ――をのろのろと歩き続ける自分の背中を、何故か後ろから見ている。

南はタクシーを降りてすぐに、石澤の自宅の異変に気づいた。土曜の夜……ガレージのシャッターは上がっていたが、石澤のミニはない。しかも家の灯りが消えている。家には誰もいないのか……もしかしたら夕飯に出かけているのかもしれないと思ったが、新聞受けには朝刊がそのまま残されている。几帳面《きちょうめん》な石澤にしては、明らかにおかしい。念のため家の裏手にも回ってみたが、そちら側も電気は消えていた。自宅の電話番号にかけると、すぐに留守電に切り替わってしまう。

家族全員——といっても石澤は妻と二人暮らしだが——で夜逃げした？　しかし、何のために？

もしかしたら、背後に大きな陰謀があるのかもしれない。俺を貶《おとし》めるために、誰かが作戦を練って、県警が一丸となって動いているとか……まさか。南は激しく首を振った。下らない陰謀論にすがりつきたくなるほど、俺は追いこまれているのか。

4

日本新報は、8月15日付朝刊社会面に掲載された「甲府2女児殺害　母親を逮捕へ」の記事が、事実の裏付けがない誤報だったことに対する検証を行った。取材担当者への聞き取り調査などを中心に、過熱する事件取材の裏側で、一部担当者の焦りと思い込みが誤報を生んだ原因になったと結論づけた。（本社調査班）

◆事実関係

事件は、8月5日夕、甲府市内の県営団地で、5歳と3歳の女児が遺体で発見されたというもの。幼女2人が殺されるという重大事件に、報道陣の取材競争は過熱していた。

このような状況の中、15日付本紙朝刊社会面の記事は、幼女2人が遺体で発見されて以来、行方不明になっていた母親を県警捜査本部が発見、事情聴取に乗り出し、容疑が固まり次第逮捕、と伝えた。

しかし県警側は、記事掲載後にこの事実を非公式に否定。実際捜査本部では、母親の行方も摑んでおらず、容疑者とも見なしていない。日本新報では、翌16日に、記事を全面的に取り消す「お詫び」記事を社会面に掲載した。

◆背景
この事件の背景には、過熱する報道競争があった。

幼女2人が殺害されるという衝撃的な事件だけに、現場での取材には熱が入り、地元メディアだけでなく、東京のテレビ局、週刊誌記者などが多数現地入りし、連日過剰な報道を続けていた。

その過程で、被害者が住む団地の住民などから不満と抗議の声が上がり、同時に動機は現在も不明ながら、被害者2人の祖父が自殺未遂を起こす事案も発生している。

1つの取材対象に多くの報道陣が殺到する、いわゆる「メディアスクラム」と呼ばれる状態になっていたが、このような状況の中で、日本新報甲府支局では、警察関係者への取材を中心とした取材活動を行っていた。

◆誤報発生の経緯

甲府支局の担当記者が、警察が母親の行方を摑んだという情報を警察関係者から得たのは、14日夜。この時点で、「翌朝から事情聴取」「自供があり次第逮捕」という内容だった。警察関係者との普段の信頼関係から、担当記者は「信じるに足る理由がある」と確信した。

新報の締切は三段階に分かれており、この時点では一番早い締切が既に過ぎていた。次の締切に間に合うぎりぎりの時間帯で、しかも担当記者は、他社が同じ情報を摑んでいると思いこみ、掲載を急いだ。

これに対して、甲府支局のデスク、本社地方部のデスクともに異を唱えず、記事は15日付朝刊社会面のトップ記事として掲載された。

◆誤報の原因

最大の原因は、現場の取材記者が情報の確認を怠ったことである。通常、どんな記事でも、単独の情報源から得た情報で書くことはない。必ず他の情報源、関係者に当たって確認し、間違いないと分かってから記事にするのが基本的なルールだ。

しかし今回、現場記者は過熱する報道競争に巻きこまれていた。他紙が同じタイミングで書いてくるかもしれないという疑いがさらに焦りを呼び、確認を取らないまま記事を書くことを決心させた。

　また、チェックすべき立場である支局デスクが、十分に役割を果たしていなかったことも問題だ。取材源については、記者とデスクの関係であっても秘匿すべきとの意見があるが、今回は非常にデリケートな問題であり、そこでしっかりした話し合いがなされて然るべきだった。同時に、複数の関係者から同じ情報が取れているかどうかも確認すべきだったが、他紙が書いてくるかもしれないという記者の説明を鵜呑みにし、徹底した確認を怠った。

　また、原稿を受けた本社地方部デスクも、厳しい確認をせずに原稿を通していたことが分かった。

　地方支局が、一面や社会面などの「本版」用に送ってくる原稿をチェックするのが地方部の役目で、通常は十分なチェック機能を果たしているが、今回は原稿が本社に届いたのが午後10時40分過ぎ。締切まで時間がなかったこともあり、チェックが甘くなった。その結果、裏づけのない記事が掲載されてしまった。

◆反省点と今後の対応
　以上のような状況から、今回の誤報の原因は明らかである。

　特ダネを書きたいと願うのは記者の基本であり、その気持ちは否定できない。

しかし特ダネに執着するあまり、確認が甘くなっては元も子もない。しかも現場の勢いに押される恰好で、内容をチェックするデスクの仕事が甘くなっていたのも否めない。日本新報では、これらの反省点を踏まえ、「現場での確認厳守」「段階的なチェックの徹底」を全社的に一斉に指示した。また、過熱する報道競争が今回の誤報の背景になったものと判断し、現場での取材活動のあり方、被害者や加害者の家族への接し方などについて、今後定期的に研修を開いて徹底することにしている。

まあ、こんなものだろう。八月十九日火曜日、夕方。新里は編集局長席で、検証記事のゲラを確認した。

紙面の半分を埋める記事で、時間経過などを示す表も掲載されている。指示から三日でこれだけの物ができれば上出来だ。所々であやふや——というかぼかした表現があるが、それは仕方がない。分からなかったこともあるし、表に出せない事情も多いのだ。

芳賀が、お伺いを立てるように、慎重に切り出した。

「どうですか」

「いや、いいんじゃないですか」新里はさらりと言った。面倒な仕事だったが、これだけちゃんとしたものが短時間で完成すれば、社長も納得するだろう。この件はこれで一件落着、打ち切りだ。後は、南とかいう現場の記者と甲府支局の幹部二人に対する処分を考えなければならないが、これは急がなくていい。どこかの支局へ異動、というのが妥当だろう。もちろん自分にも処分が及ぶのは覚悟の上だった。譴責、悪くて減俸というところか……地方部長も同様である。
ただし、この件はこれで終わる。世間はすぐに忘れるだろうし、明日からはより気をつけて紙面を作っていけばいいだけだ。こんなことはこれまで何回もあったが、それで新聞社の屋台骨が揺らいだことはない。簡単に乗り越えられる障害だ、と新里は確信していた。

1：甲府から実況：08/20(水)07:15:32
新報に今度は検証記事キタ！
2：甲府から実況：08/20(水)07:17:39
反省してる？
3：甲府から実況：08/20(水)07:18:56

＞2
一応反省してるけど具体的な話なし
記者の名前ぐらい載せろや

4：甲府から実況：08/20(水)07:20:54
＞3
名前もなしじゃ駄目じゃん
要するにアリバイ作りでしょ

5：甲府から実況：08/20(水)07:22:30
＞4
＞1だけどポイントはそれな
要は載せましたってだけ
何で現場の記者が間違えたのか具体的なやり取りがないんで分からない

これじゃ載せない方がましだったな
アリバイ工作のつもりだろうけど納得しませんから

6：甲府から実況：08/20(水)07:24:15
＞5
つまり具体的な話はなしってことね？
それじゃ本当かどうかも分からないじゃない
この検証記事も誤報だったりしてｗｗ
取り敢えず書いた記者の特定しようぜ

出社直後の午前十時に社長に呼ばれるほど、心臓に悪いことはない。しかし、何も問題はないはずだ、と新里は自分に言い聞かせた。検証記事に関しては、昨日のうちに社長にも目を通してもらい、ＯＫを貰っている。「ここまで書いておけば、うちの姿勢をきちんと示せただろう」という言葉が出て、社長も満足したのだと確信していた。

しかし、いきなり掲載当日の呼び出しである。嫌な予感を覚えながら、新里は十五階へ上がった。

社長の小寺は、前置き抜きでいきなり切り出してきた。

「弁護士から、社長室に連絡が入った」

「弁護士？」

「甲府の弁護士だよ。本人いわく、あの女性……湯川和佳奈の弁護士だそうだ」

「まさか」新里は思わず声を張り上げた。「湯川和佳奈は行方不明ですよ」

「それは、警察とマスコミから見て行方不明ということだろう。本人が弁護士に連絡を入れた、という話だ」

「それで、内容は？」

「この検証記事についてだが」小寺が、目の前に広げた新聞を拳で叩いた。「再度湯川和佳奈のことが話題になっていて、名誉を毀損《きそん》されたと」

「あり得ません。だいたい、名前は一切書いてないじゃないですか」

「事件の詳細を蒸し返した中で、湯川和佳奈だと特定できる表現がある。しかも、容疑を否認するものではない」

「それは……流れとして仕方ないことだと思いますが。嫌疑が消えたわけではないですし」

「とはいえ、向こうが『傷ついた』と訴えているのは事実なんだ」

「それは分かりますが……」

「看過できないことだな」

「何か具体的な要求はあるんですか」

「それはない。記事の訂正を求めているわけではないし、すぐに裁判にするつもりもないようだ。要するに警告だよ。それよりも、もっと面倒な話がある」

「何ですか」新里は心臓が喉元まで迫《せ》り上がってきたように感じた。

「実は、三池《みいけ》からも連絡がきている――というより、三池の秘書が俺に電話してきた。そちらの方が厄介だ」

「三池ですか」厄介な……新里は、事態がまったく沈静化していないことを悟った。

三池高志《たかし》は警察キャリアOBの代議士である。山梨一区選出なので、地元の問題に絡んできたのだろう。面倒なのは、彼が「メディア規制法」の強力な推進派であることだ。ここ十年ほど、浮かんでは消えているメディア規制法は、マスコミにとって致命的になりかねない内容を含んでいる。そういう法案を推進する人間が、この誤報問題に絡んできたとしたら……事態はさらに複雑になる。

「三池の要求は何なんですか」

「調査委員会を作れ、と」

「それは……社内でもっと詳しく調べろということですか」

「違う」小寺が首を横に振った。「外部の有識者による調査委員会だ。今朝の検証記事がお気に召さなかったようだな」

軽い口調で小寺が言ったが、内心は怒りではち切れそうなのが分かる。滅多なことで怒りはしないが、怒っている時はまず畳みかけるような喋り方に、さらに怒ると、必ず耳が赤くなるのだ。長年のつき合いでそれを知っている新里は、思わず身構えた。今度はどんな指示が飛び出してくるか、分かったものではない。

「外部の人間が新聞を調査する、ですか？　あり得ませんよ。我々は、ここだけで完結した存在でしょう」新里は指で円を描いた。「外部の人間に一々口出しされたら、新聞なんか作れません」

「三池はそうは思ってないようだな。内部で調べているだけでは調査が甘くなるから、第三者に調べさせろ、ということらしい」

「まさか、そんなことはしませんよね」

「当たり前だ」小寺が吐き捨てる。凶暴さを感じさせる口調は、この男のルーツに本当に「小政」がいるのでは、と思わせた。出身も同じ静岡だし……。

「だったらやり過ごすんですね？」

「その判断は任せる」

「私に？」

「他に誰がいる？　紙面に全責任を持つのは編集局長だろう」

そういうことか……冗談じゃない。三池と直接の面識はないが、厄介な男だという噂は聞いている。些細《ささい》なことにも噛みつき、しかもしつこい。既に当選五回を重ね、党の要職も次々に経験している有力者だ。早い出世の背景には「脅し」があるのでは、という噂もある。警察官僚だった時代の人脈は未《いま》だに生きていて、かつての同僚や後輩から、政治家たちの危険な情報を収集しているのではないか、というのだ。一番敵に回したくないタイプである。

「とにかく、穏便に収めてくれよ」

小寺が腿を叩く。結局面倒なことは、全部現場に丸投げか……こんなことなら、さっさと社長になりたい、と新里は思った。そうすれば、座ったまま人に指示をするだけで、全ては丸く収まる。

こういう抗議がきた時には、接触の手順が大事だ。相手は代議士。最初の一歩を間違えると、後々まで話がこじれてしまう。具体的な要求のなかった弁護士の方は、当面放っておいていい。より大きな影響力を持つのは三池であり、対応は急務だ。

だが、まずは相手を知らないと……新里は、政治部長の友田《ともだ》を自席に呼び、椅子を勧めた。

「三池のことなんだが」

「ああ」友田はまだ事情を知らない。特に感情を感じさせない表情で相槌を打った。「三池がどうかしましたか」

事情を話すと、次第に友田の顔が蒼褪《あおざ》めた。状況は十分把握できたはずだが、彼の口から出てきた言葉は、「それはおかしい」だった。

「三池は確かにメディア規制法の推進者ですけど、これまで表立ってマスコミに喧嘩を売ったことはないですよ」

「そうだったかね」あちこちで発言しているから、こちらが勝手にイメージを膨らませていただけだろうか。

「ええ。その辺は、上手く立ち回っているんです。法律は作りたいけど、真正面からマスコミを敵に回したくはないんじゃないですかね。それが今回、正面からきたんでしょう？　普段とは状況が違います」

「もしかしたら、先に抗議してきた弁護士とタッグを組んでいるのかもしれないな」

「ああ、それはあるかもしれませんよ」友田が膝を平手で叩いた。「弁護士が三池に相談して、三池がそれに乗った、とか」

「三池に対しては、何らかの対策を取らないといけないんだが、ちょっと探りを入れてもらえないか？　取材に関係ない話で申し訳ないが」

「大丈夫ですよ」友田が気楽な調子でうなずいた。「まず、三池の親分筋と話してみましょう」

「と言うと？」

「平和会。三池は、平和会の広池《ひろいけ》の子分ですから」

「そうか。頼みますよ」最大派閥の長にして次期総理候補である広池を巻きこむのは気が進まなかったが、仕方がない。

「局長、ちょっと気にし過ぎじゃないですか」

「俺はいいけど、小政が……」新里は親指を上に向けた。

「ああ」友田が苦笑する。「社長も細かいですからね。とにかく広池に接触してみます。弁護士の方は、放っておいていいんですか」

「甲府支局に対応させます。一義的には向こうの話だから」

「大丈夫ですかね」友田が首を傾《かし》げる。「甲府支局は当事者でしょう。直接当事者が矢面に立つんじゃなくて、第三者が話をした方が、角が立たないんじゃないですか」地方部の方をちらりと見て続ける。「地方部長辺りが話をした方が、向こうも納得しやすいんじゃないですかね」

「確かに」新里は苦笑した。「そうしましょう。支局長より部長の方が、向こうも納得するでしょうしね」

友田を放免し、新里はすぐに道原を呼んだ。椅子に浅く腰かけた道原の表情は暗い。

状況を説明すると、さらに暗い顔つきになった。

「ややこしい話ですね……それより、本当にその弁護士は、湯川和佳奈と接触したんでしょうか」

「愉快犯ではないでしょう。とにかく、まずその弁護士と話をして下さい。甲府支局ではなく、道原さんの方で対応してくれるとありがたいんですが」

「……分かりました」

「本社の人間が対応した方が、向こうもありがたみを感じるでしょう。所詮、田舎の弁護士だから」

「まず、調べてみますよ……人権派だったら、対応を間違えると面倒なことになりますからね」

「そうですね」新里はうなずいた。疑いをかけられた女性の代理になろうというぐらいだから、いわゆる人権派なのは間違いないだろう。「とにかく、慎重に……下手に出ても構いませんから」

「頭を下げるのも、部長の仕事ですからね」小さな皮肉を残して、道原が立ち上がる。しかし急に何か思い出したように、また椅子に腰かけた。「ネットの方、また煩いことになってるようですよ」

「ああ……しかしこっちとしては、やるべきことはやったんです。検証記事までサービスしたんだから、これ以上は対応しようがないでしょう」三池のような大物からクレームをつけられるのと、名もなき声が騒ぎ立てるのとでは、重みが違う。

「コールセンターの方から話を聞いたんですが、朝からクレームの電話が殺到しているみたいです」

「それは聞いてないな」新里は頬を歪めた。読者からの意見を受けるコールセンターは、総務局の管轄である。常時編集局に情報が流れてくるとは限らないが、こういう重要な問題に関しては、きちんと対応して欲しい。

「確認しましょうか？」道原が申し出た。

「いや、電話ぐらい自分でしますよ」受話器に手を伸ばそうとした瞬間、電話が鳴り出す。タイミングが良過ぎてびっくりしたが、一呼吸置いて受話器を取り上げた。

「メディア局の田澤《たざわ》です」

「ああ、お疲れ。新里です」メディア局長の田澤は新里の二年後輩で、一時外報部で一緒に仕事をしていたこともある。

「ちょっとご相談というか、報告なんですが、コールセンターに対する抗議のメールがすごいことになってますよ」

「あの件で？」

「ええ」

どうして田澤がそんなことを言ってくるのだろう、と訝ったが、すぐに事情が呑みこめた。会社への苦情や意見のメールはコールセンターに直接届くが、メールそのものを管理しているのは、ITシステム部を抱えたメディア局だ。心配性の田澤が、部下に命じて調べさせたのだろう。

「意味不明の物を除いて、今日の朝から、甲府の事件関係のメールは二百を超えてます」

「普段と比べてどうなんだ」

「圧倒的に多いですね。今回は、事件自体にも関心が高かったですから、その流れでしょう。内容は、今朝の検証記事に対して、ほぼ否定的です。要するに抗議ですよ」

「どうせ、内容をろくに読みもしないで、他人が書いた内容をコピペしてるだけだろう」

「それが、そうでもないんですよね」声が冷静な分、田澤の説明は鋭い切っ先となって新里に迫ってきた。「余計なお世話かもしれませんが、ちょっと気をつけておいた方がいいと思います。コールセンターの方からは何も言ってきてないんですか？」

「今のところはない」

「たぶん、てんてこ舞いなんでしょうね。報告している暇もないのかもしれない」

まさか、そんなことが……だいたい、コールセンターというのは基本的に暇な部署である。「新聞が届いていない」といったクレームや、「記事のコピーが欲しい」といった依頼に対応するぐらいが仕事だ。編集局に連絡を入れられないほど忙しくなることは、まずない。

受話器を置き、新里はコールセンター長席の電話番号をプッシュした。出ない……センターの人間は、目の前の電話が鳴ったら、呼び出し音が二回鳴る前に受話器を取る癖がついている。二回、三回、四回……これだけ呼び出して出ないはずがない。新里は、近くにいた局次長の村越を呼び、事情を説明した。

「悪いけど、ちょっとコールセンターの様子を見てきてくれませんか」

「分かりました」

村越が、足取り軽く去って行く。その背中を見送りながら、新里は、今回の一件は、普通の抗議活動だけにとどまらないだろう、と嫌な予感を覚えていた。

自席のテレビをちらりと見ると、午前のワイドショーの時間で、よりによって三池が映っていた。がっしりした顔つきに、真夏なのにきちんとネクタイをしているので、非常に悪目立ちしている。話題はまさに、新報の誤報問題だった。

司会のアナウンサーが話を振る。

「今回、メディアスクラムが大きな問題になりました。我々としても反省しなければならないことですが、三池さんはこの状況をどうお考えですか」

「以前からメディアスクラムの問題はありましたが、なかなか改善されません。こういう問題が、マスコミの首を絞めてしまうことは明白なのですが、自分たちで改善できないとなると、法的規制も問題になってきますね」

「取材規制、ということですか？」

「一元的に取材規制となると、国民の知る権利を侵す恐れがあります。ただし、それで迷惑、被害を蒙る人がいるわけですから、例外的規定も考えなければならないでしょうね。常軌を逸した取材に対しては、被害を受けた人が声を上げやすい環境を作るべきです」

「そのための法的措置も考える、ということですか」

「それも一つの選択肢です」

このアナウンサーは馬鹿か、と新里は怒りを覚えた。自分で自分の首を絞めているようなものではないか。三池の弁は、ますます乗りがよくなってきた。

「ネットも含めて、野放図に言いたい放題というのは、問題があります。言論の自由というのは、それに対して責任を持つことから始まるのですから。今は、責任も負わずに声を張り上げている人が多過ぎる」

5

何でこんなことになってしまったのだろう。

警察には怖くて行けない。もちろん、いつまでもこのままというわけにはいかないだろう。弁護士も言っていた。「あなたは今の段階では容疑者ではない。だから任意の事情聴取要請もはねつけておける。しかし、警察が容疑者と判断したら、その時点で私は通報せざるを得ない」

そんなこと言われても、法律のことなんかよく分からない。でも、和佳奈は自分がまずい立場に追いこまれていることだけは感覚的に分かっていた。思い切って、最初の段階で警察に行っておけばよかったと思う。でも怖かった。警察は自分を疑うに決まっているから。

このまま誰にも会わず、この狭い十畳間で死んでいくしかないのだろうか。

マニキュアが無様に剝げた爪を眺めながら、和佳奈は部屋の隅に置かれた鏡を覗いた。顔色は悪く、目の下にはくっきりと隈《くま》ができている。こんな恰好じゃ、外へも出られないよ。シャワーは浴びているけど着替えがあまりないので、何となく体が臭い。それに、エアコンもつけられなかった。室外機が動いているのに気づかれたら、自分がここにいることがばれてしまう。

この部屋は、ある男が用意したものだ。脂っぽいジジイに抱かれるのはうんざりだけど、金になるのだから仕方がない。仕事もない、別れたクソ夫は金を送ってこない、父親の年金と預金だけが頼りの暮らしでは、子ども二人を育てるのなんか無理だ。最初は子ども二人が救いだった。大嫌いな実家を出て、新しい家庭を作るために必要な、大事な二人。でも、クソ夫が帰って来なくなり、一人で娘二人を育てるようになってから、大事な家は自分を閉じこめる檻《おり》になってしまった。娘二人を可愛いと思えなくなったのはいつからだろう……ただ泣くだけで言うことも聞かず、仕方なく殴ればまた泣いて。二人の泣き声を聞いていると、いつも起き上がれないほど激しい頭痛がした。子どもさえいなければ、もっと自由に、自分の好きなように生きていけたはずなのに。

今はそのじゃま者がいないのに、動けない。

膝を抱え、空気が揺らぐような暑さに何とか耐えようとする。無理……窓を細く開けているのだが、風はほとんど吹きこまない。時に空気が揺れるような感じもするが、肌を撫でていくのは熱風だった。

気が狂いそうになる。

外へ出るのは一日一回、人気《ひとけ》がなくなる午前二時過ぎと決めている。笛吹《ふえふき》市といえば石和《いさわ》温泉の街で、いつも観光客で賑わっているのだが、さすがにこの時間なら人出が途絶えるのだ。しかし、一度パトカーに出くわした時には、死ぬかと思った。立ち止まっても逃げ出しても怪しいと思われるはずで、平静を装って歩き続けながら、吐いてしまうかも、と恐れた。

何より、携帯が使えないのが痛い。刑事ドラマでやってたけど、たぶん警察は、自分の携帯の電波を追っているはずだ。一度電波を捕まえられたら、すぐに見つかってしまうだろう——そう思ってずっと電源を切っていた。テレビも見なくなった。どうせどの局も、自分を犯人扱いしている。しかも父親が自殺未遂。自分を取り巻く世界が崩れて、辛うじて砂の上でつま先立ちしているような感じだ。何もかもが信じられない。唯一、生きていると実感できるのは食べている時だけ。でも、所持金にも限度がある。ＡＴＭで金を下ろせば足がつくだろうし、あの男も当てにはできない。

あの男——この部屋を借りたクソ野郎。石和温泉の宿の主人で、年の割に元気なだけが取り柄だ。抱かれるたびに吐き気を覚えたが、いい金になるのだから仕方がない。体を売ってではあるが、それで金を得ることに後ろめたさはない。人は誰でも、働かなければ生きていけないのだから。こういうのだって、労働じゃない？

事件を知ったのは、まさにあの男とここにいた時だった。子どもに食事を用意するのも面倒臭くなり、放ったまま出て来てしまった。ポテトチップやチョコレート、それに飲み物をテーブルに置いてきたから、腹が減れば食べるだろう。二日ぐらい放っておいても、死ぬことはないはずだ。暑さしのぎに、エアコンも点けっ放しにしてきたし。今までもずっとそうしてきて、何の問題もなかった。

子どもたちを残してこの部屋に泊まり、二日目の夜。二日続きで抱かれ、とにかく早くシャワーを浴びたいとだけ願っていた最中、テレビのニュースが事件を伝えた。横に寝転がっていた男の体が硬直するのが分かる。

「これ、お前の家じゃないか」

意味が分からない。でもすぐに団地だと分かり、呼吸が止まって返事ができなくなった。まったく現実味がなかったが、時間が経つにつれ、恐怖が心を支配し始める。何でこんなことになったの？　あたしのせい？

「ここにいた方がいいんじゃないか」男が心配して声をかけてくれた。しかし態度は急によそよそしくなり、五万円を置いて部屋を出て行ったのを最後に、会っていない。ただし男は、弁護士を手配してくれた。

結果、この部屋にやって来たのが、内倉《うちくら》という若い弁護士だった。自分を見る視線は気に食わなかった……ごみでも見るような目つきだったから。しかし、ここで怒っても何にもならない。頼れる相手は他にいないのだ。

内倉はすぐに、警察へ行くことを勧めた。事件当日のアリバイはあるのだから、容疑はすぐに晴れる、と。しかし和佳奈は拒絶した。あの男との関係を第三者に知られると困る。他につき合っている男もいて、それぞれ金の援助を受けているのだ。テレビで言っていたのだが、ネットでは、自分は「鬼母」と呼ばれているらしい。今さら「やってない」と名乗り出て、しかも男と一緒だったことがばれたら、もっと騒ぎは大きくなるだろう。そんな状態には、絶対に耐えられない。和佳奈は断固拒否した。

内倉も上手い手を思いつかないようだったが、ある日突然事情が変わった。和佳奈を逮捕するという記事が出て、それが完全な間違いだったというのだ。そしてその翌週、内倉が新聞を持って部屋に飛びこんできた。間違った記事を検証する記事が出たが、明らかな人権侵害だから、新聞にきちんとした措置を取らせよう。責任を新聞側に押しつけよう。それで、疑いが晴れたら堂々と出て行けばいい、と。

内倉は自信に溢《あふ》れた態度で、この時は差し入れを大量に持ってきてくれた。食べ物と飲み物。雑誌――読まないけど。もしかしたらと思ってゲーム機も頼んだら、翌日持ってきてくれた。つまらないゲームしか入っていないが、時間潰しにはなる。

食べ物だってゲーム機だって、金がかかっている。でも内倉は、今回は弁護士費用を請求しない、と言った。どうやって金を用意しようかと悩んでいたのだが――この男にも抱かれるべきかと真剣に考えた――内倉は、「ある代議士が全部援助してくれる」と請け合ってくれた。

ある代議士って……そんなことがあるんだろうか？　自分は何かに利用されているだ

けではないのか？

それでも構わないと思った。今以上にひどいことなんか、考えられない。夜中に街を歩く時でもびくびくし、いつ「鬼母」と指さされるかと怯える毎日。こんなことにいつまでも耐えられるわけがないんだから。

しかしまだ、具体的な動きはない。

窓から忍びこむ熱風が、汗ばんだ髪の隙間を通り過ぎる。自分が腐り始めているように思えた。

6

「今日午前十一時現在、この件に関するコールセンターへのクレームは、電話が通算四百五十件、メールは約八百通にのぼっています。メールについては、意味不明な物や、ダブっている物もあるので、実際にはこれより少ないとは思いますが……」

「過去にここまでクレームが殺到したことは？」コールセンター長の報告を遮り、社長の小寺が訊ねた。

「少なくとも、過去十年の記録ではありません」

「そうか」

小寺が腕組みをした。不機嫌の極み……新里は首筋がひりひりするような緊張感を抱いた。社長は滅多に爆発することはないが、今日は久々の大噴火になるかもしれない。

「編集局長、検証記事の効果はなかったということか？」隣に座る新里に話を振ってきた。

そうだよ、あんたの指示は何の役にも立たなかったんだ、と心の中で毒づきながら、新里は「むしろ火に油を注いだ恰好になったかもしれません」と答えた。

木曜日……検証記事が出てから二日目だが、騒動は収まりそうにない。攻撃の手は三方向からだった。一つは本社への直接の抗議。もう一つは、一人一人の顔が認識できないネット上。最後は代議士の三池から。

本社への抗議については「誠心誠意、今後の対策を考えています」と答えるよう、センター員に徹底していたが、ネットの方はコントロールしようもない。社会部の解析班は、「検証記事が出る前よりも罵詈雑言は悪化している」と分析していたが、だからどうしたというのだ。解析班は、騒ぎが大きくなるのをむしろ喜んでいる気配がある。

そして三池……政治部の与党キャップが既に三池に会っていた。三池は淡々とした様子だったが、外部調査委員会の設置に本気なのは間違いないという。湯川和佳奈の弁護士とも接触していることを明かし、もしも要望に応えなければ、訴訟も辞さないと明言した。しかし、本社幹部との会談は拒否している。普段仕事でつき合う記者とは話すが、それ以上のことはしないつもりか。こちらを敵とみなしていれば、それも当然だろう。

それにしても、クソ面倒臭い話を……三池の狙いは何となく読める。この一件を、メディア規制法のテコ入れにしたいのだ。そんなことに利用されてたまるかという思いを新里は個人的に抱いたが、無視できるものでもない。結局、今日のこの会議——社長と編集局、総務局の幹部が集まった会議で方針が決定されることになっていた。実際には、社長の意向で決まる。

「まあ、あれだな」小寺がぽつりと言った。「こういう状況になってみると、外部の調査委員会というのは悪いアイディアじゃないかもしれない」

「社長……」

新里は一言言って、口を閉ざした。ここで反論するのが得策かどうかは分からない。

小寺が新里の顔をちらりと見て、続ける。

「外部調査委員会に調査を任せても、新しい事実が出てくるとは思えない。しかし、やればそれなりの評価は受けるだろう。特にネットユーザーや直接クレームを言ってくる連中に対しては、効果的だと思わないか？」

「そういう連中に対して、気を遣わないといけないんですか？」新里は思わず反論してしまった。

「新聞も、いつまでも孤高の存在ではいけないと思うな」

小寺が眼鏡をかけ直した。うつむいたまま、余裕を感じさせる動きを見ている限り、本気でそんなことを言っているのかどうかは分からない。

「媚《こ》びる必要はないと思いますが」

「私も世論に媚びてまで、新聞を守りたいとは思わない」小寺が立ち上がると、居並ぶ幹部が一斉にぴしりと背筋を伸ばした。「新聞は本来、孤高の存在だ。一方通行のメディアだ。読者といかに交流しても、そこからネタが出てくる可能性は低いし、読者の意見に左右されて編集方針が変わるのも筋違いだ。だから我々は、今まで通りのやり方を貫く——ニュースに関しては。ただし、少しだけ開けたイメージを与えるのは大事ではないかな」

言葉を切り、幹部の顔をぐるりと見回す。演説が始まると長い……と新里は顔をしかめた。普段は「良きに計らえ」と部下に任せるタイプなのだが、時に朗々と持論を述べ始める。そのきっかけは誰にも読めない。

「いい加減、新聞も変わっていいと思う。もちろん根本的なことを変える必要はないが、インターフェース——読者との関係については、時代の変化に応じて変えてもいいんだ。新報は柔軟で、外部の意見に対しても率直に耳を傾ける——そういうイメージは大事ではないのかな。どうだ、編集局長」

新里は反射的にうなずいた。社長は、こちらの心にぽかりと隙間が空いたタイミングを狙って声をかけてくることが多い。話しかけられた方はついうなずき、彼の言い分を受け入れてしまうのだ。まさに天性の人たらし。新聞記者になどならず、政治家を目指した方がよかったのではないだろうか。本人には、そういう野心はまったくなかったようだが。

「早急に外部調査委員会を作るとして、人選を急いでくれないか。それは編集局長に任せる」

また俺か……俺の仕事は新聞を作ることだ。こんな、自分の体の悪いところを調べるような仕事のために給料を貰っているわけではない。むしろ総務局や社長室が中心になってやるべきではないのか？　だが、逆らえるわけもない。逆らわないことで、自分は編集局長にまでなった。どんなにきつい命令でも粛々とこなし、それで上の評価を得てきたのだから。

「そういうことで、すぐに話を進めてくれ」

「周知はどうしますか？」新里は訊ねた。

「社会面に告知を出せばいいんじゃないか。とにかく、やってみることが大事だ。結果は結果。そこまでは我々はコントロールできない。我々は、容疑者のようなものだ。容疑者の方から、取り調べの方法について刑事に頼むことはできない。そうだな？」

軽い笑いが回る。それを見て満足そうな笑みを浮かべ、小寺が座った。腿を擦っている……叩かない。まだ言いたいことがあるのだ、と新里は悟った。

「外部調査委員会のメンバーを選定したら、後は基本的に彼らに任せよう。粛々と調査を進めてもらって、その結論を掲載するために紙面を提供する。それだけだ。我々は、まな板の上の鯉になろう。期限は切った方がいいだろうな。一か月とか……ぐずぐずやっていると、また叩かれる。ネットユーザーは、世の中の出来事は全部ネットで調べられると思っているからな。そんなことはないんだが、あの連中を教育するよりも、早く結論を出す方が簡単だ」素早く腿を叩く。「では、そういうことでよろしくお願いする。進行状況は、逐一知らせてくれ」

聞き慣れた「ぴしり」という音が、新里の耳には鞭《むち》打ちのそれのように聞こえた。

「そのような仕事は、聞いたことがないですな」

「確かに、これまで例がないと思います」新里は認めた。前代未聞……それ故、自分でも上手く説明、説得できるか自信がなかった。

世田谷区内の古いマンション。確かに古いが、高級なのは分かる。バブルの頃には、無駄に豪華な装飾を施した部屋が多かったが、ここもそうだろう。ドアを開けた途端、広く伸びる大理石の廊下が目につき、圧倒された。しかもメゾネットタイプだ。大学教授というのは、そんなに儲《もう》かる商売ではないが、この男――高石要《たかいしかなめ》は、ベストセラーを何冊か出している。八〇年代、まだ気鋭の学者だった頃に、メディア論に関する一連の新書が爆発的にヒットしたのだ。当時まだ平の記者だった新里も、本が出る度に読んだのを覚えている。

今になって思えば、現在のネット時代を予見したような内容だった。高石は海外のメディアやコンピュータ関係の情報にも詳しく、将来は世界中の人がネットでつながった状態が必ずくる、と予想していた。その結果、情報の価値はフラット化し、現在のように上から情報を投げ下ろすような形での新聞は生き残れなくなる、と。三十年前にしては相当刺激的な内容であり、一般の読者には興味を持ってうけとめられたようだ。新聞業界では、「夢物語だ」と馬鹿にされていたが、高石の予見がある程度当たったことは、今では認めざるを得ない。もちろん、人々の「意見」がフラット化しても、新聞の存在は独自のままだが。ネットで飛び交うのは主に「意見」であり、生の「ニュース」に関しては、まだ既存メディアの独壇場と言っていい。ネットは、それを拡散する役目を果たすだけなのだ。

会いに来る前、新里は改めて高石のキャリアを調べておいた。

高石は元々、新聞記者だった。東日新聞の社会部などを経て四十三歳で編集委員になると同時に、母校の城南大《じょうなんだい》から講師に招聘《しょうへい》された。担当はメディア論。二年後には退社して、そのまま教授に就任。それから二十五年、定年で退官するまで、多くの学生を新聞やテレビの世界に送り出してきた。新報にも、高石のゼミ出身者が何人かおり、今もマスコミ業界とのつながりがある。この調査を任せるにふさわしい人物だった。

静かだった。書斎は北側に面していて、窓が大きく開け放たれているのに、八月の熱気は入ってこない。ちょうど、大きく張り出した街路樹が影を作ってくれるせいもあるだろう。蝉《せみ》の鳴き声は煩いが、我慢できないほどではない。そう言えば、以前に比べて蝉も少なくなった……と新里はぼんやりと考えた。

外部調査委員会の委員長として、小寺が名前を挙げたのが高石である。高石は新聞にも積極的に寄稿してくれたのだが、彼を「発掘」したのが解説部長時代の小寺なのだ。

三十年前に刺激的な新書を出した男は、時を経て穏やかなメディア批判者になった。言うべきことは言うが、極論には走らないという感じ。新聞が「自己批判」しようと考えた時、その中心に置くには確かに最適の人物だ。

「……なるほど。お話は分かりました」高石がパイプを両手で包みこんだ。

「お引き受けいただけませんか？　社長が是非に、と言っています」

「小寺さん――新報さんにはお世話になりましたからね」高石がうなずく。すっかり白くなった豊かな髪が、綿毛のようにふわりと揺れた。「しかし、本気なんですか？　本当に、何が起きたのか検証しようとしているのですか？　先日、きちんと検証記事を載せられたじゃないですか」

「あれだけでは、不十分だと感じている読者も多いようです。最近の読者は、要求水準が高いですからね」

「そうですか……」

高石が顎を撫でた。顔つきが以前よりほっそりしているのは、加齢による自然な変化なのか、それとも――人間、年を取るといろいろなことがある。病気でも抱えていたら、とても頼めないなと思った。一見元気なようだが、私大の教授を定年で辞めてから、既に四年経っている。七十四歳。

「もしもお忙しくなければ……それとお体の調子が良ければ、是非お願いしたいんです」

「体の方は心配ないですよ。人間ドックの検査結果も良好です。オールグリーン、という感じですね」

「それはすごい。でしたら、是非お引き受けいただけませんか。社長の強い要望なんです」新里は繰り返した。話していて、悪くない感触を得てはいたのだが、まだはっきりした答えは貰っていない。

「……お話は分かりました」繰り返し言って、高石がうなずく。パイプに火を点けようとしてライターを取り上げたが、途中で気が変わったのか、デスクに戻してしまった。

「一つ、確認させて下さい。今、社内は全面禁煙ですか？」

「ええ」新里は思わず苦笑した。「ただし、喫煙場所はあちこちにありますから、そちらで吸っていただく分には問題ありません」

「助かりますね……まだパイプが手放せないもので。それと、他の委員は？」

「それはこれからになります。メディア事情にも詳しい先生に委員長をお引き受けいただいてから、ですね」

「人選は、誰がやるんですか」

「先生と我々が話し合って決めることになると思います」少し演技臭いと思いながら、新里は腕時計を見下ろした。「――できるだけ早く」

「では、すぐ出かけましょうか。そういう話になったら、私の部屋ではなく、そちらの会社でするのが筋でしょう」

いきなり事態が動き出したので、新里は慌てた。まさか今日からやろうと言い出すとは……まだ部屋も用意できていないのだ。いや、それは何とかなるだろう。新聞社の建物には、何に使っているか分からない部屋がいくつもある。空きスペースぐらい、いくらでも作れるはずだ。

「よろしいんですね？」新里は念押しした。何故、こんなに急にやる気になったのかが分からなかったが……それは本社へ向かう道すがら、おいおい聞けるだろう。

「もちろんです。細かい条件は後で伺うとして、まずは人選ですね……それを今日中に決めて、お願いしてしまいましょう」

「それと、もう一度確認させて下さい。甲府支局の記者……名前は何と仰《おつしや》ったかな」

「分かりました」

「南です。南康祐」

「そうですか」

ふと、高石が目を逸《そ》らす。大きな目で見られていると何となく居心地が悪いのでほっとしたが、何故彼が、この時点で記者の名前を念入りに確認したのかが分からない。

「それが何か……気になりますか？」

「公平性の原理からいって、どうかと思いましてね」

「公平性？」

「彼は、私の最後の教え子なんですよ」高石がうなずく。「だからこそ、どうしてこんな誤報を書いてしまったのか、気になります。記者を教育するのは新聞社ですが、私の基本的な教育が間違っていたのかもしれませんね。だとしたら、この一件は私にも責任があります」

7

南の存在は、高石の心に刺《とげ》のように刺さった。やはり、自分の教育が悪かったのではないか……もしも本当に「飛ばし」だとしたら、「絶対にやってはいけない」と散々教えてきた教訓が、反古《ほご》にされたことになる。忸怩《じくじ》たる気分を抱えたまま、高石は久しぶりに新報の本社を訪れた。

ここへは何度も来たことがある。大学の世界に転身してしばらくしてから、当時の解説部長、現社長の小寺が、原稿を書くように頻繁に依頼してきたのだ。内容は、海外のメディア事情についてなど。その頃はよく会社を訪ねていたが、今回は久しぶり――ほぼ十年ぶりになる。

新里は、車中から指示を飛ばして部屋を用意してくれていた。十階の会議室は窓が広く、陽《ひ》がふんだんに射しこむ――残暑が続く日々には厳しい環境だ。

「ここは、何の部屋なんですか」高石は思わず顔を扇《あお》いだ。エアコンの利きが悪いようだ。

「会議室です。ご不便はおかけしないようにしますので」

部屋の中央には大きなテーブルが置いてあり、その周辺に椅子が六つ配されている。調査委員は六人を想定しているのだろうか、と高石は訝った。もしかしたら、既に他の委員への打診が済んでいるのでは……それはまずい。この委員会には、できるだけ中立的な立場のメンバーを選ばなければならないのだ。「反新報」的なメンバーがいたら、なおいいだろう。その方が、世間は真面目に調査していると考える。それに高石にとってこの仕事は、現代のメディアの問題を提言する千載一遇のチャンスであり、まずは人選を失敗しないことが肝心だ。「アリバイ作り」の批判は受けたくない。

高石が腰を下ろすと、テーブルを挟んで新里が向かいに座る。高石は背中を陽射しに焼かれ、汗がシャツの内側を流れるのを感じた。

「先生、委員に関して、どなたか候補の方はいませんか？　こちらでも考えてはいるのですが……」

やはりそうか。実際にはほぼ決まっているのだろうと思いながら、高石はうなずいた。自分の意見が通るかどうかは分からないが、言うだけ言ってみよう。

「まず、弁護士の元永孝也《もとながたかや》さんはどうでしょう」

「元永さんですか……」新里の顔が曇った。

「もちろん、あの人がしばしばメディア批判をしているのは承知の上ですよ。そういう人を取りこんだ方が、むしろ委員会の信頼性は増すんじゃないですか」

「まあ、そうですね……ただ、受けてもらえるかどうかは分かりませんよ。うちもだいぶ槍玉《やりだま》に上げられていますしね」

「私は、大丈夫だと思いますけどね。敵から声をかけられると、案外嬉しいものでしょう？　認めてもらったような気分になるんですよ。それに彼は、基本的には冷静な男です。こういう仕事ならば、客観的に判断を下してくれると思いますよ」

「お知り合いなんですか？」新里が怪訝そうに目を細める。

「シンポジウムや講演会で、何度かお会いしたことがあります。いい人ですよ。基本的には論理的ですしね」ある意味、二面性があると言うべきかもしれない。元永がマスコミ攻撃——主に新聞とテレビが対象だ——をするのは、週刊誌のコメントや自分のブログを通してである。そういう物を読むと、非常に攻撃的な印象を受けるのだが、実際に会って話すと、非常に落ち着いた人物なのだ。議論では、熱くはならず冷静に相手を追い詰める。

「では、オファーを出しましょう」新里が了承した。「もしも渋られたら、先生、御出座願えますか？」

「いつでもお手伝いしますよ」

「分かりました」

新里がほっとした表情を浮かべる。それを見て、この男は相当重い物を背負わされているのだな、と高石は同情した。新里は編集局長であると同時に役員でもある。経営幹部自らが、こんな厄介な問題に対峙《たいじ》しているのは、新報が——社長の小寺がこの事態を重視している何よりの証拠であろう。

「他のメンバーですが……」新里が手帳に視線を落としながら切り出した。

「抑えになるべき人材が必要ですね」高石は言った。「重鎮というか、誰もが納得できる立場の人です」

「例えば、財界からですか？」

「そうですね。委員会の顔になるような人がいい。それと、弁護士がいるなら、検察出身者もいた方がいいでしょう。現役検事というわけにはいきませんが、弁護士でも、他の仕事をしている人でも構いません。そういう人なら、調査能力も高いでしょう」

「まあ……それはそうですね。本格的な取り調べになるかもしれませんが」新里が苦笑する。「社会部の司法担当に確認してみましょう。適当な人材が見つかるはずです。財界の方はどうしますか？　先生、誰かお心当たりは……」

「それこそ、経済部にでも確認されたらどうですか。私は、財界との関わりはないですから、その方面に関しては疎いんです」

「分かりました。これで三人ですね……先生の他に、四人ぐらいを想定していたんですが……」

「あとは、いわゆる文化人を入れるべきでしょう。作家とか、ですかね」

「そういう人で大丈夫なんですか？」新里が疑わしそうな視線を向けてきた。「作家さんというのは、実際の社会に対応できないイメージもありますが……誰か、適当な人がいますか？」

「ノンフィクション作家ですよ。芝田《しばた》さんとか、どうですか。芝田孝之《たかゆき》さん」

「ああ……」新里の反応は鈍かった。戸惑いも見える。

「新報OBだし、ちょうどいいんじゃないですか」

「そうですね……」新里は依然として渋い表情だった。

芝田の名前は、高石にとって新報の「本気度」を測る試金石である。芝田は元々新報の記者だったのだが、まだ若い社会部記者だった頃、編集幹部とトラブルを起こして会社を辞めたのだ。以降は週刊誌を中心に活躍し、最近は小説も書いている。かなりの売れっ子なのだから、いまさら喧嘩などしかけなければいいものを、今でも時折、「大メディア批判」と称して激しい新報攻撃を始める。個人的な事情が背景にあるだけに、元永とは別の意味で厄介なタイプだが、高石にとっては欲しい人材だ。

「彼は無理じゃないですかね。うちを飛び出した人だし、今でも嫌ってるでしょうから」新里が力なく首を横に振った。

「もしよければ、私が話をしてみますよ。知り合いなので」

「珍しい知り合いがいるんですね」新里が眉をひそめる。

「大学で、何度か特別講師をやってもらったことがあるんです」

「それは……教育の場には相応《ふさわ》しくないんじゃないですか、彼は」

ずいぶん頭が固いな、と高石は呆れた。これが新里の本音なのだろうかと訝りながら話を続ける。

「いや、実社会の裏も表も経験した人の話こそ、学生には必要なんですよ。一種のショック療法のようなものですが」

「それは分かりますが……上がOKを出すかどうか、保証はできませんよ」

「OKを出さないようだと、新報の本気度が疑われるでしょうねえ」

高石は静かに脅しをかけた。新里の頰がかすかに引き攣る。新報としてはあくまで、自分たちに有利な——最低でも無難な報告が出てくることを望んでいるだろう。だが、露骨に新報寄りの委員が任命されたら——世の中には、マスコミの御用学者のような人間もいるのだ——世間はまた、「内輪で解決した」とか「やらせ」とか批判するだろう。そうなったら事態はますます悪化するし、高石も叩かれてしまう。

本当は何があったかを明るみに出すことこそ、大事なのだ。あの検証記事……高石から見ると具体性に欠け、内容は不十分だった。自分だったらどうやって調べるだろう、と想定してしまう。高石は久々に、記者としての本能を駆り立てられていたのだ。

八月二十五日、月曜日。早くも外部調査委員会の初会合が開かれた。調査方針の決定、関係者からの聞き取り調査……やるべきことは山積しており、委員会のメンバーは全員がほぼ毎日、出勤を強いられるだろう。高石以外は全員が本業を持っているが、そちらに支障が出る恐れもある。それでも声をかけた全員が引き受けたのは、この委員会の重要性を認知しているからに他ならない。「名前を上げるチャンス」と捉えているのかもしれないが。

それにしてもある意味、歴史が動く日だと考えると、高石は感慨深かった。何しろ新聞社は、自分たちを孤高の、そして完璧な存在だと自負している。反省を拒否し、外部からの批判も受け流してしまう。それがついに、社内の調査に外部の人間を入れたのだ。

まず、小寺が挨拶に立つ。話し始める前に、旧知の間柄である高石に向かって軽く会釈してきた。会釈を返しながら、「小寺も年を取ったな」とふと考える。高石は、彼が解説部長だった時代に何度も会っているのだが、あの頃は小柄ですばしっこい男、という印象が強かった。さすがに今は年を取り、当時の俊敏な印象は薄れている。

「私どもの誤報の調査について、お忙しい皆さんにご協力いただくことになり、誠に感謝しております」素早く一礼。「今回の誤報については、私どもは即座にお詫び記事を掲載して記事を取り消し、さらに取材の経緯を説明した検証記事を掲載しました。しかし『説明が不十分だ』という声が大きく、多数のご意見、批判が寄せられています。弊社としてはこの際、有識者の皆さんのお知恵をお借りして、客観的な検証を行うのが重要という結論に達しました。新聞社としては異例のことではありますが、今や新聞社も、自分たちは不可侵の存在ではないと自覚しなければなりません。間違いがあれば正す。

原因がはっきりしなければ、どのような手段を使っても解明する。後にこれを、教訓として生かしていきたいと考えています。会社としては、委員会の皆さんに全面的に協力します。社内の人間誰にでも聞き取り調査が可能ですし、最大限協力するよう、社員にも徹底しました。つきましては、今後一か月以内に一定の結論を出していただき、弊社としてそれを公表したいと考えています。重ね重ね、それぞれの分野でお忙しい皆さんのご協力に感謝いたします」

硬い挨拶に対する、硬い沈黙。高石は居心地の悪さを感じて、座り直した。小寺が一礼してから座り、替わって新里が立ち上がる。今日は何となく顔色が悪い。編集局長といえども、社長の前では小間使いみたいなものだろうな、と高石は同情した。

「編集局長の新里です」深々と一礼。「この委員会の目的については、今ほど社長から説明があった通りです。私どもとしては、あくまで調査に協力する立場ですので、何なりとお申しつけ下さい。細かい話になりますが、普段の業務については、編集局総務課から職員をこちらに出向かせます。不便のないように注意しますが、何か入り用な物がある場合は、遠慮なく指示して下さい。社内での食事ですが――」

新里はあくまで、実務的な話に徹するつもりのようだった。彼の話を聞き流しながら、高石は委員会の面々を観察した。直接面識があるのは、弁護士の元永と作家の芝田の二人。元検事で弁護士の大隈純《おおくまじゅん》、東亜製紙元会長で現相談役の諫山信一郎《いさやましんいちろう》とは初対面だった。元永、芝田はいずれも四十代、大隈は五十代の働き盛り。一線を退いた諫山も、高石より年下の七十二歳だ。元永は何となく不機嫌そうで、落ち着きなく体を揺すっている。敵地に一人放りこまれた、とでも考えているのだろうか。一方の芝田は堂々としていた。というより態度が悪かった。一人だけ、ポロシャツの上にサファリジャケットというラフな恰好である。薄《うっす》らと髭が顎を覆い、耳が隠れる長さに伸ばした髪もまったく整えられていない。ずっと腕組みをしたまま、唇をきつく閉じていた。大隈はきちんとスーツを着込み、端整な顔つきが印象的な男だったが、眼光は鋭い。五十歳になる前に検事を辞めて弁護士に転身したのだが、かつては東京地検特捜部で鳴らしたという。自分が記者の感覚を取り戻しているのと同様、検事の勘が蘇っているのかもしれない。最後の一人、諫山については、経歴を知っているとはいえ、いかにも財界の大物らしい雰囲気に圧倒されてしまう。柔らかそうな素材のスーツは、おそらくオーダーメード。にこやかな表情を浮かべているのだが、目つきは鋭い。自分より二歳年下なのだが、まだ現役のビジネスマンらしい精力的な気配もあった。かつて「営業の鬼」の異名を馳《は》せたそうだが、それも納得できる押し出しの強さである。

「――それでは、実務的なご説明は、この辺りで終わりにしたいと思います。何か分からないことがあったら、すぐにお問い合わせ下さい」一度言葉を切って座りかけた新里が、もう一度背筋を伸ばした。「予定等は全て、皆さんのご都合で決めていただいて結構です。よろしくお願いします」

新里が頭を下げたのを機に、小寺が立ち上がる。それまで固まっていた座の雰囲気が解け、小寺は委員の一人一人に挨拶して頭を下げていった。社長ともなると、頭の下げ方も堂に入っているものだな、と高石は妙な感心をした。解説部長時代は、小さな体を大きく見せようと、常にそっくり返っていたような印象があるのだが。

小寺は最後に、高石のところへやって来た。差し出された手を握ると、手の大きさの割に力のある握手に驚かされる。

「先生、今回はご面倒を押しつけて申し訳ありません」

「いえいえ。私としても、メディア論の総仕上げだと思っていますので」

「こんなマイナスの話では、研究の役に立たないのではないですか？」

「物事の本質は、失敗の中にこそありますから」

「そうかもしれません」小寺が大袈裟にうなずく。「とにかく、先生のような方に委員会をまとめていただければ、世間も納得してくれると思いますので」

結局アリバイ作りが本音か……納得して高石はうなずいた。表立って言うことではないが、彼の本音は簡単に読める。メディアに不満を持って攻撃を仕かけてくる連中に対するガス抜き——そっちはそのつもりかもしれないが、そう簡単にはいかせない。

小寺と新里が去ると、高石は委員会の雑務係を命じられた奈良橋《ならはし》という中年の社員に声をかけた——わざとらしく左腕を上げて、腕時計を見ながら。

「申し訳ないんですが、弁当を手配してもらえませんか。時間がもったいないので、食べながら今後の話をしたいんです」

「分かりました」奈良橋がうなずく。「ちょっとお時間をいただきますが」

「結構です」高石は笑顔でうなずき、会議室を出て行く奈良橋を見送った。ドアが閉まったのを確認して表情を引き締め、「では、始めましょうか」とメンバーに声をかける。もう一度一人一人の顔を見渡すと、芝田が特に不満そうな表情を浮かべているのに気づいた。

「芝田さん、久しぶりの新報はどうですか」

「いや……」芝田が苦笑する。「私がいた頃とはずいぶん変わってますからね。もう、覚えてないですよ」

「辞められたの、何年前でしたっけ」

「十五年になります」

「私はマスコミ業界を離れて、もう三十年です」高石は、笑みを浮かべてみせた。表情はやや強張ったままだが、芝田もうなずき返してくる。

　高石はすぐに表情を引き締めた。会社の関係者がいるところでは話せないことがあるからこそ、弁当を言い訳に人払いをしたのだ。

「始めに、私が委員長の大役を務めることを、お許し下さい」全員がうなずくのを見て、続ける。「最初に申し上げておきますが、新報は、この委員会に真相を探り出すことを求めているとは思えません」

突然、芝田が声を上げて笑った。が、目は真剣なままである。

「分かってますよ。アリバイ作りでしょう?」馬鹿にしたような口調で指摘する。

「私もそのように判断します」高石はうなずいた。「今回の事件は、ネットユーザーの間で、いわゆる『祭り』の状態になっています。筋はいくつもあるのですが……最初は、母親が娘二人を殺したとして、この母親の実名や写真を晒す『リンチ』から始まりました。その後は、メディアの過熱取材を批判する主張が主流になり、例の誤報で、攻撃の矢は全て新報へ向きました。検証記事が、逆効果になってしまった可能性もあります。そこで、我々の出番なわけです」

「きちんと調査しています、と外部に向かってアピールしたいだけですよね」芝田が言った。

「ええ。明日の朝刊に、調査委員会発足の記事も出るはずです。まずそれに対して、どんな反応があるか……しかしそれは、私どもには何も関係ありません。この事件、そして事件を巡る誤報に関しては、分からないことがたくさんある。我々——私としては、是非誤報の本当の原因を解明したいのです。これは私の個人的な研究とも絡むことです。

報道のあり方はどうあるべきか……時代とともに変わっていくべきですが、実際には昔と同じようなことが繰り返されている。私は、そういう状況に警鐘を鳴らしたいのです。皆さんもどうですか？　単に新報の宣伝に利用されて、それで終わりでは空《むな》しいでしょう」

「俺は最初から、徹底的にやるつもりでしたよ」芝田が勢いこんで言った。「いいチャンスです」

「個人的な復讐《ふくしゅう》のつもりだったら勘弁して下さいよ。我々は喧嘩をしているわけではないのですから」

「分かってますよ」芝田が肩をすくめた。

自ら引き入れたものの、この男はやはり爆弾になりかねないな、と高石は懸念した。乱暴なやり方は、何としても避けてもらわなければならない。こちらの調査方法に瑕疵《かし》があったら、後々問題になるだろう。

「元永さん、いかがですか」

「会社の狙いは、何となく分かってましたよ。いかにも大メディアがやりそうな話だ」

芝田だけではなく、元永まで「大メディア」か、と高石は苦笑した。

「私はむしろ、メディアスクラムの件について検証してみたいと思います。そもそもこんな風に取材が過熱しなかったら、誤報も生まれなかったんじゃないですか」真顔で元永が自説を展開した。

「仰る通りですね。そこは重要な調査対象として考えましょう」しかし、メディアスクラムは一社の暴走で始まるものではない。他のメディアへの聞き取り調査はまず不可能だろうから、元永の狙いは上手くいかないはずだ。「大隈さんはどうお考えですか」

「私は粛々とやらせていただきます。目の前に話を聞かなければならない人がいれば、話を聞くだけですよ」

「検事の取り調べテクニックで？　それは怖いな」

高石が肩をすくめると、軽い笑いが広がった。大隈が苦笑しながら、顔の前で手を振る。

「私はもう、検事じゃありませんから」

「……そうでした、失礼」飄々とした感じだが、これが役に立つだろう、と安心する。

「最後に諫山さん、いかがですか」

「私は、皆さんのように調査に慣れた人間ではありません」遠慮がちに言って、諫山が咳払いした。「ただし、組織についてはよく分かっているつもりです。そういうことでご協力できればと思います」

「結構です。考えてみると、この中で、組織というものについて詳しいのは、諫山さんだけですね」

「ですから……会社の本音についても推測はできますよ。新報さんは、コンプライアンスを重視する最近の主流的なやり方からすると、ちょっと遅れているようですね。その辺を自覚してもらう、いい機会だとも思います」

「結構です。では、一つ言わせて下さい。我々は無給で働きますが、この部屋や人手を与えてもらい、新報に面倒を見てもらっている恰好になります。ですが私は、新報に借りを作る感覚はありません。遠慮しないで、真相を突き止めるために、全力を尽くしていこうと思います」

全員がうなずいたので、高石は満足して一礼した。やはり誰もが、新報の方針に疑問を抱いていたのだ。これで意思の統一はできた、と確信する。

「それと、これだけは肝に銘じておいていただきたい。明日の朝刊では、一か月以内に結論を出す、と記事に出るでしょう。これだけは絶対に守らなければなりません。長引かせると、また反発を食らうと思います。自分に締切を課しましょう」また全員がうなずいたのを見て、高石は続けた。「では、最初の議題に入ります。南康祐記者に関してです――問題の誤報を書いた甲府支局の記者ですが、まず、彼から直接事情聴取しなければなりません。こちらから出向くことになりますが、最初の仕事ですし、私は行こうと思っています。他にどなたか、同行してくれる方は？　一人より二人の方が間違いがないと思います」

「では、私が」大隈が手を挙げた。「現場も見ておきたいので……そもそも、この事件自体が解決していないんですよね」

「ええ」のんびりしているように見えて、さすが元検事だ、と感心する。レスポンスが速い。「では、南記者に会いに行きましょう。他のお三方は、本社内での事情聴取の準備を始めて下さい。大隈さん、こういう場合は……」

「下から上に、が基本です」大隈が両手で三角形を作った。積み重ねられたピラミッド。「現場の記者から話を聞いて、さらに担当デスク、それから部長、局次長、その上の局長。最後は……」

「社長、ですね」この件について小寺から話を聞く？　突拍子もない考えに思えたが、そうでもないかもしれない。社長は会社の仕事に関して全責任を負うべきだから。あの男は、そこまでの覚悟ができているのだろうか、と高石は訝った。物事を軽く捉え過ぎてはいないか？

8

翌日、甲府へ向かう中央本線の車内で、高石は一緒に現地へ赴くのが大隈であることにほっとしていた。五人のメンバーの中では一番冷静で、しかもこういう実務では頼りになりそうである。世間話をしているだけでもそれは確信できた。

「昨夜、呑みに行ったんですよ。友好を深める、という名目で」立川を過ぎたところで、大隈が切り出した。

「ほう」

「元永さんと、芝田さんと一緒に。芝田さんは要注意ですね……あの人、新報を辞めさせられたんですよね？」

「馘《くび》ではなく、自分から辞表を叩きつけた、と聞いてますよ」

「実際は、辞職に追いこまれたんじゃないですかね。今でも相当恨みを持っているようですよ。気をつけた方がいいですね」

「そうですか……」最初の会合でも、確かに彼の怒りは感じられた。

「変なことはしないと思いますけど、要注意ですね。警戒しましょう」

「実は、私が推薦したんですよ」

「そうなんですか？」大隈が眉をくっと上げた。

「毒も必要かと思いましてね」

「高石先生も人が悪い」大隈が苦笑する。

「大隈さんは、今回の仕事、どうして受けられたんですか？」

「世間体、ですかね。私も弁護士として開業したばかりですから、実績が欲しいんです。

もちろん、好奇心を刺激されたということもありますけどね」

正直な男だ……しかし、急に理想論を語られるよりも、この方が信用できる。むしろ好ましい態度だ、と高石は思った。

大隈がバッグからタブレット端末を取り出し、渋い表情を浮かべる。

「しかし我々のことは、世間ではあまり好意的に受け止められていないようですね」

「これは？」

「ツイッターの発言をリアルタイム検索してみたんです」

うなずき、高石はタブレット端末を受け取った。老眼が進む目には優しくない字の大きさなので、拡大してから読んでいく。


新報で外部調査委員会が発足→japan-shinpo/news/national/1009876 #新報誤報問題

新報の外部調査委員会、アリバイ作りだな。外の人間が調べてもまともな結論が出るとは思えない #新報誤報問題

外部から人を入れても意味なし。誤報を書いた記者が、自分から名乗り出て釈明しない

と駄目だ。新報は結局身内を庇っている #新報誤報問題

記者の名前がまだ出てこないのは不思議。甲府の人たちは特定できてないの？ #新報誤報問題

そう言えば誤報で忘れてたけど、鬼母どうなった？　実際、犯人誰なのよ #新報誤報問題

取り敢えずメディアスクラムはもうないだろう。こんな状態になってまだやってるようじゃ、メディアは基本的におかしい。回復不可能だ #新報誤報問題

新報の記事、あまりにも素っ気なくてあぜん。これ、真面目にやる気あるのかな
↓japan-shinpo/news/national/1009876 #新報誤報問題

メンバー見れば、本気じゃないのは分かる。高石は昔よく新報に書いてた御用学者。芝田って元新報の記者で、喧嘩して飛び出したって自分でよく言ってるけど、手打ちしたんだろうね #新報誤報問題

なるほど……まあ、予想できる範囲の反発だった。この程度の外野の声なら、気にせず調査を続けていけるだろう。

「注目のキーワードで三位に入ってましたよ。こういう件で注目を浴びるのもどうかと思いますが……」

「我々にはコントロールできない部分です。知らないわけにもいかないけど、気にし過ぎてはいけませんよ」

「こういうのを気にする人もいるんですけどねえ」

うなずきながら、高石はかつて夢見たネットワーク社会は、まったく違う形で実現してしまったのだ、と苦々しく思っていた。掲示板、ブログ、ツイッター、フェイスブック、LINE……人と人とがつながるツールが次々に生み出され、コミュニケーションの手段として重宝される一方、それらのツールが新たな軋轢《あつれき》を生んでいるのも事実である。想定されるネットユーザーのレベルを高く見積もり過ぎたのかもしれない——高石は思った。誰でも利用できる現在の状況では、「ゴミ」のような情報が入りこむのを止められない。

しかし悩んでも、この問題で自分に何ができるものでもない。ネットの世界は、それを作り上げた人たちの思惑や想像を超え、手に負えない怪物になっている。

「一つ、気になることがあります」

「何ですか？」タブレット端末をバッグにしまいながら大隈が訊ねた。

「南記者ですが……私の最後の教え子なんです」

「大学時代の？」

「ええ。ほんの数年前ですから、彼も当然、私のことは覚えているでしょう。利害関係が生じるかもしれません。ちょっと言い出しにくかったんです」

「でも、裁判ではありませんから、そんなに気にする必要はないでしょう」冷静な声で大隈が判断した。「ただし、先生の方でやりにくいようでしたら、私が表に立って話を聞いてもいいですよ」

「そうですね……そうしてもらった方が、誤解もなくていいでしょう」

「では、そうしましょう」と言って、大隈が欠伸をした。「失礼……結構、呑んでしまいまして」

「たくさんお酒が呑めるのは、健康な証拠じゃないですか」そういう高石自身は、十年ほど前に酒をやめてしまった。健康を害したわけではなく、自然に呑む気が失《う》せてしまっただけなのだが……ふいに、アルコールの味わいが舌に蘇る。緊迫した仕事になるのは間違いなく、久々にアルコールの助けが必要になるかもしれない。

　甲府の駅舎を出た途端、体が溶け出すような暑さに見舞われた。ヒートアイランド化した東京の暑さも耐え難いが、盆地ならではの閉じこめられた熱気は、七十歳を過ぎた体には応える。妻が小さなタオルを持たせてくれたので助かった……額に滲む汗は、薄い生地のハンカチでは拭いきれそうにない。

支局までは歩いて五分。その間にも、たっぷり汗をかいた。支局に入る前に、二人で顔を見合わせながら苦笑して、しっかり顔の汗を拭う。

「こう暑いと……」

「事件が起きるのも分からなくもないですね」

大隈が話を引き取る。打てば響くような男だ、と高石は満足してうなずいた。調査の結果がどう転ぶかは分からないが、こういう人間と一緒に仕事をするのは楽しいものだ。

甲府支局は比較的新しいビルで、高石の記憶にある地方支局の様子とはずいぶん違っていた。何しろ自分が記者としての一歩を踏み出したのは、半世紀も前である。最初に赴任した浦和支局はぼろぼろの二階建てで、建物が傾いているように見えたものだった。一方甲府支局は、しっかりした四階建てのビルである。足を踏み入れた瞬間に、高石は違和感を覚えた。五十年前とは何か……臭いが違う。そうか、もう写真を現像することはないのだ、と思い至る。あの頃の支局には、常に現像液と定着液の臭いが漂っていた。

支局長の水鳥、デスクの北嶋と続けて挨拶を交わす。二人は明らかに緊張しきって、その上不機嫌だった。警戒している——それも当然だと高石は思った。外部の人間の事情聴取を受けるなど、新聞記者としては我慢できないだろう。かすかな同情を覚えたが、高石は淡々と事情聴取を進めることにした。

二人は先に、三階にある会議室に入った。全面が窓で、外は……ビルばかり。山梨県だからといって、どこへ行っても富士山が見えるわけではないのだと、当たり前のことに気づく。二人は無言で資料を広げた。大隈はICレコーダーを用意していたが、使うのを躊躇うように掌の上で弄っている。確かに……録音されるのを嫌う取材相手はいる。ましてや今回の相手は新聞記者だ。大隈が神経質になるのは当然である。

ドアが開き、南が入ろうとした瞬間、彼の顔に奇妙な表情が浮かぶ。調査委員会の長に高石が収まったことは知っているはずだが、まさか本人が事情聴取に来るとは思ってもいなかったのだろう。ドアノブを握ったまま、その場で固まってしまった。

事前の打ち合わせ通り、ここの主導権は大隈が握った。

「どうぞ、入って下さい」

大隈に促され、南がゆっくりと部屋に入って来た。二十人ほどが楽に打ち合わせできそうなテーブルに三人。間延びした感じだが、邪魔が入らないようにするには、ここが一番なのだ。

南が座るのを見届け、大隈が正面に腰を下ろす。高石は大隈の左隣に陣取った。南の顔を、斜め右に見る恰好になる。何というか……数年ぶりに見る南はやつれていた。これまで何十人もマスコミ業界に学生を送り出してきた高石の経験では、数年ぶりに会うOBは、だいたいが太っている。不規則な食生活のせいだが、中には健康を害して痩せてしまう人間もいる。南はと言えば、泥の中をはいずり回った上に、洗濯機でもみくちゃにされた後のようだ。そして皺《しわ》を伸ばさず、放置したまま乾燥。

座った瞬間、南が溜息を漏らしたのを高石は聞き逃さなかった。これは相当、ダメージを受けている。少し前なら、新聞業界ではこんなことはなかったな、と高石は同情した。仮にとんでもない誤報を出しても、関係者に謝罪し、処分を受ければそれで済んだ。今は、目に見えない「世論」の圧力まで受けなければならない。ネット上では、南の名前はまだ漏れていないようだが、どんなきっかけで明るみに出るか、分かったものではない。

「弁護士の大隈です」

丁寧な口調で言って、大隈が一礼する。釣られて南も頭を下げたが、額がテーブルに衝突しそうな勢いだった。そのまま突っ伏して気を失ってしまうのでは、と高石は危惧《きぐ》した。しかし南は、勢いよく顔を上げた。そうすることで、何とか事情聴取を受ける元気を取り戻した様子である。

「南記者ですね？　記録のために録音させてもらっていいですか」大隈がICレコーダーを指さし、確認する。

「……構いません」

二人のやり取りに割って入る隙がない。恩師と弟子の再会を喜ぶ雰囲気では当然なかった。南がちらりとこちらを見たが、高石はかすかにうなずきかけるしかできない。やはりここへ来るべきではなかったかもしれない、と一瞬悔いる。高石がいることで、南は無用なプレッシャーを受けているかもしれない。

大隈がいきなり検事に戻った。高石は検事の取り調べを生で見たことはないが、口調の厳しさ、理路整然と質問を連ねて相手に考える隙を与えないやり方は、いかにも有能な検事の手法に思える。一方の南は、感情の揺れを感じさせず、淡々と答えていった。

その様子が急変したのは、大隈がネタ元について訊ねた時だった。

「それで、今回の情報源ですが――」

「それは言えません」

「あなたの言い分はよく分かります」大隈が一転、声のトーンを落とす。「外部の人間にネタ元を明かすわけにはいかない、それは記者の基本ですよね。しかし我々は、会社の全権委任を受けてこの調査をしています。いわば内輪の人間だ。ネタ元の名前が外部に漏れることは、絶対にありませんから」

「そういう問題じゃないんです」

「これは正式な調査なんですよ」大隈がちらりと自分のメモを見た。「あなたは、会社側の事情聴取に際しても、情報源を明かしていない。内輪に対しても隠す理由は何なんですか」

「ネタ元は、記者個人の責任で守らなくてはいけないんです」

「もっと気楽に考えたらどうですか」

「そういう問題じゃありません」

南が強固に繰り返した。助けを求めるように、大隈が高石をちらりと見る。高石は首を横に振った。この問題は先送りでいい——不思議なことに、大隈は高石の考えを読んだようで、突然話題を変えた。

「では、実際にあなたが聞いた内容なんですが——」

「俺のせいじゃありません。俺は騙されたんです」

「騙された？」

高石は首を傾げた。最近の若い記者は、こんな言い訳をするのだろうか。「俺のせいじゃない」——自分が若い頃、こんなことを言ったら、先輩から怒鳴られていただろう。自分の記事には自分で責任を持て、と。

「引っかけられた、と言ってもいいかもしれません。とにかく、情報自体が嘘だったんです。その裏を取らなかったのは俺のミスですけど……」

「どういうことですか？　そういう話は、会社の事情聴取では出ていませんでしたよね」

「今、話す気になりました……騙されたと確信できたので」

そう、俺は騙されたのだと南は確信していた。石澤は何らかの意図を持って、俺を陥れたのだ。

あれから、石澤とはまったく連絡が取れない。携帯電話やメールにはまったく反応がなく、いつ行っても自宅の灯りも消えたままだ。何より怪しいのは、県警サイドに石澤の行方を聞いても、いつもうやむやな答えしか返ってこないことである。こんなことは、普通はあり得ない。

あるいは、俺を騙したのは石澤一人ではないのかもしれない。県警ぐるみ？　石澤はそのための駒に過ぎなかったのでは……さらに大きな闇が背後にあるかもしれないと考えると、背筋が冷たくなる。警察はその気になれば何でもできるのだ。

——それにしても、かつてこれほど気まずい思いを味わったことはなかった。大隈が「これで終わります」と告げた瞬間、南は盛大に溜息を漏らした。話を聞いたのは弁護士の大隈一人だったが、横に座った高石の存在が気になって仕方がなかったのだ。会うのは卒業以来だったが、穏やかな風貌の中に潜んだ鋭い眼光は、当時とまったく変わっていない。何となく、無言のうちに本音を探られているような気分になって、ずっと落ち着かなかった。

一息ついたところで、高石と目が合う。鋭い眼光が緩み、優しい光が溢れた。何か言わなければ……きちんと挨拶すらしていないのだし。いいタイミングで、「ちょっとトイレをお借りします」と言って大隈が立ち上がった。ドアが閉まった瞬間、高石が口を開く。

「お久しぶりですね」

「ご無沙汰してます」素直に言葉が出たので、南は安心した。この事情聴取に対しては怒りすら覚えていたのだが、恩師を邪険に扱うことはできない。

「今回は、大変なことに巻きこまれましたね」

「いえ……巻きこまれたのではなく、自分の責任ですから」

「ネタ元を守る――それは、私が教えたことですね」

「そうです。ゼミで、真っ先にその話をされました」

「それが記者の矜持《きょうじ》ですから」高石がうなずく。「しかし、今回は事情が事情だ。原則を曲げて話してもいいんじゃないですか。融通無碍《ゆうずうむげ》、という言葉もありますよ。あるいは臨機応変」

「それはできません」拒絶を続けながら、南はかすかな胃の痛みを感じた。

「あくまで原則を押し通すつもりですか」

「そういうわけではないんですが……」南は言葉を呑んだ。どうしてここまで意地になっていたのか、自分でも分からなかったのだが、今ようやく自覚できた。

これは今でも、自分の事件なのだ――二人の幼女を殺した犯人を捜すこと。そして何故石澤が自分を陥れようとしたのか、明らかにすること。他人の助けなど借りたくない、だから石澤の名前を出したくなかったのだ。この窮地から自分の力で脱しない限り、朽ち果ててしまうだろう。たぶん、記者を続けていくこともできない。

「何か言いたいことがあるなら……今は記録は録《と》っていませんよ」

「いや、特にありません」

「私の教育は、役に立たなかったんですかね」

高石が寂しそうに笑った。高石のゼミは一種の職業訓練だったのだと、南は今になって思う。彼が語った言葉を、取材の現場で思い出すことも少なくなかった。今回思い出した教えは――「スピードよりも確実性」だ。そう、基本中の基本である。締切を意識し過ぎるあまり、確認を怠ってはいけない。必死で原稿を書いている時にあの言葉を思い出していれば――いや、たぶん無視して書き、同じ結果になっていただろう。どんな教訓も、特ダネの前では威力を失ってしまう。

「人学での教えは、あくまで机上のものです。実際の仕事の現場では、どんどん変わるでしょうね」

自分に言い聞かせるような高石の言葉に、南はうなずいた。南は大学教授としての高石しか知らないが、学問の世界に入る前、彼は散々修羅場をくぐってきたはずだ。教訓も常識も通じない世界があるのを、今になって思い出しているのだろう。

「この調査には、できる限り協力して下さい。どうしてこういうことになったのか、皆で考えましょう」

反射的にうなずきそうになったが、南ははっと気づいて固まった。イエス、と言ってはいけない。これではまるで、被告人ではないか。事情聴取に時間を取られていたら、本当にやるべきことができない。

本当にやるべきこと……これからどうしたらいいのか、ほんの数秒の間に南は決心を固めた。

9

「南がいなくなった?」新里は思わず声を張り上げた。「どういうことだ」

地方部長の道原が身を硬くする。「休め」の姿勢だったのが、瞬時に「気をつけ」になった。

「行方が分からないんです」

「それは今、聞きました」新里は立ち上がった。小柄な道原を見下ろす恰好になる。「どういう状況なんですか？」

道原が淡々と説明を始める。一昨日、八月二十六日に、南は高石たちの事情聴取を受けた。その翌日——つまり昨日、支局にも記者クラブにも顔を出さなかった。デスクたちが何度も携帯に電話を入れたのだが、まったく応答がない。状況が状況だけに、支局員がマンションを訪ねてみたのだが、不在。車も見当たらない。どこかへ取材に出かけて、携帯電話の電波が届かないところまで行ってしまったのではないかと思われたが、その見込みは今朝になって覆った。早朝、新聞を取りに階下に降りた当直の支局員が、新聞受けに「しばらく消えます」という南の書き置きが突っこんであるのを発見したのだ。新聞の上にあったので、今日、二十八日の朝に置かれたと思われた。

「まさか、自殺でも……」つい口にしてしまって、その単語のおぞましさに思わず身震いする。

「支局から連絡があったのは、つい先ほどです」道原が腕時計を見る。「支局の方で、もう一度南の家を確認したそうですが、やはりいなかった、と。車も見つかっていません」

「冗談じゃない」新里は拳を固め、腿に打ちつけた。「どういうつもりなんだ」

「全部嫌になって、放り出したのかもしれませんよ」

「簡単にそういうことを言わないで下さい」新里は道原を睨みつけた。「これ以上ややこしいことになったら……」

むしろ自殺していて欲しい、と願っている自分に気づいた新里は動転した。そう、あの男がいなくなってしまえば、責任を全て押しつけられる。まったく個人的なミスで、本人は責任を感じて自殺したようです——いやいや、そんなことになったら、新報はますます叩かれるだろう。お前のところは社員を自殺に追いこむのか、と。しかし、書き置きの「しばらく」が引っかかった。いつかは戻って来るつもりなのか。

「ケアはしていたんですか」

「それは、支局の方で……」

「南が追いこまれていたことは、分かっていたでしょう。支局でケアしきれるものでもないはずだ。地方部として、きちんとメンタルケアをしていたんですか」

「いや、それは……」道原が唇を噛む。

追いこみ過ぎてはいけない、と新里はさらなる叱責の言葉を呑みこんだ。支局というのは、ある程度独立した存在である。よほどのことがない限り、本社の助けを借りずに自分たちで何とかするのが習わしだ——しかし今回が「よほどのこと」でなくて何だというのだ。そう考えると、また怒りがこみ上げてくる。

「分かりました」爆発しないようにと、新里は低く抑えた口調で言った。「状況が変わったら逐一報告して下さい」

「そうします」険しい表情で一礼して、道原が踵を返した。

「ああ、地方部長」道原が無言で振り返る。表情は完全に消えていた。

「率直に聞きたいんですが、南はどうしたと思いますか」

「今は、軽々に判断したくありません」

それはそうだ、と新里は納得した。考えるだけ時間の無駄でもある。しかし、対応が取りにくい……社内の人間を動員して捜すには限界がある。かといって、警察に届け出たらお笑いぐさだ。どうすればいい？　こんなことを考えるのは俺の仕事じゃないと思いながら、新里は必死に頭を働かせていた。

10

「それはまずいですね」高石は思わず唸った。目の前には、緊張した面持ちの編集局長の新里。

「今のところ、南の行方はまったく分かりません」

「社としては、どうするつもりなんですか」

「極秘で捜します。表沙汰にはしたくないですからね。既に記者を動かしています」

高石は無言でうなずいた。そのやり方が正しいかどうか、今の時点では判断しようもない。新里がゆっくりと椅子を引いて座り、少し距離を置いて高石と向かい合った。

「南の様子はどうでしたか？」

自分も取り調べの対象になるのか。高石は苦笑が漏れ出さないように、何とか緊迫した表情を作った。

「憔悴《しょうすい》し切ってましたね」

「姿を消そうと決意するぐらいに？」

「そう考えていたかどうかは分かりませんが、そうであってもおかしくはないでしょう。少し追いこみ過ぎたかもしれません」

「お言葉ですが、高石先生、私はそこまで厳しく追及していませんよ」大隈が割って入ってきた。

「まあまあ……確かに検事の厳しい調べではなかったかもしれませんが、話を聞かれた方はプレッシャーを受けたでしょう。内部の人間が話を聞くのと、外部の人間が事情聴取をするのとでは、重みが違います」

「それはまあ、そうでしょうが……」不満そうな口調ながら、大隈は引っこんだ。

「とにかく、状況がこういう風に変化してしまったことを、お知らせしておこうと思いまして」新里が言った。

「ご丁寧にありがとうございます」高石は頭を下げた。「取り敢えず、隠し事なく報告していただけるのはありがたい限りですよ」

「元から、隠し事はしないつもりでいますから」

少しむっとした表情を浮かべて新里が立ち上がる。一礼すると、大股で会議室を出て行ってしまった。ドアが閉まるのを待っていたように、芝田が口を開く。

「新報も変わらない――ブラック企業みたいなもんだ」

「芝田さん、それは言い過ぎでは？」高石はたしなめた。

「失礼」

芝田が拳の中に咳をした。いい加減に煙草から卒業しなさいよ、とは言えない。高石もまだパイプを手放せないからだ。ただしパイプの場合、火を点けずにくわえているだけでも、薄らとパイプ煙草の香りを味わえるので、それほど頻繁に喫煙所に通う必要はない。健康面でも多少はましなはずだ。

広いテーブルの向かいに座った芝田が、下卑《げび》た笑いを浮かべた。

「こういう立場じゃなければ、すぐに週刊誌に売りこんでますね」

「よして下さい」高石は顔の前で手を振った。「我々は、機密を守る約束でこの委員会に参加しているんですからね」

「もちろん、分かってます。俺だって仁義は守りますよ。そうじゃないと、この業界では生きていけないもので」

いったいどういう仁義なのだ、と高石は訝った。出版業界は、新聞業界とはまったく異質の存在である。それぞれの業界の「仁義」が、相手の業界でも通用するとは限らない。

「とにかく、今の一件は絶対に外に漏れないようにしましょう。機密を守りつつ、調査は進めないと」

「調査の件なんですがね」芝田が急に真顔になった。頭の中でギアを切り替えたようだった。「新報側の態度はちょっとひど過ぎると思います。まったく協力的じゃないんですよ。始めに社長が言ったのは、単なるポーズだったんですかね」

これには高石もうなずかざるを得なかった。「委員会の皆さんに全面的に協力します」「最大限協力するよう、社員にも徹底しました」。小寺の言葉ははっきり覚えている。最初はその通りだと思っていたのだが、すぐに調査は難渋し始めた。社員たちの曖昧な証言、小馬鹿にしたような態度——社長の言葉は、それこそポーズだったのか。

「具体的にはどんな感じなんですか？　事情聴取拒否とか？」

「そこまではいきませんけど、明らかにこちらを軽んじています。今日も地方部長に話を聞いたんですけど、ひどいものでしたよ。『検証記事に出ている以上のことは分からない』って、そればかりですから。あり得ない。地方部長なんて、検証記事を作る時に中心にいた人物じゃないですか」

「南記者の失踪の件で、動転してたんじゃないですか」

「そうかもしれないけど、ひどい話ですよ」芝田が唇を尖らせる。年齢にそぐわない、幼稚な仕草だった。「だいたいあの地方部長、外様でしょう？　中途入社の人間が部長になるなんて、昔は考えられませんでしたよ」

「外様は関係ないでしょう。まあ、新報さんの人事の事情は私には分かりませんがね……」高石は口を濁した。芝田は、急速に不満を募らせつつある。この男を委員会に引き入れてしまった自分の判断を一瞬後悔した。

　高石は立ち上がり、窓辺に寄った。ブラインドを指先で押し下げ、銀座の街並みを眺める。かつてここは、新聞社の街だった。高石もこの街を本拠に仕事をし、食事を摂り、酒を呑んだ。あの頃の新聞社は、もう少し開けていた印象なのだが……今、各社は高層ビルに生まれ変わった本社に閉じ籠り、取材のやり方も大きく変わった。本来新聞は、社会に対して扉を大きく開けていなければならないのだが、今は鍵をかけているように思えてならない。

　ドアが開いた。「スパイ」の奈良橋かと思ったら、諫山と元永である。高石は振り返り、丁寧に頭を下げた。この委員会の中で、諫山は一人だけ浮いた存在なのだと改めて考える。メディアや事件の修羅場を知らないのだ。しかし人格的にも信用できる人であり、高石は最大限の敬意を以て接することにしていた。

「いかがですか」

「どうもこうも……」

諌山が苦笑する。皺の目立つ顔の中に、高石は本物の怒りを見つけた。今まで、検証記事の直接の責任者である編集局次長の芳賀から事情聴取していたはずだが……諌山が、唸るような声を上げげながら腰を下ろした。眼鏡を外して両手で顔を擦ると、小さく溜息を漏らす。

「新聞社……というか新聞記者という人種は、変な開き直り方をするものですな」

「何か、不愉快なことでも?」

「のらりくらりで」諌山が苦笑しながら右手をひらひらと動かした。「話になりませんね。検証記事に書いてあった内容を、上手く言葉を換えて喋るだけで、新しい材料は何もないですよ。最後は『これ以上は無駄です』ときましたからね」

「元永先生、どうでした?」

「諌山さんが仰る通りで、あれは我々を馬鹿にしきってますね」元永は本気で憤慨している様子だった。耳が赤くなっている。「検証記事が全てで、それ以上の材料を出すつもりはないようです。我々には調べられないと思っているんですよ」

「これは、やっぱりアリバイ作りだったんだな」芝田が吐き捨てる。「要するに、検証記事の内容は全て正しかったと、我々に報告書を書かせるつもりでしょう。クソみたいな記事の権威づけのために集められたんじゃ、馬鹿馬鹿しくてやっていられない」

芝田が席を蹴って出て行くのでは、と高石は危惧した。しかし芝田は、ポロシャツから突き出た太い腕を組み合わせ、不貞腐《ふてくさ》れたように天井を見上げただけだった。

「どうも、私もこういうことには慣れていないので、きちんと話が聞けていないようですね」申し訳なさそうに諫山が言った。

「それは誰でも同じですよ。新聞記者に事情聴取するなんて、滅多にないことです。大隅さんも、現役時代にはこんなことはなかったでしょう?」

「ありますよ」

「え?」

「新報じゃないですけど、酔っぱらってタクシー運転手を殴った記者が、送検されてきましてね。酔いが醒《さ》めた後で、気の毒なぐらいがっくりしてました」

「そりゃあ、状況が違うでしょう」芝田が笑いながら言った。「今回の方がよほどひどい」

「我々は、今回の一件の本質にまだ近づけていない……」元永がぽつりと言った。全員の目が彼に集まる。元永はゆっくりと顔を上げ、低い声で告げた。「そもそも誤報が生まれた原因は、何なんでしょう。高石先生、南記者に事情聴取した限りでは、彼は『騙された』と言っていたそうですね」

「ええ。それはそうだと思いますよ。彼はそれにまんまと引っかかっただけでしょう」

高石は同意した。

「だったら問題は、彼のネタ元の警察官がどうしてそんなことをしたか、ですよね。基本的に警察官は、真面目な人種でしょう？　そう簡単に嘘はつかないんじゃないかな」

「そんなことはないですよ、元永さん」芝田が笑いながら反論した。「警察官だって、自分の身が危うくなれば平気で嘘をつく。結構適当なものです」

なるほど、芝田はそういう事情もよく知っているだろう。週刊誌では、警察の不祥事を散々書き続けてきたはずだ。

「とはいえ、嘘をつくには必ず理由があったはずですよ」元永が反論する。「今回の調査の最大の肝は、そこだと思います。ネタ元が嘘をついたなら、完全に向こうの責任じゃないですか。これは重要なポイントですよ」

「おや、元永さんは、新報は——南記者は悪くないっていうのかな？　こんなに反省して、我々外部の人間に首を差し出しているのに？」芝田が半ば笑いながら言った。

「そういうことじゃないんです」元永の耳がまた赤くなる。「無実の罪を着せられたんじゃ、南記者もたまらないでしょう」

「さすが、人権派だ」芝田がうなずいた。真面目な表情の裏には、元永をからかう本音が透けて見える。「そういう考えはご立派だと思いますけど、これ以上の追及は無理じゃないかな」

「どういうことですか？」

「南記者は失踪した。もう、彼から直接話を聞くことはできないかもしれない」芝田が、どこか白けた調子で言った。

「まさか……」元永がつぶやいて黙りこむ。急にはっと顔を上げ、「いったいいつ、そんなことが分かったんですか」と芝田を問い詰めた。

「つい先ほど、編集局長から報告があったんですよ」高石は割って入った。「向こうも、隠していたわけではないようです。今朝になって支局から報告がきて、初めて事態を把握したようですから」

「まさか、自殺なんて……」元永がだらりと腕を脇に垂らした。力なく首を振り、今度は背中を丸めて頭を抱えこむ。

「おいおい、元永さん、何もあんたの家族が自殺したわけじゃないんだから」芝田が茶化すように言った。

「しかしこれでは、真実の追究ができない！　南記者は、どうして騙されたんだ？」元永が突然立ち上がる。あまりの勢いに、芝田でさえ言葉を失ってしまったようだ。

怒声の後に急に静まり返った会議室……凍りついたようだ、と高石は思った。だが、いつまでも凍りつかせておくわけにはいかない。できるだけ穏やかな声で話しかけ、空気を和ませようとする。

「元永先生の疑問はもっともです。私もそれが、最大の問題点だと思っていました」

「だけど、南記者はネタ元についての証言を拒否しているんでしょう?」芝田が怪しげに目を細めて指摘する。「しかも本人は行方不明だ。肝心の男がいないんじゃ、これ以上はどうしようもないじゃないですか」

「手はあります。そのために、皆さんに知恵を出していただきたい。情報を貰った方を調べるのが無理なら、与えた方からアプローチすればいいんじゃないですか」

「まさか、警察から情報提供を求めるつもりですか?」大隈が慎重に訊ねる。

「ここにいる皆さんは、多かれ少なかれ警察と接触があるはずです。大隈さん、あなたは検察官時代、警察官と組んで仕事をしましたよね。当時のコネはまだ残っていませんか? 警察官に知り合いがいなくても、検察庁のコネクションを使って、警察に圧力をかけることもできるでしょう。芝田さんはどうですか? あなたは警察の不祥事を何度も記事にしている。不満分子のような人たちとつながりがありますよね? それを使いましょう。諫山さんは、相談役に退かれてから、警察庁の審議会に参加されていましたよね。確か、交通安全に関する審議会だったと思いますが……警察庁のトップとも面識ができたんじゃないですか」

諫山が苦笑する。それに対して高石は、微笑を送った。次いで元永にも顔を向ける。

「元永さんも、弁護士として警察と接触する機会は多いでしょう。残念ながら私には、皆さんほどのコネはありませんが……何か手を考えます。この際、過去のコネクションを生かして、何としても南記者のネタ元を捜し出しましょう。その人物から話を聞くことが、誤報の原因を炙《あぶ》り出す最高の手段になるんですよ」

「しかし、そういうことなら、新報側でも十分やれるでしょう」芝田が反論する。

「仰る通り。それなのにやらなかったのは、事態を甘く見ていたからだと思います。確かに情報源を秘匿して守るのは大事なことではありますが、社内の人間も知らないのは問題があります。新報側は、それについて特に反省している様子はない。だったら私たちが、事実を突きつけるだけです」

「高石先生、相変わらず記者なんですねえ」芝田が言ってにやりと笑った。

高石はうなずきも否定もせず、黙って芝田の顔を凝視した。それはあなたも同じだろう……一度新聞作りの興奮を経験した人間は、他の仕事をすることになっても、基本的には足を洗えないのではないだろうか。

11

何、これ。

二日前の新聞をぼんやりと眺める。弁護士の内倉が持ってきたのだが、和佳奈には記事の意味が分からない。

「前に言ったでしょう」内倉が、辛抱強く噛んで含めるように説明した。「誤報問題を、新聞社の外の人間が調査する。ある政治家の先生がプッシュして、新聞社側がそれに従ったんですよ」

「そんなの、あたしには関係ないし」

「いや、これで名誉が回復できると思う」

「それで、あたしはどうすればいいわけ？　これから普通に外へ行けるの？　警察になんか絶対行かないからね。外を歩いていて、警察に連れて行かれるようなことになったら――」

「外へ出るのは、タイミングを見てからですよ」

優しげな声で内倉が言ったが、爆発寸前の気持ちは収まらない。この男に不満をぶつけてもしょうがない、自分でも無意味だと分かっているのだが、この不安は他人には理解できないだろう。

「そのタイミングっていつなのよ！」新聞を丸めて放り投げる。途中で開き、巨大な蝶《ちょう》のようにゆっくりと床に落ちて行った。「何でこんなことになってるわけ？　もう、限界だから！」

「本当の犯人が分からない限り、完全な名誉の回復は難しい。分かってると思うけど、一度ネットに流れ始めた情報を取り消すのは難しいんだ」

「消してよ！」我ながら無茶だと思いながら、怒鳴ってしまった。「弁護士なんだから、それぐらいのこと、できるでしょう」

「弁護士にも、できることとできないことがある」内倉の声がにわかに頑なになった。

「とにかく、もう少し我慢してくれ。三池先生とも相談して、悪いようにはしないから」

「どうせいい金貰ってるんでしょ、ちゃんとしてよ」金と言えば……財布の中には、あと二万円しかない。これでいつまで、この部屋に籠っていられるのか。あの男——今頃旅館で客に愛想を振りまいているのだろうか——に連絡を取って、金を持って来るように頼もうか……いや、無理だ。何度か公衆電話から電話しているのに、一向に出ようとしない。もしかしたら、本気であたしを切るつもりなのだろうか。人の体でいいように遊んでおいて。クズ。

「とにかく、落ち着いて。いいですね？」内倉の声が冷静さを取り戻した。

「ねえ、お金、貸してくれない？　銀行にも行けないし、財布、空っぽなのよ」少し大袈裟に頼みこむ。

「いや、それは――」

「いいでしょ、それぐらい？」

内倉が渋々尻ポケットから財布を抜き、一万円札を二枚、差し出した。奪い取るように手にして、ぎゅっと握り締める。何だ、こいつも弁護士のくせに金がないんだ、と不思議なことにほっとする。財布はぼろぼろだし、ちらりと覗いた中身も薄そうだった。ちょっと可哀想だけど……仕方ない。あたしだって、お金がなきゃ困るんだから。

「ねえ、今、団地の部屋ってどうなってるのかな？」

「そのままですよ」内倉がさらりと答える。「……たぶん。私は中は見てませんけど」

「親は？」

「ああ、お父さんは入院中なんですよ。お母さんは親戚のところに」

「そう」

「何とも思わないんですか」内倉が眉をひそめる。

「別に」あのケチオヤジ……何で死ななかったかな。死ねば、じゃまが一つなくなるのに。子どもというじゃまがなくなったのだから、一つでも重い荷物を降ろして、さっさとここから出て行きたい。別の街で新しく暮らしたい。

ふと思った。子どもを殺した犯人には感謝すべきかもしれない。

二十八日朝に、支局の新聞受けにメモを放りこんで以来、南は携帯の電源を落としていた。少し神経質になり過ぎかもしれないが……支局の連中から連絡が入るのが鬱陶しい。もしかしたら、捜索願が出されているかもしれず、そうだったら警察も携帯電話の発する微弱電波を利用して、南を追跡し始めるかもしれない。警察に何か疑いを持たれているとは思わなかったが、支局の連中に縛られることだけは避けたかった。

仕方なく、自分の携帯の電源は切ったままにして、プリペイド式携帯を手に入れる。さらに、ＡＴＭでまとまった金をおろした。数十万円の金を抱えたまま、車で走り回っているのは不安だったが、携帯電話と同じで、カードも個人を追跡する重大な材料になるから、これも仕方がない。

とにかく俺は、逃げているわけではない、と自分に言い聞かせた。真相を探るために、自分を縛りつけている縄から逃れただけだ。

それにしても、どこから手をつけるべきだろう。

石澤の家の前でずっと張り込むのが、一番単純かつ効率的だろう。彼も妻も、ずっとどこかに隠れているわけにはいかないだろうし。あるいは県警の駐車場に忍びこんで待つか……軽自動車よりも小さい石澤のミニはひどく目立つので、出入りを確認するのは難しくあるまい。しかし、家も県警本部も、いわば相手の懐である。そこに飛びこむだけの勇気はなかった。

結局、甲府市内をうろついて、夕方までの時間を潰した。その間に石澤の家には何度も行ってみたのだが、やはり人気はない。プリペイド式携帯を使って石澤の自宅に電話を入れ、最後は意を決してインタフォンを鳴らしてみたのだが、やはり反応はなかった。

予約を入れたホテルに向かって車を走らせながら、考える。石澤が身を隠すとしたらどこか……難しいことではないだろう。ホテルにでも入ってしまったらまず見つけられないし、警察はいろいろなところに「分室」を持っている。しかし妻もいないとなると、どう判断したらいいのだろう。ホテルや警察の施設内に二人一緒にいるとは考えにくく、夫婦が別々に隠れていると想定する方が自然だ。石澤本人を捜し出せればいいのだが、妻を攻める——情に訴えて石澤の居場所を教えてもらう手もある。

石澤の妻はどこにいるのか……実家なら分かる。一年前に妻の父親が亡くなった時、南は香典だけを石澤に送った。その後届いた礼状には、当然実家の住所が記されていた。ただしその礼状は、自宅にある。

自宅へ帰るのは避けたかった。支局の連中が張り込みをしているとは思えないが、近所の人たちに顔を見られたら、情報が伝わってしまうかもしれない。

南は車を路肩に停め、自宅に戻ることのプラスとマイナスを考えた。煙草に火を点け、煙が漂うに任せる……思い切って戻ろうと決めた。誰かが張っているとは考えにくいし、近所づき合いもないから、自分が何者なのか、マンションの住人には知られていないはずだ。それに、礼状がどこにあるかは分かっている。家に入ってから出るまで、一分もかからないだろう。それならリスクは最小限に抑えられるはずだ。

まさか、自分の家に忍びこむことになるとはね――皮肉に考えながら南は車を発進させ、次の交差点で左折した。


ＪＲ甲府駅の北口から歩いて三分ほどのところにある南のマンションは、１ＬＤＫで家賃は七万円だ。特に何の思い入れもない、仮の宿。そこに住んで、もう六年目になる。いわば第二の皮膚――しかし今は、借り物の服のように感じられる。

南はマンションの駐車場を避け、山梨大学の近くに車を停めた。武田通りを駅の方に向かってゆっくり歩く。尾行を警戒するために時々立ち止まったり、路地に入ってみたりする。つけられていないとは思ったが、確信は得られなかった。だいたい自分は刑事ではないのだから、尾行されているかどうかなど、確かめようもない。

この辺りは、甲府市内では比較的古くからマンションが建ち始めた地域だ。支局員も何人か住んでいる。平日の夕方なので出くわす心配はないだろうと思ったが、用心に越したことはない。普段使う正面のホールを避けて、裏側に回りこむ。このマンションも結構古いので、オートロックや防犯カメラなどの防犯設備はない。普段は心もとなく思うが、こういう時は助かる。裏側の非常階段の一階部分は金網で塞がれているが、鍵があるので小さなドアを簡単に開けられることも分かっていた。あとは非常階段を使って、南の部屋がある四階まで上がればいい。

鉄の階段を踏む自分の足音が、やけに甲高く響く。しかも非常階段には熱がこもっており、一段上がる度に一粒汗が零れ落ちるようだった。ようやく四階まで辿《たど》り着き、歩き慣れた外廊下から自分の部屋にアプローチする。普段よりゆっくり……下を覗いてみたが、誰かが監視している様子はなかった。見張りはいないはずだと自分に言い聞かせ、ズボンのポケットから鍵を取り出して開錠する。素早くドアを開けて、玄関に滑りこんだ。ドアを閉めて背中を預けると、鼓動が激しく高まっているのを意識する。ゆっくり深呼吸しながら、靴も脱がないまま部屋に上がった。

部屋は小さなキッチンとそれに続くリビングルーム、そして三畳ほどのロフトだ。ロフトは物置代わりで、古い手紙や取材資料の類はそちらに押しこんである。

カーテンは閉まっていて、強烈な陽射しは遮られていたが、暑さそのものは遮断できなかったようだ。むっとする熱気が残っており、汗が筋になって顔を流れる。シャワーを浴びたいと強く思ったが、部屋では無理だ。とにかく早く礼状を見つけて出て行かないと……。

部屋の中は薄暗かったが、照明を点けるわけにもいかない。目を細めて薄い闇に慣れながら、南はロフトへの梯子《はしご》を上った。いつものように、かすかに軋《きし》む。ロフトは中腰になれるぐらいの高さしかないので、ここに長い時間いると、いつも腰が痛くなる。三つ並んだ段ボール箱の真ん中を開いたが、暗くてよく分からなかった。仕方なく、ライターを照明代わりにして中身を確認する……あった。目当てのハガキフォルダー。

礼状はすぐに見つかった。さらに目を細めて、石澤の妻の実家を確認する——山中湖村だ。甲府からだと、国道二十号線から百三十七号線経由で、一時間ほどだろう。あるいは高速道路を使った方が早いか……今晩中に急襲してみようか、とも考える。そう、一刻も早く動いた方がいいに決まっている。

南は礼状だけを抜いて、ジャケットのポケットに落としこんだ。急いでロフトの梯子を降り、一つ深呼吸をしてから部屋を出る。手の中でキーが回った瞬間、二度とこの部屋に戻ることはないのではないか、と思った。

12

新里はむっとしていた。それを隠す努力もしていない。まあ、当然だろう……と高石は得心した。自分が任命した調査委員に、自分が調べられることになったのだから。しかし、これぐらいのことは予想していなかったのだろうか。

自分の部屋──編集局長室は、新里にとっては一番安心できる場所だろう。しかし今はまるで、取調室に拘束でもされたかのように落ち着かない。一度ソファに腰を下ろしたものの、何が気になるのか急に立ち上がり、ズボンの皺を丁寧に伸ばした。折り目を持ち上げながらゆっくりと座り、まくり上げていたワイシャツの袖を戻す。

そんなに緊張することはない──そう言おうとして、高石は言葉を呑みこんだ。隣に座る芝田がにやりと笑う。新報の編集局長といってもこの程度かよ、と馬鹿にしているのがありありと分かる。事前に、「挑発的な言辞はやめましょう」と釘《くぎ》を刺しておいたのだが……芝田にとっての新報は、複雑な存在なのだろう。古巣にして喧嘩別れした相手。家族の仲がこじれると修復不可能というが、それと似たようなものかもしれない。

「お忙しいところ、まことに申し訳ありません」

高石は素直に頭を下げた。応接セットで斜め向かいの位置……普通に懇談する時の恰好だが、新里はそうは思っていないようだった。顔色が悪く、表情が強張っている。

「いえ……しかし、私が調査の対象になるとは思っていませんでした」

「編集局長は、紙面の最高責任者じゃないですか」どこか白けた口調で芝田が指摘する。

「この調査でも、肝になる存在ですよ」

「そうかもしれません。でも芝田さん、あなた、編集局長が実際にどれぐらい深く日々の紙面作りにかかわっているかは、ご存じでしょう？　多くの人が、クロスチェックで新聞を作っているんです」新里の説明は、責任逃れにも聞こえた。

「いやあ、俺は編集局の幹部の仕事を知る前に会社を辞めましたからね。編集局長室の中がこんな風になっていることも知らなかった」室内をじろじろと見回しながら、皮肉を漂わせた口調でまくしたてる。「えらく立派なんですねえ。俺もいろいろな会社の社長に会ってますけど、ここまで立派なのはなかなかないですよ」

新里が咳払いし、高石の顔を見た。喧嘩するわけにもいかないので、そちらで何とかしてくれ――と懇願しているようである。

「現在、八月十四日と十五日の、詳細なタイムラインを作っています」高石は喧嘩の種を無視して手帳を広げた。

「タイムライン、ですか」

「ええ。何時に何があったのか。流れを全部追っています」

「それは検証記事でも紹介しましたが」

「もっと詳細な情報が必要です。我々は紙面に囚《とら》われませんから、分刻みで調べています」

「分かりました……私はあの日、休みを取っていました」

「十四日ですね？　夏休みですか？」

「いや、この仕事でそれは無理ですね」新里が苦笑する。

「ではこの日は、甲府の記事については報告を受けていないんですね」

「いくら特ダネでも、一面ネタではありませんでしたからね。一面で独材《どくざい》を掲載するような時は、私が編集局にいなくても必ず連絡するように言ってありますが」

「地方発の、たかが殺しの記事では、編集局長の手を煩わせるまでもない、ということですか」芝田が皮肉を吐いた。

「きりがないですからね」新里がさらりと受け流す。

やはり芝田はこの機会に、会社に仕返ししようとしているのでは、と高石は懸念している。確かに彼が、幹部と衝突して会社を飛び出したのは事実だ。しかしそれも、もう十五年も前の話である。当時彼とぶつかった編集幹部は、もう残っていないだろう。特に新里は、その頃は海外特派員としてロンドンにいた。芝田にとって直接の「敵」ではなかったはずで、こんな風に言いがかりをつけるのは筋違いである。客観的な調査を任されているのだから、と何度も念押ししたのだが、芝田はその忠告を無視することにしたようだ。今のところ、新里が大人の対応をしているのが救いである。それにしても、芝田ももう四十代半ばなのだが……その年になっても、過去の屈辱は忘れられないということか。

新里がまたズボンをつまんで持ち上げる。折り目が消えているわけでもないのに……

やはり神経質になっているのだ、と高石はかすかに同情した。だからこそ、芝田には厳しい突っこみや挑発するような言葉遣いを遠慮してもらいたい。これは警察の事情聴取ではないのだ。怒らせて容疑者の本音を引き出す、刑事のようなテクニックは通用しないだろう。検事出身の大隈は、そもそもそういうやり方は粗暴犯相手向けですよ、と苦笑しながら言っていたし……彼も、芝田のやり方を警戒している。

「では、十四日の段階ではまったく連絡を受けなかったんですね」高石は再確認した。

「そうなります」

「十五日ですが……この日は金曜日ですね。お盆休み中でしたか？」

「いや、この日は朝から出社していました」

「問題の記事が誤報だと聞いたのは何時頃ですか？」

「十一時過ぎ、ですね。甲府支局の方から連絡が入って、局次長経由で話を聞きました」

「誤報と判明したのが十一時過ぎというのは、だいぶ遅かったんじゃないですか」

「様子がおかしいということは、甲府支局の担当記者も朝から気づいていたようです。ただし、確実に誤報だと分かったのは十時過ぎだったようです。県警の広報担当者がブリーフィングして、記事の内容を否定したんです」

「それをもって誤報と確定、ですね」

「ええ。連絡の時間などを含めて考えると、ブリーフィングの一時間後に連絡がくるのは自然だと思いますが」

「仰る通りですね」高石は手帳に「十時↓十一時」と書きつけた。他の人間の証言とも一致している。「お詫び記事の指示は？」

「翌日の朝刊で出すように、すぐに指示しました」

「完全に誤報だと判断したんですね？」

「県警が全面否定したわけですし、実際に湯川和佳奈は逮捕されなかった。まだ所在さえ分かっていないんです」

「誤報が掲載された時点で、会社の方に抗議は……」

「ほとんどなかったですね。お詫び記事が出た時点で初めて、誤報が明らかになるわけですから」

「では、お詫び記事が掲載された十六日の土曜日から、騒ぎが大きくなったわけですね？」

「そうです」

「それで、土曜日、十六日の午前中に検証記事を出すことを決めた――」

「社長と相談のうえで、です」

しばらく時間軸の整理が続く。続いて高石は、検証記事を掲載することになった詳細な経緯、その後の反応などについて確認していった。全て、これまで分かっている事実と一致する。

一通り話を終えたところで、高石はボールペンの芯を引っこめた。新しい事実は一つもないし、新里は明らかに、早く話を終わらせたがっている。調査委員会の設置を進めた編集局長でさえ、積極的に協力する姿勢はないようだ。ただしそれは、彼の責任とは言えまい。結局この件は社長主導、というか社長の鶴の一声で始まったのは間違いない。最終的には社長にも事情聴取することになるのだろうが、小寺自身はどんな態度で話をするのだろう。

まだこちらから言っておくことがある。言わなくてもいいのだが、一応通告しておこうと決めてこの部屋に入ったので、予定通り話すことにした。

「実はこの件――誤報のそもそもの原因が気になっていましてね」

「それは、南記者が確認を怠ったからでしょう。それ以上でもそれ以下でもないはずです」

「いや……詳しいことは最終的な報告書に書きますが、南記者は情報源に騙された可能性があります。しかし、警察がそんなことをするとは、ちょっと考えられない」

「それは確かにそうですが……そこを調べるのは難しいんじゃないですか。南は、ネタ元を明かさないまま失踪しているんですよ」

「ただ、何がしかの手はあるんじゃないかと思います。そこまで突っこんで調べてみないと、完全な調査とは言えないでしょう」

「それは分かりますが……あまり無理をなさらないように」

「それはどういう意味ですか？　会社としても、そこまでは求めていない、ということですか」高石はぐっと身を乗り出した。

「いや、調査の内容はお任せしていますし、自由にやっていただかないと、外部調査の意味がないのですが……こういう事態は予想していなかったので」どうにも歯切れが悪い言い分だった。

「元記者の習性のようなものもありますので」

「右に同じく、です」芝田が笑みを浮かべながら言った。

「分かりました。その件については、こちらからどうこう申し上げることはありませんので」

「ありません」と言いながら、新里は何か言いたげだった。適当にお茶を濁してもらえればいいんですよ……そんな本音が透けて見えたが、高石は何も言わなかった。やると言った以上、やる。三十年も前に離れた記者の現場の熱気を、高石は確実に思い出していた。

「高石さんは、何を考えているんだ？」

小寺は怒りを隠そうともしなかった。顔が赤く、目は細まっている。箸で持ち上げた蕎麦《そば》が宙で浮いたままになった。こんなところで爆発されても困るのだが……小寺は時折、社員食堂で他の社員に交じって昼食を摂る。気さくな社長を気取っているつもりなのだろうが、わざとらしさが見え見えだった。

「記者の血が騒いだのかもしれませんね」新里は淡々と言った。

「あの人は、三十年も前に辞めてるんだぞ」

「芝田さんの影響もあるかと……」

「芝田を入れたのは失敗だったな」小寺が舌打ちして、箸を下ろした。社員食堂の夏の定番、冷やしたぬき蕎麦。新里も同じものを食べている――というより、もう食べ終わった。新人時代に叩きこまれた「早飯」の習慣は、三十年以上経ってもまだ抜けない。

「どうなんだ？　芝田はまだ、うちに対して個人的な恨みを抱いてるんじゃないのか」

「ないとは言えないですね」

「しつこい男だな……あいつが会社を飛び出したのは、クソ下らない理由が原因だぞ」

「ええ、聞いています」

「記事の扱いがでかいとか小さいとか、そんなことに恣意的な要素が入るわけがないじゃないか。気に食わないから原稿をボツにしたり、扱いを小さくしたりなんてことはしないんだよ。そういう風に思ってるのは、新聞社の外の人間だけだ。個人的な事情で紙面に口出しするようなことがあったら、それこそ馘だよ」

「仰る通りですね」

「だいたいあれは、芝田が悪い。早版で四段の見出しが立っていた記事が、途中版で三段、最終版でベタになった——よくあることだろう？　紙面は生き物なんだから。だけどあいつは、社会部と整理部に怒鳴りこんで、整理部のデスクを殴りつけたんだぞ。しかも、その後の事情聴取で開き直って、当時の編集局長たちに暴言を吐いた。馘じゃなくて依願退職の形になったのは、お情けだろうが」一気にまくしたて、箸をトレーに叩きつける。「それにしても、十五年も前だ。今さら恨みもクソもないだろうと思っていたが、読みが甘かったようだな」

「ええ……しかし、今から外すわけにはいきませんよ。それこそ、また叩かれます」

「構わない。最終的には、諫山さんがバランスを取ってくれるだろう。あの人は常識人だ」

「警察にも突っこんで調べる、と言っているんですけどね」

「放っておけ」

小寺がまた箸を取り上げ、乱暴に蕎麦をすすり上げた。汁を吸った天かすがテーブルにまで飛び散る。この人は……社長になっても、下品な食べ方は改善されていない。マナー教室に通った方がいいのではないか、と新里は思うことがあった。取材ではなく、「トップ外交」で各界のトップと会食する機会も多いのだし。

「いいんですか？」

「どうするつもりなんだ？　警察幹部に取材でも申しこむ？　それで何かが分かるわけでもないだろう」

「……まあ、そうでしょうね」危険なのは高石ではなくむしろ芝田だ。今は小説も書いているが、基本はノンフィクションライターである。取材のノウハウやしつこさを失ってはいないだろう。「うちとしても、この件を調べておく必要はないですか？　警察庁の担当辺りを動かして、背景を探るのは……」

「必要ない。外部調査委員会に投げたんだから」

「ええ……」

「ただし」小寺が顔を上げる。「もしも調査委員会が暴走するようだったら……」

抑えろ、か。そんなことができるかどうかは分からなかったが、新里としてはうなずくしかなかった。結局小寺は、適当な報告でお茶を濁そうとしている。そういう意図は簡単に見抜かれ、また叩かれることになるのでは、と新里は危惧した。

「ま、そんなことにはならないだろうが」急に気の抜けた声で小寺が言った。「ところで、奈良橋は何か言ってきてるか？」

「いえ……注意して見ておくようにとは言ってありますが」

雑務係として委員会の連中につけた奈良橋からは、毎日報告がある。しかし今のところ、新報側に極端に都合の悪い話は出ていないようだった。調査委員会も、あの部屋では際どい話はしていないかもしれないが。

「そうか……まあ、先は見えてきたな」

「そうですね」

「何か心配してるのか?」

あなたの気楽さが心配なんですよ、と思った。もちろん口には出さなかったが。余計な一言を言わないことで、新里は編集局長にまでなったのだ。

第三部　交差する思惑

1

高石は、常に堂々とした諫山の態度に感服していた。会社トップ、さらに経団連で要職まで務めたとはいえ、基本的にはサラリーマンである。それなのに、数々の修羅場をくぐり抜けてきた戦士のような佇《たたず》まいなのだ。

もちろん、ホテルのロビーで戦争が起きるはずはないが、それでも彼の「常に臨戦態勢」という雰囲気には驚かされる。物腰が穏やかで、委員会の打ち合わせでも過激なことは一切言わないが、もしかしたらメンバーの中で一番芯は強いかもしれない。

「今日の相手……お会いになるのは久しぶりですか？」高石は話を切り出した。

「そうですね。一年ぶりになりますか」

「話してくれそうですか？」

「どうでしょう。こういう問題でお話ししたことはありませんから、何とも言えませんが」

「それはそうですね」高石はパイプを右手の中でこねくり回した。自分でも緊張しているのが分かる。「おっと……あの方ではないですか」

「確かに」

諫山が立ち上がる。背筋はぴんと伸び、姿勢がいい。近づいて来る相手を見ると、軽く会釈した。高石もそれに倣う。

「どうも、遅れまして。お久しぶりです、諫山さん」相手も丁寧な口調だったが、警戒しているのは分かる。

「お忙しいところ、こんな場所にお呼びたてして申し訳ありませんね」

「いやいや、それは大丈夫ですが……」

そう言う相手の顔には、かすかに不審の色が浮かんでいる。それは当然だろう、と高石は一人納得した。常にお付きの人間がいるはずの警察庁刑事局長が、ホテルに一人で姿を現すのは、かなり異例のことだ。

「城南大の高石先生ですね」刑事局長が先んじて言った。表情に変化はない。

「元、です。大学はもう四年も前に辞めていますよ。それにしても、よくお分かりですね」

「それは、まあ……」刑事局長が口を濁す。諫山から連絡があった後で、どういう事情なのか調べたのだろう。部下に調べさせたのだろうが、それはまずい。知る人が増えるごとに、情報は幾何級数的に拡散してしまう。

はっきり答える代わりに、向こうは名刺を差し出してきた。警察庁刑事局長　永原隆信《ながはらたかのぶ》。

「申し訳ないですが、私はもう名刺を持たないもので……公的な肩書きがないんですよ」高石はすぐに詫びた。

「大学の先生は、辞めた後もいろいろな役職を引き受けるものではないんですか」

「そういう人もいますが、私は書斎に引っこみました」

「それが今回、古巣のピンチに立ち上がったということですね」

「新報は古巣ではありませんがね」

「古巣の業界、というのが正解でしょうか」永原が言い直した。

「まあ、その辺は……どうぞ、お座り下さい」出だしの会話はそこそこ上手く転がった、と高石は安心した。

しかし腰を下ろした瞬間、どうにも落ち着かなくなってしまった。人の出入りが多いのが気になる。この喫茶スペースはロビーの一角にある開けた造りで、他の部分との区切りと言えば、観葉植物が入った棚型の仕切りしかない。ロビーを歩く人たちの話し声がひっきりなしに聞こえてくるし、見られている感じがしてならなかった。隣のテーブルとの間隔も狭い。唯一の救いは、すぐ側を流れる人工の滝の存在だ。一面がガラス張りになった壁の上を、水が下の池まで滑り落ちていく。実際に滝の裏側にいたら、こんな感じかもしれない。残暑――もはや残暑ではなく長い夏だ――が続いている中、こういう涼しい演出はありがたいし、多少は話し声を消してくれるかもしれない。

諫山が永原に封筒を渡した。永原が一瞬諫山の目を見てから、封筒を開ける。折り畳んだA4サイズの紙を広げ、じっくりと目を通し始める。沈黙の時間は高石には堪え難いものだったが、諫山はまったく気にならないようで、綺麗《きれい》に背筋を伸ばした姿勢のまま目を細めている。座禅でも組んでいるような穏やかな態度だった。

「なるほど」二枚の紙を一分で読み終えた永原が顔を上げる。「状況は分かりましたが、これを私に読ませてどうしようというんですか？　あくまでそちらの――新報さんの問題ですよね？　我々が変に介入したりすると、逆に問題になるのでは？」

「介入してくれと言っているわけではないですよ」諫山が指摘した。「情報をいただきたい。それだけです」

「それは――」

「もちろん、永原さんがご指摘されるように、これは基本的に新報さんの問題です。我々の仕事は、誤報の根本的な原因を見つけて、再発防止策を提案することです」

「記者側のミスではなく、警察側に問題があるとでも？」永原の声が硬くなる。

「まさか。最終的には、間違いなく現場の記者の責任です。確認するという基本を怠ったんですからね」

「しかし、ネタ元を教えて欲しいというのは前代未聞ですねえ」永原がいっそう声を低くする。

「担当記者が証言を拒否しているんです」

「なるほど。ネタ元を守る伝統を貫いているわけですね」永原の顔が皮肉に歪んだ。

「立派なものだ」

「尊敬には値しますが、私どもの調査に関しては、この状況が大きな壁になっているわけです」

「そうでしょうね」

「……というわけです」探りを入れるように諫山が言った。

「なるほど」永原が丁寧に紙を畳んだ。封筒に戻し、諫山に目で問いかける。諫山がうなずくと、背広の内ポケットに落としこんだ。「これは持ち帰らせて下さい。少し考える時間が欲しい」

「そうしていただけると助かりますよ」

「しかし、皆さんも大変ですね」永原がわずかに口調を緩ませた。「高石先生にすれば、古巣を裁くようなものですか」

「そんな大袈裟なことではありませんよ」冗談なのかどうか分からず、高石は取り敢えず真顔で答えた。

「メディア論の専門家としては、今回の騒ぎをどう捉えておられるんですか？」

「基本的には、古典的な誤報ですね」永原の真意が読めぬまま、高石は慎重に切り出した。「現場の記者が確認を怠った、デスクも原稿の穴を見逃した――そういうことだと判断しています」

「しかし、予想以上に騒ぎが大きくなりましたね」

「その辺を明らかにするのが、我々のこれからの仕事です。会社の対応に間違いはなかったかどうか……今は、新聞も厳しく監視されていますからね」

「監視している連中は、新聞がどんな対応をとっても文句を言うんじゃないですか？　文句を言ってストレス解消しているようなものだし」

「まあ……」高石は苦笑した。「その辺は検証不能でしょうが」

「ご苦労、お察しします。先生方の取り組みと同じぐらい、新報も真面目に対応すればいいんでしょうけどね」

高石は口をつぐんだ。永原は何か知っていそうな感じだ。新報側が、この件をあくまでアリバイ作りと考え、調査に真摯に対応していないことをどこかで掴んだ？　警察なら、それぐらいのことは調べ上げそうではある。だがこの場で、そんな疑問を突っこんで聞くことはできない。

諫山も引き際は心得ているようで、深追いはしない。二人で永原を見送った後、諫山はコーヒーを飲み干してすぐに立ち上がった。

「お急ぎですか？」

「ちょっと会社に寄らなくてはいけないので……相談役といっても、楽させてはもらえないものでしてね」

「お忙しいところ、申し訳ない」

「いやいや……新報までご一緒しませんか？　どうせ帰り道の途中ですし」

「よろしいですか？」

「ええ。車を待たせてありますから」

相談役が専用車を乗り回しているのか……だとしたら、高石の頭にある「相談役」とはだいぶイメージが違う。週に二、三回会社に顔を出して、幹部と会食するぐらいが仕事だと思っていたのだが。

「車を使っても大丈夫なんですか？」車回しに向かうためにロビーを横切りながら、高石は訊ねた。

「大丈夫、とは？」諫山が眼鏡の奥の目を細める。

「いや、この件は会社の業務とは直接関係ないじゃないですか。いろいろうるさいのではないかと……」

「ああ、そういうことなら御心配なく」

車回しでは、黒い日産フーガが待っていた。独特の曲線を帯びたデザインのこの車は、最近社用車としてよく見かける。待ち受けていた運転手が素早く外に出て、後部のドアを開けた。

「私の方が先まで行きますから」と言って、諫山が運転席の後ろのシートに滑りこむ。年齢を感じさせない軽い身のこなしだった。

高石が隣に座り、運転手がドアを閉めた瞬間、諫山が「先ほどの話ですが」と切り出す。

「はい？」

「外部の委員会の仕事に車を使うことです。これはむしろ、社是なんですよ」

「よく分かりませんが……」

「我が社としては、社会正義のために会社のリソースを使うことを奨励しています。うちの会社の不祥事、覚えてらっしゃいますか？」

「ああ……古い話ですね」いきなり話が変わり、高石は戸惑いを感じた。

「二十五年前になります。私は部長になったばかりでしたけど、よく覚えてますよ。部長になると、経営幹部の動きも多少は見えるようになるでしょう？」

「ええ」

「あれは、実に情けない話だった……」諫山が溜息をついた。

彼が今でも、あの不祥事を心底恥じているのは分かる。当時の社長による、巨額の使いこみ事件。使途不明金の総額は実に十五億に上り、その多くがラスベガスやマカオで消えた、と言われている。社長は、自分がどこでいくら使ったか、記録も取っていないし覚えてもいないという間抜けな男だった。

「正直、あの時に会社は潰れると思いましたよ」

「そうですか」

「社長はどうしようもない人間だったとはいえ、創業者一族の出です。元々東亜製紙では、社長は代々創業者の家から出ていたのですが、明治の時代からそんなことが続いていたら、いろいろ軋みが出てくるのも当然でしょう。結局、創業者一族を経営陣から追い出して、外部から新たに社長を迎え入れることになりました。それが――」

「平井《ひらい》さん。平井進一《しんいち》さんでしたね」建て直し屋の異名を取った、異色の経営者である。東亜製紙の社長に就任する前にも、経営が傾いた二つの会社を再建している。

「そうです。当時、もう七十五歳でした。それでも精力的に動いて、社内に残っていたぬるま湯のような体質を一掃してくれたんです。創業者一族がいつまでも権力を握っている会社というのは、どうしても空気が淀んでくるんですね」

「何となく分かります」

「平井さんの教えで、今でもよく覚えているものが一つあります。『企業は社会に対して窓を開かなければならない』——利益の追求だけでなく、社会貢献を考えない会社は世間に受け入れられないし、長生きできない、ということなんですけどね。あれは心に染みました……私は営業畑が長かったですから、どうやって金を儲けるかしか考えていなかった。でも、そうやって私が頑張って稼いだ金を、馬鹿な社長が湯水のように使いまくっていたわけです。当時は、半ば自暴自棄になりましたよ。しかし平井さんのお陰で、会社は変わりました。ちょうどバブルの時期だったこともあるんですが、メセナ活動にも力を入れ始めて、儲けた金を社会に還元するようなことを始めたんです。そしてこれ——私が今やっていることも、社会の役に立つ仕事ではありませんか？」

「それは間違いないと思います」

「だから会社も、全面的にバックアップしてくれているんです。その象徴がこの車、ということですかね」

「そういう社風なんですか……」こういうことは、外の人間には分からないものだ、と感心する。

「人間も会社も、一度ぐらいは痛い目に遭わないと、変わらないのかもしれませんね」

一瞬窓の外に目をやりながら、諫山が言った。「実際うちの会社は、あの事件で潰れかけましたから。何とか立ち直りましたけど、新報さんは……どうなんでしょうね」

「新聞社というのは、会社としてはしぶといですよ。今までも、いろいろトラブルがありました。私のいた東日でも、ある記事が原因で購読拒否運動が起きて、一か月で部数が二十五万部も減ったことがあります。当時の部数の三パーセント程度が、あっという間に消えたわけです」

「それは大変だ」諫山がうなずく。「収入面でも大きなマイナスですね」

「一か月で、数億円の現金収入が吹っ飛んだ計算です。それでも、何年かけて部数は巻き返しましたし、何とかなるものなんですね。逆に言うと、『何とかなる』という油断が、これからの時代はマイナス要因になってしまうかもしれない」

「油断している時が一番危ないですからね」

「だから我々は、多少劇薬にならないといけないと思います。何だかんだ言って私は……新聞を愛しています。潰れて欲しくはない。今回の一件は、新聞が変わるタイミングとして最高だと思うんです」

「おそらく社長は、大変な難敵でしょうが」諫山が苦笑した。

「それは重々承知していますよ」高石もうなずいた。「しかし我々には、最後の切り札がありますよ」

「とおっしゃいますと？」

「我々を任命したのは小寺社長です。覚悟があったはずですよね？　それを決め台詞にできるでしょう」

2

さすがに疲れる……七十歳を超えると、体力の衰えを痛感する一方だ。精神的な疲労もある。自分がどこへ流れていくのか分からない、不気味な感覚に支配されているせいだ。この先の海を照らしてくれる灯台、あるいはちゃんとしたレーダーがあればいいのだが、今のところは目隠しをしたまま舵《かじ》を握っているようなものである。

高石は椅子に背中を預けた。目薬をさし、目をきつく瞑って溜める。そのまま天井を向いて、しばらくじっとしていた。

目を開けると、取り敢えず疲れと痛みは消えていた。ゆっくりと息を吐き出し、パイプに煙草を詰める。馴染んだ香りを味わいながら、パソコンの画面を覗きこんだ。南が学生時代に書いたゼミのレポートを呼び出したところだ。テーマは「誤報」。高石は学生たちに、「誤報を出してしまった場合にどう動くべきか」というテーマを投げかけ、討論させていた。その後で、学生たちがそれぞれまとめた小論文である。

誤報は完全には避け得ない。事実関係の誤認、単純な書き間違い、情報源との意思の疎通の欠落等、原因は様々であるが、これらの要因を全て排除するのは不可能と思われる。

では、誤報を出してしまった場合にどうするか。一刻も早く訂正し、さらにはその原因を公表すべきである。マスメディアは、一般的には自らの間違いを認めない傾向が強い。メディア間でのクロスチェックも機能していないのが現状だ。あるメディアの誤報を、他のメディアが検証して原因を追及するようなことはまずない。唯一、週刊誌が他メディアの間違いを追及する記事を載せることがあるが、これはしばしば感情的な「攻撃」になってしまい、真相を突いているとは限らない。

これは決して健全な状況ではなく、それ故マスメディアは、自ら襟を正す姿勢を持たなければならない。仮に、自ら検証をするのが難しい状況なら（自己検証には甘さが伴う）外部の人間の力を借りるのも見識であろう。

外部調査委員会による調査に協力することで、自らによる調査では摑み得ない事実を把握できる可能性がある。

以下、ここ数年間の新聞による誤報記事と、その顚末を添付する。内部調査さえほとんど行われてこなかったことが、はっきりするはずだ。

生硬なこの小論文は、現在の状況を予測していたわけだ。南は当時、何を考えて「外部調査委員会」という結論を導き出したのだろうか。学生らしい、深い考えに至らない思いつきのようだが、まだマスコミの世界に身を投じる前の、若さ故の理想論だったのか……たぶん、そうだ。実際に現場に足を踏み入れると、記者はたちまち現実に汚される。綺麗ごとを言っているだけでは新聞は作れないのを、南も今は肌で知っているだろう。

学生時代の南は、どちらかと言えばおっとりしていた。ゼミでも反応が鈍く、他の学生に突っこまれると考えこんで、議論が止まってしまうこともしばしばだった。それでも、書かせるとそれなりにまとまった文章を仕上げてくる。特ダネを狙う記者というより、将来的には論説委員として社説を担うタイプではないか、と高石は読んでいた。もちろん論説委員にも時間はない。毎日テーマを決めて、締切まではわずか数時間。原稿を急がされるのは、現場の記者と何ら変わりがない。

それにしても南君、君は卑怯だ。事情聴取の時の態度も悪かったし、その後姿を消してしまうとは言語道断である。

自分はまだ、彼の教師だと思っている。だからこそ、この苦境から何とか救い出してやりたかった。しかし、あんな風に頑なになって非協力的な態度を取られたら、どうしようもないではないか。ネタ元の名前を明かせば、こちらで接触し、二人の間でどんなやり取りがあったか再現してみせる。そうすれば、何故誤報が生まれたのか、根源的な原因が分かるだろう。君だけが一方的に「悪」と決めつけられずに済むかもしれない。

何故、あそこまでむきになって情報源を隠蔽するのか。「ネタ元を守れ」という高石の教えに固執している？　大学の教室での教えなど、すぐに「過去」になる。状況に応じて自分で考え、変えればいいのに。このままでは、本当に記者生命の危機だ。高石は今まで何人もの学生をマスコミ業界に送り出してきたが、トラブルで辞めた人間は一人もいない。

高石は、名刺入れから南の名刺を抜いた。この名刺を自分の物にするために、君は散々苦労しただろう。私はそれを知っている。さらなる暴走で、この名刺を手放すようなことになっていいのか。

メーラーを立ち上げ、高石は南のメールアドレスを打ちこみ始めた。

地方部長の道原は、基本的に極めて真面目な人間のようだ。かつ、苦労人。東北の地方紙から新報に中途入社して、部長まで昇り詰めたのだから、優秀なのも間違いないし、上の受けが良かったであろうことも簡単に想像できる。

きちんとネクタイをした道原は——クールビズが終わるまではまだ間がある——両手

を腿に置き、背筋をぴしりと伸ばしている。顔は強張るほど緊張していて、引き結ばれた唇は一本の線になっていた。彼に対する聞き取り調査は二度目だが、慣れるものではないようだ。場所は、調査委員会が本拠地にしている会議室の隣にある、一回り小さな会議室。ここを「取調室」と名づけたのは、皮肉屋の芝田である。

今日の高石は、元永を相棒にしていた。芝田は勢いはあるし、取材能力の高さもあって「取り調べ」は得意なのだが、相手との相性も大事だ。地方部長に対しては、早くも「お手上げ」を宣言していた。喧嘩腰でくる相手への対応は得意なようだが、道原のように頑なな相手に対しては、攻め手を失ってしまうらしい。その点元永は丁寧で、相手の気持ちを汲《く》むことができる。相手からすれば「理解者」であり、本音を零す可能性もある。

話を聞くのを元永に任せ、高石は道原の様子を観察することに専念した。駆け出し時代、先輩たちに教えられたことがある。取材する時には相手の顔色を読め。本当のことを言っているか嘘をついているか、顔色や目の動き、汗の出方などである程度は分かる、と。こっちは心理学者じゃないんだから、そんなことまで分かるわけがないと思ったが、後には意外に当たるものだ、と納得することになった。特に目の動き。嘘をついている時、人は視線を彷徨わせ始めるか、逆に相手を凝視する。自信のなさがそのまま表に出るか、それを隠すために集中している振りをするか、だ。

道原はおどおどしていた。座った瞬間から焦点が定まらないように視線が泳いでいる。体は硬直したように静止しているので、それが尚更目立った。

「何度もすみません」元永が丁寧に頭を下げる。

「いえ……これも社の仕事ですから」とってつけたような感じである。態度と裏腹に横柄な口調なのは、そうすることで自分を内側から支えようとしているからだ。

「今日は、八月十四日……誤報が掲載された前日の時間経過について、もう一度確認させていただきます」

「どうぞ」

元永がノートを広げる。彼は質問しながら丁寧にメモを取るので、事情聴取に時間がかかりがちだった。今日も長くなるのを高石は覚悟した。

「当日、社にいらっしゃったとか」

「デスク連中と食事を終えて、九時半頃に社に戻りました」

「その時間に社にいることは、よくあるんですか？」

「ほぼ毎日ですね」

「大変ですね」心底同情した様子で、元永がうなずく。

「それが仕事ですから」道原が一層きちんと背筋を伸ばす。「早版の大刷りは、必ず見るようにしています」

「あの記事は、早版には掲載されていませんでしたね」

「ええ。次の版から突っこんできました。よくあることですよ」

元永がうなずき、ノートに視線を落とす。そのまま話を続けた。

「ホストコンピュータのデータから、甲府支局から原稿が送られてきたのは午後十時四十分過ぎだと分かっています。次の版の締切まで、あまり時間がありませんでしたね」

「それぐらいのタイミングで原稿が入ってくることは、珍しくはないですよ」あくまで通常の作業だと道原が強調する。

「甲府支局から、原稿を入れるという連絡が入ったのが、十時二十分頃ですね」

「そうだったと思います……十時台になってからなのは間違いないですね。テレビでその時間のニュースをやっていましたから」

「大騒ぎになりましたか？」

「いや……当番のデスクが声を上げましたが、大騒ぎ、というほどではありません」

「当時、地方部には何人ぐらい人がいたんですか」

「私と、夜勤のデスクが二人、他にも記者が三人ほどいたはずです」

「あれだけの大事件の特ダネですから、もっと大騒ぎになっていてもおかしくないと思いますが……どの程度強く、情報の確認をしていたんですか」

「それはもちろん、きちんとしていますよ」

　道原の視線が、ぴしりと元永の目に吸いつく。それまでと変わった視線の動きに、高石は彼の心境の変化を感じ取った——完全に守りに入っている。

「具体的には？　支局から原稿が上がってきた時点で……」

「その前からちゃんと話はしています」道原の口調が硬くなる。「原稿を出す前に、支局サイドから本社のデスクに報告が上がって、その時点で原稿の内容は伝えます。見出しになる程度の内容ですが……本社デスクは、そこで原稿を掲載できるかどうか、可否を判断します」

「では今回も、原稿がくる前に、掲載できると判断したんですね？」

「……そのように聞いています。その辺も、検証記事に書いてあった通りなんですが」

　伝聞か——本人は直接かかわっていない。そんなものだろうか、と高石は疑問を抱いた。編集局は完全オープンスペースである。地方部も他の部と同じく、デスクがいくつか固まっているだけだ。部長席も他の席とくっついて、全体にこぢんまりとしている。特ダネが飛びこんできてそれなりの騒ぎになった時に、部長に話が聞こえなかったはずがない——高石は疑問をそのままぶつけた。

「最初に報告の電話があった時、デスクはあなたに報告しなかったんですか？」

「聞いてはいましたが、私は口出しはしません」

「そんなものですか？　あれだけ世間を騒がせた事件ですよ？　しかも犯人逮捕という

際どい局面の原稿だ。部長に一言相談があっても然《しか》るべきだと思いますが」

「高石先生、時代が違うんですよ」口調は穏やかだが、確実に道原が反論する。「昔は、事件原稿は紙面の花形でした。今は違います。それに特ダネであっても、警察の捜査状況をそのまま伝えるような内容だったら、扱いは大きくなりません」

「しかし、社会面のトップでしたが」

「そこは——」声を張り上げかけた道原が口をつぐむ。一瞬の沈黙の後、「整理の権限に入ることですから、私には何とも言えません。途中版から大きい原稿が飛びこんできた時、整理の習性として大きく扱いたくなるのは、先生もご存じでしょう？」

「地方部からは、何か注文をつけなかったんですか？」高石は道原の言葉を無視して訊ねた。

「一切ありません」道原が首を振った。「昔はよく、取材部と整理部が原稿の扱いで喧嘩をしたという話を聞きますけど、最近はそういうことはありませんよ。お互い、淡々と仕事をしています」

高石は無意識のうちに腕を組んだ。編集局内の様子を覗く機会が何度かあったが、確かに昔のような熱気はない。ただ淡々と仕事をこなしているだけだ。高石が若い頃——それこそ五十年近く前には、自分の原稿の扱いが気に食わないと整理部に怒鳴りこむ記者が毎日のようにいたものだ。記事の大きさにこだわる——下らないプライドかもしれないが、今の記者にはそういう感覚もないのだろうか。

いや、そんなものは単なる懐古主義だ。馬鹿みたいな喧嘩で、当時どれだけ時間が無駄になっていたことか。そういうことをした最後が、芝田の世代だったのかもしれない。

「あなたは、原稿の内容について聞いた時に、どう思われました？」元永が話を引き取って質問を続ける。

「まあ……頑張ったな、と」

「微妙な問題ですよね？　特にこの事件では、被害者の母親が、メディアの餌食になりました。何度も批判されたメディアスクラムがまた起こったのです。そういう中で、母親を逮捕へという記事は、拙速過ぎたのではないですか」元永が、冷たい声で問い詰める。「あの誤報は、無理な取材の結果、生まれたものです。要するに、過熱した報道合戦の産物なんですよ。ああいうメディアスクラムがなければ、これほど慌てて原稿を出すことはなかったんじゃないですか」

「その件についてですが」道原が静かに割りこんだ。「元永先生がご指摘されているメディアスクラムは、確かにあったと聞いています。でもそれは、主にテレビや週刊誌の連中の話ですよね？　母親を『鬼母』と伝えていたのは、そういう連中でしょう。それに拍車をかけたのがネットです。地方部では、地元の記者たちには節度を以て取材に当たるよう、指示していました」

「その指示は、何かの形で残っているんですか？」元永の口調がさらに冷たくなる。

「いえ、口頭での指示でしたから」

「そういう重要な指示を口頭で済ませるんですか？　普通は文書の形で残すのでは？」

道原がゆっくりと首を横に振る。

「元永先生はご存じないかもしれませんが、新聞社では日々、大量の指示が飛び交います。普段の取材のやり方などについては、一々文書など作りませんよ。言われた方も、口頭で十分理解しますので」

「それは、社会の常識に反してはいませんか？　言った言われたの問題になった時に、責任の所在が曖昧になるでしょう」

「しかしこれが、我々のやり方なので――」

「新聞社の常識が社会の常識と合致するとは限りません」

元永が冷徹な声で指摘した。怒っているのだが、それで自分を見失うわけでもなく、じわじわと道原を締めつけている。元永が手元のメモに視線を落とし、続けた。

「その指示の後かと思いますが、被害者の祖父が県警を通じて、無理な取材はしないように、とマスコミに要請していますね？　御社もそれに従って、張り込み等をやめたと聞いていますが」

「そういう事実はあります」

「つまり、実質的にはメディアスクラムに加担していた形になりませんか？　報道の結果ではなく、取材のやり方の問題です。そういうメディアスクラムの中では、現場の記者もプレッシャーを受けるはずですよね。私が以前調査した件でも、現場の記者は『本社からの圧力が強過ぎて無理な取材をした』と認めています」

「お言葉ですが」道原が反論した。「そういうケースが過去にあったことは、認めます。当然、社内でも問題になりました。そういう教訓は、当然踏まえていますよ。確かに今回、常軌を逸した取材をしたメディアはあると思いますが、全て一緒に考えられると困ります。新報は、決して無理はしていません」

「言い分はよく分かりました」

元永が話を締めにかかる。要するに元永は、新報がメディアスクラムに加担していた意識があったかどうかを異常に気にしていたわけだ——普段、自分が抱えているテーマを追い求める最高のチャンスだと考えている、と高石は判断した。

元永がまた静かに、冷酷にマスコミ批判を始める前に、高石は言葉を発した。メディアスクラムは重大な問題だが、この件においては本筋ではない。

「会社の方針によって、現場がプレッシャーを受けていたということはないんですね」

「一切ありません」

「支局レベルでは？　支局長やデスクが、記者に必要以上の圧力をかけていたことはありませんか？」

「今の若い記者には、圧力なんかかけられませんよ」道原が苦笑した。「高石先生や私の若い頃とは違います。プレッシャーをかけられたり怒られたりしたら、すぐに現場を放棄してしまうでしょう。どうしても優しくなりますよね」

「まあ……そうかもしれませんね」苦笑しながら、高石も同意せざるを得なかった。若い記者を何人も現場に送り出してきた高石は、自分の経験から、時代が下るにつれて記者は劣化してきた、と実感している。取材能力、やる気、社会正義に対する思い——全てが歳月の経過とともに衰えてきた。もちろん、高石が現役の頃に信じていた新聞の正義が、今の社会の常識と折り合わなくなっているせいもあるだろうが。

一つ咳払いして、元永が質問を続ける。

「今回の特ダネが、裏も取らずに書かれたものだということははっきりしています。それは認めますね？」

「本社のデスクのチェックが甘かったのは事実ですが、根源的な問題は南の暴走です」

「ほう」

「南が焦っていたのは、先生も既にご存じかと思います。同期の多くが支局から本社に上がって、自分は取り残されているという不満……それは、同期の記者たちも聞いています。そういう焦りを持った人間が、一発逆転を狙うには、特ダネが一番効果的ですよね。特ダネが何より評価されるのは、今も昔も変わりません」

「南記者が本社に上がれなかったのは……」

「単なる順番の問題です」道原があっさり言い切った。「彼の人事評定は、ずっと『C』から『B』です。五段階の真ん中か、少しだけ上ということですね。大きな特ダネもないがミスもない……人事評定の中では、『C』は最大のボリュームゾーンですよ。そして南の同期で『C』の評定が多かった連中も、どんどん本社に上がっています。彼が本社に転勤できなかったのは、たまたま本社に空きポストがなかったからに過ぎません。成績が悪かったからとか、誰かに嫌われていたとか、そういうことではないんですよ」

「しかし、本人は焦る……」

「だから、一発逆転を狙ったんだと思います。彼の暴走ですね」

南……高石は唇を嚙み締めた。まずいぞ。どうやら本社は、君一人を悪人に仕立て上げようとしているようだ。反論しなければ、このまま事実として確定してしまうかもしれない。いつまで隠れているつもりなんだ？　早く姿を現して、きちんと弁解してくれ。まだ話していないことがあるはずだ、と高石は確信していた。

事情聴取が終わった後、高石は元永を誘って本社の外に出た。常に監視がいる会議室では際どい話はできない。幸い、新報の本社がある銀座では、お茶を飲む場所には事欠かない。さすがに、昔ながらの喫茶店は少なくなっていたが……少し高いが、どの席でも煙草が吸える店を、高石は早々と見つけ出していた。

コーヒーを頼み、パイプの準備をする。柔らかく葉を詰め、マッチで丁寧に火を点け、煙を味わうと、少しだけほっとした。しかしその瞬間、腰に鈍い痛みが走り、思わず背中を伸ばしてしまう。

「どうかしましたか？」元永が、心配そうな顔つきで訊ねる。

「いや、ちょっと腰が……」

「大丈夫ですか？」

「年を取ると、完全に健康体ではいられませんねえ」腰の痛みを意識するようになったのは、大学を辞めてからだ。「通勤」がなくなって運動量が落ちたせいかもしれない。最近はウォーキングもサボりがちで、ふと気づくと何週間もご無沙汰していることもあった。委員会の仕事を始めてからは、特に体を動かす機会が減っている。しばらく腰を曲げ伸ばししているうちに、腰痛は薄れていった。

「いや、失礼。年は取りたくないですね」苦笑して元永にうなずきかける。

「私も結構腰痛には悩まされていますが」

「あなたは、そんな年じゃないでしょう」高石は苦笑した。元永はまだ四十代半ばだ。

「いやいや……腰痛に年齢は関係ないと思いますよ」

一息ついたところで、高石は本題を切り出した。

「元永さん、あなたが報道被害に多大な関心を寄せていることは、私もよく知っています。それに、マスコミを監視する人間も必要だとは思います」

「そうなんです。マスコミは今まで、自分たちが権力を監視する立場だと思って、傲慢になっていた節があります。今やマスコミも権力なんですから、監視対象として……」

元永の声に力が入る。高石は慌てて、彼の言葉を遮った。

「よく分かります。でもその件は、少し忘れて下さい」

「しかし――」

「委員会のメンバーにはそれぞれ、マスコミに対する持論がありますね。私にもありま す」高石は元永の言葉をまたすぐに遮った。「でも基本的に、この委員会では自分の心情を述べないようにしようと思います。最初は、私の研究に役立てようとも思っていたのですが、客観的な立場に立って進めないと、調査の妥当性に疑問符がつきますよ」

「それは分かってます」憮然《ぶぜん》とした表情で元永が言った。彼が灰皿に置いた煙草の煙と、高石のパイプから立ち上る煙が混じり合い、二人の間に白い幕をつくる。それは、委員会全体を覆う曖昧な雰囲気の象徴のようにも思えた。

もう少し念押ししておこうと思ったところで、携帯電話が鳴る。芝田だった。

「ああ、高石先生……今、話して大丈夫ですか？」

「ちょっと休憩していました。年を取ると、休み休みでないと動けないもので」

「重要な話なんですが」芝田は高石の冗談にまったく乗ってこなかった。「会議室に、盗聴器が仕かけられていましてね」

3

午前七時の山中湖……霧が漂い、ひんやりと冷たい空気が肌を心地《ここち》好《よ》く刺激する。「暑い」以外の形容詞が考えられなかった二か月ほどの後に、この涼しさは最高の贈り物だった。

南は、湖畔の駐車場に車を停めていた。コンビニで買いこんだサンドウィッチを頬張りながら、目の前の建物──小さなレストランに意識を集中させる。そこが石澤の妻の実家だった。何十年も前から続く観光地の名物洋食屋。建物自体、煉瓦《れんが》造りのクラシカルなイメージで、湖畔の雰囲気によく合っている──ここへ来た瞬間、南は「当たり」を確信した。石澤のミニが、店の前の駐車場に停まっている。夫婦揃って、妻の実家に隠れているのだろうか。

朝食を食べ終え、丸めたビニール袋を後部座席の床に落として、南は車のドアを開けた。背中を丸めて道路を横断し、店の周りを一周してみた。元々この店を経営していた石澤の義父が亡くなった後も、店は続いている。次男が店を継いだらしい——南はその情報を、ホテルのビジネスエリアにあるパソコンを使って知った。口コミサイトでの評価は、「若いシェフに代わったようだが、伝統のハンバーグの味は引き継がれている」。店の裏手が家になっている。それほど大きくはない二階建てだが、夫婦二人が身を寄せるスペースぐらいはあるだろう。二階の窓に人影が——気のせいか。首を振って、南は車に戻った。

車があるのだから、夫婦二人、あるいはどちらか一方がここにいるのは間違いない。となれば、あとは簡単だ。店に入る、あるいは裏手に回って家のインタフォンを鳴らす。それで面会を求めればいい——いや、そんな単純な方法では無理だろう。石澤夫婦以外の人が出て来て、「いません」と言われたらおしまいだ。隠れるつもりなら、当然それぐらいの用心はしているはずだし。

待つしかないか……車があるということは、それで出かける可能性もある。走り始めたら尾行し、タイミングを見計らって声をかける——それでいこう、と決めた。決めればあとは待つだけである。南は車に体を預けて、ゆっくりと煙草を吸った。今日何本目かは忘れたが、最近本数が増えているのは間違いない。となると、財布の中身も心配だ。当面使うための金は十分に下ろしてきたつもりだが、足りなくなってＡＴＭに走ったら、自分の居場所が分かってしまうかもしれない——いや、それは考え過ぎだろう。警察ならともかく、甲府支局の人間にはそこまでの追跡はできまい。

自分はフリーなのだ。誰にも邪魔されずに、真相の追及ができるはずだ。

そう思ったが、何故か不安は消えない。普段の南は「勘」など信じていないが、今度ばかりは警告を送ってくる勘を無視できない、と思っていた。

だからといって、この張り込みを止《や》めるわけにはいかない。

新里は一瞬、顔から血の気が引くのを感じた。調査委員会は、あくまでアリバイ作り。適当につき合って、適当な報告書——できればこちらの検証記事を裏づける内容——を出してもらえばそれでいい。新報は誤報に真面目に対処したという姿勢を世間にアピールすればいいのだ——しかし今、状況が一変した。

「盗聴器？　どういうことだ」思わず、局次長の芳賀に詰め寄る。

「詳細は分かりません」

「委員会からそういう話があったんだろう？　どうして分からないんだ」

「向こうが、はっきり言わないんです」

「だったら、俺が話を——」

「それはやめて下さい」立ち上がりかけた新里を、芳賀が制した。「局長が出て行くと、話が大袈裟になります」

「だったらこの件、どう処理するつもりなんだ？」

「何もしません」

「しない？」

芳賀が首を横に振った。椅子を引いて、少し距離を置いて話を続ける。編集局内の喧噪の中では聞き取り辛い。新里は少しだけ体を前に倒した。

「ここで真面目に話をすれば、大事《おおごと》になりますよ」

「それはそうかもしれないが、委員会の方では何と言っているんだ？」

「盗聴器があったと、それだけです」

「で？」

「だから、それだけです」苛立ちを隠し切れず、芳賀の顔が歪む。

「何を考えているんだ……」

「それは分かりません。ただ、下手に突っこむと、向こうに攻める材料を与えてしまいます。局長は、盗聴器のことはご存じないんですか」

「何で俺が」むっとして芳賀を睨む。

「いや……この件に関しては、窓口は局長ですし」

「俺を疑うのか」

「まさか」芳賀が大袈裟に首を振った。「ただ、誰かが局長の意図を慮《おもんぱか》って、そういうことをしたのではないかと……」

「あり得ない」

否定しながら、決してあり得ないことではないと考え始める。会社というのは、「忖《そん》度《たく》」の世界だ。明確な命令がなくとも、上司の意を汲んで部下は勝手に動く。

「局長がご存じないとすると……」芳賀が顎を撫でた。様々な社員の顔を思い浮かべているのだろう。

「この件は、一切口外しないように」新里は釘を刺した。

「いいんですか？」芳賀が目を細める。

「社内が混乱するだけだ」

「……分かりました」

「本当に、盗聴器が仕かけられていたと思いますか」新里はいつもの丁寧な口調に戻った。

「委員会が嘘をつく理由はないと思いますが……」芳賀が首を捻る。

「こちらに揺さぶりをかけてきたとか」

「まさか」芳賀が一瞬笑い声を上げたが、すぐに真顔になった。「確かに最近、委員会の追及は厳しいですけど、そんなことはしないでしょう」

「我々が非協力的だと思っているんでしょう」新里は爪を弄った。「本気になっているかもしれない」

「それにしても、ここまで……何というか、ずるい手を考えるものですかね」

「あそこには危険人物がいる」新里は低い声で言った。

「芝田、ですか」

「彼は未だに、うちの会社に対していい感情は抱いていないようです。観察が必要ですね」

「ちょっと調べてみましょうか？　叩けば埃《ほこり》が出る男だと思いますが」

新里は無言でうなずき、芳賀の提案を承認した。今は小説家としても活躍している芝田だが、フリーライター時代には際どい取材もしている。非合法的な行為もあったはずで、それを知れば弱みを握れる。しかし……それを取り引き材料にして芝田に圧力をかけることを考えると、げんなりした。事態はさらに複雑になってしまう。

「我々が知らないところで、誰かが指示したとは考えられませんか」芳賀が指摘する。

「誰が？」

芳賀が無言で人差し指を天井に向けた。十五階、社長室か……可能性は否定できない、と新里はうなずいた。調査委員会は、まだ社長には事情聴取していないが、最終的には話を聞くだろう。それまでに、何とか委員会の調査内容を把握しておきたい――秘書部や社長室の人間がそんな風に考え、手を回した可能性はゼロではない。

「……やはり、話題にしない方がいいですね」

「ええ。委員会は上手くやったんじゃないですか？　この事実を告げるだけで、我々にプレッシャーをかけられたんですから」

「確かに」

「先は長いですね……局長、この調査はどこに落ち着くと思いますか？」

新里は無言で首を振り、回答を拒否した。今は、嫌な予感しか感じていない。黙って受け流す——それが最良の方法だと信じていたが、もう自信が崩れてきた。ここは一つ、蒟蒻問答をしてみるのも手かもしれない。

「やはり高石さんに会いましょう」

「無視するんじゃないんですか」芳賀がすっと顔を上げた。

「ここは一つ、大人の話し合いで……それで向こうの腹を探るのはどうだろうか」

4

高石は、怒りよりも不安を感じていた。

盗聴器を見つけたのが芝田だというのが気になる。普段高石たちが書類作りや打ち合わせに使っているテーブルの裏側にくっついていたというのだが、普通、人はそんなところを見ない。ボールペンが転がり落ちて、テーブルの下を探している時に偶然発見したと聞いていたが、素直に信じる気にはなれなかった。芝田は新報に対する敵意を未だに抱いており、それを隠そうともしない。フリーライター、そして作家として成功し、ある程度の社会的名声も得ているのに……人の恨みはそれほど深く、長く続くものか。

それ故、芝田の芝居では、という疑いが捨てきれない。

ところが芝田は、怒りをまだ消化しきれていなかった。太い腕を組んでむっつりと黙りこみ、目には演技とは思えない凶暴な光が宿っている。時々あちこちに視線を投げるのは、まだどこかに盗聴器があると疑っているからかもしれない。

「盗聴は……」

話を切り出した高石の言葉に被せて、芝田が噛みつくように言った。

「簡単なんですよ。安い盗聴器がいくらでも手に入るし、仕かけるのも難しくない」芝田が、取り外したという盗聴器を指で突いた。細長い箱にアンテナがついただけの、ごく小さな物である。「だいたいここは、新報の中ですからね。工作し放題でしょう」

「我々の会話を盗み聞きしていた、と」

「そうとしか考えられないでしょう？」芝田の耳は赤くなっていた。やはり、演技ではなく本気で怒っている。「新報側にとってまずい情報が出てきたり、結論が新報批判に傾きそうになったりしたら、すぐに介入するつもりなんですよ」

「そこまであくどいことをすると、本気で考えているんですか？」

「組織は、自分を守るためには何でもしますよ」

会話が途切れる。エアコンが冷気を吹き出す音が、やけに気になった。今日は、諫山と元永は別件の用事があってここへは来ていない。広い部屋にいるのは、二人の他に大隈だけだ。そのせいもあってか、緊張感が高まる。それまで黙って二人のやり取りを聞いていた大隈が、ゆっくりと腕をほどき、口を開いた。

「新報側に直接話を聞いてみればいいじゃないですか」

「それはやめた方がよろしいですな」高石はやんわりと拒否した。先ほど電話で通告しただけで、十分な抑止になったと思っている——本当に新報側が仕かけたなら、だが。

「先生は、通告しただけでプレッシャーをかけられたと思っておられるんですね？」

「ええ」

「それでは足りません。もうひと押ししましょうよ。私がやりますから」

「そうですか？」高石は眉をひそめた。何か秘策でもあるのだろうか。

「任せてもらえますか。方法としては——」

ノックなしにドアが開いたので、大隈が口をつぐむ。三人の目が一斉にドアの方を向いた。新里が、芳賀を連れて部屋に入って来たところだった。新里が、高石に向かって会釈する。高石は立ち上がり、二人が座れるよう、席を空けた。新里と芳賀が並んで座ったところで席を移動し、テーブルを挟んで二人と向かい合う場所に陣取る。

「今回はお騒がせして、まことに申し訳ありません」新里が最初に頭を下げた。

「どういうつもりなんですか？　我々を監視していた？」

芝田が怒気を含んだ声で迫ったが、高石は目配せして彼を黙らせた。代わりに大隈が、静かな声で話し出す。

「ご説明願えますか」

「この部屋で、以前——二か月ほど前ですが、ある政治団体との話し合いを持ったことがあります」

「政治団体」大隈が静かに繰り返す。

「ええ。我々の社説の論調が気に食わないということで、乗りこんできたんですよ」

「街宣車で演説するとかではなく？」

「そういうことが何度かあって、その後です」当時の様子を思い出したのか、新里の顔が不快そうに歪む。「我々としては、きちんと話し合い、社説の趣旨を納得してもらうつもりでした。ただし相手が相手ですから、不測の事態もないとは言えません。万一のために備えて、この部屋に盗聴器を用意したんですよ」新里の視線が、テーブルの上の小型盗聴器を捉える。

「ほう。録音なら、ＩＣレコーダーを使えばよかったんじゃないですか」

「拒否されるのが予想されましたから」新里が涼しい声で言った。「ああいう連中は、自分の言動が証拠として残るのを望まない。それに、リアルタイムで外にいる連中にも聞かせる必要があったんです」

「暴れ始めたら、部屋に飛びこんでくる予定だったんですね？」

「そういうことです。少し離れた別室で、警備課の人間が待機していました。幸い何もなく、納得してお引き取りいただいたんですが、その後、盗聴器を取り外すのを忘れていたんです」

「なるほど」

大隈が高石に目配せした。盗聴器は、普通に壁のコンセントから電源を得ていた。ただし配線はわざわざカーペットの下をくぐらせて、テーブルの脚の裏側に隠される形で這《は》わされ、最終的にテーブルの裏に張りつけられた盗聴器にまでつながっていた。これだけの準備をするのに、どれほどの時間が必要だったのだろう。急に右翼団体が乗りこんできて、そこまでする余裕があったのか。

突っこめばぼろが出そうだ。しかし大隈は口調を変えず、淡々と話を続ける。

「ということは、その会合の後も、この会議室で行われた会話は、全て盗聴され続けていたわけですね」

「いえいえ」新里が苦笑する。「受信機の電源は切ったままでしたから、聞く人間は誰もいませんでしたよ」

「しかし、よく盗聴器なんかありましたね」大隈がちくりと突いた。「新聞社は、普段から盗聴器を用意しているんですか」

「以前——半年ぐらい前ですかね、社会部で盗聴被害が出ているようなので、それをまとめて警告しようとしたんですよ。結局、記事にはならなかったんですが、その時に参考として、いくつか盗聴器を入手していました……最近は簡単に手に入るんですね」表情を変えず、新里が淡々と説明する。

「なるほど、いろいろ大変なんですね」大隈が大袈裟にうなずく。

「こんなことでご心配をおかけして、申し訳ありません」新里が頭を下げる。芳賀もそれに倣った。

「今後は誤解がないよう、よろしくお願いしますよ」高石は抑えた口調で言った。

「我々はニュートラルな立場で調査をしています。決して新報の敵ではないのですから」

「ええ、それはもちろんです。重々承知しています」新里が慌てて言った。

「こういうことがあると、世間に誤解を与えかねませんからね」

「公表されるおつもりですか？」

「まさか」高石は喉の奥で笑った。「大騒ぎして、結果的に何でもなかったとなったら、恥をかくのは我々ですからね」

「こちらのミスで不快な思いをさせて、まことにすみませんでした」新里の謝罪はなかなか堂に入っていた。会社の代表として記者会見で謝っても、報道陣は納得するだろう。

二人が出て行った後で、芝田が皮肉を吐いた。

「大隈さん、元検事としては追及が甘いんじゃないですか」

「あれで十分ですよ」大隈が煙草を取り出し、立ち上がった。「正面衝突するより、脇をくすぐってやった方が効果的な場合もあるでしょう。今がまさにそうです。少なくとも連中は、今後は盗聴しようとは思わないでしょうね」

「いや、やけっぱちになったら、人間は何をするか分からない」芝田が強張った口調で言った。「連中にとって我々は、扱いやすい存在のはずだったんじゃないかな。外部調査委員会といっても、新報の中で仕事をするんだから、簡単にコントロールできると考えていたんだと思う。それが、想像していたよりも厳しく突っこんできたんで、まずい情報が出るのを恐れて盗聴した――こんな感じのシナリオじゃないんですか。誰がやったのかは分かりませんけどね……局長じゃないような気はするけど」

「誰がやったにしても、もう盗聴という手は使わないでしょう」大隈は余裕たっぷりだった。

「別の手を使うかもしれませんよ」皮肉を滲ませながら芝田が言った。

「例えば？」

「ハニートラップとか」

芝田は本気で言ったようだが、大隈は声を上げて笑った。

「芝田さんも心配性だな。私はこれで、連中は手を出してこない方に賭けますよ……ちょっと煙草を吸ってきます」

大隈が出て行った後も、芝田は憮然としたままだった。この態度も演技なのか、と高石は訝ったが、それでも一声かけざるを得なかった。

「気にしなくていいでしょう。我々の仕事の本筋は、別のところにある。どうしても気に食わなければ、今後重要な話し合いはお茶でも飲みながら外ですればいいんです」

「そのお茶代は、委員会の経費として請求していいんですかね」芝田が皮肉っぽく言った。

「問題ないでしょう。せいぜい、連中の懐を軽くしてやればいい」

「とにかく調査を進めましょう。我々には時間がないんですよ。新聞に一か月を目処《めど》に発表と書かれたら、守らなければならないんです」

「新聞に書かれた時点で、嘘でも本当になりますからね」

芝田がにやりと笑う。ようやく調子が戻ってきたようだ、とほっとしたところで、高石の携帯が鳴った。非通知。もしや南では、と一瞬期待を抱いた。同時に、この部屋に他の盗聴器が仕かけられている可能性を考える。放っておこう。気にし始めたらきりがない。

「高石です」

「香月《かづき》と申します」

高石は記憶の中を探ったが、聞き覚えのない名前だった。

「失礼ですが……」

「突然お電話して申し訳ありません」香月の口調は丁寧で、悪意は感じられなかった。口調だけで人を信用させるのは、詐欺師が最も得意とする手口なのだが。

「どちら様ですか」

「警察……警察関係者とだけ申し上げます」

「警察関係者に知り合いはいませんが」かつてはいた。支局時代、サツ回りをしていた時に知り合った警察官たち……大学を出たばかりの自分より年上ばかりで、多くは既に鬼籍に入ってしまったのではないか。何しろ何十年も前の話である。

「私は、高石先生を存じ上げています」

「そう言われても、困りますねえ」悪戯《いたずら》電話か？　新報側が新手の妨害工作を仕かけてきたのか？　携帯電話を握る手に力が入る。

「高石先生、刑事局長に接触しましたね」

間違いなく警察関係者だ、と確信する。刑事局長との会談は、非公式に、諫山のコネで行ったものであり、新報側が知る由もない。尾行でもしていたなら話は別だが……。

「その件については、否定も肯定もできません」

「先生がお認めになる必要はありません。私は、あるところからその情報を入手していますから。その件で、先生にお話ししたいことがあるんですが」

「何をですか」

「それは、会ってお話ししたいんです」

「用件だけでも言っていただけないと、信用できませんな」

高石は芝田に目配せした。電話の内容が怪しいのを敏感に感じとったのか、芝田がぐっと身を乗り出してくる。少しだけ距離が縮まったが、それでも会話を聞けるものではない。相手が大声で話していれば電話から声が漏れることもあるのだが、香月は囁くような口調なのだ。

「――南記者の情報源が誰か、分かるかもしれません」

高石は言葉を失った。刑事局長の手の者か？　自分たちの投げかけた疑問が、この香月という男の元まで回っていても不自然ではない。話を聞いた刑事局長が、自分の胸の中だけに情報をしまいこんでおくとも考えにくかった。

「いきなりこんなことを言われても、信用できないでしょうね」

「それがお分かりなら、こういう方法は避けるべきでしょう」高石は苦笑した。

「それは十分、分かっています。もしも私に会う気になったら、お電話いただけると助かるのですが」

「どちらへ？　この電話は非通知になっていますよ」

「今から番号を申し上げます。メモの用意をしていただけますか」

「いや、結構。仰っていただけますか」少しむっとして高石は言った。昔から数字を覚えるのは得意なのだ。携帯電話の十一桁の番号ぐらい、楽勝である。

「そうですか……では、申し上げます」

香月が読み上げた番号を頭に叩きこむ。二度、無言で繰り返して記憶を確認した。

「では、気が向かれましたら、お電話下さい」

電話がいきなり切れる。高石はやや呆然《ぼうぜん》としながら、終話ボタンを親指で押し、電話をテーブルに置いた。怪訝そうな表情を浮かべている芝田に向かって、事情を説明する。

「香月、ですか」

「ええ」

「……まさか、ね」芝田が顎を撫でながらつぶやく。

「何か心当たりでも？」

「警察関係者で、香月という人間を一人だけ知っています。だけど、何か妙だな」

背後で大きなものが動いている――高石は、嫌な予感に背筋が寒くなるのを感じた。

5

「いろいろ大変でしたね」

三池はクソ野郎だ――和佳奈には一目で分かった。地元の代議士だというが、脂ぎった四角い顔の裏に、何か腹黒いものを隠している。しかし、クソ野郎だからと言って避けるかどうかは別問題だ。大事なのは、自分にとって役に立つかどうかなのだから。

狭いマンションの一室に、三人もの人間が集まったのは初めてだ。自分だけの空間が汚され、息をするのも苦しい感じがする。でも一つだけ、感謝しないと。目の前に、コンビニのコーヒーがある。おずおずと手を伸ばし、一口飲んでほっとする。まだ熱い。それだけで気持ちがすっと落ち着いた。ずっとささくれ立っていたのに、一気に滑らかになった気がする。

「本格的に新報を告訴する気はないかね？　新報と、名前は分からないが記事を書いた記者も」三池が切り出した。

和佳奈は口をつぐんだままだ。そんなこと言われても、何をしたらいいのか分からない。裁判？　どこかへ引っ張り出される？　そんなことは絶対に嫌だった。晒し者にはなりたくない。

「告訴って、何するの？」

「告訴状を作るだけだ。それは、ここにいる内倉先生がちゃんとやってくれるから、あなたは署名捺印するだけでいいんだよ」

三池がうなずいた。和佳奈を納得させるためではなく、自分が安心するためのように。自分に酔っている……それが和佳奈の第一印象だった。一番嫌いなタイプ。政治家に会ったのなんて初めてだけど、やっぱり想像していた通り、嫌な感じだった。自分は権力で何でも自由にできる、という本音が滲み出ている。

「じゃあ、最初にどうしたらいいわけ？」

「まず、警察に事情を話そう」三池がさらりと言った。「それであなたのアリバイを確実にする。告訴はその先の問題だよ」

「どうしても警察に行かないと駄目なの？」

「向こうに、ここへ来させてもいい。あなたが望む方法でいいんだよ」

カップを摑んだまま、和佳奈は唾を呑んだ。それって取り調べ……なんだろうな。あの男のこともばれる。いい金づるだったけど、もう終わりだ。いや、今は金のことなんて考えない方がいいだろう。まず、自由を確保しないと。

「あたし、逮捕されないわけ？」

三池が笑った。少し甲高い声で耳障りである。目がきゅっと細くなり、笑顔が浮かんだが、何か悪だくみをしているようにしか見えなかった。こんな男に全てを任せてしまって大丈夫なのだろうか。

「心配ない。そういうことはないようにするから」

「政治家って、何でもできるってわけね」

皮肉のつもりだったが、三池は真顔でうなずいた。

「私は警察ＯＢでもあるんだ。だから警察には特に顔が利く。そういう立場を、弱い人のために利用していいんだよ」

何だか白ける。やっぱりこの男には何か企《たくら》みがあって、あたしを利用しようとしているんじゃないだろうか。その企みが何なのかは、想像もできないけど。

「とにかく、警察には早く話そう。いい加減、ここへ籠っているのも飽きただろう」

「……はい」最近、悪夢で目覚めることが増えた。部屋の壁と天井が迫ってきて、縦横五十センチほどの空間に押しこめられてしまう夢。身動きが取れないのも当然だが、痛くて堪らない。自分の悲鳴で眠りから引きずり出されることもしばしばだった。とにかく早くここを出て、山梨も離れ、自由になりたい。

「ろくなものも食べてないんだろう？　よし、これから食事にしようじゃないか。昼飯には少し遅いが……城東通りの方に美味《うま》い中華があるから、どうかな」

「ええ……えぇと……いい。お腹は空《す》いてないので」

「そうかね？」三池がまた目を細める。今度は一層、邪悪な目つき。「だったら、もう始めてもいいかな」

「何を？」

「外に山梨県警の人間を待たせてある。君さえ了承してくれれば、ここで事情聴取を受けてもらいたい」

騙された。一瞬、コーヒーのカップをこの男に投げつけ、窓から逃げ出そうかと思った――無理だ。相手は二人いるし、外にも警察官がいるという。逃げ場はないのだ。もっと用心していれば……人を信じていなければ……こうやっていつも、あたしは失敗している。もう、人生は終わったも同然だ。

張り込みが長引き、南は体も心も麻痺《まひ》してしまったように感じた。毎日、午前六時から夜十時まで。食事は全てコンビニのサンドウィッチや弁当で済ませている。ひたすら店を観察し、その間もずっと、誰かに見つかるのではないかとびくびくしている時間が続くうちに、煙草の本数は増え、胃に鈍い痛みが住みついてしまった。ここには車を置いてあるだけで、本人たちはいないのではないか……どうせなら思い切って、客として店に入ってみようかとも考えた。もしかしたら、石澤の妻は何くわぬ顔で店を手伝っているかもしれないではないか。

　午後二時。ランチ営業が終了し、最後まで残っていた客の車が走り去った。後は夕方五時まで休みだ。でっぷりした体型の店主が出て来て伸びをし、看板を店内に引っこめる。南は溜息をつき、煙草を吸うために車の外へ出た。この方法での張り込みに限界があることは、南にも分かっている。同じ場所に車を停め続けておけば目立つから、そろそろ別の手を考えなくてはいけない。このまま張り込みを続けるかどうか……煙草を携帯灰皿で揉み消し、車に戻ってドアを閉めた瞬間、店のドアが開いた。出て来たのは――石澤の妻。

　隠れ続けている人間に特有の疲れた様子はない。たまたま数日間、家から出て来なかっただけ、という感じだ。ジーンズにTシャツという軽装で、腕には買い物袋を引っかけている。普段は見せない眼鏡姿なのは、運転のためだろうか。

　南は慌ててエンジンをかけた。一発で始動しない。クソ、こいつも最近あちこちがへたっているから……しかし二度目にキーを回した時、無事にエンジンが目覚める。石澤の妻は既に、ミニを発進させていた。遠くへは行かないだろうと思いながら、インプレッサの燃料ゲージを確認する。残り四分の三ほど。よほど遠くへ行かない限り、ガソリンの心配をする必要はないだろう。

　ミニは制限速度五十キロをきっちり守って、湖沿いの国道百三十八号線を東の方へ走っていく。方向から見て、甲府へ戻るつもりではないようだ。だいたいあの軽装は、いかにも近所へ行く感じである。

ミニは旭日丘《あさひがおか》の交差点を右折し——南が泊まっているホテルのすぐ近くだ——通称箱根裏街道と呼ばれる道に入った。緩い上り坂が続き、道路の両脇に深い木立が覆い被さって、いかにも山道という感じになる。この辺は別荘地で、鬱蒼とした森の中に豪奢《ごうしゃ》な家が隠れている。そういうところに寄るわけでもなく、ミニは走り続け、やがて一軒の喫茶店の駐車場に入った。午後のお茶か……南は一度店の前を通り過ぎ、道路脇にインプレッサを停めた。バックミラーを覗いたが、駐車場はちょうど死角になってしまい、様子は窺えない。もう少しよく見える場所へ移動しなければならないが、そうは簡単にできない……石澤の妻とは顔見知りなので、迂闊に姿を見せたら向こうもこちらを認知してしまうはずだ。おそらく、ちょっと息抜きにお茶でも飲みに来たのだろうが、南に気づいたら騒ぎ出すかもしれない。

仕方がない。また待つしかないだろう。しかし、この位置はいかにもよくない。はっきり見えないことも問題だし、いつまでも路肩に停めておくと、他の車の邪魔になってしまう。十メートルほど先に行った道路の反対側に蕎麦屋があるのを見つけ、そこの広い駐車場に車を突っこんだ。幸い店は休憩時間に入っていて、このまま停めていても、追い払われることはなさそうだ。左腕を持ち上げる……腕時計は二時二十五分を示していた。どれぐらいここで張ることになるだろう。久しぶりに車を運転している時には、心地好い緊張感を覚えていたが、それもすぐに消散した。刑事は、よく長時間の張り込みに耐えられるものだと思う。もっともあの連中は、交代で仕事をしているから……今の自分には、援軍は一人もいない。

いや、いなくなるよう、自ら拒絶したのだ。これは俺の事件。だから一人で決着をつける。

自分はこんなにやる気のある人間だっただろうか、と一瞬驚く。しかしすぐに、これは人間の根幹にかかわる問題だから、普段出せない力が出せているのだと気づく。汚名を着せられたままでは、自分の全人格を否定されているようなものだ。

喫茶店に動きはない。元々それほど流行っていない店のようで、客の出入りはまったくなかった。もしかしたら今日は休業日だったのか？　石澤の妻は、古い知り合いの家を訪ねて来ただけなのかもしれない。元々ここは、彼女の地元なのだし……。

午後三時。習慣でラジオをつけ、ＮＨＫに合わせる。国会関係のニュースを聞き流していたが、終わる直前に流れたニュースに、思わず我が耳を疑った。

「たった今入ってきたニュースです。山梨県甲府市で女児二人が殺された事件で、行方が分からなかった母親に対して、山梨県警が事情聴取を行いました。県警は、事件前後の様子について、母親から詳しく事情を聴いている模様です」

何で？　今頃居所を摑んで事情聴取？　県警が和佳奈を犯人扱いしているということでいいのか？　ＮＨＫのニュースは、「事情聴取始まる」の典型であり、そこから詳しい事情を察知することはできない。どうする？　プリペイド式の携帯で、ニュースをチェックする。この速さはさすがＮＨＫというべきか……新聞社などではまだニュースを配信していない。クソ、うちの支局は何をやってるんだ……苛立ちを覚えたが、もしかしたら自分がいないことで機能不全を起こしているかもしれないと考えると、邪悪な快感を覚える。

もしも和佳奈が犯人だったら……自分の書いた記事は誤報だったかもしれないが、最終的な結論は合っていたと言えるのではないか？　結局母親が犯人——いや、安心はできない。仮にそうであっても、俺がはめられた事実に変わりはないのだから。

支局に連絡を取ってみようかとも思ったが、首が凝ってきた。墓穴を掘りそうなので控える。喫茶店と携帯の間に視線を往復させているうちに、先ほどのニュースは、ＮＨＫの特ダネだったのか……顔を上げた瞬間、動きに気づく。喫茶店のドアが開き、石澤の妻が姿を現したのだ。慌てて携帯を助手席に放り出し、車を飛び出す。幸い石澤の妻は、ドアを開けまま店の人と話を続けているので、余裕があった。

左右をさっと見渡して道路を駆け足で渡る。喫茶店の駐車場に足を踏み入れた途端、ドアが閉まって石澤の妻がこちらを向いた。一瞬、南のことを認識できなかったようだが、すぐに気づいて表情を強張らせる。動きが止まってしまったので、南は一つ息を吐いてから彼女に近づき始めた。駐車場には砂利が敷き詰めてあり、革靴のソールを通しても、ごつごつした感触がはっきり伝わってくる。足つぼの刺激にはちょうどいいだろう、と皮肉に考え、歩きながら南は呼吸を整えた。

「ご無沙汰してます」

こんな間抜けな挨拶でいいのだろうか――その一言が引き金になったように、石澤の妻がいきなり動き出す。ミニに歩み寄ってドアに手をかけたが、施錠してあるので当然開かない。買い物袋に手を突っこんでキーを取り出そうとしたが、すぐには見つからないようだった。諦め顔になって南を見る。愛想笑いを浮かべようとしたようだが一瞬で失敗し、しかめっ面になった。

「あの……何かご用ですか」

「石澤さんを捜しています。今、どこにいるんですか」

「それは……甲府に」

「ご自宅にはいませんよね。どこにいるんですか」南は少しだけ声を荒らげた。

「仕事のことだったら、私には分かりません」

「ここに一緒にいるんじゃないですか」

「私は……母の具合が悪いので、ちょっと帰って来ただけです。一人で」

声には落ち着きがなく、南を見ようともしない。明らかに何かを隠している。一歩詰め寄ると、ダンスを踊るように南に合わせて一歩引いた。右手は買い物袋に突っこんだまま。キーを見つけても、すぐに逃げられるわけではないのに……心を落ち着かせるものとして必要なのかもしれない。

「ご存じないかもしれませんが、私は石澤さんに騙されました」

「騙された……」

「もちろん石澤さんは、悪意があってやったわけではないとは思います。でも、結果的に情報が間違っていて、私が間違った記事を書き、たくさんの人に迷惑をかけたのは事実です。どうしてこんなことになったのか、石澤さんに確認したいんです」

「でも、私は……」

「どこにいるか、教えてもらうだけでいいんです。私が直接話を聞きますから、奥さんに口添えしてもらう必要はありません。家にはいないんですよね？」

無反応。南は拳を握りしめ、さらに一歩前に進んだ。妻の顔に恐怖の色が浮かぶ。大声でも出されたら、店の人が飛び出してくるだろう。何とかそれだけは避けたい……祈りながら、南は言葉を絞り出した。

「無実かもしれない女性が、私の記事で迷惑を蒙ったんです。うちの新聞も社会的信用をなくしました。私も馘になるかもしれません」

石澤の妻の喉が小さく動いた。戸惑っている……確信して、南は畳みかけた。

「私が馘になるのは仕方ないかもしれませんが、このまま辞めるのは我慢できません。それに、一人の女性の名誉が奪われたままなんですよ。いったい何があったのか、ご主人がどうしてあんな嘘をついたのか、真実を知らない限り、この状況は解決しないんです」

「私は……」

「もちろん、奥さんは何も聞いていないと思います。石澤さんは、仕事については家で話さないタイプですよね？　でも、どうですか？　最近……あの事件が起きてから、何か様子がおかしくなかったですか？」

妻が沈黙する。買い物袋に突っこんだ右手を引き抜く。その手には車のキーが握られていたが、ミニに乗りこむつもりはないようだった。考えている……自分の夫が何をしたか……人を貶めるような人間ではないはずなのに。

「石澤さんは、嘘をつく人じゃありません。秘密にしたい時は、必ず『言えない』とはっきり言ってくれます。それが今回に限って、嘘だった。しかもおそらく、石澤さんの勘違いではなく完全な嘘です。どうしてでしょう」どうして？　その理由が彼女に分かるはずがない。しかし喋っているうちに、南はある仮定に辿り着いた。「石澤さんは、誰かに命令されてあんなことを喋ったんじゃないかと思います。そうじゃなければ嘘をつくはずがない」

久しぶりに人と喋って、喉が渇いてきた。煙草も吸いたい……しかし、ここは我慢だ。

「もしも石澤さんも誰かに命令されてやっていたなら、まずいことになるんじゃないですか」

「まずいこと？」

「そういうことがあれば、私は必ず探り出します。そうすれば新聞に記事が載ります。その結果、石澤さんはどうなるでしょうね。私にも予想できませんが、上の命令に逆らった人、という具合に捉えられかねません」

喋りながら、論理が滅茶苦茶だと気づく。しかし石澤の妻は、顔を蒼くしてうつむいた。長年連れ添った夫の立場がまずくなることだけは、想像できたらしい。

「そうならないためには、石澤さんからきちんと話を聞かなければいけないんです。どうしてあんなことをしたのか、誰の命令だったのか、はっきりさせないと……もしかしたら石澤さん一人に責任が全て押しつけられるかもしれない」

「あなたは……」彼女が消え入りそうな声で言った。

「はい？」

「主人に仕返ししたいだけじゃないんですか？」

「違います。何があったか、知りたいだけです」南は首を横に振った。「石澤さんは誰かの命令に従って動いていただけだと確信しています。だったら、石澤さんの責任だけを問うのはおかしいでしょう。本当に悪いのが誰か、必ず探り出します」

妻の口がゆっくりと開く。南はメモ帳も広げず、彼女の言葉を頭に叩きこんだ。最後は唇を引き締め、深く一礼する。

「ありがとうございます。尾行するような真似をして、すみませんでした」

「いえ……」

「でも、私もこんなことをするところまで追いこまれていることは、分かって下さい」

無言。キーをきつく握ったまま前に出る。南は一歩引いて、彼女がドアを開けやすくしてやった。車に乗りこむと、すぐにエンジンをかける。南は急いで脇にどいたが、バックするミニの前輪が跳ねあげた小石が脛《すね》に当たってしまった。痛くはない――石はごく小さなものだったが、それでも全身に衝撃が走ったようだった。

石澤は本当に、誰かに指示されてやったのか。しかし、彼に指示できる人間が何人いるだろう。刑事部ナンバーツー……ということは、彼の上にいるのは直接の上司である刑事部長、そして本部長だけである。序列的に言えば警務部長が間に挟まるが、実質的には石澤は県警の最高幹部の一人と言っていい。

刑事部長か本部長の指示だったのか？　だとしたら、県警ぐるみで俺を陥れようとしたのだとも言える。下の人間が何も知らなくても、県警トップが企んだことだったら、それは間違いなく「県警全体の意思」と言えるのだ。

それより上のレベルだとすると……まさか、警察庁？

6

何、これ……和佳奈は息を呑んだ。

三時間に及ぶ警察からの事情聴取。終わった時にはぐったり疲れて、床に倒れこむように眠ってしまった。目が覚めたら、もう午後六時になっている。

事情聴取に同席した内倉は、容疑は完全に晴れた、と請け合った。三池は「最初から容疑なんかなかったんだよ」と笑った。何だか馬鹿にされているようでむかついたが、一つだけありがたかったのは、携帯の電源を入れても心配がいらなくなったことだ。それでもすぐにはそうする気になれず、寝てしまったのだが……起きて、ぼんやりした頭のまま、電源を入れる。

メールと留守番電話のメッセージを無視して、ニュースをチェックする。自分が事情聴取を受けたことが既に話題になっているのを知った。

だけど、これ……ニュースを読んだ限り、自分は「無実」じゃない。

複数のニュースサイトをチェックしたが、どこも「県警が事情聴取」と伝えるだけだった。これじゃまるで、あたしが犯人みたいだ。警察の人は「よく分かりました」と言って去って行ったのに……つまり、あたしが犯人なんかじゃないと、警察も納得したはずだ。でもニュースでは、まるであたしが犯人として事情聴取を受けているような扱いになってる。何で？

心配になり、いつも利用している掲示板をチェックした。ニュースなんかより、掲示板の方がよほど信用できるし……だが、「【速報】鬼母・湯川和佳奈逮捕か」というスレッドを見つけて驚いた。自分が「鬼母」と呼ばれていることは分かっていた。でも、逮捕って何？　ネットの連中は、ニュースには出ていない情報を摑んでいるから？　震えがきた。とても見る気になれない。

掲示板から抜け出して、ツイッターでの検索を試みる。自分の名前を入れて検索してみると、ぞろぞろ出てきた。ハッシュタグ「#山梨女児殺害」まであるではないか。何でみんな、ネット上ではこんなに態度が悪くなるのだろう。意味が分からない。顔と名前が分からないから、汚い本音を吐いても平気だと思っている？

山梨女児殺害の被害者母親に事情聴取→japan-shinpo/news/national/1565227
#山梨女児殺害

あー、これ逮捕だな。ずいぶん時間かかったけど、ようやく容疑を認めたか　#山梨女

児殺害

男のところに隠れてたらしい。これ、男も共犯だろう #山梨女児殺害

逃げるの諦めた？ それにしても無様だよな。子どもを殺しておいて、男に匿ってもらってたなんて、母親というか人間として最悪 #山梨女児殺害

逮捕まだ？ #山梨女児殺害

逮捕されたら、何て言い訳するのか楽しみ。どうせ男に走って子どもが邪魔になったんだろうけど #山梨女児殺害

気分が悪くなって、すぐにブラウザを閉じた。呼吸が荒くなっている。床に置いたコーヒーのカップを取り上げ、すっかり冷えてしまった残りを一気に飲み干す。さらに吐き気がこみ上げ、ふらふらと立ち上がってトイレに行こうとした。手にした携帯が鳴動する。電話……無視しよう、しなければならないと思ったが、つい画面を見てしまう。どこかで見た電話番号——ああ、内倉だ。出ないと。

「少しは休めましたか」

「何であたしが犯人扱いされてるの！」和佳奈は叫んだ。「ニュースもそうだし、ネットでもあたしが犯人って決めつけてるじゃない」

「誤解は近く解けますよ」

「近く、じゃ駄目なの！　すぐに何とかして！」

「しかし、ネットに流れた情報は、簡単には取り消せませんからね」

「そこを何とかするのが弁護士じゃないの？」

「だったら、反撃に出てみますか？　こっちにはその準備はありますよ」

「反撃って……」

「掲示板などには削除要請、それに書きこんだ人間を訴えてみますか？」

「そんなこと、できるの？」

「やれますよ。明らかな名誉棄損なんだから」

「でも……」

「ここは強く出ないといけません。あなたは被害者なんだ。いつまでも頭を低くして、攻撃をやり過ごしているだけじゃ駄目ですよ。私がきちんと準備しますから、あなたは覚悟だけ決めて下さい。私が用意した神輿《みこし》に乗ってもらえれば、それだけでいいんです……またすぐ連絡しますから。他の電話やメールは一切無視して、私からの電話にだけ出て下さい」

内倉はそれ以上の説明をせず、電話を切ってしまった。何なの、これ……内倉の説明が曖昧なので、和佳奈は気味悪さを感じていた。あたし、これからどうなるんだろう。

7

どういうことだ？　高石はネットを巡回しながら、首を傾げた。自宅に戻ってすぐ、芝田から「おかしなことになっている」と連絡を受け、ニュースをチェックしていたのだ。

山梨県警、被害者の母親から事情聴取。

これは単なる一報だ。「事情聴取した」という事実だけ。どこのニュースサイトも事情聴取の内容を伝えていないので、県警が和佳奈を犯人扱いしているのか、それとも単なる参考人として話を聞いているのか判断できなかった。

一通りチェックを終え、高石は芝田に電話をかけた。

「今流れている内容だけだと、何とも言えませんね」

「そうですね。でもここは一つ、香月を利用しませんか」

「彼が何か情報を知っているとでも？」

「俺が知っている香月なら、この手の情報にアクセスできる立場にいるはずです。どうします？」

「あなたが電話してみますか？　知り合いだったら、その方が話が早いでしょう」

「いや……」芝田が一瞬躊躇った。「苗字が同じだけで、知り合いじゃないかもしれないし、仮に俺の知り合いだとしても、高石先生を名指しで電話してくるんですから、先生が連絡を取った方がいいんじゃないですか？　向こうの意図は分かりませんが」

「……そうですね。では、電話してみましょう。もしも会えることになったら、あなたもつき合ってくれますか？」

「もちろん。最初は隠れて様子を見ておきますけどね」

芝田は明らかに興奮していた。まだ事件記者時代の習性を引きずっているのだろうか……怪しい情報提供者というのは、昔からいた。胡散《うさん》臭く思う反面、どんな情報が出てくるかとわくわくした記憶は高石にもあるが、さすがにこの年になると興奮はしない。

「分かりました。とにかくまた電話します」

一度電話を切り、他のメンバーには話す必要はないだろうか、と検討した……まあ、いいだろう。この段階ではいい情報かどうかは分からないし、何人もで押しかけたら香月も警戒するはずだ。ただし、出かける前に大隈辺りには連絡しておこう。万が一何かあって、彼らが混乱したら困る。

書斎のドアをノックする音が聞こえた。ノックなどしなくてもいいのに、と苦笑しながら立ち上がる。この家には自分と妻の晶子《あきこ》、二人しかいないのだ。

「お食事、どうしますか?」

「ああ、そんな時間か……」高石はデスクの置時計を見た。午後七時。高石家の夕食は常にこの時間に決まっている。特に意味はないが、新聞社を辞めて以来の習慣だ。しかし習慣は、続けているうちに意味が出てくる。特に食事に関しては、体のリズムを作る基本でもあるわけだし。しかしこのところ——委員会の仕事をするようになってから、夕食の時間は乱れがちだった。そのせいか、何となく体調も優れない。「ちょっと待ってくれないか? 電話を一本かけるから。五分か十分で済む」

「じゃあ、お食事はその後で?」

「いや」もしかしたら、これからすぐに出かけなければならないかもしれない。「電話してから決めるよ」

怪訝そうな表情を浮かべたまま、晶子が引っこんだ。何となく悪いこと——隠し事をしている気分になったが、仕方がない。高石は昔から、仕事のこと——記者時代も大学に行ってからも——は比較的よく妻に話すが、今回の一件は重過ぎる。巻きこみたくない、という気持ちは強かった。

意を決して手帳を広げる。香月の電話番号を書きつけたページを見つけ、番号を携帯電話に打ちこんだ——実際には、その番号はまだ頭に残っていたが。

香月は、呼び出し音が一回鳴っただけで出た。まるでこちらからの電話を待っていたようだった。

「ちょっと……お待ちいただいていいですか」慌てた口調。電話で話ができない場所にいるようだ。もしかしたら、警察庁の庁舎の中？

無言で待っていると、すぐに香月が電話に戻ってきた。

「お待たせしました」

「さっそく電話してみました」

「ありがとうございます」

ありがとう？　高石は一気に警戒感を強めた。まるで高石との接触が、自分の利になるような言い方ではないか。危ない……しかしこちらとしても、情報を引き出せそうな相手は大事にしなくては。

「お会いできませんか？　状況がいろいろ変わっているので、お話を伺いたい」

「そのようですね」

そのよう？　どこまで事情を知っているのかと、高石は不安を覚えた。

「これからではどうでしょう」

「今日、ですね？」香月が、用心するような口調になる。

「ええ。夜に申し訳ないんですが」

「九時過ぎにしていただけると助かります」

「九時？」普段の高石なら、もう寝る準備をしている時刻だ。

「遅いのは重々承知しています。申し訳ないとは思いますが、それまで抜け出せないんですよ。それとも明日にしますか？　明日なら、昼間でも何とか都合がつけられます」

「……今日にしましょう」高石は即断した。「できるだけ早い方がいい」

そして九時なら、いつも通り食事ができる。生活のペースを守るのは何より大事だと思いながら、高石は待ち合わせ場所を決めた。


「なるほどね」約束の九時まであと十分、少し早目に待ち合わせ場所に現れた芝田が、納得したような口調でつぶやいた。

「なるほど、とはどういう意味ですか？」

「間違いなく、俺の知っている香月ですね。虎ノ門なら、霞が関から歩いて来られる。たぶん残業してたんでしょう。それで、すぐ近くを選んだんですよ、きっと」

「近過ぎて危なくないだろうか」

「こんな時間に、こんな場所でお茶を飲んでいる警察庁の職員はいませんよ」芝田が小声で言って笑った。「残業しているか新橋で呑んでいるか、どっちかでしょう」

うなずき、高石はホットミルクをすすった。好きなわけではないが、九時を過ぎてからコーヒーや紅茶を飲むと途端に寝つきが悪くなるのだ。芝田はそんなことは気にもしない様子で、アイスコーヒーのLサイズをすすっている。

カップを置き、店内を見回す。チェーン店故に小綺麗だが無個性ではある。そしてこの辺が基本的に呑み屋街であるせいか、この時間には客の姿は少ない。話をするには悪くない環境だった。

「来ますかね」

「来るでしょう。電話で話した時には、そんな感じだった」

「じゃあ俺は、ちょっと遠巻きに見てますから。何かまずいことがあったら、大声を上げて下さい」

「店の中で？　それはないでしょう」

高石は苦笑したが、芝田は極めて真面目な表情でうなずき返し、グラスを持って立ち上がった。三つほど奥の席に移動すると、カモフラージュのためか、携帯をいじり始める。

さて、最初は一人で対応しなければならない……高石は背筋をぴんと伸ばし、入口付近を凝視した。何となく、香月は九時ちょうどに現れるだろう、という予感がする。そのために、わざわざ店の外で時間潰しをするクソ真面目なタイプではないかと想像した。

九時ちょうどに店のドアが開く。ほっそりとした長身。ネクタイなしのグレーの背広姿は、新橋や虎ノ門に生息するサラリーマンの標準的スタイルである。霞が関の官僚たちも同様だ。あの連中は、街に溶けこむような地味な恰好をしている。目立たないことこそ官僚の役目、と心得ているのかもしれない。

香月らしき男は、ドアのところで立ち止まって店内を素早く見渡した。慎重過ぎる……店内には、他に女性の二人連れが二組いるだけで、見逃すはずもない。眼鏡のフレームに手を触れると、一直線に高石の方へ近づいて来た。

「高石先生ですね」

呼びかけられ、高石は立ち上がった。間近に来た相手を素早く観察する。ひょろりと背が高い人間にありがちな猫背。綺麗に七三に分けた髪は、整髪料で輝いていた。こんな時間にもかかわらず、暑さでへたっている様子はない。眼鏡の奥の目は細く、笑うと消えてしまうだろう——そもそも笑うようなタイプには見えなかったが。年の頃、四十歳ぐらいか。荷物は、書類を十枚も入れれば一杯になってしまいそうなブリーフケースだけだった。

「香月さん？」

呼びかけると、無言でうなずく。高石は、彼を奥の席に誘導した。一応上座なのだが、香月はそれを気にする様子もなく、椅子に滑りこむように座った。

「名刺の交換は……遠慮させていただいていいですか」香月が慎重に切り出す。

「構いませんよ。そもそも私は、もう名刺を持っていない。隠居の身ですからね」

「それなのに、こんな調査に引っ張り出されて大変ですね」

「昔の血が騒いだ、ということにしておきましょうか」

香月がかすかに笑った。しかし、あくまで「おつき合い」という感じである。この男は心の底から笑うことがあるのだろうか、と高石は訝った。

「芝田さんがいらっしゃいますね」香月が小声で言った。

「気づきましたか」

「もちろんです」

うなずき、高石は芝田に目配せした。芝田がのっそりと立ち上がり、近づいて来る。顔には余裕の笑みが浮かんでいた。真打登場——という感じである。

「どうも」

気楽な調子の挨拶と会釈。高石の横に座ると、もう一度会釈した。香月の表情は少しだけ硬い。

「どうせなら俺に連絡してくれればよかったのに。知らない仲じゃないでしょう」

「ちょっと、飲み物を買ってきます」

香月がそそくさと立ち上がる。何となくそのまま逃げてしまいそうな気がして、高石は彼の動きを目で追った。しかしそのままカウンターの方へ向かったので、視線を転じてちらりと芝田の顔を見る。

「間違いなくあなたの知り合いですか」

「ええ」

「どういう……」

「昔取材した相手、というぐらいで勘弁してもらえませんか」

「週刊誌によく書いていた頃ですか？」

「そうです」

「ネタ元？」

「いや、ネタ元というのは、情報をくれた人のことでしょう。彼は……」

「取材はしたけど、情報を渡すのは拒否したんですね？」

「ま、そういうことです」

彼の記憶力も大したものだ、と高石は感心した。何年前のことか知らないが、いいネタにつながった情報源ならともかく、ただ会っただけの相手をよく覚えているものだ。

香月がなかなか戻って来ないので、ついその疑問を口にしてしまう。

「ああ、俺はこう見えてメモ魔でしてね。会った相手のことは、その日のうちに詳細なメモにして残しておくんですよ。今はそれをデータベース化してますけど、我ながら大したものですよ。裏社会の人名録みたいなものだけど」

にやりと笑って煙草をくわえる。喫煙席だが、相手が吸わなかったら、煙を迷惑がって会話が進まないのではないかと高石は懸念した。やめておいた方がいいと忠告すると、芝田がにやりと笑ってさらに盛んに煙を噴き上げる。

「ご心配なく。この前会った時の彼は、俺以上のヘビースモーカーだったし、まだ禁煙してませんよ。ワイシャツのポケットに煙草が入っていたの、気づきませんでしたか？」芝田が嬉しそうに指摘する。

「これは、一本取られましたね」高石は髪を後ろへ撫でつけた。やはり、芝田の観察眼は大きな武器になる。

「ついでに言えば、彼、紅茶を頼みますよ。何度か一緒にお茶を飲んだけど、コーヒーは絶対に頼まない――」

芝田が口をつぐむ。香月が小さなトレイを持って戻って来たところだった。テーブルに置いたところで、高石は好奇心からカップを覗きこんだ。ミルクが入っているが、色の濃さからやはりコーヒーではなく紅茶だと分かる。

「紅茶ですか」

「ええ」香月が顔をしかめる。「コーヒーは飲めないんですよ。飲むと必ず胃が痛くなりましてね」

「刺激が強いですからね」

「先生は……」

「私はミルクです。午後九時を過ぎてコーヒーを飲むと眠れなくなるので」

「デリケートなんですね」

「基本的にずぼらな人間ですが、こればかりは例外のようです」

出だしの軽い会話の応酬を終えて、高石は相手の顔色を窺った。先に電話してきたのはこの男である。もしも本当に警察庁の人間で、何か情報提供しようと決めたのなら、相当堅い覚悟があったはずだ。しかし目の前の香月はリラックスしていて、残業の合間にお茶を飲みに出て来ただけのような感じがする。

「私の方からお聞きした方がいいですかね」

一瞬躊躇った後、香月が高石に向かってうなずきかけ、「どうぞ」と言った。彼がどの程度の情報を持っているか分からなかったので、今日の「事件」についてジャブを出してみることにする。

「湯川和佳奈さんが、警察の事情聴取を受けたようですが」

「警察署ではなく、潜伏先で、のようですね」

あっさり認めたが、自信ありげな口調だった。この男は……やはり、この問題にかなり深く接することができる立場に違いない。おそらく刑事局の人間だ。

「彼女は犯人なんですか」

「いや、アリバイが成立しました」

　高石は椅子に背中を預け、唇をすぼめてゆっくりと息を吐いた。南の記事に直接関係はないが、彼が「騙されていた」ことは確定したのではないだろうか。

「どういうアリバイですか」

「湯川和佳奈が、複数の男性と交際していたのは間違いありません。その中には、愛人として金を渡していた相手もいたようです。今回彼女が潜んでいたのも、その愛人が密会用に借りていた部屋だったんです」

「では、その男が彼女の潜伏生活を支えていたんですね」

「詳しい状況は分かりませんが、そういうことかと思います。ちなみに県警は、その男にも事情聴取して、事件の発生──発覚当時、二人が一緒にいたことを確認しました」

　香月の顔が奇妙に歪む。皮肉っぽい表情……ろくに働きもせず、愛人に頼って金を得ていた和佳奈と、若い女性を愛人にしていたその男に対し、不快感を抱いているのは明らかだった。

「男は何者ですか」

「石和温泉にある旅館の経営者です」

「で、彼女の潜伏先は？」

「石和温泉駅の近くにあるマンションですね」

「自分の旅館の近くで、愛人を匿っていたわけですか」あり得ない。ばれた時のことは考えなかったのだろうか。本当に、最近の人たちは想像力が足りない。

「匿っていたというか、本来は密会場所ですよ。ラブホテル代わりです。それにしても……呆れた話ではありますね」

「ほう」香月が初めて個人的な感想を零したので、高石はさりげなく食いついた。「呆れますか」

「それはそうでしょう。人間としてどうなんですか？　愛人と言いますけど、これは一種の買春ですよ。湯川和佳奈は、娘二人を放っておいて、男と……」急に正気に戻ったように、香月が口をつぐむ。一つ咳払いをして、「失礼」とつぶやいた。

高石はちらりと芝田の顔を見た。かすかにうなずき、目配せしてくる。ここは先生にお任せします――の合図と判断した。

「どうやら新報の南記者は、騙されたようですね」

「その言葉が正しいかどうかは分かりませんが、誤った情報が彼に流れたのは間違いないでしょう」香月が認める。

「意図的に？」

「確証はありません。いくつかの傍証があるだけで」

「例えば、どんな？」

「人間関係」

「ほう」

香月が、傍らに置いたブリーフケースに手を伸ばした。封筒を一つ取り出し、テーブルに置く。高石はすぐには手を伸ばさず、封筒を見下ろした。ゆっくりと顔を上げ、「これは？」と訊ねる。

「後で見て下さい」

「そう言わず、今教えていただけると助かりますが」

「後で見て確認して下さい」香月は頑なだった。「そして、私との連絡は、これきりにしていただけますか」

「それはもったいない。せっかくお知り合いになれたのに」

「私にも立場がありますので」香月の顎が強張った。

「立場を危うくしてまで、私たちと会ってくれたんですか」

「今のところは大丈夫かと思いますが」香月が薄く笑う。自分を安心させるための台詞のようだった。

「あなたにご迷惑はおかけしないように、最大限注意しますよ」

「元記者として、それは常識ですか」

「もちろんです。情報源を守るのは——」

「南記者も同じように考えていたんでしょうね」

高石は唇を引き結んだ。この男は、自分たちの調査の経緯まで知っているのか？　メモを盗み見されたようで、背筋が冷たくなった。不安が膨れ上がり、口がへの字に曲がるのが自分でも分かる。しかし香月はそんなことは気にもならない様子で、すっと椅子から離れた。結局紅茶には手をつけていない。

「では、これで失礼します」

「ああ……あれは、私の携帯電話の番号は分かっていますよ」

「ああ……あれは、私の携帯ではありません。緊急連絡用です」

「あなたがどの部署にいる方かも、調べれば分かります」

「そんなことをしている暇があるぐらいだったら、本筋の調査を進めるべきではないですか」

一礼して、香月が踵を返す。彼の姿が店から消えるのを待ち、高石は封筒を開けた。中には、綺麗に三つ折りにした紙が入っていた。慎重に広げると、横から芝田が身を乗り出して覗きこむ。

「名前、ですか……」

三人の名前が書いてある。高石には、一人だけ見覚えがあった。永原隆信——警察庁刑事局長。つい先日会った相手である。その名前だけは、紙片の右下に手書きで書かれ、判子まで押してあった。まるで署名のように……他の二人の名前は印字されたもので、覚えはない。高石は芝田に紙を渡した。

「永原は刑事局長ですね。後の二人は、分からないなあ」芝田が首を捻る。

「私も同様です」

「刑事局長がわざわざサインして、この情報に権威を与えた、ということなんでしょうねえ。問題は、残りの二人か」芝田が、無精髭の浮いた顎を撫でた。謎解きの興奮のせいか、早くも目が輝いている。「それが、南のネタ元につながる……」

「もったいぶったやり方ですが、そういう意味でしょう。これは、調べる価値がありますよ」

「ええ」

「彼とは実際、どういう知り合いなんですか」

芝田が立ち上がり、素早く向かいの椅子に移動した。四十代半ばにしては身のこなしが軽い。香月が手をつけなかった紅茶のカップを脇に押しやり、テーブルの上に身を乗り出す。

「十年ぐらい前ですかね……まだ週刊誌の仕事がメーンだった頃に知り合ったんです。知り合ったというか、こちらが無理矢理会いに行ったんですがね」

「……キャリアではないですね？」

「さすが高石先生、鋭い」芝田がにやりと笑い、腕を伸ばして自分のアイスコーヒーのグラスを摑んだ。音を立ててすすってから話を続ける。「当時、警察庁内部のある問題を調べていましてね。ノンキャリアの職員の協力が必要だったんです。それであの男に目をつけたわけで」

「しかし、いいネタは取れなかった」

「クソ真面目で使命感の強い人でしてね。自分の属する組織を裏切ることは絶対にできない、とずっと言ってました。ただ、裏切るっていう風に考えていたのは……俺たちの狙いが当たっていることを証明したも同然なんですけどね」

「そういう風に取れますね。その件、記事にしたんですか？」

「やめました。最終的に裏が取れなかったんですよ」

「よくあることです」

芝田がうなずき、またアイスコーヒーを飲んだ。小さく舌打ちして、グラスを乱暴にテーブルに置く。

「前回協力してくれなかった人が、今回はどうしたんでしょうね」高石は自分のミルクを取り上げた。膜が張っており、おそらくもう冷めているだろう。生ぬるいミルクほど不味《まず》いものはない。

「心変わり……と簡単には言えないでしょうね」

「十年も経つと、人も変わりますが」

「あるいは環境が」芝田が意味ありげに言った。

「芝田さん、何を考えているんですか」

「考えてないです。感じてるんですよ」芝田が耳の上を人差し指で突く。

「元事件記者の勘です。アンテナが、びんびん反応してますよ。もしかしたら彼は、刑事局長の使者なんじゃないですか？　我々の動きが、何か大きな歯車を動かしてしまったのかもしれない」

8

まさか、会議室に盗聴器を仕かけた人間がいたとは。自分の嘘を、高石は信じただろうか……数日経っても、まだ気になって仕方がない。

緊張していたせいか、アルコールの回りが早い。意識がぼやけてくるにつれ、固まっていた気持ちが解れてくるのを感じた。こんな風に酔ったのはいつ以来だろう。編集局長になってからは、安心して酒を呑んだ記憶が一度もない。ほとんどの酒席が仕事絡み。たまに仕事とは関係なく呑みに行く時も、ほとんど局次長や部長たちが一緒だった。そしてそういうメンバーで呑んでいると、必然的に仕事の話になる。たまには一人きりで、余計なことを考えずに酔いたかった。

この店に来るのも久しぶり……局長になってからは初めてだ。赤坂の古いビルの地下にある、穴倉のようなバー。カウンターに置いた手が見えないほど暗い店内で、酔うにつれて自分が闇に溶けこむような気分になってくる。カラオケなし、女の子もいない。長居する客はおらず、誰もが強い酒を一、二杯引っかけて去って行く。新里にとっては貴重な隠れ家であり、会社の人間と一緒に来たことは一度もない。

今夜は、既に三杯目のギムレットに口をつけていた。この店のギムレットは、フレッシュライムではなくライムジュースを使っている分甘い。しかし甘さに油断していると、ジンに足を取られて悪酔いするのが常だった。抑えないと……と思っていたが、今夜はどうしてもアルコールが必要だった。

「大丈夫ですか?」バーテンが声をかけてきた。

「いや……もちろん」大丈夫じゃない。元々酒はそれほど強くないのだ。この辺でやめておいた方がいいだろう。

「少しピッチが速いですよ」

「そうだな」

背の高い椅子から慎重に降りる。長身の新里は、この程度の椅子からなら簡単に降りられるのだが、今夜ばかりは気をつけなければならない——そのように判断できるぐらいには素面《しらふ》に近いのだ、と自分を納得させようとした。ようやく床に両足で降り立つと、尻ポケットから財布を抜いた。何の気なしにネクタイを締め直し、金を払って店を出る。

生暖かい外の空気に触れた瞬間、少しだけ酔いが引くのを感じた。同時に携帯電話が鳴り出し、アルコールの影響が一気に消えていく。こんな時間——午後十時の電話は、悪い知らせに決まっているのだ。

芳賀だった。今日は朝刊の当番で、社に残っている。

「近くにおられますか?」いきなり切り出してくる。

「赤坂だ」

「ちょっと状況に動きがありまして……山梨県警が異例の発表をしたんです」

「というと?」

「事情聴取した湯川和佳奈について、容疑は一切ないと発表しました。もちろん、名前は公表していません」

「それは……」酔いの中で、頭が混乱する。

「普通、こういうことは公表しないでしょう」

「ああ」

「これは何か、裏がありますよ。それと、甲府支局からも別途報告があります」

「……これから社に上がりましょう。ややこしい話のようですね」

「ややこしいというか、面倒な話です」

「十五分で行きます」

電話を切った新里は、すぐに近くの自動販売機に足を向けた。ミネラルウォーターを買い、一気に半分ほど飲んでから、大通りに向かって歩き出す。この時間ならタクシーはすぐに摑まるはずで、十五分もかからず社に着けるだろう。

タクシーのシートに身を埋めた瞬間、嫌な予感が湧き上がってくる。三十年以上に及ぶ記者生活で、新里は数々の予測不能な事態に直面してきた。特に海外では、日本人の常識が通じない事態にも、しばしば遭遇した。だが、取材というのは、どんなに難しいことでも前例がある。十年も記者をやっていれば、過去の経験に照らし合わせて、取材方法や原稿の内容を修正できるものだ。しかしこの一件は、取材ではない。何と言ったらいいのか……会社を守るための行為？　もちろん自分は、今では取締役である。経営陣の一人として、会社の行く末に責任を持つ身だ。しかし心の底では、今もまだ記者だという自負がある。年に何回かは編集局長名で記事を書くが、一番嬉しいのはそういう時間だ。

俺は会社を守り切れるのだろうか。とんでもないヘマをして、自分も会社も潰してしまうのではないだろうか。

社へ上がると、当番の芳賀だけでなく、地方部長の道原まで待機していた。二人の顔を見て、嫌な予感はさらに膨れ上がる。二人を編集局長席の近くに座らせ、事情を聞くことにした。

「実は、つい先ほど例の弁護士――内倉という山梨の弁護士から、支局に改めて接触があったんです」先に口を開いたのは道原だった。

「ああ……前に、因縁をつけてきた弁護士ですね」

「そうです。県警が『容疑なし』をはっきりと発表したので、名誉棄損での告訴を検討していると通告してきました。書いた記者の名前も開示するよう、要求しています」

「湯川和佳奈は……その弁護士とずっと連絡を取り続けていたわけですね。弁護士が匿っていたんですか？」

「いや」道原が短く否定した。「近くの街に愛人がいたようで、その男が借りた部屋に姿を隠していたようです」

「愛人？　今まで何人も、つき合っていた男がいると報道されていましたよね」週刊誌の報道では――そういう下世話なことを覚えている自分に嫌気が差す。「要するに、どうしようもない女じゃないか」

芳賀と道原が顔を見合わせる。二人の顔に怪訝そうな表情が浮かんでいるのを見て、新里は一つ咳払いをした。まだ酔いが残っているのか……普段の自分なら、こんな下品なことは絶対に言わない。

「告訴、ですか」

「ええ」道原が答える。

「で、支局はどう対応したんですか」

「そういうことになったら真摯に対応する、と返事したそうです」

新里はうなずいた。悪くないやり方だ。余計なことを言ったら、言質《げんち》を取られかねない。変に言い訳せず、謝罪するでもなく、あくまで仮定の話で済ませている。支局長の水鳥というのは、どこかとぼけた感じの男なのだが、抗議を柳に風と受け流す能力だけは持っているのかもしれない。

「本気だと思いますか？」

「そうでなければ、わざわざ通告してこないと思います」道原が暗い表情で答える。

「何か、牽制《けんせい》しているのでは？　他の狙いがあるとか」

「可能性はありますが、今回の告訴は、単なる脅しではないと思います。少なくとも今、内倉という弁護士が湯川和佳奈の面倒を見ているのは間違いありませんし……どうしますか？」

「当面は、放っておいていいでしょう。向こうの出方を待つんです。要は、金が欲しいだけなのでは？」

「そうかもしれませんが、それよりも名誉回復が狙いじゃないんですかね」芳賀が推測を口にした。「県警が無実だと発表しても、記事にしない社もあるでしょう。あるいはそのことを、逆に面白おかしく書く週刊誌もあると思います。いずれにせよ、湯川和佳奈の名誉は、簡単には回復できないでしょう。だからこそ、誤報を掲載した新報を狙い撃ちして、何とかしようと思ってるんじゃないですかね……そんなことをしても無駄だと思いますが」

「何故？」

「ネットですよ。一度ネットに流れた噂を消すのは、実質的に不可能です。それにネットユーザーは、湯川和佳奈が無実だったかどうかなんて、どうでもいいと思ってますから。ネット上では、湯川和佳奈は永遠に犯罪者扱いですよ」

「だったら弁護士も、ネットの方の対策を取るべきじゃないんですか。掲示板の書き込みを削除させるとか」

「そういうことをしてもきりがないのは、局長もご存じでしょう。モグラ叩きみたいなものです」

「まあ……よく聞く話ですね」

「せめてできる範囲で、ということでしょう。うちは実態のある組織です。裁判にも引きずり出しやすいんだと思いますよ」

「一つ、気になることがあるんです」道原が話を継いだ。「この内倉という弁護士ですが、やはり三池と関係があるらしい」

「そうですか」新里は、この二人が騒ぎ出したのが同じタイミングだった、と思い出した。内倉が最初に抗議してきたのと、三池が外部調査委員会を作るように要請してきたのと……最初からこの二人はつながっていたのだろう。

「甲府支局の方で調べたんですが、どうも内倉には、三池から資金が渡っているようですね。湯川和佳奈の弁護費用という名目のようですが」

「三池の狙いは？」

「やはり、メディア規制法案でしょうね」道原が暗い声で言った。「ネットも含めた規制……湯川和佳奈を、その象徴にしようとしているんじゃないでしょうか」

えらくあばずれな象徴だ。そんな奴らに、報道の自由を奪われてたまるか。

気づくと新里は、拳を固めていた。もしかしたら今度は、今までよりもはっきりと防御の態勢を整えなければならないかもしれない。

9

なるほど、県警はいろいろ「隠し球」を持っているようだ。

本来の県警本部庁舎以外に、甲府市内各地に別室があることを南は知っているが、ここの存在は知らなかった。平和通り沿いにある南甲府署の近くに建つ、三階建ての小さな建物——名称は素っ気なく「山梨県甲府南第一庁舎」だった。県警ではなく県の庁舎のようだが、何が入っているかは分からない。

近くにある、マクドナルドとファミリーマートの共用の駐車場に車を停め、歩いて第一庁舎に接近する。陽は傾きかけていたがまだ明るく、どうしてもうつむきがちに、こそこそと近づくことになった。

マクドナルドと第一庁舎との仕切りは、コンクリート製の低い塀だけだった。細い切れ目があったので、南はそこから第一庁舎の敷地に入った。建物の前には車が十台ほど停められるスペースがあるが、今は空である。そもそも、建物の中に人がいる気配がなかった。そろそろ灯りをつけなくてはいけない時間だが、窓は暗かった——いや、一つだけ灯りが灯っている。どこか遠慮がちに。

南は玄関に近づいた。役所の建物によくある素っ気ない造りで、少し引っこんだ先に、ガラス製の両開きの扉がある。押してみると、かすかな軋み音を立てて簡単に開いた。扉の向こうは、暗く広いロビーになっている。床は茶色いタイル張りだが、すり減り具合からも、庁舎の古さが容易に想像できる。右側にはガラスケースに入った掲示板。中の緑色のフェルト生地部分は色褪《いろあ》せ、紙は一枚も張られていない。あちこちに画鋲《がびょう》が刺《さ》してあるのだが、全て錆びついており、長い間使われていないのは明白だった。その裏側が郵便受けになっている。数えてみると十個……名前は全て空欄だ。隙間から覗いてみたが、郵便物の類はまったくない。打ち捨てられ、解体を待つだけの建物のようだ。ロビーの左側にある階段を上がりかけて、南は足を止めた。いくら何でも、いきなり部屋を急襲するのは安易過ぎるのではないか。石澤の他に誰かいたら、ややこしいことになる。

結局張り込みか……まず、石澤が本当にここにいるかどうか確認したいのだが、どうしたものだろう。寝不足と疲れで頭が上手く働いてくれない。建物を挟んで平和通りの反対側にある細い路地に移動する。鉄製のフェンスが邪魔になったが、灯りのついている三階の窓は辛うじて視界に入った。何か動きがあれば分かるだろう。

バッグの中を探り、非常食のチョコレートバーを取り出した。時間をかけてゆっくりと咀嚼《そしゃく》し、何とか全部食べ終える。焦らず食べたせいか、空腹感は完全に消えてくれた。これからは少しは時間をかけて食事することにしようか、と的外れなことを考えて苦笑する。

煙草を取り出し、一服する。バッグの中には、封を切っていない煙草がまだ二箱残っていた。喫煙者というのは、まず煙草を忘れて家を出ることはないし、必ず買い置きをキープしている。変なところでまめになるのは、やはり中毒効果が強いからだろう。

煙草を二本灰にする。携帯灰皿が膨れて一杯になった。どこかに吸い殻を捨てないと……こういうのを道端に捨てたりするから、喫煙者は肩身が狭くなるのだ。しかし、しばらくはここを動けないから、煙草そのものを我慢するしかない。

張り込みを始めて一時間。結局その後も煙草を二本吸ってしまい、携帯灰皿の蓋は閉まらなくなった。どうしたものかと迷っているうちに、ふいに何か、気配が変わったことに気づく。慌てて建物を見上げると、窓辺に人影が映っていた。

石澤。

何の用事か分からないが、外を凝視している。次いで下の駐車場に視線を投げてから、ブラインドを下ろし始めた。それからしばらくして、ブラインドの隙間から漏れていた灯りが消える。

動き出した。

南は鉄製のフェンスの隙間から敷地内を覗いた。車がないから、石澤は移動するにも徒歩になるはずで、尾行は容易だろう。この時間だと……食事だろうか。平和通り沿いには、何軒か、手軽に食事ができる店がある。石澤の好みだと、近くの蕎麦屋だろうか。

しかし石澤は、隣の敷地にあるマクドナルドに入って行った。あの人でもハンバーガーを食べるのか、と少しばかり驚く。甘い物に目がないのはともかく、基本的には健康志向で、ファストフードには縁がないと思っていたのに。あるいはよほど時間がないのか。

どうするべきか……マクドナルドの駐車場に自分のインプレッサを停めたままなので、

車の中で待つのも手である。しかしその時間がもったいなかった。

意を決して、南はマクドナルドに入った。ついでにここで、自分も食事を済ませてしまおうかと考える。見ると、ちょうどトレイを受け取った石澤が席につき、食事を始めたところでもあった。

――やめておこう。食事が終わった頃を見計らって声をかけるのが、せめてもの仁義だ。自分を騙した相手に対して仁義もクソもないのだが、ここまで追い詰めてきたのだから、こちらも少しは余裕を持ちたい。南はアイスコーヒーだけを買って、石澤の背中が見える席に腰かけた。ブラックのまま飲み、まだ口中に残るチョコレートバーのしつこい甘みを洗い流す。

石澤の食事は、警察官の流儀でとにかく早い。何を食べているかまでは分からなかったが、席についてわずか五分で平らげたようで、トレイを持って立ち上がった。それに合わせて、南も半分残ったアイスコーヒーのカップを摑んで後を追う。一瞬、不安になった。石澤の妻は、南が訪ねて来たことを、とうに夫に話しているのではないか――それはない、と判断する。もしも事情を知って、南から逃げ回るつもりなら、この場所はもう引き払っているはずだ。何しろ居場所を教えてくれたのは石澤の妻なのだから。

石澤がトレイを片づけ、出入り口に向かって来る。南はカップを持ったまま、彼の前に立ちはだかった。石澤が足を止め、顔を上げて大きく目を見開く。

「どうも」

間抜けな挨拶しかできない自分に、南は少しだけ腹が立ってきた。

インプレッサの助手席に座った石澤は、必要以上に真っ直ぐ背筋を伸ばしていた。南は必死で言葉を探った。会ったら激怒するだろう——自分を抑えられる自信がなかったのに、実際にそうなると、妙に落ち着いてしまう。多分、自分の方が圧倒的に有利な立場に立っているが故に。

あれ以来、石澤は何か言い訳を考えたのだろうか。一番簡単な言い訳は「勘違いだった」である。もしも誤報を出した日にでも、彼の口からその言葉を聞けていたら、取り敢えず許したかもしれない。だが無駄に時は流れてしまい、自分は立場を失いかけている。そう考えるとまた怒りがこみ上げてきたが、どうしても攻め手を考えつかない。石澤を追いかけている間、どうやって見つけるかに全精力を傾注していたので、会ってから追い詰める方法までは考えていなかったのだ。つくづく自分は、頭の容量が小さいと思う。「どういうことなのか、説明してもらえますか」結局、ごく当たり前の台詞しか出てこない。「どうして俺に間違った情報を流したのか、教えて下さい……いや、そもそもあれは間違いだったんですか？　意図的にああいう情報を流したんですか？」

喋っているうちに怒りが復活してくる。いったい何なんだ……わざと俺に誤報を書かせようとした？　県警の幹部が？　狙いがまったく分からない。

「あれは、嘘だったんですよね」南は少しだけ突っこんだ。「翌日すぐ、県警が記事を否定しました」

「そうだったな」石澤がやっと口を開く。少しだけ声がしわがれていた。

「そうだったな、じゃないでしょう！」いきなり怒りが沸点に達し、南は自分でも驚いた。ハンドルをきつく握り締めて、何とか怒りを押し殺そうとする。「どうして俺に嘘をついたんですか？　新報に誤報が出たら、警察にとって何かいいことでもあるんですか？」

まさか、地元紙と結託していたということは……あまりにも突飛な想像に、南は一瞬怒りを忘れて苦笑してしまった。確かに新聞同士の戦いは毎日続いているが、相手を貶めるためにそんな卑怯な手を使うはずがない。

「私は……あれは私の意思ではない」

「どういうことですか？」

「私にも立場がある。公務員としての立場が」

「誰かの指示だったんですね」

石澤の肩がぴくりと動く。痛い所を突いた、と南は確信した。同時に、自分の追及もここまでかもしれないと、軽い敗北感を覚える。石澤一人の意思であの誤報が生み出されたのなら、何とか対応できる。しかし背後に他の存在があるなら……自分は、警察という巨大組織全体を敵に回すことになるかもしれない。

「警察の組織は、日本で一番強固だ」

「そうですね。警察以上に組織がしっかりしているのは、自衛隊ぐらいでしょう」

「徹底した上意下達の世界だ。あんたにも分かるだろう」

「ええ」

「上から降りてきた命令には逆らえない。逆らうつもりなら、辞めるしかないんだ」

「そして、辞めたらたくさんの物を失いますよね」南は、自分が少しだけ残酷になっているのを意識した。「石澤さんの警察でのキャリアは、あと少しだ。でも、退職した後には第二のキャリアが待ってますよね？　それは先輩たちが切り開いてきた道かもしれないし、警察ならではの『枠』もあるでしょう。そういう物を失うわけにはいかないはずだ」

天下りは、中央官庁だけの問題ではない。地方の公務員も常に第二の人生を考えているから、一度手にした利権は離さないものだ。先輩たちが得た再就職先は、後輩に綿々と受け継がれていく。刑事部参事官にまで昇りつめた石澤なら、セカンドキャリアについても何の心配もないだろう。無事に定年を迎えられれば、だが。

「あんたも、ずいぶん皮肉っぽくなったな」

「手ひどい洗礼を受けましたからね」皮肉をぶつける。「あんな目に遭えば、皮肉の一つも言いたくなります」

「処分は？」

「まだです。外部調査委員会ができたことはご存じでしょう？　事情聴取を受けましたけど、処分があるとすれば、調査委員会が何らかの結論を出してからでしょうね」

ろくなことにはならないだろう。どんな事情があったにしても、自分が誤報を出したことは間違いないのだから。

「まさか、馘にはならないだろうな」

「自分から辞めるように、追いこまれるかもしれませんけどね。新聞社だって組織です。自分の手を汚さずに異物を排除する方法ぐらい、いくらでも持ってますよ」

処分自体は大したことがないはずだ、と楽観的に考えようとしていた。馘は絶対にあり得ない。減俸もなし。譴責処分を受けて、他の支局に飛ばされる感じではないか。過去にひどい誤報を出した記者も、だいたいそういう処分を受けている。もちろん、甲府よりも田舎の支局に飛ばされ、今後本社に戻って来る当てもないというのは、馘に相当するぐらい過酷な罰だが。

「異物、は言い過ぎじゃないか」

「誤報を出した記者なんか、会社にとっては単なる異物ですよ。俺が社長でも、自分から辞めるように持っていきます」

しかし今の南は、簡単に諦めるつもりはなかった。処分は免れないとしても、真相だけは明らかにしたい。そうでなければ、自分はただの道化だ。馬鹿者だ。

「誰かに指示されたんですね」

「それは……」

「石澤さんに指示できる人間なんて、県警の中に何人もいないでしょう」

「私は、国家公務員としては最底辺のレベルだよ」

地方採用の県警の警察官でも、出世を重ねて警視正になれば、身分上は国家公務員である。石澤の場合がまさにそうだ。そういう状況を揶揄しているだけなのだろうが、何となく釈然としない。やはり警察庁の影がちらついた。

「国家公務員の、さらに上のレベルから命令されたんですか」

「あんたに対しては、申し訳ないと思っている」

突然、石澤がはっきりと謝罪の言葉を口にした。絶対に謝らないだろうと思っていた南は、かえって追及の言葉を失ってしまった。

「この件に関しては、俺もあんたも駒の一つに過ぎない。もっと大きな問題の……ほんの一部分だ」

「その大きな問題というのは、何なんですか？」

石澤がぽつぽつと語り始める。大きい――確かにその通りで、にわかに信じられなかった。作り話か？　だったら石澤は、作家になれる。話し終えて、わずかに沈黙した後、石澤がもう一度口を開いた。

「こんな話、信じられないだろう」

「信じられません」正直に答えるしかなかった。

「私も、自分がやったことが信じられない。そもそも意味もよく分からなかったぐらいだ……だが、その後の動きを見ると、間違いなく自分の動きがキーになっていたことが分かったんだ」

「そう、ですね……」言われてみれば思い当たる節もある。南はしばらくニュース——表に出てくるものばかりではなく、裏情報も含めてだ——から距離を置いているから、この問題で最近どんな動きが起きているかは分からないが、外部調査委員会が結成され、自分が事情聴取を受けた時点までの流れは、石澤の説明、そして推測とぴたりと合っていた。

「この先、どうなるんですか」

「それは分からない。外部調査委員会の結論も重要な要素だ」

「石澤さんは、個人的にはどう考えてるんですか？　この件を企んだ人たちと、考えも同じなんですか？」

「……人は、なるべく自由であるべきだと思うな」

「そういう抽象的なことじゃなくて、この件についてです」

「私は、法律の枠の中で戦ってきた。多くの警察官がそうだ。それが気に食わない人間もいる、ということだろう」

「何でですかね。いつかは自分たちの首を締めることになるかもしれないって、分からないのかな」

「何か、個人的な事情があるようにも聞いている」

「そう、ですか」南は溜息をついた。胃の中で、チョコレートバーとアイスコーヒーが混じり合って、嫌な存在感を主張している。いつまでも消化されないようで、かすかな痛みが生じてきた。「石澤さんは、これでよかったと思ってるんですか？　もっと大きな目的のために、俺一人が犠牲になるぐらいは何でもないと思ってるんですか？」

「本当に、あんたに対しては申し訳なかったと思っている」

「この計画自体については、どう考えてるんですか」

「私には論評する権利も資格もない」

「公務員だからって、何も言っちゃいけないってことはないと思いますけどね……ここであなたと話していることが、記事になるわけでもないし」

「記者と話しただけでも問題になるんだよ」

「それで、ずっと隔離されていたんですか。何なんですか、あの建物は」

「昔から、警備部の連中が別室として使っていたんだ。最近はほとんど使われていないが……宿直室もあるから、寝泊まりできるんだよ」

「県警本部には、ずっと顔を出していないんですね」

「ああ」

石澤も本当に「駒」に過ぎないことを南は納得した。誰が命令したかは分からないが、誤った情報を故意に流した石澤は、県警にとっても危険人物である。ほとぼりが冷めるまで、県警本部にも自宅にも近づかず、別室で待機——これでは実質的に、謹慎処分を命じられたようなものではないか。

「馬鹿馬鹿しいと思いませんか？」

「私は公務員だ」それが人生の屋台骨であるかのように、石澤が強い口調で言った。

「俺が石澤さんの立場だったら、絶対におかしくなってますよ」

「そうか……で、あんたはどうするつもりなんだ」

「あなたの証言が必要です」

ちらりと横を見ると、石澤の顔が引き攣っていた。腿に置いた拳にも力が入り、太い血管が浮いている。

「俺が誤報を書いたのは、間違いない事実です。確認を怠ったんだから」

「確認しても同じだっただろうな」

「どうしてですか？」

「あんたが直接裏を取りに行けば、確認できる相手はいた。だが同じことを言われただろうな」

「まさか――」県警ぐるみで俺を騙そうとしていた？　そこまで組織的なシナリオが書かれていたというのか……南は顔から血の気が引くのを感じた。

「しかし、たまたまあんたは、ろくに裏も取らずに記事にした。結果、私だけが悪者になったわけだ」

「それを証言して下さい。誤報の責任は俺にあるけど、間違った情報を元に動いていたことが分かれば、状況は変わります。裏で動いている陰謀を明らかにできるかも――」

「それは危険だ」石澤が、南の言葉に被せるように忠告した。「今よりずっと、あんたの立場が悪くなる」

「会社だって、騙されたと分かったら黙っていませんよ」

「新聞社が勝てる相手だと思うか」

南は沈黙した。権力とメディアの駆け引き――最近は、権力側の一方的勝利と言っていい。メディアは権力を監視する存在というのは、表向きは絶対に取り下げてはいけないスローガンである。しかし実際は……地方レベルでも、自分たちが県庁や政治家たちに上手く丸めこまれていると実感する場面は少なくない。向こうの意図通りに原稿を書かされ、都合の悪い事実は隠され……情報を取るのはますます難しくなっている。

「勝負は、やってみないと分からないでしょう」

「私が証言しなければ、そもそもあんたが戦うきっかけはない」

「いや、ご心配なく」

南はジャケットのポケットからICレコーダーを引っ張り出した。赤く灯るライト――録音中。石澤の顔色が一気に蒼褪める。南はレコーダーを握った手を、窓枠に乗せた。これだと、石澤が慌てて手を伸ばしても届かない。

「普段は、こういうことは絶対にしません。隠し録りなんてルール違反ですからね。でも、最初に卑怯な手を使ったのはあなたです。今回だけは、自分の信念を曲げさせてもらいました」

10

「分かりましたよ」香月の情報――二人の名前について、答えをもたらしたのは大隈だった。「小山内一郎《おさないいちろう》は山梨県警の警務部長、鈴本信也《すずもとしんや》は警察庁刑事局の審議官です」

「何だ」芝田が不機嫌そうに唇を歪める。「県警の警務部長はともかく、審議官ぐらいは、俺もすぐ分かるべきだった」

「少し取材の現場を離れてしまうと、人事が分からなくなるのは当然じゃないですか」

大隈が慰めるような口調で指摘した。「私だってもう、検察庁や法務省の中がどうなっているか、分かりませんよ。ましてや警察庁のことなんか……」

「でも、分かったじゃないですか」芝田は納得していない様子だった。

「どこを押せば情報が出てくるかぐらいは、分かってますから」大隈が淡々と言った。

「さすが、元検事は違う」芝田が皮肉に言った。

「まあまあ」高石は割って入った。「とにかく、この二人が誰なのかは分かったわけですから、よしとしましょう。ただし、関係がはっきりしない」

意識して低い声で話した。すっかり馴染んで居心地がよくなった会議室だが、盗聴器が発見された後は、話すにも用心してしまう。

「人事履歴を調べてみますよ」大隈がさらりと言った。「同じ警察庁のキャリアですから、この二人はどこかで関係があってもおかしくない」

「仮につながりがあるとして……」高石は顎に手をやった。警察庁の中で、何かがうごめいている――その正体を知りたい。「香月さんは、我々に何を教えようとしたんでしょう」

「高石さん、刑事局長には直接会ってるんですよね」芝田が確認する。

「ええ」

「大隈さんの方で、香月というノンキャリアの男が今どのセクションにいるか、調べられますか？」

「もう調べてありますよ」大隈がにやりと笑う。「香月智《さとし》ですよね」

「そう」芝田がうなずく。

「今は刑事指導室にいます」

「ということは、ほぼ刑事局長直属みたいなもんだ」芝田がうなずく。

「そうなります」

「大隈さんは、どう考えます？」

「想像していることはありますけどね……裏が取れていないんで、まだ話したくないですね」大隈はいつも通り慎重だった。

「ディスカッションは大事でしょう」芝田がなおも食い下がった。「俺みたいに普段一人で仕事している人間は、頭が凝り固まって困るんですよ。議論は、仕事を進めるために大事なことだと思うけど」

「その件なら、私がお話ししましょう」

突然別の人間の声が聞こえて、高石は身を硬くした。しかし次の瞬間には、諫山が会議室に来ていたのだと気づいて、肩の力を抜く。

「いつから聞いてたんですか、諫山さん」

高石が訊ねると、諫山は皺の多い顔に子どもっぽい笑みを浮かべた。

「かなり前から。皆さん、議論に熱中されて、注意がおろそかになっていたようですね」

諫山がゆっくりテーブルに近づいて来て、帽子を取った。最近、帽子を被《かぶ》る大人など滅多に見かけないが、諫山は常にソフト帽を被っている。陽射しが直に頭に当たるのがきつくてね、というのが彼の言い分だった。そして今日は、ステッキも持っている。足が悪いわけではないのに……少し心配になって「腰でも痛めたんですか」と訊ねる。

「ああ、これですか？」諫山が軽くステッキを振って見せた。「単なる恰好つけですよ。昔は、年寄りは皆ステッキを持ってたでしょう？　最近、変に若作りするのも馬鹿馬鹿しくなってきましてね。昔の年寄りのように、ステッキを持ってみようと思ったんです」

うなずきながら、高石は少しだけ耳が熱くなるのを感じた。諫山より年上の自分は、今でも休日にはジーンズを穿《は》くし、ネクタイもつい派手な色を選びがちである。

「さて、今のお話ですが」諫山がゆっくりと椅子を引いて腰を下ろした。ステッキを両手で持ち、股の間に立てる。村の長老が知恵ある言葉を授ける、という感じだった。

「私、昨日、永原刑事局長ともう一度お話ししました」

「会ったんですか」高石は思わず聞き返した。諫山は、本来「お飾り」だ。委員会の重みを増すためだけに選ばれたメンバーと言っていい。本人に意外な正義感があることは分かっていたが、ここまでやってくれなくてもいいのに……。

「電話です。彼は、非常に困った立場に追いこまれつつあるようですね」

「それは、南記者に誤った情報が流れたことと関係があるんですか」

「大いにあります。我々が接触したことで、危うい立場に立たせてしまったようですね」諫山がうなずく。「ちなみに永原刑事局長は、この件には関与していないと私は判断しています。彼の話を聞いて確信しました」

「だったら、誰が関与しているんですか」

諫山が眼鏡の奥の目を細め、テーブルに載った香月のメモを凝視する。

「あー、ちょっと私の弱った目では読めないが、そこに書いてある三人のうち、残る二人は誰でした？」

「山梨県警警務部長の小山内一郎、それに警察庁刑事局の審議官、鈴本信也です」大隈が答える。

「なるほど、なるほど。もう少しヒントが必要ですかね？」

「諫山さん、幼児向けのクイズ番組じゃないんだから」

芝田が遠慮なく苦言を呈すると、諫山が喉の奥を震わせるようにして笑った。

「いや、失礼……永原さんと他の二人は、まったく別の立場です。別の派閥と言うべきですかね」

「警察庁の中に派閥があるのは想像できますが、どういう派閥なんですか？」高石は目を細めた。

「三池派か、そうでないか」

「三池、ですか」高石は自分の声がかすれるのを意識した。ここでまた名前が出てくるとは……三池は確かに警察OBではあるが、どこまで影響力を持っているのだろう。

「三池さんがメディア規制法案の推進者であることは、皆さんご存じですね？　彼はこの十年ほど、ことあるごとに報道規制を主張してきました。これに賛同する議員も少なからずいて、与野党横断の研究会ができている。その彼にとって、今回の事件はメディアを締めつける恰好のチャンスだったんですよ。ついに具体的に動き出したんだと思いますね」

「あり得ない」芝田が声を荒らげた。「メディア規制は、憲法違反だ。表現の自由を阻害するものです」

「時代が変わるにつれ、メディアを取り巻く事情も変わります」諫山が、宥めるように言った。「私はメディアの外の人間ですが、新聞もテレビも昔に比べれば、ずっと人権に配慮するようになってきましたね。例えば以前、事件報道で被害者の顔写真は必須だったはずですが、最近はそういうわけでもないでしょう？」

高石は納得してうなずいた。この問題は、大学のゼミでも何度も話題にしたことがある。古い新聞を学生に調べさせ、最近の紙面と比較させる——しばしば「人権侵害」として問題になる事件記事の掲載本数自体が、明らかに減ってきているのが分かるのだ。

より正確に言うと、扱いが悪くなっている。昔なら社会面で堂々と報じられたような事件が、最近は地方版に落としこまれていたりするのだ。あるいは二段、三段の見出しが立っていたのが、一段見出しのベタ記事になる。

諫山が全員の顔を見渡してから続けた。

「むしろ今は、ネットの方が問題じゃないですか？　良識が通用しない無法地帯になってしまうことも多い。しかも、それをきちんと規制するための枠がないですからね。誰かが書いたことが、コピーアンドペーストでどんどん広がってしまう。今回の殺人事件など、その典型でしょう。しかも誰かが否定しても、大きな渦の向きは変えようがない。両論併記があっても、話が面白くないですからね。その結果、いかにもあの女性……湯川和佳奈さんが犯人であるような印象が広まってしまいました。これを止める有効な手段は、今のところはありませんね？」

諫山が三人の顔を見渡す。高石は素早く、大隈と芝田の顔を見た。諫山の説明の先を予想したのか、二人の顔は暗い。諫山がうなずき、話を続ける。

「だったら強制的にストップさせてしまえ、というのが三池さんたちの現在の構想のようです。まあ、法律でソーシャルメディアをどのように規制できるかは分かりませんし、そんなことをしたら一部の独裁国家と同じになりますけどね……とにかく、虚偽情報を流した人に対しては然るべき処分が必要、というのが基本的な考えとしてあるようです」

この問題は、高石もずっと追いかけていたテーマだった。ネットの情報に入りこむノイズ……二十年以上前の高石の想像では、ネットの世界を利用するのは学術関係者や公務員、情報ビジネスに携わる人間だけだった。こういう人たちならある程度の良識は期待できるし、実名での情報発信ならおかしなノイズは混じらないだろう、と。しかし現実には、誰でもネットの世界に入っていけるようになった。そしてそこで流れる情報の九十九パーセントは、流される必要のないノイズだ。明らかな虚偽情報もあるし、そういう情報がスキャンダラスであればあるだけ、広がるスピードは速い。

こういうのを防ぐために、ネットの使用を規制すべきだ、という意見もある。少なくとも高校生ぐらいまでは、自由にネットを使わせず、その後は例えば免許制にするとか。リテラシーのない人間、悪意のある人間は、ネットに近づけないようにするのが一番なのだ。ただしそれは、諫山が指摘したように、国家がネット情報を規制している独裁国家と同じやり方である。日本は基本的に自由な国で、政府の介入は最小限であるべきだ、と高石は思っている。ネットに関しても同様だ。しかし、ネットの暴走がひどくなれば、「規制」を訴える人間も増えてくるだろう。一方で、非常識なメディアスクラムを非難する声がネット上で高まった。今回の一件は、新旧二つのメディアのぶつかり合いだ、と高石は分析している。

るのだろうか。

三池はそういう事態まで利用して、自分の理想とする法案をプッシュしようとしてい
「メディアスクラムは、恰好の材料になるんですね」高石は言った。

「いかにも」諫山がうなずいて同意する。「そして今回は、ネットに流れた非常識な情報が、三池さんの目的を後押しすることになっています」

「メディアスクラムについては、メディア側も反省しているんですよ」何だか擁護している感じだな、と思いながら高石は言った。「こういう問題は昔からありました。でも、世間一般の人が意識するようになったのは、やはりネットが普及してからです。情報の交換が容易になった上に、既存メディアを批判できる場ができたんですね。以来、マスコミはメディアスクラム対策をかなりきちんとやってきた……こういうことは言うべきではないかもしれませんが、今回のメディアスクラムは、それほどひどいレベルではなかったと思います。以前に比べれば、ですがね」

「それは高石先生のひいき目でしょう」

急に、元永が会話に割って入った。いつの間に帰って来たのか……久しぶりに委員会の五人のメンバーが揃ったことになる。元永はテーブルに近づいて来たが、座ろうとはしない。立ったまま、厳しい視線を高石にぶつけてくる。

「高石先生ご自身、新聞記者だったんだから、古巣を庇いたくなる気持ちは分かります

が、今回のメディアスクラムは相当悪質だったんですよ」

「いやいや、新聞も反省してですね……」

「メディアスクラムに加担するのは、新聞だけではありません」元永は追及の手を緩めなかった。表情も冷たくなる。「テレビも雑誌もあります。新聞記者は、『メディア』というと、いいことも悪いことも含めて、全部自分たちの問題だと思いこんでしまうようですね」

この指摘には、高石も苦笑せざるを得なかった。元永の言う通りで、新聞こそがマスメディアの代表、という意識は高石にもある。

「……分かりました」高石は話をまとめにかかった。自由な議論は結構だが、このままでは委員会の方針は定まらない。「三池さんがこの一件の裏にいたかもしれないというのは、非常に重要な問題です。もちろん政治家には、政策を決め、法律を立案する仕事がありますが、それはあくまで、国会での活動を通して行われるべきです。特定の事件をコントロールし、誰かを生贄《いけにえ》にするようなやり方は認められない。今回の調査で、もしも三池さんが介入していることがはっきり分かれば、その事実は報告書に織りこむべきだと考えますが、いかがですか？」

高石は順番に四人の顔を見回した。真っ先に反論しそうな元永――彼も基本的には、三池と同じようなメディア規制論者なのだ――も何も言わない。消極的賛成ということだろう。そう判断したが、念のために高石は確認した。

「元永先生、それでよろしいですか?」一度言葉を切り、それ以上言う必要はないだろうと思いながらも質問を続けてしまった。「元永先生のこれまでの活動は、メディアを監視し、良識ある取材・報道を促すものでした。言ってみれば、三池さんと同じ考えがベースにあるはずです」

「一緒にされたら困ります」元永が厳しい表情を浮かべて言った。「三池さんが今回やったことは、違法とは言いませんが、卑怯です。そんな手段でメディア規制を進めても、絶対にぼろが出ますよ。むしろ、阻止すべきだと思います」

「結構です」高石はうなずいた。まだ誰にも話していないが、心の中で既に決めたことがある。「では、我々はこれから反転攻勢に転じたいと思います。三池さん本人に話を聞くのは、まだ先でいい。しかしまず、彼と組んでいる弁護士の内倉さんと会ってみるのはどうでしょう? そしてできれば、湯川和佳奈さんとも面会したい。彼女自身、今回の一件では利用されただけの駒です。本人がそれを意識しているのか、納得しているのか確かめるのは大事なことでしょう。早々、山梨に行きたいと思いますが……大隈さん、同行していただけますか」

「いいですよ」軽い調子で大隈が応じた。

「そういうことなら、俺も得意なんですけどねえ」不満を滲ませながら芝田が言った。

「今回は、大隈さんにお願いします」芝田には、長年事件取材を続けてきた人間に特有の下品さがある。拒絶反応を示す相手もいるだろう。元永は、ある意味三池と理念が一致しているから、取りこまれてしまう可能性も否定できない。自分とほぼ同年輩の諫山を連れ出すのも申し訳なかった。となると、消去法で大隈しか残っていない。もちろん彼には、弁護士ならではのバランス感覚と、元検事の鋭い勘という武器がある。それを生かさない手はない。

「どうします？　早速出かけますか？」

「行きましょう」高石は立ち上がった。「三池さんは最後の砦《とりで》です。その前に、甲府で内倉弁護士に接触したい。約束はしない方がいいでしょうね」

「急襲するわけですね」大隈も立ち上がった。「戦術的には、それが一番でしょう」

戦術か……我々は戦争をしているわけではないのだがな、と高石はちらりと思った。

11

「三池の件ですが……上手くないですね」

「上手くないというのは？」政治部長の友田の報告に、新里は露骨な苛立ちを覚えた。

「うちの与党キャップが話を聞きましたが、どうにもはっきりしないんです。言質を取らせないと言いますか……もう少しきちんと話しておこうと思いまして、引き続き接触を試みているんですが、その後は逃げられているんです」

「天下の新報の政治部ともあろうものが、代議士に会うこともできないんですか」

さすがに友田が、むっとした表情を浮かべる。近くの椅子を引いてきて座り、声を潜めて話を続けた。

「逃げ回っているということは……我々に会いたくない証拠でしょう」

「今のは、同じことを言葉を換えて繰り返しているだけでは？」新里はつい皮肉を吐いてしまった。

「そうですが……とにかく、徹底的に逃げているんです。怪しいですね」

「だとしたらますます、会う必要がありますね」

「ええ」友田がうなずく。

新里は、数時間前のことを思い出していた。高石からの、突然の中間報告。「この一件は、三池によって仕組まれたものです。目的は、メディア規制法を推進するため」。それだけ言い残して、彼は甲府へ行ってしまった。何故突然、この事実を告げるつもりになったのかは、確認できていない。何か企んでいるようなのだが……もしかしたら彼は、新報との「共闘」を希望しているのかもしれない。これまで高石たちは、深く突っこみ過ぎた。このままでは、新報にとってマイナスの報告書が出てくる可能性もある。

しかし、三池という新たなターゲットが共通の敵になれば……。

それでも、自分たちの愚かさは証明されるだろう。仮に仕組まれた誤報であっても、簡単に罠《わな》に引っかかったのは間違いないのだから。新聞の裏取り能力はその程度なのかと、また世間から嘲笑される。

しかし、真実を探るのは新聞の役目ではないのか。そしてそもそも記者の本能とは、真実に近づきたいという欲求である。本能を抑えるのは容易ではない。

友田に、三池との接触を急ぐように念押ししてから、新里は一人考えた。高石とは、近いうちに腹を割って話さなければならない。手を組んで何ができるか、方策を探るのだ。もちろんそれは、高石が「たぬき」でなければの話だが。彼も元々は新聞記者であり、当然、素直ではないはずだ。

それは、自分のことを考えればよく分かる。物事を真っ直ぐ捉えられない。何か裏があるのではとすぐに勘ぐってしまう。そしてこの事件に関しては……まだ裏があるような気がしてならなかった。常識では考えられないような、突拍子もないことが。

例えば、高石と三池が実はつながっているとか。

南は十数時間ぶりに目覚めた。久しぶりに、夢も見ない長い眠り。ホテルの部屋の分厚いカーテンを開け、真昼の陽射しを十分浴びる。今日も暑い……「残暑」ではなく、

「真夏」の陽射しが容赦なく目に突き刺さった。大きく伸びをした瞬間に腹が鳴ったが、空腹を癒すのは先送りにする。まず、シャワーだ。昨夜寝る前にもシャワーを浴びたのだが、何となく体が汚れている感じがする。

思いきり熱くした湯を我慢して浴び、最後に冷水にして体を引き締める。体から水滴を垂らしながら部屋に戻り、頭をバスタオルで乱暴に拭きながら、昨夜考えた作戦をもう一度検討する。

高石は、自分を救い上げてくれるのではないだろうか。会社は……信用できない。自分が調べ上げた事実を明かす相手として相応しいのは、会社ではなく高石のように思えた。どうせ高石の方から会社へは筒抜けになるのだろうが、ワンクッション置いておくことで意味が出てくる。

久しぶりに自分の携帯を手にする。電源を入れた瞬間、高石からメールが届いているのに気づいた。

もしかしたらだが、君は自分で真相を明らかにしようと考えているのではないか？その心意気は買うが、一人で動くのは危険だ。我々は、あくまで新報とは独立した形で調査を進めている。君がもう一度話をしてくれても、会社の方には通告しないで済ませてもいい。もしも協力してくれる気があるなら、このメールに返信をくれるとありがたい。

何だかな……南はいつの間にか苦笑していた。高石は、新聞記者出身らしくなく、馬鹿丁寧な人間だ。大学には他にも、新聞記者出身の教授や、講師で来ている現役記者がいたが、だいたいが横柄で豪快なイメージだった。しかし高石は、目つきこそ鋭いものの腰が低く、学生に対しても丁寧な言葉遣いを崩さなかった。しかしメールだと妙に高圧的になるのはどうしてだろう。そもそもこういう人なのか、慌ててメールを打って、丁寧に推敲する暇もなかったのか。

どうでもいいか。

これは一つの賭けだ。どちらへ転ぶかは分からない。本当は、特ダネを大事に温めるように、もっと情報を集めて判断すべきだろう。

だが今は、時間がない。意を決して、南はメールを打ち始めた。

メール、ありがとうございました。お話ししたいことがあるので、ご連絡いただけると幸いです。今は別の電話を使っていますので、そちらに連絡下さい。

「記者会見？　何で？」和佳奈は毛先をいじった。好き勝手に伸びて……最近は、鏡を見る度にうんざりしている。もちろん、普段の行きつけの美容院には行けないだろうけど、とにかく何とかしたい。堂々と大手を振って大通りを歩きたかった。この弁護士は絶対に信用できない。いったいいつになったら、自由になれるのだろう。

「新報を告訴するにあたって、あなたが表に出た方が効果的だからだよ」内倉が、辛抱強く噛んで含めるような口調で言った。

「やだよ。また晒し者じゃない」

「顔は映らないようにする。テレビや新聞には、そういう条件で会見の通知をするから。あなたが希望するなら、音声だって変えてもらえるよ」

「何か、馬鹿みたいじゃない」

「いいか、ネットの誹謗中傷を鎮めるためには、あなたが自分で出て行くしかないんだ。本人が告訴を発表すれば、ネットのユーザーだって納得する。本当の犯人は、会見なんかしないからね。それで間違いなく、無罪放免だよ」

「本当に？」和佳奈は内倉の顔を凝視した。自信なさげな表情……この弁護士を信用していいのかどうか、今でも分からない。結局、あたしを利用しているだけじゃない？

「思い切ったことをしないと、どうしようもないからね」

「ネットの書きこみなんかはどうなってるの？」

「削除要請は、実質的にはほとんど効果がなかった」内倉が首を横に振った。

「何でよ！」和佳奈はいきり立った。できる、と言ったのはこの男じゃない。

「削除要請を無視する掲示板もあるし、ツイッターや個人のブログなんかは、とても追い切れないんだ」

「話が違うじゃない」声を荒らげ、和佳奈は立ち上がった。正座した内倉が、おどおどした表情で見上げる。「そういうの、ちゃんとやってよ。ネットの情報が消えない限り、あたし、普通に街も歩けないじゃない」

「その件なんだけど、思い切って引っ越す気はないか？」

「引っ越すって、どこに」やっと山梨を出て行ける？　目の前が少し明るくなった。

「東京。家や仕事はこっちで準備できると思う」

「仕事って……」和佳奈はすとんと床に座りこんだ。今まで真面目に仕事をしたことなどない。もちろん今、自分は自由だ。子どもはいなくなったし、自殺を図った父親や、ふさぎこんでいるであろう母親のことなんか、どうでもいい。でも、働くのは嫌だった。そんなだるいこと、していられない。「仕事なんて、考えたこともなかった」

「誰でも仕事をして金を稼いでるんだから」

「あの、三池とかいうおじさん？　あの人の愛人とかどうかな」

「冗談はやめてくれ」内倉が真顔になった。わずかに血の気が引いている。

「愛人だって、立派な仕事だと思うけど」

「そういうことを、人前では絶対に言わないでくれよ……それより会見のことなんだけど、そこでどれだけ上手く立ち回るかで、今後のことが決まるんだ。クサいかもしれないけど、子ども二人を殺された悲劇の母親、という感じでいけばいい。泣いて、話もできないぐらい取り乱せば、マスコミも追及できなくなるから」

「何で？」

「何でって、どういう意味？」

「あたし、いつまであの子たちの母親でいないといけないの？」

内倉の顔が歪んだ。どうしてそんな顔をするわけ？　あんな子どもたちがいなければ、あたしの人生はこんな風にならなかったんだから。あたしを滅茶苦茶にしたのは、あの子たちじゃない。

12

相変わらず蒟蒻みたいな男だな、と高石は苦笑した。支局長の水鳥は笑顔を絶やさず、しかしこちらに言質を与えるような発言は絶対にしない。しかし今は、へらへら笑っている場合ではないのだが……支局員が一人行方不明になってから、かなりの時間が経つ。

そろそろ焦りが出てくるはずなのに。

「本当に、南記者からは連絡がないんですか」

「まったくないです。こちらは、定期的に電話もメールも入れているんですけどね……まさか、携帯電話会社に追跡を頼むこともできませんし」

「そうですか」かすかな怒りがこみ上げてきたが、何とか呑みこんだ。彼らのやり方はどうしても本気に思えないのだが、ここで怒りを爆発させても何にもならない。「ところで告訴の件ですが、その後、何か動きはありますか？」

「いや、ないですね」さらりと水鳥が言った。

「支局としては、どう対応するんですか？」

「基本的には本社で対応することになると思います。支局相手に告訴するわけではないでしょうしね。あくまで本社相手でしょう」

「弁護士とは接触できますね」

「連絡先は分かりますよ」水鳥が手帳を開いた。「ただし、こちらからの連絡に応じるかどうかは分かりません。結構、好戦的な態度でしたからねえ。代議士が後ろについていると思って、強気になっているんじゃないかな。若い弁護士にすれば、名前を上げるチャンスだろうし」

「なるほど」最近の若い弁護士は、経済的に困窮している。少しでも大きな事件にかかわって名前を売り、仕事が回ってくるようにしたい——と考えるのは野心でも何でもないだろう。生きていくために必要なのだ。

水鳥が告げた住所と電話番号を、大隈がメモする。それをじっと見ていた水鳥が、ぽつりと言った。

「こちらも、ほとほと困ってるんですがね」

珍しく弱気が透けた口調である。これが彼の本音なのだろうかと高石は訝った。水鳥が煙草に火を点ける。支局長室で話を始めてから二十分で、三本目の煙草。これ以上の空気汚染に耐えられるとは思えず、高石はパイプを控えていた。

「お困りなのは分かりますが、だからこそ、もう少しきちんと捜すべきではないのですか」

「しかし、まさか警察に捜索願を出すわけにもいかないでしょう。本当に告訴されたら、ややこしいことになりますからね」

「逮捕されるとでも思ってるんですか」

「可能性は否定できないでしょう」

「実際には、相当難しいですよ」大隈が口を挟んだ。「名誉毀損は、構成要件が難しいんです。大抵、上手くいかない。捜査当局としては、できれば手をつけたくない事件ですね」

「ええと、大隈先生？」水鳥が、どこか白けた口調で言った。「先生が、元検察官の立場から仰っていることはよく分かります。でも、警察は何でもできるんですよ。仮に起訴まで持っていけないにしても、逮捕はできます。日本では、身柄を取られるのは一大事なんですよ。それだけでもう、犯人扱いだ。そうなったら、社がどれだけダメージを受けるか……酔っぱらってタクシーの運転手を殴ったとか、満員電車の中で痴漢したとか、そういう犯罪とはレベルが違うんです」

「犯罪は犯罪ですよ」珍しく、大隈がむきになって反論した。「とにかく、この件で検察当局がゴーサインを出す可能性は低い」

「検察が反対するように、大隈先生からプレッシャーをかけてもらえますか？」

「それは無理ですね。我々は、あくまで第三者的立場ですから」大隈の声が落ち着きを取り戻した。

「ですよね……でしたら、この件ではあまり責めないで下さい。我々としても、打つ手がないんですから」

高石は、飄々としているこの支局長の弱気を初めて見た。いくらでも突っこむことはできるが、それは自分たちの仕事ではないと思う。メディアのあり方に関する理想や正義感は、この際棚上げしておこう。客観的に、私情を交えず調査を進めるのが仕事なのだから……ふいに、床に置いたブリーフケースの中から電子音が聞こえた。メールの着信だ、と気づくまでに一瞬間が空く。携帯でメールのやり取りをすることはほとんどないので、分からなかったのだ。水鳥に対して、内倉弁護士の印象を突っこんで聞いている大隈を横目に、高石は体を屈《かが》めて携帯を取り出した。聞き取り調査中に携帯を気にしてはいけないが、滅多にメールなど来ないので、かえって確かめたくなっていた。

南。

瞬時に鼓動が跳ね上がる。記者時代の自分だったら、大声を上げて立ち上がっているところだ。さすがに年齢を重ね、こういうことでは興奮しないようになっていたが……しかしこれは、放っておけない。何故かこの場で確認する気にはなれず、高石は話を切り上げにかかった。

「早速、内倉弁護士と会ってみようと思います」

携帯をブリーフケースに落としこむと、大隈が不審気な視線を向けてきた。話はまだ終わっていない、とでも言いたげに……しかし高石は、彼に向かってうなずきかけ、重大事が起きている、と知らせようとした。短い間一緒に仕事をしているだけなのに、彼はそのうなずきだけで、高石の気持ちを読んだようだった。

「では、お邪魔しました」大隈が立ち上がり、念押しする。「またお話を聞くことがあると思いますが」

「いつでもどうぞ」水鳥が溜息混じりに言った。「散々搾り取られてますから、もう何も出ませんけどね」

高石は、早足で支局の階段を降りた。もう少し若ければ、二段飛ばしで駆け降りているところである。

「どうしたんですか、高石先生」

頭の上から、怪訝そうな大隈の声が降ってくる。高石は振り返らず、ひたすら階段を早く降りることに専念した。コンクリートの硬く冷たい感触が、靴底から全身に伝わってくる。ようやく駐車場まで降りて、息を整えた。幸い、人気はない。一安心して携帯電話を取り出し、メールの内容を確認した。

メール、ありがとうございました。お話ししたいことがあるので、ご連絡いただけると幸いです。今は別の電話を使っていますので、そちらに連絡下さい。

南……ほっとすると同時に興奮もする。結果、鼓動はさらに跳ね上がった。

「高石先生……」

再度の大隈の呼びかけに、はっと顔を上げる。何も言わず、携帯をそのまま彼に渡した。画面を睨んでいた大隈の眉根が、一気に狭まる。顔を上げた時にも、まだ表情が歪んでいた。

「これは……」

「一昨日、彼にメールを送っておいたんです。その返信ですね」

「偽物とは考えられませんか？　誰かが彼の携帯を使ってメールを送ってきたとか」

「大隈先生、それは少し、陰謀論に偏り過ぎですな」高石は携帯を取り返し、南がメールの末尾に記載した携帯電話の番号を頭に叩きこんだ。記憶にある番号とは違う……詮索されるのを恐れて、自分の電話は使わずに、どこかでプリペイド式の携帯電話を手に入れたのだろう。「とにかく、まず連絡を入れてみましょう。もしかしたら彼も、何か摑んだのかもしれない」

　高石は、頭に叩きこんだばかりの電話番号を自分の携帯に打ちこんだ。通話ボタンを押して、携帯を耳に押し当てる。駐車場に籠るむっとした熱気のせいか、興奮のせいか、耳にかすかに汗をかいていた。このメールは、ほんの数分前に届いたものである。少なくとも南は起きていて、携帯が使える環境にいる。もしかしたら甲府市内にいるのでは、と高石は期待した。それならすぐに会える。彼の情報が、自分たちの調査——真相を探る調査にも役立つのではないかと期待した。

　呼び出し音……出ない。七回のコールの後で、留守番電話に切り替わってしまった。何か手違いがあったのかもしれないと慌てたが、すぐに南は、自分の携帯電話の番号を知らないのだと思い直した。一瞬間が空いてしまったが、メッセージを残す。

「ああ……高石です。メールをいただきました。この電話番号が私の携帯です。折り返し電話していただけますか」

電話を切り、ゆっくりと息を吐き出す。いつの間にか額にも汗をかいていた。指先を滑らせると、じっとりと濡れている。ハンカチを取り出し、ゆっくりと顔を拭った。

「出ませんか？」大隈が心配そうに訊ねる。

「見覚えのない番号だから、用心しているんでしょう」

二人は並んで歩き出し、支局の敷地を出た。空気が淀んでいた駐車場に比べると多少はましだが、それでもやはり暑い。右手を顔の横で振って風を送ってみたが、何の効果もなかった。さて、どうするか……やらなければならないことはたくさんある。一番の問題は、その順番だ。まずは内倉、南――どちらとの面会を先にするか。南から折り返し連絡がない以上、予定通り内倉の事務所を訪ねるべきだろう。

支局から十分離れたと判断したところで、二人は立ち止まった。大隈が携帯で地図を検索し、内倉の事務所を確認する。

「県庁の近くですね。甲府の法律事務所は、だいたいその辺りに集まっているようです」

「歩きましょうか」

「大丈夫ですか？　ちょっと距離がありますよ」

「大したことはないでしょう」強がりだ、と自分でも分かっていた。距離的には数百メートルしかないが、この暑さは老体には応える。年を取ると暑さがきつくなる、と昔から聞いていたが、それは完全に嘘だった。体が鈍くなる速度を上回って、地球温暖化は進んでいるのではないか。しかし、こんな短い距離でタクシーを拾っているのも馬鹿馬鹿しい。「行きましょう。時間を無駄にしたくない」

「いるといいんですがね。弁護士は、結構事務所の出入りが多いんですよ。法廷に出たり、依頼人と会ったり……事前に電話ぐらいはかけておいた方がいいと思いますが」

「それでは急襲する意味がないでしょう。取り敢えず、彼を驚かせるのが目的でもあるんですよ」

「高石先生も人が悪い」苦笑して、大隈が歩き出す。

「準備ができていない時の方が、人は本音を話すものです。いきなり嘘をつける人は、天性の犯罪者ですよ」

「なるほど」

高石はすぐに歩みを止めた。大隈が、不審気な表情で振り返る。

「どうしました?」

「予定変更です」高石は携帯電話を振ってみせた。「南君から電話です」

第四部　続　報

1

　南はひどくやつれていた。頬はこけ、髭の剃《そ》り跡には傷も目立つ。ワイシャツはくしゃくしゃで、ネクタイにも皺が寄っていた。

「食事してないのかね」狭いホテルの部屋の中で、高石は落ち着かない気分になっていた。

「最近の新聞記者の、普通の食事をしてましたよ」南が自嘲気味に言った。

「というと？」

「コンビニの弁当とファストフードです……先生がサツ回りをしていた頃は、何を食べてたんですか？　コンビニもファストフードもなかったでしょう」

「そうでしたね、私は今でも、その手の店には入り辛いですよ」

そうか、彼らの「張り込み食」はコンビニやファストフードなのか。自分たちが若い頃、大事故や事件の現場で張り込みをしていると、支局長の奥さん手作りの握り飯が届いたりしたものだが……今や、そんなこともないのだろう。高石はかすかな寂しさを感じた。狭いシングルルームの中で、三人は自然にそれぞれのポジションを見つけた。高石は小さな椅子。大隈が一人がけのソファ。そして南はベッド。深く腰かけたので足が浮いてしまい、膝から下が行き場を失ったようにぶらぶらと揺れている。

南が思い切りよく顔を擦った。それで少し顔に赤みが戻る。煙草を取り出すと、「吸ってもいいですか」と訊ねる。うなずくと火を点け、深々と一服したが、すぐに激しく咳きこんでうつむいてしまった。灰が散らないようにと、煙草を持った右手だけをベッドと水平に上げている。ようやく咳が収まって顔を上げると、「失礼しました」と短く言ってまた煙草を吸った。

高石もパイプを使おうと思ったが、準備している時間がまだるっこしい。一本ねだると、南が面白そうな表情を浮かべた。

「先生はパイプ派じゃないんですか」

「パイプは準備が大変なんです」

うなずき、南が立ち上がって煙草を一本振り出す。高石は身を乗り出して引き抜き、ライターを断って自分のマッチで火を点けた。久々に吸う煙草は味気なく、紙を燃やした煙を吸いこんでいるようだった。やはりパイプの方が、はるかに香りに深みがある。結局、三回ほど吸っただけで灰皿に押しつけた。南は携帯灰皿を手に、一本を大事に吸っている。すぐにでも本題に入りたかったが、南も自分のペースを守りたいだろうと思い、高石は自分からは話を切り出さなかった。やがて煙草を携帯灰皿に押しこむと、南が一つ咳払いをして顔を上げる。

「黒幕は三池のようです……そこまでは摑みました。裏は取れていませんけどね」

皮肉っぽい台詞を聞いた限り、反省しているのかこの状況を馬鹿にしているのか、分からなかった。しかし高石は、彼が一人でそこまで探り出したことに驚いた。

「黒幕というのは、どういう意味かな」自分たちも同様の結論に達していることは告げずに、高石は突っこんだ。

南が苦笑する。それを見て高石は、かつてのゼミでの討論を思い出した。「どういう意味かな」。それが自分の口癖なのだと今さらながら気づく。つい正確さを求めてしまうのは、記者時代からの習慣だ。

「今回の事件で、新報に誤報を書かせようと計画したのが三池なんです。あちこちから手を回して、私のネタ元……情報源に嘘をつかせた」

「つまり、警察が完全な嘘をついたということですか」高石は、頭に血が昇るのを感じた。いかん……それでなくても最近、血圧が高いのに。

「何のために」自分の中ではあっという間に推理の輪がつながったが、念のために確認する。

「それは分かりません」南が力なく首を振った。「俺のネタ元も、ただ上から指示されてやっただけだと言ってます」

「その『上』が誰かは分かりませんか？」

「さすがに、それを明かすのは拒絶しました。三池と俺のネタ元の間には、まだ何人も人がいると思います」

「県警の警務部長は、どんな人ですか」

突然話題が変わったので、南の顔に戸惑いが浮かぶ。

「キャリアですけど……普段の取材ではほとんど接点はないですね。一、二度顔を合わせたぐらいかな」言い訳するように、南が早口で説明した。「警務部長がどうしたんですか」

「直接指示していたのは、その人かもしれません」

「まさか……」

「他に、警察庁にも怪しい人間がいるんですよ」

「俺のネタ元が言っている『上』って、警察庁のことなんですか？」ベッドのクッショ

「そうなります」

ンを利用するようにして、南が勢いよく立ち上がる。苛立ちを隠そうともせず、狭い部屋を右往左往し始めた。

「我々は今、それを明らかにしようとしています」

「そんなこと、できるんですか」立ち止まって高石の顔を凝視して、南が挑みかかるように問うた。

「最初から難しいと決めつけるのは、記者の態度としてどうかと思いますよ」

高石がやんわり言うと、南は黙りこんだ。顎に手を当て、うつむいて床を見詰める。南は元々、考えこみ過ぎるタイプだ。そして思考のループに入ってしまうと、いつまで経ってもそこから抜け出せない。高石は声をかけて、強引に彼を現実へと引き戻した。

「君のネタ元は誰なんですか」

「それは、言えません」うつむいたまま、南が言った。

「こういう状況なんですよ？」高石も立ち上がった。「もはや、君が間違った記事を書いたとか、そういうこと以上に大きい問題になっているんです。今後のためにも、情報源の名前は必要ですよ。その人も、我々の調査の俎上《そじょう》に載せる必要があるかもしれません」

「先生たちの調査は、あくまで誤報の原因を探ることでしょう？　それに関して、ネタ元の名前は関係ないじゃないですか」

「誤報は大抵、記者側に責任があります。その話はゼミでもしましたね？」

南がゆっくり顔を上げてうなずく。実際にはそれほど頑なになっていないようだと判断し、ほっとして高石は続けた。

「根本的な勘違い、確認不足、功名心によるでっちあげ——基本的に誤報の原因は三種類しかありません」

「覚えています」

「勘違いはよくあることです。それこそ聞き間違いとか。確認不足も、誤報の原因としては極めてポピュラーです。相手の情報が曖昧な時は、他の情報源に再度確認するのが基本ですが、締切時間の関係などでそれを怠った結果、誤報が起きる。そして三つ目——これについては、言うまでもないですね」

「ええ」

「君の場合、二番目と三番目の複合による誤報だと判断しています。報告書にはそういう内容を盛りこむことになるでしょう」

「俺は別に、でっちあげなんて——」

南が声を荒らげる。新しい煙草をくわえたが、火を点けるのさえ面倒なのか、すぐにパッケージに戻してしまった。

「でっちあげでなくても、事実がまったくなかったのは間違いないでしょう。問題はむしろ、功名心の方ですね。君の場合は、焦りと言うべきかもしれませんが……同期はどんどん本社へ上がっていく。自分は特にミスも犯していないのに呼ばれない。結局、いい記事で上層部の受けをよくするしかない――記者としては、極めて当たり前の考えですよ」

「だけど、普通の記者はそこで失敗しないんですよね」自嘲気味に南が言った。

「それはその通りです……しかし今回の誤報は、根本的に他の誤報とは違う。取材相手が意図的に誤った情報を流して、君を――新報を陥れようとしたんですからね」

「だけど、何のためにそんなことを？」

「三池という男がどんな政治家か、知ってますか？」

「それはまあ、地元の代議士ですが……」

高石は言葉を切り、南の顔を凝視した。眉が寄っている……集中している様子がありありと窺えた。

「彼は、メディア規制論者なんです。行き過ぎた取材活動や、事実関係を無視した記事に、何らかの罰を与えようとしている」

「そんなの、報道の自由の妨害じゃないですか」南の耳が赤くなった。

「彼の持論では、マスコミは時々行き過ぎてしまう。報道の自由と、報じられる側の人権と、どちらが大事かということですね」

「何でそんなことを？　彼は元々警察官僚でしょう？　被害者の人権になんか、あまり気を遣わないタイプだと思いますよ。警察は、被害者保護より犯人逮捕なんだから」

「彼がどうしてこの活動に熱心になっているかは分かりません。調べたんですが、この件ではインタビューなども受けていないようですね……今はさらに、ネットについても網を広げています。あそこには、まさに無法地帯のような場所がたくさんある。既存メディアと一緒にして、規制の網をかけようと目論《もくろ》んでいるんでしょう」

「ネットなんかと一緒にされたらたまらない」南が吐き捨てた。

「今回の事件についてはどうでしょうね。メディアスクラムと同時に、ネットでも被害者への誹謗中傷が激しかった。一般の読者やユーザーからすると、どちらも同罪、という感じではないでしょうか」

「メディア規制のきっかけとして、わざと俺に誤報を書かせた――そういうことですね」

言ってから、南は唖然《あぜん》とした。高石もうなずく。驚くのも当然だろう。人は様々な陰謀を巡らす。陰謀が悪ければ「計画」だ。思いもかけぬ計画で、一点突破、膠着《こうちゃく》した事態の打開を図ろうとすることも珍しくない。しかし三池のやり方はあまりにも尖っている。失敗を考えなかったとしたら、三池の考えも底が浅い。

「そうとしか考えられません。実際、君の書いた記事は大きな批判を浴びて、新報もあ

たふたしているんです。我々が書く報告書がどういう結論になるかはまだ分かりません
が、三池はそれも、メディアに対する攻撃材料にするかもしれませんよ」

「何で俺が……」南が唇を震わせる。顔を上げたが、顔面は蒼白だった。自分の力では
どうしようもない事態に直面し、無力さを実感しているに違いない。「訳が分からない」

「どんな出来事にも、裏面があるものですよ」

「でも、そんなことを言ってたら取材できないじゃないですか」

今の記者の感覚はこういうものか、と高石は驚いた。人の発言には必ず裏があり、実際の言葉と本音が違うことを、高石は長年の記者生活で散々思い知っていた。特に政治家の言葉がどれだけ信用できないか……官僚や警察官も、多かれ少なかれ裏に本音を持っている。記者を上手く使って、自分に都合のいい記事を書かせようとする人間は多いのだ。南が簡単に人を信じてしまったのは、そういう性格なのか、それとも世代の違いなのか。

「我々は、裏で何が行われていたかも、可能な限り公表するつもりです。もちろん、裏は取りますがね」

「ひどい皮肉ですね」そう言う南の口調にも、皮肉っぽい調子が戻っていた。目にも力が戻っている。「それでも、ネタ元は言えません」

「南君――」

「俺は記者失格かもしれません。餓になるかもしれない。でも、今はまだ記者なんです。記者でいるうちは、その基本を守りたいんです」

「我々が、別の調査から君のネタ元を探り出すかもしれない」

それまで黙っていた大隈が口を開く。そう、それは不可能ではあるまいと高石も思った。この調査チームには、それだけの能力がある。

「それとこれとは別です。とにかく、俺は何も言いません——言えません」

「仕方ないな」高石は大袈裟に溜息をついてみせた。「さて、お茶にでもしませんか？ ついでに君は、何かまともな物を食べるべきでしょう。腹が減っていると、人間はろくなことを考えないですからね」

「腹は減ってませんけど……コーヒーは欲しいですね」南がようやく表情を崩した。

「昨夜は久しぶりによく寝たんですけど、まだ目が覚めない感じです」

「では、ちょっとコーヒーブレークにしましょう」高石は安堵の吐息を漏らした。南は、完全に頑なにはなっていない。ゆっくり時間をかければ、ネタ元を明かすかもしれないと期待した。

「外ですか？」南が警戒心を露《あらわ》にした。

「何か問題でも？」

「いや……ずっと用心していたんです。支局の人間に見つかったら、俺の調査を邪魔されるかもしれないと思って。だから携帯の電源も切って、プリペイド式携帯を使っていたんですよ」

高石は思わず声を上げて笑ってしまった。それを見て、南がむっとした表情を浮かべる。

「何ですか」

「考え過ぎです」笑みを浮かべたまま高石は言った。「支局長は、君をそれほど熱心には捜していなかった。定期的に電話やメールを入れていたぐらいですよ」

「捜索願は……」

「ないですね」

南ががっくりと肩を落とした。「馬鹿みたいでしたね」と言って自分の携帯を手に取り、電源を入れる。

「人間、追いこまれて誰の助けも受けないでいると、不必要なほど用心深くなるものですよ」高石はうなずいた。

三人は結局そのまま、三十分ほどホテルで今後の作戦を打ち合わせた。それからようやくコーヒーブレークのために街へ出て、駅の方へ向かって歩き始める。

南口が昔ながらの甲府の雰囲気を残した街だとすれば、今歩いている北口には、少しだけ現代的な表情がある。駅舎からは、ロータリーを跨《また》ぐように長いデッキが伸び、大きなビルやマンションも建ち並んでいた。ただし、北の方に目を向けると、山が意外と間近に迫っており、圧迫感を受ける。

「どこか近くで、お茶が飲めるような店はありますか」

高石が訊ねると、先を歩く南が一瞬立ち止まって振り向いた。

「この辺だと、駅ビル——エクランの一階ですね。南口です」

「結構ですね。少し歩きましょうか」

三人は無言で歩き続け、駅の構内に入った。駅ビルの二階がコンコースになっているのだが、県都の玄関としてはささやかなものである。短いエスカレーターを降りて、南口のロータリーの前に出た瞬間、いきなり声をかけられた。

「失礼」

顔を上げると、目の前に二人の男が立ちはだかっている。無表情だが、体から露骨な敵意が発散していた。一歩先を歩いていた南が後ずさる。高石は無意識のうちに、南を庇って前に出た。二人の男はネクタイなしのワイシャツ姿で、双子のように似た背恰好だった。ただし右の男の方が顔が丸く、左の男のこけた頰には小さな傷がある。左の男の方が危険だ、と高石は判断した。自分のような年寄りに、物理的に止められるはずもないが……諫山のようにステッキを持つべきだった、と後悔する。あれは、いざという時に武器にもなるだろう。

「警察です」

呼吸を止めていた高石は、ゆっくりと息を吐き出した。警察か……油断した。南は、自分を捜しているのは支局の人間だけだと思っていたのだろうし、高石も警察が動き出すようなことはないと想像していた――しかし警察は、やはり南を捜していたのだ。おそらく、口止めするために。南が携帯電話を使ったタイミングで、居場所を突き止めたのだろう。さすがに素早い。そして今、警察は自分たちにとって「敵」のようなものである。要警戒だ――ただし、人気の多い往来で無茶なことはしないだろう、という読みもあった。いくら甲府が寂れているとはいえ、ここは駅前である。

「何のご用ですか」

左の男が、高石の質問を無視して南を凝視した。振り向くわけにはいかないが、高石は少しだけ右へ移動して視界を遮ってやった。男が舌打ちし、前に詰め寄ろうとする。

「用事があるならここで言いたまえ」高石は少しだけ声を硬くした。

「その人に、ちょっと警察まで来てもらいたいだけでね」男が、ぶっきらぼうな口調で告げる。

「何のために」

「それをあなたに言う必要はないでしょう」

「何も言わずに連れて行くのは、問題だと思うが。そもそも任意の事情聴取は、本人が納得しなければできないはずだ」

「あんたに用事はない」

「まあまあ」丸顔の男が割って入る。「時間は取らせません。少し協力してもらうだけでいいんですよ」

典型的な「良い警官、悪い警官」だ、と高石は思った。こういう具合にコンビで攻めてくる刑事は、高石が若い記者だった頃にもいた。一人が厳しく迫り、もう一人が宥める。そうやって、容疑者の心のバランスを崩していくのだ。

「失礼ですが、告訴の件についてでしょうか」大隈がすっと前に出た。普段よりもずっと声に張りがあり、のんびりした調子は消えている。

「さあ……我々は何も聞かされていない。連れて来るように命じられただけなので」丸顔の男が釈明するように言った。

「正式に告訴されたという情報は、まだ私たちの耳には入っていません。いずれにせよ、あくまで任意ですよね。理由も告げずに事情聴取を強要するのは、法的に問題がある」大隈が張りのある声でまくしたてる。

「何なんだ、あんたは」傷跡の男がいきり立った。

「失礼。私は彼の個人的な弁護士です」

大隈が名刺を取り出し、傷跡の男に差し出す。男は名刺と大隈の顔の間を、何度か視線を往復させた。横柄な態度で名刺を受け取る。親指に力が入って、名刺がたわんだ。

「今後何かあったら、私の方を通していただけますか？　逮捕ということなら話は別ですが、それは多分無理でしょうね」

「逮捕するかどうかは、警察が決める」傷跡の男はなおも引かなかった。

「私は、東京地検特捜部ＯＢでもあります。捜査のやり方に無理があるかどうかは、あなたたちよりもはるかにきちんと判断できますよ。火傷《やけど》しないように、どこかでサボっていることをお勧めします。警察のやることが常に正しいとは限らないんだから」

傷跡の男が、大隈の名刺を摑んだ手を前に差し出したまま、一歩退いた。顔にはまだ鋭い表情が浮かんでいるが、明らかに気合いは抜けている。「東京地検特捜部」の権威は、相当失墜したものの、未だに影響力と迫力がある言葉なのだ。

「どうぞ、お引き取り下さい」高石は二人に向かって右手を差し出した。「警察の方で何か用事がある時は、こちらの大隈弁護士にご連絡を」

二人はなおも高石たちを睨みつけていたが、やがて踵を返して去って行った。高石は静かに息を吐き出し、荒れる鼓動を何とか抑えつけた。こんな年になっても、まだ恐怖や焦りを感じるものだと驚く。七十歳を過ぎれば、あらゆることを経験してしまっていてもおかしくないのだが。

二人の背中が見えなくなるまで見送り、高石は振り返った。大隈は「してやったり」

とでも言いたげな表情を浮かべているが、南は険しい顔つきだった。

「告訴って、何なんですか」

「被害者の母親が、新報を告訴する準備をしている。弁護士が通告してきたそうだ。あなたも当然、対象になるでしょう」

大隈が説明すると、南の顔から血の気が引く。固く握り締めた手の爪が、掌に食いこんでいた。

「あまり気にしない方がいい」高石は慰めた。「君は単なる駒だ。個人的な攻撃とは受け止めない方がいい」

「気分がいいものじゃないですね」

「まあ、いざという時は大隈さんが何とかしてくれるでしょう。君はたまたま、優秀な弁護士を味方につけたんだよ」

「しかし、ややこしいことになるかもしれませんね」大隈の表情が急に険しくなった。

「実際には、私が南記者を弁護するのは無理だと思います。調査委員会の仕事と、利害衝突になりかねない。調査の信頼性も揺らぎますよ」

「まあ、その時はその時で考えましょう。本当に告訴などということになったら、新報の方でも弁護士を手当てすると思いますよ」

「馘になったら、会社が弁護士をつけるわけがないじゃないですか」南が自棄《やけ》になったように吐き捨てた。

「君が馘になるなどという話は、私はまったく聞いていません」高石はきっぱりと言い切った。人事に関して何か言える立場ではないのだが。

「しかし……」

「君は、何でも自分で抱えこむ悪い癖があるようですね」高石は少し口調を強くして説教を始めた。これだけは言っておかないと気が済まない。「今回の件、裏に何があるか自分で調べようとして姿を消したんでしょう？　そんなことをする必要はなかった。一言、『普段の仕事から外してくれ』と言えばそれで済んだんですよ」

「まさか」

「甲府支局長は馬鹿ではない。謹慎させる振りをして、君を泳がせておくぐらいは、大したことではないんです。それなら、こんな大騒ぎになることはなかった。もっと頭を使いなさい」

「……すみません」南が唇を噛んだ。

「まあ、いろいろ失敗するのも勉強のうちです。君の記者生活は、まだまだこれからなんですよ。今回の失敗も、必ず将来の糧になります」

2

「どちら様ですか？」

ドアを開け、客を迎えた内倉の声がひっくり返った。何だ、この人、やっぱり大したことないじゃん。気の弱い男だ——和佳奈は鼻を鳴らした。でもそんなこと、どうでもいいや。どうせあたしは操り人形みたいなものなんだから。時間がかかるなら、ゲームでもして時間を潰そうか、と携帯を手にする。

「いや、そんな話は聞いていない……え？　いや、そうですが、こちらには会う義務はないでしょう」

「何よ」和佳奈は不満の声を上げた。事務所で打ち合わせをしたいというので、久しぶりに甲府市に来てみたのだが、時間が経つにつれて不機嫌になっていた。この事務所は座っているだけで不快になるほど古くて、変な臭いが漂っている。

ドアのところに張りついていた内倉が振り向く。顔は蒼く、額に汗が滲んでいた。大袈裟なのよ……和佳奈はソファに携帯を置いて立ち上がった。誰が来たのか知らないけど、これから打ち合わせじゃない。追い返しちゃえばいいのに。ドアが大きく内側に開き、内倉がジャンプするようにして後ろに下がった。入って来たのは二人の男。誰？

ジイさんと、中年の男。見覚えがない。ジイさんの方が先に和佳奈に気づき、声をかけてきた。

「湯川和佳奈さん？」

「だったら？」

「湯川和佳奈さんですね？」

訊ねるのではなく、確認するような口調。和佳奈は意識して、うなずかないように注意した。認めたら、何かろくでもないことが起きる気がする。

「私は、日本新報の外部調査委員会の委員長をしている高石と言います」

「え？」日本新報って……これからあたし、あそこを告訴するんじゃないの？　和佳奈は無意識のうちに一歩下がっていた。ソファがふくらはぎに当たり、倒れこむように座ってしまう。

「ちょっとあなたに話を聞かせてもらいたいんです。いや、あなたを捜していたわけではないんですがね」高石が、内倉にちらりと視線を投げた。「こちらの内倉弁護士と話をしたかったんです。ところが訪ねて来たら、たまたまあなたがいたわけで……いい機会なので、是非話を聞かせて下さい」

「話すことなんかないわよ」

「お引き取り下さい」

内倉が高石の前に立ちはだかった。高石は微動だにせず、内倉の肩越しに和佳奈を凝視している。怒っているわけでもなく、「こいつが鬼母か」と馬鹿にしているわけでもなく……何を考えているのか、まったく分からない。和佳奈は、胃の中に固いしこりができたように感じた。

「時間はかかりませんよ」と高石。

「この女性は、日本新報を告訴しようとしているんです。事前に日本新報の関係者と接触するのはまずいですね」内倉が硬い口調で言った。

「ほう、つまりこの人が湯川和佳奈さんだということは、あなたも認めるわけだ」

高石の指摘で、内倉が一歩引く。油が切れた機械のように、動きがぎくしゃくしていた。動きが遅い隙を狙うように、もう一人の男がすっと前に出て、和佳奈に話しかける。

「弁護士の大隈です。同じく、調査委員会の人間ですが……あなた、利用されてるだけなんですよ」

和佳奈は唇を引き結んだ。そんなことは分かっている。でも、初めて会った人間にそんなことを指摘されて、自分が本物の間抜けみたいに思えてきた。

「三池という代議士に会いましたか？」

大隈の問いかけに、和佳奈は無言でうなずいた。内倉が慌てて駆け寄って来て腕を摑んだが、反射的に振りほどいてしまう。触って欲しくない……この弁護士は気に食わない。どこかで切るべきだったのだ。三池の名前が出てきた時とか……でも、どうやって切っていいか分からなかった。

「今回、あなたが犯人扱いされたこと……日本新報の誤報については、三池代議士が裏で糸を引いていた可能性があります」

「え？」何、それ？　突然話が予想もしていない方向へ暴走して、和佳奈は混乱した。糸を引いていたって、要するに計画的にやってたってこと？　三池があたしを犯人に仕立て上げようとしたの？　思い切り内倉を睨む。内倉は一瞬目を合わせただけで、すぐに視線をそらしてしまった。その瞬間、和佳奈は全てを悟った。どういうことか分からないけど、この馬鹿弁護士も自分を騙している。たぶん、あたしの弁護士になったのは、とんでもない幸運だったのだろう。三池が何を企んでこんなことをしたかは分からないけど、まさか、都合良く使える人間が自分から飛びこんでくるなんて……手を叩いて喜んだかもしれない。あのジジイがそんなことをしていたかと思うと、吐き気がするほどむかつく。

何で、あたしだけこんな目に遭うの？

「どういうことなのか、教えてよ」和佳奈は大隈に突っかかった。

「いいですよ。ただし、この事務所でお話ししましょう」

「それは困る」内倉が反発した。「ここは私の事務所だ。私の仕事の話以外で、人に貸すわけにはいかない」

「あなたには、監視が必要なんです」高石が静かに言った。「我々がここを出て行けば、すぐに三池代議士に連絡するでしょう？　それでは困るんですよ。裏から手を回されたら、我々の調査は滞ってしまう。大隈さん、あなたが湯川さんから事情を聴いて下さい」

「分かりました」

「私は、取り敢えずあなた……内倉先生の監視をしなければなりませんね。とは言っても、私は年寄りだ。力も武器もない。どうしましょうかね……そうだ、あなた、将棋はやりますか？　湯川さんとの話が終わるまで、二人で時間潰しというのはどうでしょう」

新里は唖然として言葉を失っていた。まさか、こんなことが……高石たちの暴走には怒りを覚えたが、むしろ混乱しているという意識の方が強い。いったい、この状況にどう対処しろというのだ？

「もしもし？」

高石の声で現実に引き戻された。一つ息を吐き、両肘をデスクに載せる。そうしないと体がぐらつき、椅子から転げ落ちてしまいそうだった。

「聞こえてます」

「もう少しきちんと裏を取る必要はありますが、まずこの線で間違いないでしょう」

「新報は被害者みたいなものじゃないですか」

「誤報を出したんですから、それは違う」高石がぴしゃりと言った。「しかし、報告書にきちんと盛りこんで明らかにすることで、世論は新報の味方になるんじゃないですか」

それは甘過ぎる……今回の事件で、誰が裏で糸を引いていたかを明らかにしても、世間は冷たい反応を示すだろう。特にネットユーザーが、「検証能力もないのか」「騙される方が悪い」と揶揄してくるのは目に見えている。

そう、新聞は騙されてはいけない。誰かに利用されてはいけない——そういう基本を忘れてはならないのだ。

「この線で、報告書をまとめようと思います」

「南に間違ったネタを流したのは誰なんですか」

「それがですね……」電話の向こうで高石が苦笑する。「彼は今もって、絶対にネタ元の名前を明かさないんです。あなたたちの教育が素晴らしいと言うべきでしょうね。記者の基本ですから」

「我々が事情聴取しても同じでしょうか」

「恐らく。墓場まで持って行くつもりかもしれません。見上げた根性ですよ」

「しかし、その人間が特定できないと、どうしようもないでしょう。誰から命令を受けたのかが分からない限り、三池には辿り着けませんよ」

「ご心配なく。手は打っています」高石の声は自信に溢れていた。「別の筋から割り出せるよう、手配しました」

「そこまでやるのは、調査委員会の仕事の範疇《はんちゅう》を超えているのでは……」さすがに心配になってきた。芝田が、記者根性丸出しで真相に迫っているというなら、分からないでもない。しかし高石まで……むしろ抑え役として期待していたのだが。

「やるからには徹底してやるんです。それに、新聞としてもこれは問題ではないんですか？　一人の政治家が、法案成立を推進するためとはいえ、こういう卑怯な真似をするのは許されない。違法行為ではないにしても、脱法行為と言っていいのでは？」

「何が仰りたいんですか」

「書けばいいんですよ」高石が宣言した。「我々が報告書を提出する。それをベースにして、本当は何があったのか、堂々と記事にすればいい。ここは戦うべきところですよ。新聞の基本の基本です」

その戦いが許されるべきかどうか……自らの正当性を声高に主張するような記事に、どれだけの人が価値を認めるだろう。また新聞が勝手なことを書いていると、白けられるだけではないか。

「あなたたちは、人の言うことを気にし過ぎる」高石が指摘した。

「いや、そういうわけでは……」

「そもそも今回の調査委員会も、昔だったら考えられないことでしょう。新聞は新聞、自分たちの姿勢に自信を持って、ニュースを伝えてきた。読者の言うことになんか、耳を貸しませんでしたよね」

「そんなことはないですよ」否定しながらも、高石の言う通りだ、と思った。

「新聞を旧時代のメディアだとすれば、ネットは間違いなく新しい時代のメディアだ。ネットでは全ての意見が並列、等価値で、ユーザーは自分で真偽を見定め、情報の軽重を決めなくてはいけない。それこそが、新しい時代のメディアの在り方だという意見が主流です。でもそれは理想論だ。誰も、そんな面倒なことはしたくない。結果的に、自分が見たい情報だけを求めるようになるんです。ネットニュースで閲覧される上位ジャンルは何だと思います？　圧倒的に芸能とスポーツですよ。ずっと離れて事件・事故だ。結局世の中の人は、下世話な話が大好きなんです。新聞がどうこうしたと騒いでいるのは――メディアの動向に関心があるのは、ほんの一部なんですよ。なのにあなたたちは、それを気にし過ぎる。もっと堂々としていればいいんです。一つの指針として――絶対的指針ではないとしても、新聞はこれからも存在し続けるべきなんです」

高石の自説——演説と言っていいような喋りを聞いているうちに、新里は混乱している自分を発見した。
いったい今まで、何をやってきたのだろう。自分は何を気にしていたのだろう。

3

高石は、隣に座る芝田にちらりと視線を投げた。緊張している。ある意味、この一件の「肝」になりそうな人間にこれから会うのだ。

それにしても、この感覚は懐かしい。いわゆる「夜討ち」——相手が帰って来るまで家で待つ。駆け出しの頃は、毎晩のように警察官の家の前で待ち続けた。

「来ますかね」

芝田の声は暗かった。雨が降っているせいかもしれないし、不安でもあるのだろう。彼のようなベテランにしても、大事なポイントに突っこむ時は緊張するに違いない。

「来ますよ。相手は何も気づいていないはずだから。家に帰って来ないわけがない」

狛江《こまえ》市との境に近い、調布《ちょうふ》市の住宅街。そこにあるマンションが、香月の自宅だった。最初に裏の情報をもたらしてくれた男——そして今、さらに話を聞く必要性が生じてきた。

「それにしても、遅いですね」

芝田が神経質そうな目つきで腕時計を見る。釣られて、高石もダッシュボードのデジタル時計を見た。二十一時十五分。芝田の愛車であるジープ・チェロキーは狭苦しく、居心地が悪い。長く待つことになったら面倒だな、と高石は思った。

雨……そのせいで昼間の蒸し暑さは消えていたが、張り込みには最悪の天気だ。家のすぐ近くにいないと、相手の傘が目隠しになって見失ってしまう。しかし、ずっと停まっている車は目立つし……埃だらけの車が雨で綺麗になるのはいいことだな、と高石は前向きに考えることにした。それにしても、この雨は厄介だ。停まっていても常にワイパーを動かしていないと、視界が確保できない。いっそのこと、外に出て待っていようかとも思ったが、マンションの前にずっと立ち尽くしていると、それはそれで目立つものだ。近所の人が警察に通報でもしたら、厄介なことになる。結局、フロントガラスを睨むように目を凝らし続けるしかなかった。

「帰って来たらどうしますか？」芝田が訊ねる。

「成り行きですけどね……家に入れてくれるとは思えないな」

「じゃあ、成り行きで勝負ですね」

「そうですね……話を聞くのはあなたに任せましょう。それで――」

高石は口をつぐんだ。来た――たぶん。

駅の方から、傘を斜め前にさしかけて歩いて来る男の姿が目に入る。ひょろりとした長身に猫背。大股でかなりの速度で歩くその姿は、間違いなく香月だった。芝田が何も言わずに車のドアを開け、外へ出る。傘を開く時間ももったいないようで、狭い道路を走って渡った。玄関ホールに入るために傘を閉じた香月が芝田に気づき、動きを止めたまま顔を引き攣らせる。高石も後に続く。

「夜遅くに失礼」芝田がすかさず声をかけた。わずか十数秒の間にずぶ濡れになってしまったが、気にする様子もない。

「何……ですか」香月の声がかすれる。

「この前の続きです。あなたのお陰で、いろいろなことが分かりましてね。我々もそろそろ、結論を出さなくてはいけない。そのために、あなたにもう少し情報を教えてもらいたいんです」

「無理ですよ」

「そこを何とか」芝田が頭を下げた。「これは取材じゃないんです。調査――社会的にも意味のある調査なんですよ。それにあなただって、重要な問題だと思ったから、私たちに情報提供してくれたんでしょう」

香月が無言で芝田を見詰める。その顔には疲労の色が濃かった。食事も摂らずに残業を終え、ようやく帰って来たら面倒な相手が待っていた――どんな人間でもうんざりする状況である。

「十年前、あなたに迷惑をかけたことは申し訳なく思っています。あなたが、得体の知れないフリーのジャーナリストにぺらぺら情報を漏らすような人間じゃないことも分かってますよ。ただ、今の私は立場が違う。自分で記事を書くんじゃなくて、新聞社の依頼を受けて調査しているんです」

「私からもお願いします」高石は口添えした。「もう少し……間もなく事態の全貌を知ることができる。その手助けをして下さい」

「……十分だけなら」うつむいたまま香月が言った。

「助かります」芝田がまた頭を下げた。「向かいに車を用意してあるんです。そこで話しませんか？」

「分かりました」

香月が真顔でうなずき、すぐに傘を開いて車の方に歩き出す。高石は傘を開き、芝田にさしかけた。

「どうも」緊張しているのか、芝田の反応はぶっきらぼうだった。

「私は前に座ります。お二人は並んで後ろに座った方がいいですよ」高石は言った。

「先生が質問した方が、答えてくれそうですけどね」

「彼は、あなたの獲物でしょう」高石は小声で囁いた。そんな気遣いをしなくても、雨のせいで声はかき消されてしまうはずだが。「最後まで責任を取って下さい」

高石の指示通り、芝田は香月を後部座席に座らせ、自分は横に滑りこんだ。ドアを閉めた途端、湿った嫌な臭いが高石の鼻を突いた。窓を開けようかとも思ったが、ずぶ濡れになると分かっているので、何とか臭いを我慢する。香月は緊張のあまり、そんなことが気になる様子でもなかったが。

「香月さん、あなたが教えてくれた二人がどういう人物なのか、よく分かりましたよ」

芝田が話しかけても香月は返事をしない。視線を膝の辺りに落としているようだった。当面、頑なな態度を取り続けるつもりか……芝田が、覚悟を決めたように低い声で、自分たちが摑んだ事実を語り始めた。

「警察庁の中は、ある法案を巡って二分している——結論から言うとそういうことですね？　しかもこれを主導しているのは、警察庁内部の人間ではない。警察ＯＢの三池代議士です。三池は、今回の甲府の殺人事件を上手く利用して、世論をメディア攻撃の方向へ導こうとした。その狙いはほぼ成功したと言っていいでしょう。やり方はあなたもご存じの通り、新報に誤報を書かせることだった」

「——ネットも誘導していたのはご存じですか」香月が低い声で言った。

「まさか」芝田の驚きは本物だった。

「スキャンダラスな事件ですから、ちょっと煽るだけで、マスコミを批判する流れは簡単にできたんです」

　そこまでやっているのか、と高石は呆れた。確かに、ネット上で憎悪感を煽るのはそれほど難しくない上に、効果は絶大だ。

「昔だったら、誤報なんて、訂正記事を載せればそれで終わりだったんですけどね」芝田が溜息をついた。「でも今は、世間の目が厳しい。検証記事を出しただけでは済まず、三池は外部調査委員会を設置するよう、新報に要請してきました。新報は、あっさりとそれを呑んだ。世間の批判がこれ以上高まるのを恐れてだったんでしょうが……それで俺たちが集められた。三池としては、ここまでで十分だったはずです。我々がどんな結論を出すにしても、それに対してまた攻撃ができる。世論を上手く利用して——しかしその『世論』とやらにも、三池は規制の網をかけようとしているんですね。昔は、『世論』なんて実態のないものだった。せいぜい、マスコミが行う世論調査の結果が、『世論』と呼ばれていたぐらいです。でも今は、リアルな形で世論が存在する。もちろん、ネット利用者だけの世論ですから、ある程度偏った方向に捩《ね》じれるわけで、中には個人攻撃になっているものもある。大衆による名誉毀損、リンチですよね。今回の甲府の事件でも、同じようなことが繰り返された。新旧メディアによるメディアスクラムです。三池は、既存メディアも新しいメディアも一括して規制するために、今回の事件を利用した。世間がメディアに反発している時なら、法案提出のタイミングとして絶好だと考えたんでしょう」

一気に喋って、芝田が言葉を切った。話しているうちに怒りがこみ上げてきたのか、肩が上下している。香月はうつむいていたが、耳が赤く染まっているのが高石にも分かった。芝田が続ける。

「三池は、警察庁の中にシンパを囲っています。この連中が三池の構想通りに事態が動くよう、工作していた。誤報を故意に発生させるために、間違った情報を新報に流したんですね。その中心にいたのが、山梨県警警務部長の小山内一郎、それに警察庁刑事局の審議官である鈴本信也——メディア規制法案推進派です。そして反対側にいたのが、刑事局長だ。これに関しては、私は何とも言えません。こんな法案が提案されたら全力で反対しますが、立案は官僚の仕事だし、物事をどう考えるのも個人の自由だ。日本はそういう国でしょう?」

「……いや、戦前へ逆戻りですよ」

香月がぽつりと言った。それは心配し過ぎでは、と高石は思ったが……。

「たぶん三池は、個別の取材を法的に制限することまでは考えていないと思う。彼が問題にしているのは、メディアスクラムのような複数の社による過剰な取材、そして報じ方じゃないかな。この『報じ方』には、既存メディアだけじゃなくてネット系の情報発信も含まれる。一気に網をかけるつもりでしょうけど、そうなったら皆萎縮するでしょうね。日本人は、空気を読むのに長《た》けてるから」

「そういう法案に反対する人間が、警察庁に多いのは事実です」香月が認める。

「刑事局長も反対派ですね？」

「だから、あなたたちが局長に接触してきたのは正解だったんですよ。局長は、簡単な情報戦で三池先生に対抗しようとした」

「誤報の主導権を握った人間の名前を、俺たちに流して」

「そういうことです。私は単なるメッセンジャーですよ」ようやく香月が顔を上げた。

「この情報をどう扱うんですか？」

「裏を取るのは難しいでしょうね。でも、報告書には盛りこむことになるかな。それで三池には、十分なプレッシャーをかけられる」

「それが正しいやり方だと思います……だけど、正面からぶつかり合って喧嘩をするのは大変ですよ」

「代議士一人潰すぐらい、何でもないけどね」芝田が茶化すように言った。「あの連中は誰だって、叩けば埃ぐらいは出る身だ。だけど、わざわざ全面戦争に持っていくことはないでしょう」

「それが賢い方法だと思います」

「我々がやることに賛成するなら、もう少し教えて下さい。南記者に誤った情報を直接流したのは、誰なんですか」

「それは……」

香月が黙りこむ。芝田も言葉を切ったまま、彼の反応を待った。香月も喋る決断はできているはずで、あとはタイミングの問題だけだろう——今は無理に押さない方がいいと、高石も判断した。

短い沈黙の後、香月が山梨県警のある幹部の名前を告げた。高石はそれを頭に叩きこむ。芝田が馬鹿丁寧に礼を言った。

「ご協力、感謝します。それともう一つ、教えてもらえませんかね」

「何ですか」香月が右手で左手を握ったのが見えた。脈を測っているようでも、血流を止めているようでもある。

「三池は、何でこんなにメディア規制にこだわるんだろう。彼の過去をちょっと調べてみたけど、マスコミを恨むような動機が見つからないんですよ」

「それは……」

香月が躊躇する。知っている、と確信したのか、芝田が畳みかけた。

「知ってるなら教えて下さい。敵のモチベーションを知るのは、戦争で最も大事なことなんだから」

しかし香月は沈黙を守った。シートに半ば隠れた高石の背中も、緊張で固くなっている。ここは助け舟を出すか——そう思った瞬間、香月が口を開く。

「元々は、新報さんの問題だと聞いていますけど」

「うちが何か、三池と因縁があったんですか？」思わず声を張り上げた芝田が、すぐに苦笑した。「うち」。辞めて十五年も経つのに、こんな言葉が出てくるのが、自分でも意外だったのだろう。

「あった、と聞いています。あくまで噂ですけどね」

「噂でもいいです。もう少し、具体的に」

「いや、それは……誰かが知ってますよ」

「香月さん、その『誰か』を捜すのに、どれぐらい時間がかかるか、分かりますか？目の前に知っている人がいるのに、逃すわけにはいきませんよ」芝田がさらに追及した。

「無責任なことは言いたくないんです」

「聞いた情報は、必ず裏を取ります」芝田が真剣な口調で言った。「それが、誤報を出さない基本でしょう？　あなたから聞いた情報をそのまま使うことはないし、仮に使うとしてもあなたの名前は絶対に出ないようにします」

まるで新聞記者の言い草だ——高石は少し呆れて、平手で自分の腿を叩いた。ぴしり、という甲高い音に耳を突き刺されたのか、香月がびくりと体を震わせる。芝田がなおも説得を続ける。

「取材だったらもっと粘りますけど、これは取材じゃない。報告書はあくまで報告書ですからね。でも俺は間違いたくないし、同時にあなたを守りたいとも思っている。もしもあなたの名前が表沙汰になったら、俺を殺していいですよ」

いい年をした男が吐く台詞じゃないと思ったが、効き目はあったようだった。香月がゆっくりと顔を上げる。「私から出た話だということは、絶対に口外しないで下さい」と念押しした。

どんな情報が出てくるのか……高石は、かつて何度も味わった高揚感をはっきりと思い出していた。取材相手が口を開こうと決心した瞬間。何度も通い詰め、もう駄目かもしれないと諦めかけた時にこそ、そういう瞬間は訪れがちである。そういう時、高石はもう一人の自分の存在を強く意識した。落ち着け。間違いはないか気をつけながら話を聞け、と言い聞かせる自分がいる。

その感覚が、久しぶりに蘇ってきた。興奮と冷静——しかし香月の説明は、高石に冷水をぶっかけた。

そんなことが原因なのか？　これは単なる私怨じゃないか。

「夜討ち」をかけた翌朝、委員会のメンバーは部屋に集まっていた。昨夜の聞き取り調査の結果を説明した後、高石は「ひどい話です」と締めくくった。

「しかし、本当なんですかね？」芝田も懸念していた。あまりにも唐突で、信じられなかったのだろう。

「ある程度は確認を取れると思います。やってみましょう」

「確認できたら、どうしますか？」芝田が慎重な口調で訊ねる。

「今の事実は、報告書には盛りこみません。憶測の域を出ませんし、裏を取るのも難しいですからね。ただし、新報側の耳に入れておく必要はあるでしょう。報告書を提出する際に、私が口頭で説明します」

「そうですか……」芝田の声が沈みこんだが、一瞬のことだった。すぐに普段の調子に戻って進める。「南記者のネタ元に関してはどうします？」

「実名を挙げるのはやめましょう」香月の線から、名前は既に摑んでいる。「誰かは分かっているが、プライバシーの問題を鑑みて記載しない、と明記するのがいいでしょうね」

「報告書はどうするんですか？」

「まだ調べなければならないこともありますが、書き始めましょう」

「穴空きの状態で始めていいんですか？」元永が心配そうに訊ねる。

「最初に、紙面で一か月後を目処に報告する、とありましたね。あれが我々の締切なんです。締切を守るのは、新聞としては基本中の基本なんですよ。息をするのと同じぐらい自然なことなんです。とにかく我々には、タイムリミットがあります」高石はにこりと笑った。委員長に任命されてから、心の中でずっと固まっていた「凝り」のようなものが解けていくのを感じる。謎が全て解けたわけではないが、委員会の仕事としてはこれで十分だ、という意識はあった。

「かなりぼかした内容になるでしょうね」久しぶりに顔を見せた諫山が言った。

「それは仕方がないと思います。むしろ、我々の方で情報の取捨選択をした方がいい。新報は報告書そのものを公表するとは思いますが、向こうでまずい部分を黒塗りするようなことはさせたくない」

「検閲は無用、ですか」諫山が皮肉に言った。「となると、書き方にも相当の工夫が必要ですね」

「我々はプロの作家さんを抱えていますからね」高石は穏やかに笑って芝田を見た。彼の方ではそれを、苦笑で迎撃する。「芝田さん、最高で月産何枚ぐらい書いたことがありますか?」

「まあ……千枚ぐらいになった時はあります。後でガス欠を起こしましたけどね」

「倒れたら、私たちがフォローします。今回は思う存分、筆をふるって下さい」

「分かりました」溜息一つ。しかしそれで、芝田は自分の中にある不安や不満を押し流してしまったようだった。「とにかく、書き始めてみましょうか。報告書なんて書いたことがないから、どうなるか分かりませんけどね」

「スタイルについては、私がお手伝いできますよ」諫山が穏やかな口調で言った。「警察庁の審議会の仕事をした時に、さんざんやりましたからね」

「よろしくお願いします」芝田が素直に頭を下げる。

「では、他の細かい話を進めつつ、報告書に取りかかりましょう。ただし、ここに資料や書きかけの原稿を残さないように、細心の注意が必要です。今後、全員が集まるのは、報告書が完成して擦り合わせをする時だけにしましょう。取り敢えず、長期間お疲れ様でした」高石は立ち上がりながら頭を下げた。何となく感慨深い……元々面識のない調査委員会のメンバーは、この一件で結びつきを強くしたと思う。自分や諫山のような年寄りはともかく、他の三人に関しては、今後の仕事に役立つ人間関係が作れたのではないだろうか。

「高石先生、先ほどの件の通告については、どうするんですか」元永が、どこか不安そうな口調で訊ねる。

「そうですね……まあ、口頭でやるつもりなので、流れで、ということになるでしょう」

「正式な報告の場で行うおつもりですか？」

「どういうことですか？」

「先ほどの話は、極めて個人的な問題でもありますよ。それが他の人に知れたら、どうなりますかね」

「どうもならないでしょう」高石はわざと軽い調子で言った。「四十年も昔のことですよ？　今さら何か問題になるとは思えない。ご本人は恥をかくかもしれませんが、まあ、それぐらいは……」

「そもそもの原点があの人なんだから」芝田が皮肉っぽい口調で同調した。「ある程度責任を感じてもらうのは、当然でしょう」

「少し気が引けますね」元永の声には元気がなかった。

「元永さんが心配されるのは、理解できますよ」高石はゆっくりと腰を下ろした。「でも世の中には、誰かが傷ついても、明るみに出さなければならないこともあります」

そう――事実は人を傷つけることがある。万人が納得し、「よかった」と言われることなどない。誰かが得をすれば誰かが損をする、それが世の中のバランスというものだ。

「あとは、この委員会のメンバーの身の安全を図ることが大事ですね。我々は、少しばかり大きな山に突っこんでしまいました」

諌山の言葉に、場の空気が凍りついた。確かに……報告書は、危険な存在になるだろう。作成にかかわった自分たちを邪魔に思う人間は確実にいるはずだ。大隈が手を挙げて発言を求める。

「その件については、ご心配なさらなくてもよろしいかと」

「そうですか？」諫山が怪訝そうに訊ねる。

「我々の名前は既に公表されています。逆に言えば、我々の身に何かあったら、世間はこの報告書絡みだと考えますよ。となると、疑いの目が特定の方向を向く……一定の抑止力にはなると思います」

「なるほど」諫山がうなずく。

「それに三池は、我々に攻撃をしかけるほど馬鹿じゃないでしょう。今回の件が失敗したら、次の新しい手を考え始めますよ。彼はどうも、懲りない人間のようですからね」

「なるほど、なるほど」納得したように、諫山がさらに深くうなずく。「しかし彼は、執念深い。四十年も前のことを、未だに恨みに思っているんだから」

「あまり深刻に考えるのはやめにしましょう」高石は議論を打ち切りにかかった。今心配しても仕方のないことだ。何かあったらその時に対応する——それで十分ではないかと思えた。

自分たちはよくやった。

今はその事実に満足するしかない。

4

南は、そろりと現場に復帰した。いろいろ情報は摑んだが、記事にできるものはない。しかし自分が探り出したことは、高石の報告書には盛りこまれるはずである。自分の手によってではないが、事実は明らかになる。

しかし、さすがに平気な顔をして仕事を再開するわけにはいかない。支局長の水鳥とデスクの北嶋には正式に謝罪した。処分も覚悟した。北嶋は「お前がいない間大変だった」と愚痴を零したが、水鳥は何も言わなかった。にやにやしながら、姿を消していた間の状況を聞き、最後に「処分についてはまだ何の話も出ていないから」と告げる。

「処分なし、なんですか」誤報に続いて、無断での職場放棄——処分は一段階重くなって当然だと思っていた。

「なしとは言っていない。本社だって、まだそこまで頭が回らないだけだよ。もう少しすると、ガツンとくるかもしれないから、覚悟しておくんだな……それとは別に、支局としては処分せざるを得ない」

「はい」支局長に記者を処分できる権限があるかどうかは分からなかったが、南は素直に返事をした。

「サツ回りから外す。というより、しばらく外での取材は禁止だ。お前がうろうろしてると、ろくなことがないからな。支局でサブデスクをやってくれ。毎日九時出勤、終わりは午後十一時。その間、一切外出禁止だ。飯も出前――あ、煙草を吸いに駐車場に降りるのだけは許すよ」

安堵の息を細く吐き、南は水鳥の顔を真っ直ぐ見た。何というか……相変わらず本音が読めない男だ。もしかしたら、とんでもなく度量が広い？　いや、そんなはずはない。基本的には何も考えていないだろう。

その日からさっそく、北嶋の補佐としてサブデスクに入った。これで喜んでいるのは北嶋だけである。多少、仕事が楽になるのは間違いないのだから。

そして南は、これが十分過ぎるほどの罰だということを早々に思い知った。普段、代理デスクに入る時にも感じていたのだが、とにかく他人の原稿に目を通すのが苦手なのだ。明らかに事実関係を誤認している原稿、文脈がつながらない下手な原稿……書き直しているうちにあっという間に時間が過ぎてしまい、ストレスだけが募る。

夕刊の締切が終わる午後一時過ぎまでは、警戒が続いた。とはいっても、時には夕刊に話題物を売りこむこともあるが、今日は特に何もなかった。新聞を読んで時間潰しをし、積み残されていた原稿に目を通し……時間が過ぎるのが遅い。出前で昼食を済ませ、夕方からの忙しい時間に備える午後――食器を片づけ終えたところで携帯が鳴った。プリペイド式携帯ではなく、自分の携帯。石澤からの電話だったので、一気に緊張感は頂点に達した。自席を離れ、窓辺に寄って小声で話し出す。

「何かありましたか？」一瞬心配になったのは、石澤の身に何か起きたのではないか、ということだった。自分と接触したのがばれて――いや、それだったら電話などできるはずもない。

「ちょっと耳に入れておきたいことがあるんだが、会えないかな」

「勘弁して下さい」頭が熱くなり、思わず声を張り上げてしまった。この男は、性懲りもなくまた俺を騙そうとしているのか？

「信じる、信じないはあんたの自由だが――」

「また誰かが何か企んでいるんじゃないんですか」南は石澤の話の腰を折ってまくしたてた。「二度、同じ手には引っかかりませんよ」

「お詫びだと言っても、信じてもらえないだろうか」

さらに反撃の言葉を吐き出そうと思っていたのだが、意に反して口が閉じてしまう。お詫び……本気か？　いや、絶対に俺を騙そうとしている。それに引っかかったら駄目だ。

「とにかく今は、外へ出られないんです。支局に軟禁されてましてね……夜の十一時までは足止めです」

「その後でも構わない」

「いや、しかし……」

「俺はまだあそこにいる。家には帰れない」

「あそこは……監視もあるでしょう」

「隣のマクドナルドなら大丈夫だ。あそこは二十四時間開いてる……十一時から待ってるよ」

石澤は、南の了解を得ずに電話を切ってしまった。唖然として電話を見詰めながら、南はすっぽかしてやろうか、と思った。石澤が、深夜一人でぽつんとあの店に座っている様子を想像すると――すっきりしない。ざまあみろと思いたいのだが、気持ちは思うように動かなかった。

何なんだ？　この期に及んで、俺はまだこの事件に関するネタが欲しいのか？

午後十一時半――二十四時間営業のマクドナルドの店内は静まり返っている。ほぼ無人で、石澤はすぐに見つかった。既に三十分ほど待っているはずだが、真っ直ぐ伸びた背筋は、座り始めた時から一切変わっていないのでは、と思われる。来てはみたものの、どうしたらいいのか……南はコーヒーを一杯買って、彼の向かいに腰を下ろした。石澤は驚く様子もなく、一礼しただけだった。食べ終えたホットアップルパイの包み紙がトレイの上にある。目の前のカップに入ったコーヒーは、量が減っていない。

「新しいコーヒーでもどうですか？　もう冷めてるでしょう」

「いや」つぶやくように言って石澤がカップを取り上げ、一口飲んで顔をしかめる。首を横に振ってカップを置いたが、それでも「これでいい」と短く言うだけだった。

南は言葉に詰まった。思い切り罵りたい、という気持ちは未だにある。しかしこの前、言いたいことは全て吐き出した。彼も組織の中の人間であり、命令には従わざるを得ない――その件に関する詳細は、高石が逐次教えてくれた。どういう伝を辿ったのか、かつての恩師は、どこから命令が生じ、どんなルートを辿って石澤のところへ辿り着いたのかを解明してしまったのだ。自分は口を割らなかったが、石澤の名前も知っているようである。どうやら警察庁の中にもこの一件に反発する一派がいて、高石たちに協力したようだ。地方記者の自分には想像もできない取材――調査だ。高石は「久しぶりに記者の血が騒ぎましたよ」と笑っていたが、自分は今後、そういう際どい取材を経験できるかどうか分からない。

目の前にいるこの男のせいで。

いつまでも愚図愚図考えているのは潔くないと思いながら、どうしても石澤を信じることができない。また自分を騙そうとしているのでは、という疑惑が頭に忍びこんでくる。

「警察が俺を追っていたみたいなんですけど」

「そうか」

「ご存じないんですか」

「俺は全部知っているわけじゃない」

「何のため、だったんでしょうね」

石澤が溜息をつく。南の顔を見たが、「そんなことも分からないのか」と言いたげだった。

「あんたが色々調べていると、都合の悪い真実を見つけ出すかもしれないと思ったんだろうな。あんたが姿を隠していたことは、県警内部では早い段階で摑んでいた。見つけて、余計なことをしないように釘を刺すつもりだったんじゃないか」

携帯の電源をずっと切っていたのは正解だったのだ、と今さらながら思った。しかし、警察は恐ろしい……高石と会って、携帯の電源を入れてからわずか一時間足らずで、俺の居場所を割り出したのだから。

「あんたが俺を信用しないのは当たり前だと思う」石澤が突然言った。

「よくご存じじゃないですか」

石澤が苦笑する。またカップを取り上げ、一口飲んだ。先ほどよりはすんなりと胃に落ち着いたようで、今度は表情は変わらない。

「はっきり言うね」

「あれで人間不信にならないのは、よほどの間抜けですよ。それより石澤さんは、いつまであそこにいるんですか」

「さあ」

「さあって……」

「状況は日々変わっている。一つ言えるのは、俺の立場は非常に危ういということだな」

「石澤さんは、ただ命令をこなしただけじゃないですか」少しだけ皮肉をこめて南は指摘した。

「ミッションは失敗だったと思われてるだろうな。俺の名前は漏れなくても、誤報が仕組まれたものだということは、多くの人が知ることになる。それは止められないだろう」

「そうですね。止めようとしたら、もっと大騒ぎになるでしょう。新聞だって、今度は遠慮なく攻撃しますよ」

「俺は……川に捨てられたごみみたいなものだな」石澤が自嘲気味に言った。「自分では泳ぐこともできない。流されていくだけだ」

「何を詩的なことを言ってるんですか。そういうの、似合わないですよ」

南はにやりと笑ってみせたが、石澤の表情に変化はなかった。アイデンティティの危機を迎えているのだ、と判断する。これまで石澤は、上からの命令を確実にこなすことで、ここまで出世してきたのだろう。しかし今回の命令は邪悪な意図から出されたものだった。彼は、法には触れないが倫理的には非常に問題のあるミッションをこなし、しかもそれは失敗しつつある――どんな人間でも、こういう状況に陥れば、混乱するぐらいでは済まないだろう。

「いろいろ考えた」

「何をですか」

「あんたに借りを返すにはどうしたらいいのか」

「勘弁して下さい。そんなこと、必要ないですよ」

「それじゃ俺の気が済まないんだ」石澤が顔を上げる。わずか数週間の間に、ずいぶん痩せたようだ。「間違った情報に対しては……正しい情報じゃないかな」

「俺にそれを信じろって言うんですか」さすがに南は、はっきりとした怒りがこみ上げてくるのを感じた。同時に、わずかな戸惑いが心を揺らす。

「また何か、裏があると思ってるんだろう」南の考えを見透かしたように石澤が言った。

「当たり前じゃないですか。俺はもう、警察は信じられませんよ。今後記者を続けていくことになっても、もう警察の取材はしたくない。そんな人事があったら、自分から辞めます」

「そんなに嫌か……」石澤が溜息をつく。

「同じ目に遭わされたら、石澤さんも同じように考えると思いますよ」

「そうだろうな」

「だから、そういうのはやめて下さい。もう、いいじゃないですか」ネタ元を失うことになるが――いや、もはや彼をネタ元などと考えてはいけないだろう。

「それじゃ俺の気が済まない」

「石澤さんの気持ちの問題じゃない。これは、俺の人生の問題なんですよ」南はカップをきつく握った。溢れた熱いコーヒーが手を濡らしたが、気にもならない。

「これからも記者としてやっていきたい気持ちはあるのか」

「さあ……どうでしょうね」分からない、というのが本当のところだ。こんな間抜けな騙しに引っかかってしまった自分には、記者の資格はないだろう。新報はお情けで馘にはしないかもしれないが、飼い殺しになるのは間違いない。それを嫌って辞表を提出し、同業他社に仕事を求めても、採用されるわけがない。新聞業界は狭いのだ。大きなミスをした人間の悪い評判は、あっという間に広がってしまう。かといって、テレビや出版の世界には全く興味がない。

「正直、マスコミとは全然関係ない世界へ行った方がいいかもしれない、とも思います」

「だとしても、記者として決着はつけておくべきじゃないのか」

「どうやって」

「特ダネを書いて」

「まさか」南は声を上げて笑ってしまった。何を夢物語のようなことを……石澤がネタをくれるというのか？　またでっち上げの、適当なネタを？

「俺が聞くのも変だが……この前、どうしてあんなに焦った？」

「それは……締切時間が近かったからですよ」これが公式見解だ。いつまでも支局で燻っている自分の立場……そんなことは石澤には言えない。

「それだけ？」

「そういう風に言うことになっています」

「あの夜……あんたのすぐ後に、福元が来たんだよ」

「ああ」地元紙のサツキャップ。石澤の家を出た直後に姿を見かけた……そう、福元の存在が自分を焦らせたのは間違いない。

「あんた、彼を見たね」

「ええ」

「俺は、彼には何も言っていない。でもあんたは、別のことを考えたんだろう」

南は黙ってうなずいた。地元紙も突っこんでくる可能性がある。裏が取れないからと言ってむざむざ掲載を見送ったら、特ダネのつもりが一転して抜かれるかもしれない——この件は、高石には正直に話した。委員会の報告書にも盛りこまれることになるだろう。

「今回は、どこかに抜かれる心配は絶対にない。ゆっくり裏を取ればいい」

確かに焦りがなければ、確証が生まれるまで取材を続けることはできる。しかし、そんなことを警察官に教えてもらっていることに嫌気が差した。

「マスコミは本当に何も知らないんだ。だいたい、あんたのところがあの記事を掲載した後、報道は尻すぼみになった」

「湯川和佳奈の事情聴取をした時は、また大騒ぎになったでしょう」

「ただし、何もなかったわけだから」

「彼女は、本当に犯人じゃないんですか」

南は今でも、かすかな疑問を抱いていた。これも高石から聞いた話だが……もしも南が湯川和佳奈と直接会って取材していたら、犯人だという疑いをさらに強めていただろう、という。それほど、湯川和佳奈というのは、初対面の人間にマイナスの印象を与える人物だというのだ。

「違う」石澤は即座に否定した。

「そもそも、湯川和佳奈はどんな人間なんですか？　皆が犯人だと疑うぐらいだから、ろくでもない女なんでしょう？」

「クソ詰まらない十代、暗黒の二十代、怒りの三十代を過ごして、早々と絶望の四十代に至るタイプだよ。その先の人生は、死ぬまで変わらない。何の刺激もないし、何をやってもそこから浮かび上がれない毎日が、ずっと続くんだ」

「ひどい言い方ですね」週刊誌が書き立てていた以上に。

「しかし、犯人じゃないんだ」

「じゃあ、新しいネタなんかないでしょう。だって、他に容疑者は——」

「いる」

「え？」予想もしていなかった答えに、南は固まってしまった。当初から母親が怪しいという前提で動き始め、他の容疑者のことなど想定もしていなかったのである。警察とて、それは同じだったはずだが……。

「鑑識と科捜研が、現場の徹底した調査を何度も行った。手がかりがなければ基本に戻れ、ということだな。その結果、重大な手がかりが今になって見つかった」

「まさか……」

「現場を見直して、後から重大な手がかりが出てくることはよくあるよ」

「それが、犯人に直接結びつくんですか？」

「まだ分からない。普段から、あそこに証拠らしき物を残していてもおかしくない人間ではあるからな」

話を聞いているうちに、南は次第にその可能性が腹の底に落ち着いてくるのを意識した。納得がいく。不自然ではない。動機も想像がつく。

「湯川和佳奈に関しては、再度事情聴取をする予定だ。動機面に関して、彼女の証言が欲しいからな」

「できれば俺も、彼女に直接取材したいですね」

「それはやめておいた方がいい」石澤が顔の前で手を振った。「あんたは、彼女から告訴されていたかもしれないんだぞ」

「……そうですね」顔から血の気が引く。高石たちが庇ってくれたが、まさか警察が追って来るとは思わなかった。

「取り敢えず、告訴の心配はなくなったようだ」

「そうなんですか？」身を乗り出してしまった。カップが危なっかしく揺れたので、手を伸ばして上から叩くように押さえる。

「湯川和佳奈も、自分が利用されていただけなのに気づいて、うんざりしたんだよ。逆に担当弁護士と三池を相手に訴訟を起こす、なんて言ってるらしい」

「誰が知恵をつけたんでしょうね」

「さあね……」恍けたが、石澤は何となく心当たりがありそうだった。「勝手な思惑で自分を利用しようとして、精神的なダメージを受けた、というのが理由だろうな。慰謝料を請求すると脅しているらしい」

「彼女は今、どこにいるんですか」

「どこに隠れていたか、あんたは知ってるのか？」

「ええ。石和温泉の……」

「愛人が借りたマンション、な。愛人を脅して金を貰って、まだそこに引き籠ってる」

「恐喝じゃないですか」湯川和佳奈は、殺人事件についてはあくまで「被害者の母親」だったのだが、この目茶苦茶な状況が、新たな「犯罪者」を生んでしまったのか。

「それについて立件する気はないがね。一種の痴話喧嘩のようなものだから。いずれにせよ、各社の記者は、まだ彼女の居場所を知らないはずだ」

「だったら俺が――」

「やめておけ」暗いまなざしで、石澤が釘を刺した。「彼女の意思ではないにしても、あんたは一時告訴されそうになってたんだぞ。余計なことをして、またトラブルに巻きこまれたら、今度こそ致命傷だ」

　致命傷。その言葉が南の脳に突き刺さる。思わず唾を呑み、すっと身を引いた。やはり誤報が怖い。誤報だと分かった時のショックは、頭に直接手を突っこまれ、脳みそをかき回されたようなものだった。

「あんたが目指すべきは、そこじゃないだろう」

「じゃあ――」

「本筋だよ。この事件の本筋だ」

5

またこの部屋に逆戻りか……時々インタフォンを鳴らす人間がいるが、和佳奈はずっと無視していた。誰が来るか、分かったものではない。内倉からは何度か電話がかかってきたけど、これも無視。用事があるならメッセージぐらい残せばいいのに。単なるご機嫌伺い？　まあ、湯川和佳奈も偉くなったものよね。今や重要人物なんだから。

本当に怖いのはマスコミの人間だけだ。いや、怖いわけじゃない。鬱陶しい。あの連中に囲まれたら自由に外を歩けないだろうし。今のところ、居場所は分かっていないみたいだけど、いつまでここに隠れていられるか……内倉に対して「訴えてやる」って脅したけど、もちろんそんなつもりはない。裁判なんて面倒だし、金もかかるだろう。脅して、内倉と三池から少し金を引き出せればいいのだ。新しい生活を始めるための資金を。そうすれば、あんな連中のことは忘れてやる。いや、むしろ忘れたい。

今までの自分の人生も。

外へ出ると危険だということは分かっている。いつの間にか和佳奈の顔は知れてしまっているようで、歩いているだけで後ろ指を指されている感じがするのだ。さすがにこんな田舎の温泉街では、声をかけてくる人はいないけど。かけてくればいいのに。唾を吐きかけて、ぶん殴ってやる。無実の人間を犯人扱いして、何が楽しいわけ？　暇だから、誰かをからかって遊んでやろうとでも思ってるの？

世の中、暇人が多過ぎる。

この部屋に戻ってから、和佳奈は開き直って毎日のように外へ出ている。誰かに後ろ指を指されることがないのが不思議だったが、気にしすぎだったのか……マスコミが張っている気配もない。だったら誰がインタフォンを鳴らしているのだろうと不思議に思ったが、余計なことは考えないようにした。幻聴かもしれないけど、だったら何？　もうどうでもいい。

駅前にあるイオンの中をぶらつく他に、行き先はパチンコ屋ぐらい。今まであまりやったことはなかったけど、パチスロにはあっという間にはまってしまった。しかも自分は、こっちの筋に才能があるようなのだ。雲行きが怪しくなってくると何となく予感で分かるので切り上げ、おかげで毎日、ちょっとずつ儲けている。金はいくらあっても困らないから、これはありがたかった。もしかしたら内倉から金を分捕らなくても、これから暮らしを立て直すための資金ぐらいは稼げるかもしれない。

何より、この騒音がいいんだな……パチスロ台って、こんなに賑やかだったんだ。様々な音に体を包みこまれて、じんわりと頭が痺《しび》れてくる快感を味わう。

しかし今日は、そんな快感が途中で断ち切られた——誰かに肩を叩かれて。気軽に肩なんか叩かないでよ、と眉を吊り上げて振り向くと、知らない男が二人、立っていた。二人ともやたらと体格がよく、凶暴な顔つきをしている。まさか、ヤクザ？　一瞬顔から血の気が引いたが、二人が同時に、しかも丁寧に頭を下げたので、その筋の人間ではないだろうと判断する。

しかし次の瞬間には、左右から腕を摑まれてしまう。乱暴する気はないようだが、かなり強い力で、暴れても逃げられそうにない。結局、二人に引っ張り上げられるように立たされてしまった。

「何よ！」金切り声で叫んだつもりなのに、自分の耳にも届かない。

「外へ」一人が耳元に顔を寄せて囁く。丁寧だがぞっとするほど冷たい口調で、和佳奈の足はその場で止まってしまった。しかし二人の男は気にする様子もなく、引きずるようにして和佳奈を店の外へ連れ出した。

ドアが閉まった瞬間に騒音は遮断され、代わりにまだ真夏のように強い陽射しの攻撃が始まる。腕を放されたので、和佳奈はまず額に手をやって陽射しを防いだ……こんなことやってる場合じゃない。

「何なのよ」二人の顔を順番に睨みつける。表情はなく、何だか馬鹿にされているような気分になった。文句を続けようとした瞬間、目の前に見慣れぬバッジが示される。

「警察の者です。娘さんが殺された事件について、ちょっとお話を伺いたいのですが」

「あたしじゃないわよ！」低い声で否定したつもりが、実際は甲高い悲鳴のように叫ぶ恰好になってしまった。

「それは分かってます」バッジを示した男が苦笑を浮かべる。「そうではなくて……容疑者の見当がついたんです」

「え？」

「誰があんなことをしたか、ですよ。その件について、あなたからの情報も必要なんです」

「何で？　何で今頃になって？」

「その辺の事情も、署の方でお話しします。取り敢えずこのまま甲府まで移動しますので……車へ案内しますよ」

和佳奈は抵抗の意思をなくしていた。どうせここで逃げ出しても、すぐ捕まってしまうだろう。だったら警察に行って、誰があんなことをしたのか、聞いてみるのは手だ。あれであたしの人生は、滅茶苦茶になってしまったのだから。あんなことをした人間には、絶対責任を取らせてやる。

金だ。

そう、犯人からなら、いくらでも金を分捕れるだろう。本人に金がないって言うなら、親戚も含めてスッカラカンにしてやってもいい。あたしは娘二人を殺されてるんだから、それぐらい、当然よね。あんなクソガキでも、こういうことでは役に立つんだ。

パチンコ店の近くに停めた車に案内される。覆面パトカーというやつなのだろうか、サイドミラーの具合が変で、ダッシュボードには見慣れない機械がごちゃごちゃついている。後部座席に座ると、すぐに一人が横に滑りこんだ。何だか逃げるのを邪魔するように……逃げるつもりなんかないんだから、そんなにくっつかないで欲しい。

車はすぐに発進した。城東通りに入って——甲府市内に向かっているのは間違いない。少しだけほっとして、隣に座る男に話しかけた。

「ねえ、犯人、誰なの？　あたしが知ってる人？」

男は何も答えなかった。そうなるとますます気になり、さらに突っこんでしまう。

「何なのよ？　あたし、被害者なのよ？　知る権利があるでしょう」

「あなたがよく知ってる人ですよ」

「そうなの？」誰？　すぐにはぴんとこない。まさか、別れた夫では……あいつは暴力癖があるけど、関係は完全に切れている。今さら娘たちに手を出すとは考えられなかった。

刑事の口から告げられた名前に、和佳奈は凍りついた。まさか……想像もしていなかった。しかしすぐに、全ての原因は自分にあるのだと思い至る。自分の世界が、またもや音を立てて崩れ落ちるのを、和佳奈ははっきりと意識した。

6

「――以上が、今回の誤報問題に関する委員会の見解、その要約です。詳細は報告書に全て記載していますが、一つだけ、謝罪させて下さい」

高石は目の前の報告書に視線を落とした。十数人を前に報告するのは、話し慣れている高石でもさすがに緊張する。

「報告書の中で、どうしても匿名で書かなければならない部分がありました。読んでいただければ分かりますが、誤報の元になった警察官――その名前は記載していません。把握はしましたが、敢えて実名は避けました」

「どういうことですか」社長の小寺が、穏やかな口調で訊ねる。

「南記者が、情報源の名前を明かすのを拒んだからです」

「確か、我々の内部調査でも、彼は情報源を明かさなかった」小寺がうなずく。

「そうです。どんな状況であってもネタ元は明かさない――それが南記者の矜持です」

「それも、時と場合によりますけどね」小寺が皮肉に唇を歪める。

「彼は逮捕されたわけではない。社としての処分もまだ決まっていません。故に彼はまだ現役の、取材活動を続けている記者であり、ネタ元を守るという基本を維持するのは当然かと思います。むしろ褒められて然るべきではないか、と」

高石は、幹部たちの顔を見渡した。ほとんどの人間が、戸惑いの表情を浮かべている。平然としているのは小寺だけだった。この男は……記者としての能力がどうだったかは知らないが、経営者としての素質は十分に持っている――「動じない」という一点において。

「私たちは、彼の気持ちに敬意を表すとともに、危険性を考えて、問題の情報源を匿名のまま記載しました」

高石の言葉を受けて、小寺が報告書をめくっていく。A4判で五十ページに及ぶ力作は、ほとんどが芝田の手によるものだ。しかも彼は、その主要部分を二日ほどで書き上げている。芝田のスピードがなかったら、期限までに報告書は仕上がらなかっただろう――その芝田は、今日は珍しくネクタイを締め、神妙な表情で高石の右隣に座っている。左隣は諫山。彼は落ち着いた様子で、終始微笑を浮かべていた。

「例えば、この部分が曖昧ですね」小寺が指摘する。「四十五ページ目、『結論』の部分です」

高石はうなずき、彼の指摘を認めた。四十五ページ目の小見出しは「警察側の故意の取材妨害について」となっている。

今回の誤報のそもそもの情報の出所は、山梨県警の一幹部である。取材記者は夜回りで情報を掴んだが、同じ幹部の元へ地元紙の記者が取材に訪れたのを見て、記事が同着になるのを恐れた。また締切時間が迫っていたこともあり、確認を取らないまま記事を執筆、掲載したのは、「経緯」の中で記した通りである。

最大の問題は、県警幹部が何故わざわざ誤った情報を流したかである。当委員会はこの幹部を割り出して接触を試みたが、証言は拒絶された。一方で、未確認情報ながら、この幹部はさらに上の幹部の指示を受けて、故意に誤情報を流したと判断できる材料もある。警察側の意図は不明だが、この幹部が取材記者を利用して、新報に誤報を掲載させようとしたのは明らかだ。

「県警幹部」「さらに上の幹部」。匿名は、調査の有効性を危うくする。ほとんど裏が取れているのだし、思い切って書いてもよかった。ただし、百パーセント完全ではない――全員に接触できたわけではないのだから。さらに、この報告書が一般にも公開されることを念頭に置かねばならなかった。調査委員会の責任において特定の警察官を名指しし、指弾するのは本意ではない。むしろそれは――高石はすっと背筋を伸ばした。

「この報告書を発表すれば、また波紋が起きるでしょう。不完全なものだと非難を浴びるかもしれません。そこで、皆さんにお願いがあります。お願いというか、提案ですが」

幹部たちが顔を見合わせた。調査を依頼したのは自分たちである。しかしそれは、事実関係を「適当に」明かすのが目的で、何も説教を食らわせてくれとは思っていない――そんなことを考えているのがありありと分かった。

「この件を、新報として取材して下さい。真実を明らかにして下さい。これも報告書には盛りこんでありませんが、この一件の裏には、三池代議士の思惑があります。彼は、世論をメディア――ネットも含めたメディア規制の方向に導くために、誤報をでっち上げたんです。これは、報道の自由に対する挑戦だ。しかも非常に卑怯な手段による挑戦だ。このまま黙っていていいんですか？　どうか報道の基本に立ち返って、真相を明らかにして下さい。あなたたちの手で、この件を明らかにするために、我々は報告書に事実関係を盛りこみませんでした。外部調査委員会に抜かれるようでは、メンツが丸潰れでしょう？」冗談のつもりで言ったのだが、笑いはまったく起こらなかった。一つ咳払いをして続ける。「どうか、三池代議士を厳しく追及して下さい。彼は、表現の自由、報道の自由に対する危険な挑戦者だ」

委員会が調査を打診された当初とは、だいぶ違う話になってしまった……あの時高石は、マスコミが自分の愚かさを自覚し、変わろうとするための手助けをしたいと思っていた。しかし調査の結果炙り出されたのは……マスコミの劣化と、それを利用しようとする権力者の陰謀だった。

間違った情報を簡単に信じこみ、それをチェックすることも怠り、しかも外部の人間にミスを指摘されるとあたふたしてしまう。昔のマスコミが傲慢だったのは間違いないが、それを今のマスコミ——人の目を気にして、いつも誰かにお伺いを立てているような状態と比較したら、どちらがましなのだろう。人権問題に関してもそうだ。少なくとも、高石が記者としての一歩を踏み出した五十年前は、新聞は容疑者の人権などほとんど考えていなかった。容疑者は紙面でも裁かれるもの——多くの事件記者がそう考えていた節がある。高石自身、そうだった。

その後、記事は人権に配慮するようになったと言われているが、その結果、新聞が多くの物を失ったのも事実である。その一つが、警察による情報コントロールを容易にしたことだ。警察が、「人権」を盾に容疑者の個人情報を隠してしまうことすらままある。逆に、今回の誤報のように、故意に間違った情報を流すのも簡単だ。

そういう状況が普通になるにつれ、マスコミは、警察を始めとする役所に対して強く出られなくなった。こういう状況の萌芽《ほうが》は、それこそ高石が支局でサツ回りをやっていた数十年前にもあったはずで、気づいて抵抗し切れなかった自分たちにも責任はあると思うが……それでもまだ、高石はマスコミを信じたかった。社会の木鐸《ぼくたく》、などという大袈裟な言葉を使う必要はない。多様な意見を提供する場として、存在していなければならないのだ。しかし、全体的に意識は変わりつつあるのだろう。南個人を責めるつもりはないが、途中まではマスコミの人間として、後には研究者としてこの業界を見てきた高石にすれば、全体的な質の低下は明らかである。

今ならまだ間に合う。意識を変えて記者の再教育を行えば、新聞は信頼されるメディアとして再生できる。この調査委員会は、小寺たちの狙いを超越して、再生の礎になり得るのだ。

「以上、委員会としての報告を終わります。公表についてはお任せしますが、多少の波乱は承知のうえで、できるだけ早い段階での公表が望ましいと考えます」

「最終的には、ネットで全て公表する予定です。本当に、ありがとうございました」

小寺が言って、自ら拍手を始めた。拍手？　そんなものを貰えるとは思っていなかったので、高石は戸惑いを覚えた。だが拍手の輪は次第に広がり、高石はカーテンコールを受ける役者のような気分になってきた。

ようやく拍手が鳴りやんだところで高石が座ると、司会役の新里が立ち上がった。

「この報告書については、概略を紙面で紹介すると同時に、ネットで全文を読めるようにする予定です。これに対する反応については、弊社から委員会の方へ、またご報告させていただきます……では、今回はこれで終了したいと思います」

閉会の挨拶を機に、幹部たちがぞろぞろと立ち上がる。真っ先に会議室を出て行こうとした小寺に向かって、高石は声をかけた。

「社長」

既に左足を廊下に踏み出していた小寺が振り返る。

「ちょっとお時間をいただけますか？　個人的にお話ししたいことがあります」

「では、社長室へ」まったく表情を変えずに、小寺がうなずいた。

これからの戦いは一人。委員会の他のメンバーに責任を負わせるわけにはいかない。高石は意を決して小寺の後を追った。

そして今日、高石は諫山から譲ってもらったステッキを持っている。

7

新聞社の社長室らしくないな、と高石は思った。書棚は明るいクリーム色で、デスクも白。応接セットのソファは金属のフレームで、コーヒーテーブルはガラスの天板という、全体にモダンな雰囲気だった。小寺はこういう若作りな趣味なのか……唯一、新聞社らしい気配を醸し出しているのが、応接セットの背後にあるテーブルに載った大量の新聞である。しかも、切り抜きの途中。社長になっても自分でスクラップしているのは、三つ子の魂百まで、ということか。

「今回は本当にご苦労様でした」人払いすると、小寺が定型の挨拶から始める。

「いえいえ」斜め向かいに座った高石は、ステッキをきつく両手で握りしめた。なるほど……こんなものがあるだけでも、気持ちはずいぶん強くなる。「久しぶりに記者の真似事をして、楽しかったですよ」

「報告書は力作でした」

「ぜひ、しっかり目を通して下さい。読むとお怒りになるようなことも書いてあると思いますが」

「分かっています。それは承知の上で、先生にお願いしたんですから」

「先ほどの会合で、敢えて言わなかったことがあります。それを、社長のお耳には入れておきたいと思いまして……三池代議士のことです」

「お聞きしましょう」小寺が、組んでいた足を解いた。

「本気で三池代議士と対決していただけますか？」

「それは、今後の取材如何《いかん》でしょうね」

「取材されるつもりはあるんですね？」高石は念押しした。

「先生のご希望には添いますよ。自分たちのためにも必要なことですし」

「そう思っていただけるなら、ありがたいことです」高石はステッキを握り直した。実に不思議だが、握っているだけで力が出るような気がする。さあ、ここからが本番だ。

「今回の問題の根本的な原因は、三池さんがメディア規制に異常な執念を燃やしていることにあります」

「手段を選ばず、という感じですね。何故そんなにむきになるのか、我々には想像もできない」

「社長、三池さんとは面識がありますね」

「いや……私は政治部の出でもないですしね。社長になってからも、お会いする機会はなかったですよ」

「いや、面識はあるはずです。あるんです」高石は言葉に力をこめた。

「そう言われましても……」小寺が眉をひそめる。「覚えがないですね」

「なるほど……四十年も前の話ですから」

「というと、私が長野支局で駆け出しの頃ですか」

「そうです。当時、社長より少し年上の三池さんも、キャリア官僚として一歩を踏み出したところだった——社長とほぼ同時期に、長野県警の捜査二課長として赴任しています」

「ああ……」

小寺の表情が微妙に変わる。ようやく思い出した……思い出した「振り」だろうか、と高石は訝った。彼の心にも、ずっと巣食っていた問題のはずである。

「キャリアの人間が、その最初の頃に地方県警の捜査二課長に赴任するのは、よくあることですよね」

「あの頃はほとんどの人が、そういうルートを辿ったんじゃないですか」

小寺がふっと笑った。余裕を感じさせる笑みであり、高石は、彼はやはり四十年前の出来事を覚えていないのでは、と疑った。確かに高石も、四十年前の日々をはっきり覚えているかと問われれば、自信がない。年を取れば取るほど、直近ではなく昔のことをよく思い出すというが、それも怪しいものだ。

「あなたは当時、新進気鋭のサツ回りだった」

「新進気鋭ですか……新人記者は、誰でもそう言われるものですね」小寺がまた足を組んだ。小柄な彼がそういう動きを見せても、威張っているようには見えない。全ての動きが「虚勢」という感じだった。

「今のあなたの様子からは想像もできませんが、当時は事件取材も真面目にやっていたんですね」

「それはそうですよ」小寺が苦笑する。「新人でしたから。目の前の仕事を一生懸命やらないと、後々自分の好きな取材はできない。入社した時に持っていた目標のためには、多少の不便や不快なことは我慢するものです。それは先生も同じだったのでは？」

高石は無言でうなずいた。この頃の若い連中は、その「我慢」ができないのが問題である。高石がマスコミの世界に送り出した教え子たちも、最近は簡単に辞めてしまうことが多い。もちろん、合わない仕事を無理に続けることはないのだが、辞める原因は、「我慢が足りない」ではなく「想像力の欠如」ではないかと高石は疑っている。今の仕事が辛くても、未来の可能性を想像できれば、何とか耐えられるものだ。もっとも、そもそも「目標」も「夢」もないのかもしれない。甲府支局を訪れた時の、静まり返った雰囲気を思い出す。若い記者たちはまるで、日々の仕事を無感情にこなすことだけが、唯一の生きる道だとでも思っているようだった。

小寺が両手を組み、膝に置いた。少しだけ前屈みになると、さらに小柄に見える。そう言えばこの男は、昔から陰で「小政」と言われていたのだ、と思い出した。

「普通、キャリアの捜査二課長は、記者の取材を直接は受けないものです。大抵、部下が矢面に立ちますね」

「でしょうね。ミスが怖いから。下手なことを口走ったら、キャリアにかかわる」

「三池さんは、キャリアを左右するミスを犯したんですね……あなたが原因で」

いきなり小寺の顔から表情が消える。覚えているのだ、と高石は確信した。忘れていたなら、不思議そうな表情を浮かべるはずである。事実無根なら、笑い出すか怒り飛ばすかするだろう。小寺が何も言おうとしないので、高石は話を先へ進めた。

「当時長野県警は、土地改良区の役員選を巡る汚職事件を捜査していました。一種の選挙違反ですが、公職選挙法で規定される選挙ではないので、贈収賄の扱いになるのですね……県警にとっては久しぶりの汚職事件で、秘密厳守で進めていたんでしょう。しかしあなたは、三池さんからこの情報を聞き出した。宴席でだった、と聞いています。どうして三池さんが捜査情報を漏らしたのかは、分かりません。あなたとの間に信頼関係があったのか、アルコールが入って口が滑ったのか、そもそも漏れても大したことがない事件だと判断していたのか、それは分かりません」

小寺が鼻で笑う。しかしまなざしは真剣で、高石に対して射貫《いぬ》くような視線を投げかけてきた。その視線を無視して続ける。

「一部は推測ですが、三池さんはあなたに対して、『書かないように』と釘を刺したはずです。しかし駆け出しの記者であるあなたにとっては、無視できるネタではなかった。数日後、強制捜査のタイミングに合わせて、あなたは朝刊に特ダネを書きました」高石は背広の内ポケットから折り畳んだコピーを取り出した。丁寧に広げてテーブルに置く。紙が分厚く、元に戻ろうとするので、身を乗り出して掌でゆっくりと押さえつける。

小寺が、屈みこんで記事を凝視した。

「これは……」

「長野支局の手を煩わせました。当時のスクラップを引っ張り出してもらったんです。見覚えがありますよね？　あなたのスクラップにも、同じ記事があるんじゃないですか」

「さあ……さすがに、こんなに古い記事は残ってないんじゃないかな」

そんなことはない。高石は、体を捻って背後のテーブルを見やった。乱雑に積み重ねられた新聞各紙と、散らばっている切り取った記事。「スクラップ魔」の記者はいるものだ。整理好きが高じてなのだが、そういう習慣は一度始めると決してやめられない。生活の一部になってしまい、長期の出張を嫌がるようになる。

「しっかりご覧いただけますか？」高石は尻の位置をずらしてさらに身を乗り出した。「それとも、まだ内容は覚えていらっしゃいますかね。大抵の記者は、自分の書いた記事を忘れないと言いますが」

「……これは、私の初めての大きな特ダネでした」

「若い記者が汚職を抜くのは、大したものですよ。あなたはやはり、優秀だったんですね」

こんな風に持ち上げなくても小寺は喋るのではないかと思ったが、高石は敢えて言ってみた。しかし、体を折り曲げるようにして記事を覗きこむ小寺の表情に、変化はない。

「まあ、こんなこともありましたね」と淡々とした感想を漏らすだけだった。

「これが、警察内部で問題になりました。覚えていますか？　強制捜査の日、容疑者の一人が朝刊を読んで、自分にも捜査の手が迫っていることを知りました。警察が来る直前に逃走し、三日後に山林で遺体で発見された。自殺です」

その一件を記したベタ記事も、高石は持っている。だが、わざわざ出す必要はなかった。小寺の記憶は鮮明なようで――あるいは今はっきりと思い出したのか――顔から血の気が引いている。

「そうでしたね」小寺が静かな声で認め、背筋を伸ばした。

「自殺した男は、汚職捜査のキーマンになる人物でした。捜査自体は綺麗にまとまりましたが、県警が当初描いていたような『広がり』はないまま、こぢんまりとした事件になったようですね」

「土地改良区に絡んだ汚職というのは、そもそもその程度のものではありませんか？　大した話ではないですよ」

「そうかもしれません……警察が問題にしたのは、この情報が漏れた経緯です。酒の席での話ですから、いかに小声で会話していても、周りには伝わるものですよ。三池さんがこの情報を口走ったことは、捜査二課の幹部は早い段階で摑んでいました。地元生え抜きの幹部たちは、三池さんに頭を下げたそうですね……何とか書かないように、あなたに頼んで欲しいと。三池さんはその時点で、自分の失敗を悟ってあなたに接触しました。当然、頭も下げた。しかしあなたは、彼の頼みを拒絶しました」

「そうでしたかね」

小寺の顔色は、いつの間にか普通に戻っていた。こちらが話している間に、気持ちを立て直した？　だとしたら、驚くべき精神力の持ち主である。

「結局あなたは、三池さんの頼みを無視して記事を書きました。責任は三池さん一人が背負わされたようですね。もちろん、県警レベルでは何もできない。具体的な処分もありませんでした。しかしその後、三池さんは警察庁キャリアのメーンストリームからは露骨に外されたんです。それが後に、彼が警察庁を離れて政界を目指す一因になりました。同時に、メディア規制を持論にするきっかけの出来事でもあったんです」

「そんなことで？」小寺が目を細める。「そんな大昔の話で？」

「そんなこと、とおっしゃいますが、当人にとっては大問題ですよ。キャリアの行く先が完全に閉ざされた、と絶望してもおかしくはなかった」

「彼は、普通の人ではありませんよ。キャリア官僚だったんです。一般人が乱暴な取材で迷惑を被るのとは訳が違う。取材の危険性も十分理解しているわけですしね」

「それはもちろん、そうでしょう。だからといって、実際に自分が被害を受けたら、敵視するようになるのは理解できます」

「それは……政治家としてどうなんでしょうね」小寺の顔に薄い笑みが浮かぶ。「個人的な動機で法案成立を推し進めるのは、褒められたことではないと思いますが」

「人間の行動は、多かれ少なかれ個人的な感情に左右されるものでしょう」

沈黙。小寺がソファに背中を預け、わずかに視線を上に向ける。高石はコピーを取り上げ、見出しに目を通した。「土地改良区汚職　今日にも強制捜査」。この記事が人一人の命を奪い、若いキャリア官僚の人生をねじ曲げた。丁寧にコピーを畳んでしまい、深く腰かけ直す。ソファに立てかけておいたステッキをまた手に取った。

「とにかく、今回の誤報のそもそもの始まりはここにあると考えていいと思います。三池さんの、新報――あなたに対する復讐なんですよ」

「それは許されないことでしょう……それより高石先生、こんな昔の情報をどこから引っ張り出してきたんですか？　まさか、三池さん本人と面談したんじゃないでしょうね」

「要請しましたが、断られました」高石は思わず苦笑した。外部調査委員会の結成を提言した人間として話を聞きたいと申しこんだのだが、返事は一言、「答える必要はない」。

「その割には、四十年も前の情報を、よくご存じだ」

「関係者の中にはまだ存命の方もいらっしゃいますし、警察庁の中では、まずいケースとして今も密かに伝えられているんですよ。三池さんは、ある意味『反面教師』なんでしょうね。しかし今の三池さんは、官僚時代とは別種の権力を持っている。警察庁の中にも、彼の考えに同調する人間はたくさんいるんです」

「今回も、そういう人たちが裏で動いたんですね」

「そういうことです。ですが、報告書を公表すれば、ある程度の抑止にはなるでしょう
……それで社長、どうされるおつもりですか」

「何がですか」小寺が視線を高石に戻す。

「三池さんのことですよ。きちんと取材していけば、最後は必ず、全ての矢印があの人へ向く。徹底的に責任を追及しますか？」

「そこは流れでしょうね」小寺がさらりと言った。

「そうですか……完全に決着をつけるおつもりはない？」高石は彼の方に向かって少しだけ体を倒した。

「それも流れですね」

「三池さんのような人間は、民主主義の敵になりかねませんよ」

「まあ、しかし……彼の言い分に関しては、我々でも納得できる部分もありますからね。特にネットに関することとか。愚か者にネットを使わせてはいけないんです」

自分たちは、あくまで特権階級として生き残る、か……高石も、今のネットの状況に

ついては苦々しく思っている。だが、基本的に規制すべきではない、というのが現段階での結論だ。時間はかかるだろうが、ユーザーを教育していくしかない。自由な言論の極致であるネットを規制することは、民主主義の自殺につながる。

「ま、臨機応変にやりますよ」小寺が小さく笑った。

「三池さんを潰すチャンスなんですけどね」

「潰す？　これはまた、物騒なお話ですね」

「潰す、が悪ければ、二度と浮上できないようにすると言い換えましょうか。手はあるはずです。私はあなたに、そのための材料を投げた」

「恐喝ですな」

「犯意がなければ、恐喝とは言えないでしょう」

二人の視線が絡み合った。高石は、小寺の顔から何とか本音を読み取ろうとしたが、まったく窺えない。この男は、誰に対してもこうなのだろう。本音を読ませないことで、ライバルの裏をかき、出世を果たしたはずだ。簡単に本音をさらけ出すような人間は、どこかで足をすくわれる。

自分にできるのはここまでか……自分なりの正義感は、小寺の胸には響かないようだった。この男は、記者としての素朴な正義感さえ持っていないのだろうか、という疑問が湧いてくる。

「三池さんは今、正念場のようですね」小寺がぽつりと言った。

「そうなんですか」

「次の内閣改造で、法務大臣の椅子を狙っているようです。彼が目指す法案成立のためにも、このポストはどうしても欲しいでしょうね」

「なるほど」

「政治家は、ポストが全てです」

「何が仰りたいんですか？」

小寺は答えず、唇を引き結ぶ。その顔から本音を読み取ろうとしたが、高石はまたも失敗した。記者としての自分の能力は、やはりすっかり衰えたのだろうか。それに対して、何故か自信たっぷりの小寺の態度が気になった。

8

「あんた……」相手は南の顔を見て目を見開き、次いで溜息を漏らした。「何と言っていいか分からないが」

「図々しい、ですか？」

皮肉をこめて言ってやると、相手は素早くうなずいた。相手——県警鑑識課長の森野《もりの》。

官舎の玄関に出て来た森野は、帰宅したばかりのようで、顔は汗で光っていた。最近は本部の鑑識が出動するような事件はないはずだが……既に午後九時。呑んでいる様子はないから、何だかんだ雑用に振り回されていたのだろう。あるいは今回の件で、科捜研や捜査一課と協議でもしていたのか。

「現場復帰したそうじゃないか」

「いや、復帰したと言っても、事実上は支局に軟禁状態なんですよ」

「取材に出て大丈夫なのか?」

「今日は休みなんです。休みの日まで拘束されるわけじゃないですから」

「まあ……上がんなさいよ」

意外な反応だった。叩き出されるか、よくても玄関先で一言二言話して終わりになると予想していたのだが。

幹部クラスが入る官舎は、古い団地のような建物である。部屋も狭く、住み心地がいいとは決して言えない。自宅が遠い人もいるので、本部に近い官舎に入るのは仕方ないのだが……出世と引き換えに、こんな狭い家に押しこめられるのはたまらないだろう。

森野は、玄関のすぐ脇にある六畳間に南を通した。これがささやかなリビングルームなのだ。妻を北杜《ほくと》市に残して単身赴任中なのに、隣の台所も綺麗に片づいている。流しに洗い物が溜まっているわけではないし、床も綺麗に掃除してあった。いつ来てもこんな感じで、昼間見せるがさつな性格は何なのだ、と混乱してしまう。

畳の部屋に似合わぬソファを勧められた。端に浅く腰かけたまま、どう切り出すか、考える。事前にシナリオは書いていなかった。相手の機嫌と態度に合わせて臨機応変にやるつもりだったのだが、家まで上げてもらえるとは考えていなかったので、少しばかり焦っている。

「お茶でもどうだい？」

「おかまいなく」

しかし森野は、南の遠慮を無視して、冷蔵庫を開けた。ポットを取り出し、麦茶らしき飲み物をグラスに注ぐ。南の前のテーブルに置くと、自分は向かいの一人がけのソファに座った。大きな体がはみ出しそうになる。煙草に火を点けると、顔を背けるようにして煙を吐き出した。ただし目は南の方を向いているので、顔がよじれておかしな表情になってしまっている。

南も煙草を取り出した。しかし火は点けず、掌の上で転がしながら切り出し方を考える。結局ここは直球を投げるしかないだろうな、と決断した。相手をのけぞらせるような、胸元への速球を。

「甲府の事件ですけどね」

「どの事件かな」

「例の事件に決まってるじゃないですか……あの現場で、新しく物証が見つかったと聞いてます」

森野がいきなり咳きこむ。まったく予想していなかった質問だったようで、丸い巨大な顔を真っ赤にして苦しそうだ。ほどなく、何とか平静を取り戻し、煙草を灰皿に押しつけたが、顔はまだ赤かった。

「誰から聞いた」

「そんなこと、言えるわけないでしょう」

「俺も言えないよ」

「言わなくてもいいです。分かってますから。血痕ですね？　犯人が残した可能性がある微量の血痕が、現場に残っていた。チェストの角のところですから……何かやった拍子に、どこかをぶつけたんですかね」

「で？」

「よくそんな物を見つけましたね。チェストは、濃い茶色だったんですって？　血痕は目立たないじゃないですか」南は持ち上げにかかった。

「まあ、そこは……」一つ咳払いして、森野が新しい煙草に火を点ける。「こっちもプロなんでね」

「さすがだなあ。これ、すごい手がかりになりますよね」

「褒めたって、これ以上は言えないよ」

「でも、犯人逮捕間近じゃないですか」

「それは捜査一課の話で、俺は何も知らない。鑑識は裏方だから」

「いや、犯人の目星はついてるんです」

「ほう」

「個人的に、頭を怪我した人を知ってましてね。俺は、自分の目でそれを見てるんです」南は指先を、自分の目に向けた。「今考えると、いろいろ怪しいことがあった」

南は、その人物の名前を告げた。森野の顔が瞬時に蒼くなる。当たりだ、と南は確信した。

「問題は、血痕が見つかっても、それが直接犯人に結びつくわけじゃないことですよね。でも、鑑識には勘のいい人が揃っている。DNA型を調べて、合致した人間が出たんでしょう」

「あんた……どんなネタ元を摑んでるんだ？」森野が溜息をついた。

「それは言えません」意固地になっているのは分かっていたが、やはりこの原則だけは崩すつもりはなかった。「どうせ俺のことは、県警の中でもいろいろ言われてるんでしょう？」

「まあな。確かなことは、俺は一つも分からないが」

ふと、恐ろしい可能性に気づいて身震いした。石澤や高石の言うことが本当だとすると、警察という巨大組織は、メディア規制法案を巡って二つに割れている。石澤はこの問題に関して特定の信念はなく、ただ利用されただけだが、森野が「推進派」だったらどうなるだろう。「また南が動き出した」という情報が伝わり、俺はさらにひどい罠にはまるかもしれない。

だが、この事件の事実は一つだ。捩じ曲げられた情報を呑みこまないための知恵と時間が、今の俺にはある——南は自分に言い聞かせて、質問を続けた。

「事件現場の部屋から、ある人物の血痕が発見された。その人間には、事件を起こす動機があった……現状ではそういうことでしょう？」

「書くのか？」森野が鋭い目つきで南を睨む。巨大な丸顔の中で、小さな目はシジミのようにしか見えなかったが。

「書きますよ」

「まさか、明日の朝刊じゃないだろうな」

「そこまで焦ってません」

「そうか……」森野がゆっくりと息を吐き出す。巨体が急に萎《しほ》んだように見えた。

「で、どうなんですか？　俺が言ったこと、間違ってませんよね」

「——合ってる」

「捜査一課も、その男を犯人と睨んでいる？」

「俺は一課の人間じゃないから、正式な報告は入ってこないよ」

「噂は？」

「噂はいくらでも聞くな」

また禅問答のようになってくる……これが危険なのだ、と南は自分を戒めた。何となく結論が出たような気になって、しかし実はまったく筋違いの線を追いかけているかもしれない――あれだけ痛い思いをしたのだから、もっと用心深くならなくては。

「で、いつ頃がXデーですか」

「それは、俺じゃなくて一課に聞いてくれよ」

「一課に聞いて、素直に話が出てくるわけないじゃないですか。俺は要注意人物なんですから」

「むしろ危険人物と言うべきじゃないかね」森野が低い声で笑った。太り過ぎで声帯が押しつぶされているのか、いつもくぐもったような笑い声を上げる。

「同じようなものでしょう……で、どうなんですか」

「あんたもしつこいね、相変わらず。この前の逆襲かい？」

「まさか」そういう考え方をするから失敗するのだ、と南は密かに結論を出していた。ネタはネタ。純粋な「書きたい」「伝えたい」という意思以外は、封殺すべきである。

「そうか……慌てて書くなよ」

「時が来るまで待ちます」食いついた、と南は確信した。「で、その時はいつですか？」

「明日じゃない……しかし、一か月後でもない。然るべきところと、緊密に連絡を取り合ってるんだ」

「県警も慎重ですね」

「それはそうだ。しかし変な話だよな。今回の件では、うちはまったくミスしていないんだぞ」長くなった煙草の灰がズボンに落ち、森野が慌てて払い落とした。

「確かにそうですね」

「単にあんたが……」

森野が言葉を呑んだ。「ミスした」と続けたかったのだろう。どうしてそうなったかについては、森野も知っているはずである。単純に南に責任を押しつけて済む問題ではない。

森野が前屈みになって、煙草を灰皿に押しつけた。パッケージを手に取り、もう一本吸おうかと迷った後に、テーブルに戻す。

「誰から情報を貰ったか知らないが、お詫びとか義理とかお返しとか、そういうことだと考えればいいんじゃないかな」

「――ええ」

「だから、貰った物は素直に受け取っておいたらどうだ」

「もう失敗はしない、ですか」

「あんたが原稿を書き損じなければな」

「そういうことはないので」南は膝を叩いて立ち上がった。夜回り先で酒を呑み始め、だらだらと時間が過ぎてしまうこともあるが、そもそも森野は酒を呑まないから、長くなりようがない。

焦らないでいい。時間はある。しかし南は、背中から誰かに追われるような切迫感を覚えていた。

9

「わざわざお越しいただいて恐縮です」

小寺が、畳に額をすりつけそうな勢いで頭を下げる。慌てて新里もそれに倣った。こういう宴席は苦手だ……座敷で、大きな座卓を挟んで差し向かい。相手との距離が縮まるような、ずっと表面だけをなぞっているような、中途半端な雰囲気になる。それに何より新里は、畳に馴染めない。二度のロンドン特派員時代に散々通ったパブの気楽な雰囲気が、自分には一番合うと思っている。

今日の宴席の出席メンバーは五人。三池とその秘書、新報側からは小寺を筆頭に、新里と政治部長の友田が出席して、三池たちと向き合っている。一番居心地が悪いのは友田だろうな、と新里は皮肉に思った。何度も三池を摑まえようとして逃げられて……今日の宴席をセッティングしたのは小寺だった。社長自ら三池に連絡を取ったのか、社長室の人間が汗をかいたのか、いずれにせよ上から突然降りてきた話である。友田は、政治部長の自分を飛ばして話をまとめやがって、と憮然としていてもおかしくない。しかし、この男がこれまでろくに努力もしてこなかったのは明らかだ。必死でやっていれば、この会合はもっと早く成立したかもしれないのに。そうなっていたら、事態が悪化しないうちに収めることができたかもしれない。

「いやいや……社長こそ、お忙しいのに申し訳ないですね」三池も頭を下げる。

黒塗りの巨大な座卓の上には、湯呑茶碗《ぢゃわん》が五つだけ。話が一段落してから会食が始まることになっている。こういうのは落ち着かないものだ……編集局長になった今も、新里の食生活は惨めなままである。こんな風に広い場所でゆったり構えた食事をすると、味が分からなくなるぐらいだ。

「今回の一件で、外部調査委員会による報告書を発表させていただきました」小寺が切り出す。

「拝見しました」三池の顔に、笑みのようにも見える表情が浮かんだ。「思い切りましたね」

「三池先生のご指摘の賜物《たまもの》で……新聞も、今は孤高の存在ではいけませんね。正すべき所は正し、反省すべきところは反省する。今や、どの企業もそういう姿勢です。新聞も例外ではないですね」

「何か不祥事があった時に、謝り方を間違える人間が多いですからな」

「そして新聞に叩かれるわけです」

三池が声を上げて笑ったが、目は真剣なままである。こいつもタヌキの一人だな、と新里は確信した。三池が片膝に肘を載せて、ぐっと身を乗り出してくる。

「非常に詳しい報告書で、驚きましたよ」「取材現場と編集現場の混乱を、あそこまで詳細に明かすのには、だいぶ勇気が必要だったのではないですか」

「こういう時に、変に隠し事をするのは、よろしくないですからね。隠していたことがばれたりすると、また叩かれます」小寺がさらりと言った。

「新聞も、叩かれるのは怖いですか」三池が挑発する。

「それで平気な人間は、心のどこかに穴でも空いているんでしょうね」

「なるほど……しかし、曖昧な部分もありますね。私にはどうにも理解できない」

「お気づきですか？」小寺の顔がわずかに歪んだ。「正直に申し上げて、委員会では裏が取れないことも多々あったのです。そもそもの誤報の原因を、『警察からの故意の、謝った情報提供』としていますが、ではその情報を流したのが誰か、調査委員会は明らかにしませんでした。他にも、この報告書では省いた事実もあるんです」

「ほう」三池の目から光が消える。

「委員会では、より大きな陰謀があると確信しているようです。警察幹部を動かして、虚偽情報を流させた人間がいると……複数の証言も得られているようですね」

「それは、大変な話ですな」三池がすっと背筋を伸ばし、腕を組んだ。

「大変です」小寺は話を合わせてうなずいた。「どんな意図や目的があっても、誤報を書かせるように記者をミスリードするのは、許されることではありません。どうですか？　一種の偽計業務妨害に当たるのではないかと思いますが、先生はどうお考えですか？」

「どうでしょうか。私は、法律の専門家ではありませんからね」

「いやいや、お詳しいでしょう……しかしこの件に関して、外部調査委員会の調査はこれが限界だと思っています。ただし我々は、諦めたわけではありません」

「……と仰ると？」

「我々にとっては生命線の話ですからね。警察内部でどんな陰謀が張り巡らされて、さらにその背後に誰がいるか……あくまで探り出すつもりでいますので」

「そんなことができるんですか？」

「先生は、記者の取材能力は劣化したとお考えかもしれませんが、我々は、決してそんなことはないと信じています。それに必死になれば、人間、何でもできるものですから」

「新報さんの個別の取材活動について、私には何とも言えませんね……それに私は、マスコミは最近劣化したとは思っていない」

小寺の頬が引き攣る。今度は明らかに不快感を味わっているのだ、と新里には分かった。正座した腿に置いた両手は、きつく握り締められている。

「程度の悪い記者は昔からいた」三池が指摘する。

「そうですか？」

「むしろ昔の記者の方がひどかった。倫理観も薄かったんでしょうね。それこそ、特ダネのためなら何でもやる記者は珍しくなかった。誰かを傷つけても何とも思わないで、被害者も泣き寝入りだったでしょうね」

「ええ」

「今だったら、報道被害に遭った人は声を上げることができます――今回の女性も、そうしようと思っていたそうですね」

「そうです。ただし、本人が操り人形としての役割に気づいてしまったから、その話は潰れたんでしょうが」

何なんだ、このわざとらしい、そしてぴりぴりした雰囲気は。新里は、全身の毛が静電気で逆立ったように感じた。小寺が曖昧に言っていることの「裏」は分かる。報告書に記載されていなかった事情――三池が全ての糸を引いていた黒幕だと指摘しているに等しい。この神経戦で、まず小寺が強力な矢を放ったのだ。しかし三池は何を言いたいのだろう。昔の話を持ち出して、今の新聞業界の駄目さ加減を指摘したいのか、あるいは――しかし小寺は、表情を崩していない。少なくとも、初めて聞く話ではないようだ。以前に接触があった？　新里の記憶にある限り、二人に面識はないはずだが。

「以前……そう、昔の記者はひどかったかもしれません。私もそうでした。若い頃は手柄のために、ずいぶん無茶をしたものです」

「ほう、そうですか」三池が面白そうに言って、身を乗り出す。「社長でも、そういう単純な功名心をお持ちでしたか」

「記者なら誰でも同じですよ。今回ミスをした甲府支局の記者も同じでしょうね。自分の将来のために特ダネが欲しい――そんな焦りの気持ちを利用した人間がいた、ということです」

「あなたたちは、それを探り出そうとしている」

「できると思っています。この事実は埋もれさせていいものではない」

「なるほど」三池が表情を引き締める。

「先ほどの話ですが……」

小寺が湯呑に手を伸ばしたが、すぐに引っこめる。その仕草を見ているうちに、新里はひどい喉の渇きを覚えた。この部屋に満ちているような緊張感を、これまでの記者生活で味わったことはなかった。アフリカのある国で、クーデターで政権を追われる直前の大統領に単独で取材した時も、ここまで緊張した記憶はない。周りには、すぐにでも戦争を起こせそうなほどの火器を携えた護衛が大勢いたのだが。

「先ほど、とは？」

三池が恍けた——恍けたように、新里には見えた。裏の事情が何も分からないせいか、二人の神経戦は新里の理解を完全に超えている。どうも二人とも、大事な情報は隠したままだ。

「昔の記者は……という話です」

「ああ。そうですね。今の記者の方が、よほどちゃんとしているんじゃないですか？　礼儀正しいし、人権意識にも優れている」

「先生から見れば、コントロールしやすいですか？」

三池が歯軋りしたのが、顎の動きで分かった。それでもなお、顔には笑みに近い表情が浮かんでいる。水面上では穏やかに談笑しているが、水面下では足を蹴り合っている——その激しさがどれほどのものかを考え、新里の鼓動は速くなってきた。二人とも足がぼろぼろになっている？　それともどちらか片方だけが沈みそうになっている？

「私は、記者をコントロールしようなんて考えていませんよ」

「そうですか」

「メディア規制法についてあれこれ言う人がいますが、それは私どもの勉強会のデータをろくに読まずに、イメージだけで言っているんでしょう」

「法案の名前がよくないいんじゃないですか？　規制という言葉に対しては、敏感に反応する人が多いでしょう」

「なるほど、一つの考えですな。名称については、実際に法案を提出する時までに検討しておきましょう」三池が真顔でうなずく。

「それをお勧めします——それと先生、昔の記者の代わりに、私が謝罪してもよろしいですか」

「ほう」

斜め向かいに座る三池の目に、戸惑いの色が浮かぶのが分かった。何故だ？　それに社長は、どうして「昔の記者」の話を何度も蒸し返す？

「その記者……昔の記者も、功名心に駆られたんでしょうね。いや、私は功名心という言葉は使いたくない。社会的正義、それに誰よりも早く情報にアプローチしたいという、人間の本性に基づく行動だったと思います」

「なるほど」

「しかしそういうことが、一部の人を傷つけるのは理解できます。だから昔の記者に代わって、今の私が謝罪させてもらいましょう」

小寺が頭を下げたので、新里は動転した。何なんだ？　自分たちもこの謝罪に従うべきなのか？　しかし判断に迷っているうちに、小寺は頭を上げてしまった。新里は素早く三池を観察した。唇を一文字に結び、険しい表情を浮かべている。しかしそれはゆっくりと溶け、最初の頃に見せていた曖昧な表情――本心を窺わせないものに変化していく。

「社長が、マスコミ業界の全記者を代表して謝罪することはありませんよ」三池が言った。

「そうですか？　私も一応、新報の社長ですから、ある意味マスコミの代表と言えないこともないでしょう。それに人間の恨みは、何十年経っても消えないと思います」

「それが人間の本性でしょうね。しかし……分別は必要かもしれない。恨みを抑えつけるような分別が」

「仰る通りです」

「個人的な感情に突き動かされて、間違った行動をする恐れもある」

「そうです。そして間違いは正されなければならない。私たちは、そのために何でもするつもりです。それが新聞社の社会的役目ですからね」

三池がにやりと笑った。本心から笑っているようには見えなかったが、それでも笑いに違いはない。小寺も、わずかに相好を崩していた。これで厄介事は全部終わり、とでも言いたげに。

「さあ、食事にしませんか」

小寺の一言で、友田が慌てて立ち上がる。部屋の隅に置いてある内線電話の受話器を取り上げると、小声で料理を注文した。

ビールが運ばれ、すぐに日本酒になり……小寺と三池の話題は、最近の国内外の状勢に集中した。内閣改造。選挙の見通し。中韓との外交関係――新里が思わず身を乗り出しそうな話題もあった。本当なら原稿にするようなレベルの話である。だが小寺は、日常の雑談でもするように、軽い調子で話している。特ダネ以上に大事な物もあるというのか。

二時間ほどの会食は、穏やかな雰囲気のまま終わった。ほとんど会話に参加することのなかった――話を振られた時だけ答えた――新里は、胃袋も頭も消化不良のままだった。三池を見送った後、小寺と一緒に迎えの車に乗りこんだ瞬間、新里は不満をぶつけた。あくまで穏便な言葉で。

「今日の会合は……社長、いろいろほのめかしておられたようですが……」

「そうだったかな」運転席の真後ろに座った小寺が、しれっとして言った。小柄な体を引っ張り上げるように、アシストグリップをきつく握っている。

「社長、三池代議士とは面識があるんですか」

「いや」躊躇いのない、短い答え。

「一度も会われたことがないんですか？　どこかのパーティなどでも？」

「ないね。だいたい俺は、経済部一筋だった。政治家と面識ができたのは編集局長になってからだし、三池とは会ったこともない」

「何となく、旧知の間柄ではないかと思ったんですが」

「君も観察眼が鈍いね。もっと訓練した方がいい」

「はあ」からかわれ、新里は口を閉ざしてしまった。

　横を見ると、小寺は満足そうな笑みを浮かべている。顔が少し赤いのは、普段の適量以上に酒を呑んだからだ。それだけ上機嫌だということなのだろうが……やはり意味が分からない。新里にすれば、勝手に話が進んで、取り残されたような感じなのだ。どうにも消化不良で、この会合が成功したのか失敗したのかも分からない。しかし——脅しには成功したのではないか。

「三池を調べる件ですが……」

「大いにやりなさい。社会部と政治部の総力を結集して」

「それでいいんですか？目の前に不正があるのに見逃したら、新聞記者失格じゃないかね」

「それはそうですが……」

「まあ、記事にできるかどうかは分からないし、私も強引にやれとは言えない。強引に事を進めて失敗したのが、今回の誤報なんだし。きちんと情報を集め、しかし記事にする時には慎重にいく。基本に立ち返るいいチャンスだと思うが、どうだ」

「はあ」責任を放棄したような小寺の言い分には、到底納得できなかった。やるならやる、やらないならやらない――二つに一つではないか。それに、社長が直々に檄《げき》を飛ばせば、事の是非はともかく、現場の記者は全力を尽くす。

「抑止力についてどう思う?」

「はい?」

「抑止力だよ、抑止力。古い話だが、東西冷戦の前には米ソ両大国の戦略の基本だった。恐怖の均衡とか、外報部時代の君には馴染み深い言葉だったんじゃないのか」

確かに……冷戦終結が宣言されたのは、一九八九年十二月。自分はその頃、ロンドンに駐在していて、日々変わる状況を取材し、原稿を書きまくっていた。しかし、その意味を冷静に分析できるようになったのは、それから何年も経ってからである。学生時代に学んだ国際政治では、冷戦も大きなテーマだったのだが、現実が理論を追い越していく様を目の当たりにして、きちんとした判断ができなくなっていたのかもしれない。

「抑止力というのは、要するに穂先に毒を塗った槍を互いの胸元に突きつけ合うことだ」

それは違うのでは、と思ったが、新里の反論を許さずに小寺が続ける。

「目の前に毒を塗った槍がある。下手に動けば――前に進めば刺さるかもしれない。そういう時、人はどうするかな」

「下がるしかないですね」

「そういうことだ」

「――三池の前に毒槍を仕かけたと？」

「彼は頭のいい男だ。私の言ったことは全部理解しただろう」

「それは恐喝というのでは――」

「言葉を慎みたまえ」小寺がぴしりと言った。「我々はマスコミ人だ。恐喝などしない」

「分かりますが、反動が怖いですよ」

「三池は馬鹿ではない。少なくとも、自分がどういう状況に置かれているかは理解しているだろう。今後うちを攻撃したり、利用したりするようなことはないはずだ。あとは、メディア規制法案だが……憲法の理念に違反するような法案は、必ず潰す」

「三池は、ネットの方も念頭に置いているようですが……」

「ネットの世論がそんなに気になるか？　蚊に刺されたぐらいで死にはしないだろう」

最初に騒いだのはあなたではないか、と新里は呆れた。ネットで叩かれて、萎縮していたからこそ、三池の要請を受け入れてしまった。しかし何とかしのぎ切り……それで変な自信をつけてしまったのか？　こうやって油断していると、また思わぬところから刺されるのだが。

小寺は元々、ころころと考えの変わる男である。だがこういう難しい問題に関しては、常に安定した態度で臨んでもらいたかった。あるいは結局この男も、ネットに関する考え方については、古いタイプのマスコミ人なのだろうか……だったら自分は新しいのか、と新里は自問した。分からない。ネット対応をどうするべきか、未だに考えが定まらないのだ。無視するか、叩くか、新しい協力体制を生み出すのか。

「ところで、盗聴器の一件は結局どうなった？」

「いや……その後は特に何もありませんが」

「余計な忖度をする人間がいて困るな。社長室には厳しく言っておいた」

やはりそういうことか……この件では、結局自分もスルーされていたのだと新里は意識した。誰が仕切って、誰が全体の構図を描いていたのか。意思決定の曖昧さを改めて思う。社長の意を受けた連中が、あれこれ勝手に動いていただけで、自分は蚊帳《かや》の外だったのではないか。

新里はさらなる会話を諦め、窓の外に目をやった。車は赤坂の細い道を抜け、青山通りに出たばかり。社までの十五分ほどの道のりを、真意の読めない社長と一緒……何とも気が重い。しかし小寺の次の一言が、新里の憂鬱な気分を吹き飛ばした。

「呑みに行くか」

「はい？」

「何だ、まだ仕事があるのか」

「そういうわけではありませんが……」

「紙面は局次長に任せておけ。俺が編集局長の時は、紙面作りには一々口出ししなかった」

「はあ」確かにそうだった。小寺は紙面を細かくチェックするよりも、各部の部長やデスク、役員たちとの「社内外交」に精を出していた。だからこそ、出世できたのかもしれないが……他人任せの安直な気持ちでいたから、今回のような誤報が起きたのではないか。

「今日はいいだろう……祝勝会だ」

勝ったと思っているのか、この男は。

読めない。分からない。自分の度量が狭過ぎるのか、小寺が常識から外れているのか、新里には判断ができなかった。

10

消毒薬の臭いが鼻をつく。病院は世の中で一番清潔な場所のはずなのに、南は何故か体が汚れてくるような不快感を味わっていた。廊下の照明は暗く、歩く人もいない。外はまだ汗ばむほどの陽気だが、ひんやりとした空気が満ちて、体が強張るようだった。

うつむきがちに歩きながら、腕時計に視線を落とす。午後七時五十分。ばたばたしていてまだ夕飯を済ませておらず、空っぽの胃がかすかな痛みを訴えていた。痛みは、空腹のためだけではないな、と思う。ここまで来たのに、また騙されているのでは、という疑いが消えないのだ。多くの人間に裏を取った。逮捕のタイミングも既に分かっている。しかし、順調に裏が取れたことこそが疑わしい。石澤は「贖罪《しょくざい》」という言葉を使った。他の警察官たちも、彼と同じ気持ちなのか？　あり得ない。あの一件は、石澤からの誤情報によって起きたことだが、実際は何人もの人間がかかわり事情を知っていた。しかし今になって、他の警察官が南に協力してきたとしたら、方針が百八十度変わったことにならないか。この前は、全員が俺を騙そうとして、今度は一転して協力しているのか。

エレベーターを避け、階段を使う。二階分を上がるだけで息切れしてしまった。まだ三十歳にもならないのに、情けない限りだ。ようやく三階まで辿り着き、廊下の端で一息つく。心臓が跳ねあがっているのは、急いで階段を上ってきたためだけではない。この先に待っているもの――真犯人との対峙を前に、不安と興奮が入り混じっていた。不安が五十五パーセントだな、と自分で分析する。歩き出した次の瞬間には、足が止まってしまった。同じ過ちを二度犯したら――クソ、考えても仕方がない。ジャケットのポケットに手を突っこみ、ＩＣレコーダーの存在を確かめる。よし、準備完了。

三階にも人気はない。面会時間の終了まであと数分。ぎりぎりまで粘っている人もいるはずなのに、これは計算外だった。見舞客でごった返している中なら、歩き回っていても目立たないと思っていたのに……しかし、あれこれ考えても仕方がない。足早に、目的の病室に向かう。石澤が言っていた通り、警戒している人間もいなかった。昼間――面会時間が終わるまでは二人の刑事が警戒しているという話だったが、今夜は少しだけ空白の時間があるはずだ、と石澤は言っていた。その通りだったのだが、それが逆に気になる。

空白の時間さえ、石澤の仕込みなのか?

右側にある無人のベンチをちらりと見て、次いで左側のドアに視線を投げる。間違いない。あの男はここにいる。会うのは――顔を見るのは久しぶりだが、まともに話はできるだろうか。できる、と石澤は請け合っていた。話ができるようになったからこそ、事情聴取が可能になったのだし、逮捕する決断もできたのだ、と。そして石澤は、南に最大のチャンスをくれた。

容疑者への直接インタビュー。

逮捕前の容疑者への直接取材は、間違いなく大きな特ダネになる。「今日逮捕」の原稿と合わせることができれば、この前の借りを返せる——いや、これはスポーツではない。オウンゴールの後、見事にシュートを決めて同点に盛り返すのとは訳が違うのだ。

南は左右を見渡して、素早くドアを引いた。病室の中は、廊下よりも照明の輝度が落とされており、薄暗い。エアコンが冷気を吐き出す音がわずかに聞こえるぐらいで、気味が悪いほどの沈黙が満ちていた。手前にあるカーテンは開いており、その向こうにベッドが見える。サイドテーブルにはミネラルウォーターや果物——梨のようだ——が載っていた。

問題の男はベッドに横たわって目を閉じていたが、ドアが開いた直後に細く目を開けた。かすかに首を動かして、関心なさそうな表情を浮かべた顔をドアの方に向けたが、南が誰なのかは分かっていない様子だった。以前取材で会ってはいるが、その時に比べて一気に老け、体が萎んだ感じがする。これも自殺未遂の影響なのか……。

南は小さく一礼して、ベッド脇の椅子を引いて座った。相手の表情が、困惑から迷惑へと変わる。どう切り出すか——ずっと考えていたが、結局は変に捻っても意味はないという結論に達していた。

「日本新報の南と言います」前に一度会いました、という言葉は呑みこむ。こちらはよく覚えていても、向こうからしたら、大勢の報道陣の中の一人に過ぎないだろう。

「警察が、あなたを調べていますね」

「あ……」声が漏れる。

「犯行現場になった湯川和佳奈さんの部屋で、転びましたよね？　チェストで頭を打って、耳のところを怪我した。その血痕が、チェストに残っていました」こんなことを言っている場合ではない。俺は刑事ではないのだ。単刀直入に、一番聞きたいことを聞けばいい。「あなたが、希星ちゃんと乃亜ちゃんを殺したんですか？」

「あ……」

　また、息が漏れるような声。本当はまだ話ができないのでは、と南は訝った。いや、そんなことはない……警察の事情聴取は既に始まっているのだから。それとも、これはやはり「引っかけ」なのか？

「あなたが殺したんですか？」

「……そうです」

　認めた。目をきつく瞑ると、涙が溢れ出る。その瞬間、南はＩＣレコーダーを作動させていないことに気づいた。慌ててポケットから引っ張り出し、「Ｒｅｃ」ボタンを押す。相手の目が、のろのろと南の手の動きを追った。

「念のために録音させていただきます。いいですね？」ここは押すべきところだと判断し、南は少しだけ強い口調で言った。

「あ……はい」

「もう一度お聞きします。あなたが希星ちゃんと乃亜ちゃんを殺したんですね？」

「はい……」

山は越えた。南はそっと吐息を漏らし、瞬時に気持ちを立て直した。時間はあまりない。おそらく面会時間が終わった後には、病院側の見回りがあるだろう。それに引っかからずに、肝心なことを聞き出して、見つからないまま脱出したい。

南は次々と質問をぶつけた。現場の状況、どんな風に犯行に及んだのか、そして動機。まだ声を取り戻したばかりだという男の話し方はたどたどしく、声もかすれがちだった。しかし、警察に対しては既に犯行を認めていることもあってか、話に淀みはない。もう、全てを観念してしまっているようだった。

時間にしてわずか十分弱。しかし、面会時間はとうに終わっている。早く出なければ……質問と答えのキャッチボールが一段落したところで、南はＩＣレコーダーを停めた。

「どうして話してくれる気になったんですか」

「もう逃げられないから……それに……孫たちが可哀想だった。このままではどうにもならなかったから……いっそ死んだ方が幸せじゃないかと……」

告白に、南は胃の中に硬い物を呑みこんだような不快感とやりきれなさを覚えた。とにかく病室を出よう――そう考えた瞬間、この男に対する別れの言葉を何も考えていなかったことに気づいた。「それでは」「どうも」。軽い挨拶は不適切だ。この男がさっさと出頭しないから南は失敗にはまりこんだとも言えるのだが、罵倒する気にもなれない。

「ありがとうございました」

突然、考えてもいなかった言葉が口をつき、南は自分でも驚いた。ありがとうございました――取材が終わった後の、ごく普通の挨拶。目の前にいるのは、たった今自分に凶悪な犯行の全容を自供した男である。しかし容疑者だろうが何だろうが、取材相手であることは間違いない。

これは取材。自分は記者。いつもと同じだ。

違うのは、自分が第一級の特ダネを手に入れた、ということである。これを書かなければ、記者ではない。

「容疑者にインタビュー？」デスクの北嶋が目を剝《む》いた。

「ICレコーダーに全部録音してあります」

「で、どうするつもりなんだ？」

「記事にするに決まってるじゃないですか」北嶋が懸念するのも分かるが、南は気持ちを変えるつもりはなかった。

「お前……自分の立場が分かってるのか？　また誤報だったらどうするんだ」

「本人の告白ですよ？　どう考えたって間違いないでしょう。警察も立件する方針です」

午後十時を回った支局。病院から直行した南は、仕事が一段落した北嶋に取材の成果を報告し、録音を聴かせたのだが、北嶋は納得しなかった。南が予想していたよりも強硬に、記事化に反対する。

「駄目だ」

「どうしてですか？」

「俺は危ない橋を渡るつもりはない」

「俺だから危ないんですか？」

南は一歩詰め寄った。北嶋も引く気配はなく、二人の間隔は一気に縮まった。緊張感が頂点に達し、髪が逆立つかと思われるほどの怒りが脳天を突き抜ける——その瞬間、支局長室のドアが開いた。火の点いていない煙草をくわえた水鳥が、「どうした？」とのんびりした口調で訊ねる。それで南の怒りは、再びぶり返した。

北嶋が、ぼそぼそと事情を説明する。南は怒りを何とか噛み殺しながら、それを聞いていた。先ほどまでの殺伐とした雰囲気にもかかわらず、北嶋の説明は客観的なものだった。取材の内容を疑ってはいないのだな、と少しだけ安心する。

「そりゃすごい」水鳥が、「すごい」という言葉に似合わぬ、のんびりした口調で言った。「逮捕前の容疑者へのインタビューは絶対的な証拠だよ。だいたい、普通は犯行を否認するもんだが」

「諦めたんだと思います。考える時間はたっぷりあったわけだし」南は自分の推測を披露した。一人で考え続け、「逃げ切れる」のではなく「もう駄目だ」と自滅する。それは心の動きとしては決して不自然ではない。しかも警察に対して犯行を認めてしまっているのだから、記者に話してもこれ以上のマイナスにはならないと判断したのだろう。

「なるほど。じゃ、きっちり証拠を作ろうか」

「証拠？」

「この話、急ぐのか？　つまり、逮捕はいつになるんだ」

「数日中、だと思います」

「他社は摑んでるのか？」

「今のところはまだです」

「はっ」どこか馬鹿にしたように、水鳥が声を漏らす。「だったら、この前とは条件がまったく違う。時間はあるんだから、焦る必要はないだろう」

からかわれたのか……また頭に血が昇ったが、南はできるだけ静かにうなずいた。確かに、これから三十分で百行の原稿を仕上げる必要はない。

「とにかく、録音した内容をサウンドファイルに落とす。それからインタビューの全文を書き起こしてくれ」

「それは……」

「俺たちも内容を正確に知りたいし、本社のデスクがあれこれ言ってきても、動かぬ証拠として突きつけたいよな？」

「はあ」

「こういうことを面倒臭いと思うから、間違いが起きるんだ。それと、お前一人の手柄として抱えこむなよ。ここでポイントを稼いでも、前回の失敗をカバーできるわけじゃないからな」

南は渋々うなずいた。水鳥が北嶋に顔を向け、「それじゃ、そういうことで」と淡々とした口調で告げる。北嶋は納得していない様子だったが、水鳥は満足そうににやにやしていた。

「おい、これだから新聞作りっていうのは面白いよな」

「何の話ですか？」南には、水鳥の言っている意味がさっぱり分からなかった。きつい思いをして、特ダネとミスの狭間《はざま》でやきもきし、時にはライバルに抜かれ……南はこの仕事を「面白い」と感じたことは一度もない。高石のゼミで夢見た、理想の高いマスコミの世界――それは、自分が仕事をしているのとはまったく別の世界に存在しているのではないかと思っている。

「面白くないのか？」水鳥が驚いたように目を見開く。

「はあ、まあ……」

「お前さんも、まだまだ尻が青いな」水鳥が鼻を鳴らした。「危機的状況も楽しめるのが大人ってものなんだよ」

だったら大人になんかならなくてもいい、と南は白けた気分になった。この支局長は、長いキャリアの中で神経をすり減らしてしまっただけではないか。あるいは、元々鈍い人間なのか。

「一度や二度の失敗で遠慮して……そんなことを続けてたら、本筋を見失うわな」

はっとして南は水鳥の顔を見た。当たり前の話だが……今まで自分は、こんなことにも気づいていなかった。ただ萎縮して、自分に怒って、その後は誤情報を流した石澤に激怒して――だが自分は、決して死んでいなかったと思う。支局を飛び出し、行方をくらましてまで事件を追いかけたのはどうしてだ？　怒りのせいもあったが、純粋に真相を知りたいと願っていたからだ。そしてそれこそが、忘れてはいけない記者の「本筋」

ではないのか。真実を知りたい、それを誰かに伝えたい——単純に、ライバル社より優位に立ちたいという嫌らしい気持ちもあったのだが、実際にはもっと深い人間の欲望に直結した行動だったのではないのか。

しかし今は、こんなことを考えている暇はない。全力で走っている時に余計なことを考えると、目の前の石に気づかず転んでしまうものだ。

「書き起こし、すぐやります」

「できたら俺たちにも見せてくれ……北嶋、本社への売りこみもちゃんとやってくれよ」

それが至難の業であることは、南には容易に想像できた。一度失敗した人間を、周りは簡単には許さない。信じない。そもそも北嶋自身、南を信用していないのは明らかだ。だったら水鳥はどうなのか。南を許し、このネタに賭けてみようという気になっているのか——どうでもいい。考えるだけ無駄だ。

南は自席についた。ここのところ、北嶋の隣でデスク業務をしていたので、自分の机はほとんど使っていない。何だか懐かしい光景だった。ノートパソコン。ブックエンドを使って立てたスクラップブックと数冊の本。パソコンの右側には小さな箱を置き、警察の広報文などを突っこんである。上から順番にめくってみた。交通死亡事故。窃盗犯の逮捕。甲府駅前で起きたサラリーマン同士の喧嘩で、意識不明になっていた被害者が死亡――社会の暗い面が、全てこの中にある。今まで、十分とは言えないまでも経験を積んできたが故に、どんな悲惨な事件や事故に対しても、あくまで仕事として冷静に向き合うことができたが、今は違う。広報文の背後に、それぞれの不幸があるのだと、当たり前のことを意識してしまった。記者になったばかりの頃は分かっていたのに、いつの間にか忘れていた感覚。

パソコンを立ち上げ、まずICレコーダーの内容をコピーする。これでバックアップは完了。音声ファイルをそのまま本社に送ればいい。サイズが大きいが、圧縮すれば何とかなるだろう。

その後、イヤフォンをパソコンに接続し、左耳に突っこんだ。一言一句逃さず、正確に書き起こしてやろうとキーボードの上に指を置いた瞬間、ふと意識が別の方向へ持っていかれる。顔を上げ、支局の中を見回した。締切が終わり、ゲラが来るのを待つまでの短い時間、支局の中にはやや弛緩《しかん》した静かな空気が漂っている。食べ損ねて冷えた出前の夕食を不味そうに食べる者。ソファにだらしなく腰かけて週刊誌のページをめくる者。常に点けっ放しのテレビはNHKに合わせてある。音は低く絞ってあり、心地好いBGMになっていた。ガラス張りの支局長室の中では、水鳥が新聞を広げていた。煙が立ち上っているのが見えるので、煙草を吸っているのが分かる。一日の仕事を終えた北嶋は、デスク席の近くで、自己流の柔軟体操をしていた。前屈しても、脛の中程までしか指先が届かない。一日中座りっ放しだったら体も硬くなるよな……と同情した。

不意に何かに突き動かされたように感じ、南は立ち上がった。パソコンに固定されたイヤフォンが引っ張られ、耳から落ちる。それを無視して階段へ向かった。駐車場まで降りて、煙草を口にくわえる。あれだけ長かった——永遠に続きそうだった夏はいつの間にか遠のき、空気は少しひんやりしてきている。ワイシャツの袖をまくった状態で、ぎりぎり耐えられる温度。深々と煙を吸い、駐車場の天井に向かって噴き上げる。

この件が、また大きな話題を生むことは分かっている。雑誌やテレビのワイドショーが後追いするだろうし、ネットはまた「祭り」状態になるだろう。

何だ、結局皆一緒じゃないか……あらゆるメディアの中で、新聞だけは特別な存在だと思っていたが、その発想は他のメディアや、ネットを利用する人たちと変わらないではないか。誰かに面白い情報を伝えたいと思う気持ちは、情報を発進する力を持った人間にとって、極めて当たり前の欲求なのだろう。

それでも俺は、これからも同じことを続けていく。取材して、原稿を書く——この行為をやめる気にはなれない。結局俺は、記者なんだな……そして他のメディアと同じようなことをやっていても、これからはもっと意識を高く保ちたいと思った。自分の記事の影響を常に考え、簡単に書き飛ばすようなことは避けたい。他のメディアを馬鹿にする気は失せていたが、こんな時代でもなお、新聞は特別な存在であるべき——あるように努力しなければならないのでは、と思えた。

煙草をくわえたまま歩道に出た。支局は官庁街や繁華街からは少し離れた場所にあり、夜九時を過ぎると途端に暗く静かになる。人っ子一人通らず、行き過ぎる車もない。支局の建物を見上げる。二階にある事務室には灯《と》りが点《も》り、すっかり暗くなったこの界隈に光を投げかけている。新聞はそういう——灯台のようなものだろう。四方八方に常に光を投げかけてはいるが、世の中の闇全てを照らし出すわけではない。そんなことは不可能だ。ただ、何か問題が起きれば、そこに強い光を照射して浮かび上がらせる。

自分も今、強い光を発しないと、と思ったところで、聞き取りにくかったあの男の声を思い出す。しっかり全文を書き起こすには、相当な注意力が必要だろう。

まず、そこから。それが終わってから、俺の新しい旅が始まる。

11

新里の元にゲラが届いたのは、午後八時過ぎだった。静かな編集局長室に閉じこもって、原稿と対峙する。

百十行か……社会面のトップに持ってくるのに十分な分量と重みがある。原稿は、まあよく書けていた。この前の誤報の場合と違い、今回は時間があったから、何度も練り直したのだろう。記事には必要十分な要素が盛りこまれ、読むのに苦労するような下手な言い回しもなかった。

座り心地のいい椅子に背を預け、両手を宙に浮かした状態で、二度読む。さらにデスクに置き、右手に赤いサインペンを握ってもう一度読み直した。

問題はない。そして三度目を読み終える頃には、目が潤んでいるのに気づいて驚いた。新里自身は、事件取材の経験に乏しい。最初の赴任地は事件や事故の少ない山形で、海外で働いている時も、特に取材が面倒な事件にぶち当たることはなかった。それ故か、事件記事を読んでも気になるのは事実関係だけで、心を揺り動かされることなどないのだが——この事件は別だった。南が掘り出した事実は新里の胸を打ち、哀れみの気持ちが湧き出てきた。

読者には、この記事を興味本位で読んで欲しくなかった。いつでも、どこでも起こり得る事件なのだから、深く考えるきっかけにして欲しい。記事は家族を糾弾している訳ではなく、淡々と事実を伝えている。その背後に何があるかを読み取ってもらわなければ……さらに展開しないと駄目だな、と新里は決心した。背景をたっぷり書きこむ解説も必要だし、もう少し記者の個人的心情を明かすコラムも書くべきだ。世論をおかしな方向にミスリードしないために、やれるだけのことをやるのだ。

溜息をつき、新里はゲラから視線を外して、大きく伸びをした。誤報から始まった一件に、この原稿が一応の終止符を打つことになるだろう。三池周辺の取材はまだ続いていたが、記事になるかどうかは分からない。ならないだろう、と新里は予想していた。仮に材料が揃っても、最終的にボツにされる可能性さえある――その判断をするのは小寺だ。自分で命じておきながら、「これは字にする必要がないんじゃないかな」とぽつりと言う――そんな場面が簡単に想像できた。あの男は、言うことがあまりにも頻繁に変わり過ぎる。あれでよく社長が務まるものだと思うが、今まで南の誤報以外に大きなトラブルはなかったのだから、特に問題はない、ということなのだろう。

最初の指示と違う指示が出たら、自分は怒る。しかし口には出さない。腹に呑みこみ、黙ってうなずくだけだ。逆らわないことが出世の早道――それを新里は、小寺の姿を見て学んだ。言いたいことがあるなら、社長になってから言えばいい。そう、この小さな帝国の主《あるじ》になれば、何でも好きなことが言えるのだ。

それまでの我慢――電話が鳴って、新里は現実に引き戻された。社長からのホットライン。苦笑しながら、新里は受話器に手を伸ばした。今度はどんな無茶ぶりをしてくるのだろう。もう慣れたが、こちらの予想を超える話を吹っかけてくるのが小寺という男だ。覚悟しよう。呼吸を整えてから、新里はおもむろに受話器を摑んだ。

12

ほう……高石は思わず目を細めた。朝六時。普段より一時間も早く目が覚めてしまったのは、一刻も早く新聞を読まねば、と自分に言い聞かせていたからだ。

既に昨夜、新報の社長、小寺から異例の連絡を受けていた。明朝、事件の真相が明らかになる特ダネが載る、と。しかも書いたのは南だという。普通、そういう連絡はしないものだ——どこから情報が漏れるか分からないからだ——が、小寺は高石たちの仕事をそれなりに尊重しているのだろう。内輪の人間に知らせるような感覚で、伝えてきたのかもしれない。ただし高石は、犯人の名前を確かめなかった。それはやはり、新聞で読むものだと思っていたから。

新聞を取ってきて書斎に入った瞬間、遅くまで起きていてネットでチェックするのも手だったな、と思い至る。そうすれば数時間早く、この記事を読めたはずだ。

最近の新聞各紙は、紙面掲載前に記事をネットにアップする。しかし特ダネの場合は、最終締切時間後に公開するのが通例だ。他社が知っても、すぐには追いかけられない時間帯を狙うのである。

立ったまま新聞を開き、社会面をチェックする。ほう……トップできたか。今時こういう事件記事は流行らないかもしれないが、一級品の特ダネであるのは間違いない。自分の教え子がここまでやるとは、と思わず目を細める。同時に、不快感が背筋を這い上がってくるのを感じた。これが真相だとしたら、あまりにも残酷ではないか？

一つ溜息をつき、階下に降りた。この時間、妻はまだ寝ている。高石が大学に勤めていた頃は、毎日六時起きで一日をスタートさせていたのだが、勤めを辞めた後は少しだけ自分を甘やかすことにしたようだ。それはそうだろう、今、自分たちには時間だけはたっぷりあるのだから。

キッチンに入り、薬缶《やかん》を火にかける。久しぶりに自分で、ペーパードリップでコーヒーを淹れるつもりだった。少しだけ面倒な手順は、ざわついた心を落ち着かせる効果を持っているかもしれない。フィルターをセットし、コーヒーをきっちり定量入れる。カップの上に置き、まず粉全体が湿るぐらいに湯を注いで、そのまま一分……しかし、キッチンの時計の秒針が一回りする間を待てず、すぐに薬缶から細く湯を注ぐ羽目になった。せっかちな性格はいつまで経っても直らないな、と苦笑してしまう。若い頃は、年を取れば何事にもゆったりするだろうと思っていたのだが。

コーヒーを一口飲み、味に満足してから、カップを持って階段を上がる。パソコンが立ち上がるまでの間に、記事を読み返した。最初に読んだ時の興奮は薄れ、むしろ不快感と絶望感が強くなってくる。

事件には固有の臭いがある――この事件の場合、立ち上るのは腐臭だった。

何人もからメールが届いていた。一番最初は、南から。時刻は午前一時半、最終版まで無事に社会面のトップに残ったことを確認してから、メールして来たのだろう。

今回は大変お騒がせしました。先生にも大変ご迷惑をおかけして、お詫びの言葉もありません。

明朝、無事に記事が掲載されます。

私としては、これがけじめです。いろいろと裏があるにしても、現場の記者としては、事件の顚末をきっちり報道することこそが仕事だと確信しています。個人的には満足できる記事になりました。

記事の内容について、何かご意見等あれば、遠慮なくご連絡下さい。

記事に対する意見はない。感想があるだけで……しかしこの不快感を南に伝えても何にもならないだろう。彼が悪いわけではないのだから。

諫山を除く委員会のメンバーからも、メールがきていた。芝田のメールは何となく浮かれていたが、同時に彼らしい皮肉っぽさも感じられた。

ネットで新報の記事を読みました。100点の特ダネだと思います。南記者も、これで汚名返上ですね。私も昔の血が騒ぎました。久しぶりに、現場の取材に入ろうかと思ったぐらいです。

ただし、取材方法に関してはちょっと疑問があります。入院中の容疑者に、どうしてこんなに簡単に接触できたのでしょう。容疑者なら、警察が24時間態勢で警戒しているものと思います。警察と何らかの取り引きがあった可能性もあります。

もしかしたら、再度調査委員会が招集されるかもしれませんね。

この件に関しては、高石も疑問に思っていた。元々病院は、ガードが固い。病人や怪我人のプライバシーを大事にしているし、二十四時間人がいるから、密かに患者に会うのは大変なのだ。

誰かが手引きした？　それこそ警察が？　またも嫌な予感が胸に渦巻く。南は、一度騙された相手をまた信用したのか、それとも新しいネタ元を発掘したのか……芝田の皮肉のように、また委員会として調査を任じられるようなことは避けたかった。一定の結果は出したものの、高石は、やはりあんな委員会は作るべきではなかったと今では思っている。どれほど効果があったか、疑問なのだ。報告書が公表された後も、ネットではマイナスの意見が目立つ。いわく、「親新報派の連中が作ったアリバイ」「取材記者の名前も出ていないのはおかしい」「警察の陰謀と言っておきながら、具体的なことが書いていないのはねつ造か？」。まあ、その通りだと思う。少数派だが、「これまで外部の声に耳を貸さなかった新聞が、調査委員会を作ったことだけは評価できる」という声があるのが救いだった。

元永は、午前四時過ぎにメールを送ってきていた。

今回の事件の真相がこんなことだと知って、驚きました。警察の捜査がここまで長引いたのは、彼らの能力のなさを証明するものです。

いずれにせよ、この件では湯川和佳奈さんも被害者でした。これからまた、彼女の周辺には大きな動きがあるはずです。私としては、現地の弁護士と連絡を取り合い、こちらでできる援助を考えていく方針です。

最も早急にやらなければいけないのは、マスコミ対策です。おそらくマスコミは、また湯川和佳奈さんのコメントを求めて荒っぽい取材をするでしょう。我々が報告書で勧告した「威圧的な取材の自粛について」が無視される可能性が高いと思います。それだけは、何としても防ぐつもりです。

今日の午前中には、甲府に向かいます。

人権派の彼ならではの意気込みと動きの速さだ。しかし……再びメディアスクラムが発生するかもしれないという彼の読みは、考えただけで憂鬱である——否定できないが故に。この事件の真相は、下世話なマスコミをまた引きつけるだろう。高石たちの報告書が、テレビや雑誌にまで影響を与えるとも思えない。

最後が大隈。彼は六時過ぎにメールを送ってきていた。自分よりほんの少し早起きし、新聞に目を通したのだろう。

驚きの結末でした。今後の混乱も予想されるので、素直に南記者の特ダネを祝福できません。

しかし彼は、よくやったと思います。あんなに粘り強い記者は、少なくとも彼のように若い世代には残っていないと思っていました。事件取材も好かれてはいないでしょうし、彼はもしかしたら、「最後のサツ回り」かもしれませんね。

この特ダネ一つで南記者が復活できるかどうかは分かりませんが、高石先生には、今後も温かく見守っていただければ、と思います。私もできる範囲で協力させていただきます。

大隈らしい冷静な分析だ。そう……この特ダネで、南はマイナスをゼロにしたかもしれない。だがそれでは、記者としてのスタート地点に戻っただけだ。これからどうなるかは誰も分からない。

最後のサツ回りか。いい言葉だ、と高石は思った。昔の——高石が駆け出しだった頃のサツ回りは、まだ記者の花形だったと思う。街を縦横に走り回り、時に事件取材に没頭し、時に軟らかい街の話題を探す。社会の最前線を身を以て体験できる仕事に、嬉々《きき》として忙しい日々を送っていた同僚も少なくなかった。南は……嬉しそうではなかった。久しぶりに会った時の、あのやつれた顔。あれは、誤報のショックによるものだけではあるまい。様々な不安と不満を抱え、そのストレスが顔に出ていたのだ。しかし彼はやり遂げた。サツ回りとして。南は、自分にとっては孫と言ってもいい年齢だ。現代のサツ回りである南の言動の端々から、「甘さ」を感じ取ったこともある。自分がサツ回りだった頃と今とでは、五十年の開きがあるのだから当然かもしれないが、根本は変わっていないのではないだろうか。

息を吐き、ネットを巡回し始める。他のニュースサイトでも、この記事の後追いをしていた。「当たり」の証拠である。

久しぶりに、大規模掲示板を覗いてみる。昨夜遅くにネットでニュースを知った連中が多かったのか、朝になってものすごい勢いでスレッドが伸びていた。「甲府2女児殺人　驚愕の真犯人」と雑誌の見出しのようなタイトルがついたスレッドは、既にパート

5まできている。何とまあ、物好きな連中が多いものだと苦笑しながら、高石は拾い読みを試みた。こんなものを全部読んでいたら、時間がいくらあっても足りないし、罵詈雑言が多くて不快感が増すだけだ。

1：甲府から実況：09/30(火)03:12:32
甲府の2女児殺害で新展開
真犯人今日逮捕
japan-shinpo/news/national/1321256

2：甲府から実況：09/30(火)03:14:21
うわマジこれ
ひでー話

3：甲府から実況：09/30(火)03:15:41

ツイッターもお祭り状態なり

4：甲府から実況：09/30(火)03：18：45

新報の特ダネ？

拡散させようぜ

5：甲府から実況：09/30(火)03：20：01

こりゃ祭りだわ♪

何ということか……高石は思わず苦笑してしまった。今のところ新報攻撃の動きは出ていないようだが、元永が懸念したように、湯川和佳奈にまた取材が集中し、ネット上にも非難の声が溢れるのは間違いない。彼女はあくまで被害者——被害者遺族なのに。

それにしても、人は噂話が好きだ。

ネットで新聞が叩かれるのは、「権力の監視」を謳《うた》いながら権力と癒着し、自らが権威主義的になってしまっていること、そして現在の取材・報道態勢に様々な問題があるからだ。しかしネットユーザーの心理は、新聞記者のそれとそっくりである。誰も知らない情報を早く知りたい。知った情報を誰かに伝えたい——これはもはや、「情報欲」とでも言うべき人間の本能の一つではないだろうか。同じ本能が、マスコミとネットという異なったメディアで、少し形を変えて発現しているだけかもしれない。

何だか疲れを覚えて、高石はパソコンをシャットダウンした。ネットと真面目につき合うには、年を取り過ぎたと思う。周りの誰よりも早くこの世界に飛びこんだつもりだが、年を取るにつれ、活字の方がありがたくなってきている。コーヒーに口をつけると、すっかり冷えていた。時計に目をやると、いつの間にか七時になっている。これだからネットは、と苦笑した。いつの間にか、人の時間を奪ってしまう。

携帯電話が鳴り出し、どきりとした。いくら何でも、こんな時間にかけてくる人間がいるとは思えない——と訝ったが、ディスプレイを見て納得した。諫山の名前が浮かんでいる。彼は毎日五時には起きて、一時間のウォーキングをこなした後で新聞五紙に目を通すのだという。ちょうどその日課が終わった頃に違いない。

「ああ、朝早くから申し訳ない。新聞を読みましてね」

「私も確認したところです」

「なかなか見事な記事でした。こういうのこそ、事件記事の特ダネなんでしょうね」

「ええ」

「我々の調査は、この記事の作成に少しは役立ったんでしょうか」

「それは関係ないと思いますが……」これはやはり、南個人の手柄だ。

「南記者の記事ですね？」

「そのように聞いています」

「彼はよく挫《くじ》けなかったと思いますよ。高石先生、もしも彼に会うことがあったら、私が褒めていたと伝えて下さい」

「分かりました」

「ミスはありましたが、なかなか骨のある若者なんですね。私の会社にも欲しい人材だ」

高石は思わず、声を上げて笑ってしまった。諫山が怪訝そうな声で「何か？」と訊ねる。

「いや……彼は基本的にサツ回りなんです。他の仕事はできないと思いますよ」

電話を切り、もう一度新聞を広げる。三度目。しかし慣れはなかった。南の小さな栄光の向こうに、現代的な家庭の悲劇が浮き上がっている。

甲府市の県営団地で発生した2女児殺害事件で、甲府署の捜査本部は、2人の祖父の犯行と断定した。犯行現場から祖父の血痕が見つかり、動機についても供述が得られた

「マスコミの人がいると、いつか自分の犯行だと分かってしまうと思って怖かった。警察には頼んだが、それでは安心できず、死のうと思った」

――孫に対して今はどう思っているのか

「申し訳ないことをした。娘に対する教育は間違っていたと思う。ちゃんと自活できるように育てなかったために、こんなことになってしまった」

――マスコミの過熱報道に対してはどう思うか。

「怖かった。圧し潰されてしまうような恐怖を感じていた」

解説——堂場瞬一の「信仰告白」の書

岩野裕一

小説家に限らず、書き手としての天分を与えられた者には、その人生の中で、必ず書かねばならない、書かずにはいられないテーマというものがある。

警察小説、スポーツ小説の第一人者であり、いまやベストセラー作家として押しも押されもせぬ存在である堂場瞬一にとって、今回文庫化された『警察回《サツ》りの夏』（二〇一四年刊）と、これに続く『蛮政の秋』（二〇一五年刊）、『社長室の冬』（二〇一六年刊）という、新聞記者、そして新聞社そのものをテーマにした一連の作品は、まさにそれにあたるのではないだろうか。

二〇〇〇年にスポーツ小説『8年』で小説すばる新人賞を受賞して作家デビューした堂場瞬一が、二〇一三年に作家専業となるまで読売新聞の現役記者であり、新聞記者と作家の二足のわらじを履き続けていたことは、出版関係者はもちろん、熱心な堂場ファンにもよく知られているだろう。だが、一般の読者にとっては、年に何作もヒットを飛ばす流行作家としての堂場の姿しか見えなかったはずで、偶然この作品を手にした人のある深刻な状況を象徴しているかのようだ。

いまでこそ、メディア論といえば花形の学問であり、ジャーナリズムやマスコミに関する講座は数多くの大学で開講され、いずれも学生の人気を集めているが、一九六三（昭和三八）年生まれの堂場が大学に進んだ当時は、まだ決してメジャーな学問分野ではなかった。なぜそのように言い切ることができるかといえば、堂場の一歳年下である筆者は、上智大学文学部新聞学科という数少ないジャーナリズム教育の場で四年間の大学生活を過ごしたからである（余談ながら、わが社の堂場担当は、二名ともこの新聞学科の卒業生である）。

「新聞学」という学問は、いまからおよそ百年前のドイツを発祥としており、わが国においては萬　朝報《よろずちようほう》、東京日日《にちにち》新聞（現在の毎日新聞）の記者出身だった小野秀雄《おのひでお》（一八八五―一九七七）がその発展に大きく寄与している。小野は、一九三二年に上智大学専門部新聞科（現在の同大学文学部新聞学科）、四九年に東京大学新聞研究所（同大学院情報学環・学際情報学府の前身の一部）を創設、五一年には日本新聞学会（現在の日本マス・コミュニケーション学会）を設立して、六六年に八〇歳で上智大学教授を辞するまで、新聞学という未開の学問を確立するために生涯を捧げた人物である。

筆者が大学に進学した当時、新聞学科というものは上智大学と日本大学にあっただけであり、早慶をはじめとする他大学にもメディア研究者はいたものの、高校生の目から見てマスコミを学べそうなところはほとんど見当たらなかった。その頃はまだ、小野の薫陶を直接受けた教授も上智の学内におり、「コミュニケーション学」というより「新聞学」という名前のほうが相応《ふさわ》しい雰囲気がまだまだ残っていた。

もちろん、新聞学科だからといって新聞のことだけを学んでいたわけではない。授業は「テレビ制作」や「論文作法」といった実践的なものもあれば、「マスコミ倫理法制」「コミュニケーション論」といった理論を学ぶものもあり、ジャーナリズム全般をほぼ網羅していた。指導教授の顔ぶれも、朝日新聞、読売新聞、NHKの記者出身のほか、NHK放送文化研究所、日本新聞協会の研究者出身と多彩な顔ぶれであり、さらには大学の経営母体であるイエズス会のメディア担当の宣教師が、学科長として睨《にら》みを利かせていた。それだけに、本作に登場する高石元教授には、まるで大学時代の恩師に再会したかのような懐かしさを感じたばかりか、新聞社を離れてから三十年近くが経《た》ったのちも、物静かな高石の中にジャーナリスト魂がいまだ燃えさかっており、報道の現場で現実と理想のギャップにもがき苦しむ南に対して、深い愛情と厳しさをもって接するその姿は、胸が熱くなるようなリアリティをもって迫ってきたのである。

物語の終盤で、高石が日本新報の新里編集局長にこんな言葉を投げかける場面がある。

「新聞を旧時代のメディアだとすれば、ネットは間違いなく新しい時代のメディアだ。ネットでは全ての意見が並列、等価値で、ユーザーは自分で真偽を見定め、情報の軽重を決めなくてはいけない。それこそが、新しい時代のメディアの在り方だという意見が主流です。でもそれは理想論だ。誰も、そんな面倒なことはしたくない。結果的に、自分が見たい情報だけを求めるようになるんです。ネットニュースで閲覧される上位ジャンルは何だと思います？　圧倒的に芸能とスポーツですよ。ずっと離れて事件・事故だ。結局世の中の人は、下世話な話が大好きなんです。新聞がどうこうしたと騒いでいるのは――メディアの動向に関心があるのは、ほんの一部なんですよ。なのにあなたたちは、それを気にし過ぎる。もっと堂々としていればいいんです。一つの指針として――絶対的指針ではないとしても、新聞はこれからも存在し続けるべきなんです」

そして堂場もまた、この小説の最後の場面でこう指摘している。

ネットで新聞が叩かれるのは、「権力の監視」を謳《うた》いながら権力と癒着し、自らが権威主義的になってしまっていること、そして現在の取材・報道態勢に様々な問題があるからだ。

もちろんこれは、作品の中での一文である。だが、これも先の高石に託した言葉と同様、堂場がどうしても書かねばならなかった、書かずにはいられなかったことであり、『警察回りの夏』に始まる一連の作品に通底する共通のテーマでもあるのだ。

本作が単行本として発表されてからわずか二年あまりのあいだに、新聞、テレビに代表されるマスメディアの萎縮と劣化は急激に進んでおり、とりわけ権力とメディアの関係は、もはや権力の監視どころか、完全にコントロールされてしまった感がある。

だが、そういうときだからこそ、この小説は読まれるべき価値がいちだんと増しているのではないか。

「書けばいいんですよ」「あなたたちは、人の言うことを気にし過ぎる」——高石から発せられたこのストレートな言葉は、作家となった堂場から、いまも良心をもって闘っている現場の記者に向けた最大限のエールであり、自分を書き手として育ててくれた新聞というメディアに対する熱烈な「信仰告白」でもあるように、私には思えてならない。

（いわの・ゆういち　編集者、実業之日本社代表取締役社長）

本書は、二〇一四年九月、書き下ろし単行本として集英社
より刊行されました。

この作品はフィクションであり、実在の個人・団体・事件
などとは、一切関係ありません。

集英社文庫

警察《サツ》回《まわ》りの夏《なつ》

2017年5月25日　第1刷　　定価はカバーに表示してあります。

著　者　堂場瞬一《どうばしゅんいち》

発行者　村田登志江

発行所　株式会社　集英社

東京都千代田区一ツ橋2-5-10　〒101-8050

電話　【編集部】03-3230-6095

【読者係】03-3230-6080

【販売部】03-3230-6393（書店専用）

印　刷　大日本印刷株式会社

製　本　大日本印刷株式会社

フォーマットデザイン　アリヤマデザインストア　　マークデザイン　居山浩二

ISBN978-4-08-745579-3 C0193